Hap kehrt von der Saisonarbeit auf einer Bohrinsel nach Texas zurück. Eigentlich will er sein Leben ändern und nicht mehr vagabundieren. Daraus wird aber erst mal nichts, denn der Biker Horse Dick wird ermordet aufgefunden. Hauptverdächtiger in dem Mordfall ist Haps schwarzer Freund Leonard: Horse Dick hatte ihm zuvor den Liebhaber ausgespannt. Um Leonard aus der Klemme zu helfen, muss Hap zu Mitteln greifen, die er gar nicht gerne einsetzt ...

Joe R. Lansdale gehört mit zahlreichen Romanen und Erzählbänden zu den Stars der amerikanischen Kriminalliteratur. Er wurde mit dem Edgar Award, dem British Fantasy Award und siebenmal mit dem Preis der Horror Writers of America ausgezeichnet. Im DuMont Buchverlag erschien bislang ›Die Wälder am Fluss‹ (DuMont Taschenbuch 2011).

Joe R. Lansdale
SCHLECHTES CHILI

Kriminalroman

Aus dem Englischen von Christian Jentzsch

Von Joe R. Lansdale ist im DuMont Buchverlag außerdem erschienen:
Die Wälder am Fluss

Zweite Auflage 2012
DuMont Buchverlag, Köln
Alle Rechte vorbehalten
© 1997 by Joe R. Lansdale
Veröffentlicht mit Einverständnis des Autors,
c/o Baror International, INC., Armonk, New York
Die englische Originalausgabe erschien 1997 unter dem Titel
›Bad Chili‹ bei Mysterious Press, New York
© 2000 für die deutsche Ausgabe: DuMont Buchverlag, Köln
Umschlag: Zero, München
Umschlagabbildung: plainpicture/Glasshouse
Gesetzt aus der Elzevir
Druck und Verarbeitung: CPI – Clausen & Bosse, Leck
Gedruckt auf säurefreiem und chlorfrei gebleichtem Papier
Printed in Germany
ISBN 978-3-8321-6183-5

www.dumont-buchverlag.de

Das hier ist für meinen Bruder Andrew Vachss, Krieger

Das Leben ist wie ein Teller Chili in einem unbekannten Café. Manchmal ist es lecker und scharf. Ab und zu schmeckt es wie Scheiße.

Jim Bob Luke

1

Es war Mitte April, als ich von der Bohrinsel nach Hause kam und feststellte, dass mein guter Freund Leonard Pine seinen Job als Rausschmeißer im Hot Cat Club verloren hatte, weil er in einem Augenblick der Wut, als er draußen hinter dem Laden ein Arschloch am Boden hatte, sein Ding rausgeholt und dem Krakeeler auf den Kopf gepisst hatte.

Da sich ein großer Teil der Kundschaft außerhalb des Clubs befunden und Leonard dabei zugeschaut hatte, wie er diesen Möchtegern-Unruhestifter herumstieß wie einen Tischtennisball, und da Leonard auch nicht so diskret gewesen war, sich ein wenig abzuwenden, als er beschlossen hatte, den Kopf des Penners zu wässern, war die Geschäftsführung geneigt zu glauben, Leonard habe überreagiert.

Leonard sah das nicht ein. Tatsächlich hielt er sein Vorgehen sogar für gute Geschäftspolitik. Er erklärte der Geschäftsführung, falls die Sache sich herumspreche, würden sich potenzielle Unruhestifter sagen: »Wenn du im Hot Cat Club irgendwelchen Scheiß anfängst, hast du diesen gemeinen schwulen Nigger am Hals, der dir auf den Kopf pisst.«

Unter Berücksichtigung der allgemeinen Homophobie und des Rassismus der hiesigen Bevölkerung hielt Leonard dies für eine Abschreckungsmaßnahme, die möglicherweise noch wirkungsvoller war als die Todesstrafe. Die Geschäftsführung war anderer Ansicht und sagte, sie täten es nicht gern, aber sie müssten ihm kündigen.

Als sei das noch nicht Unglück genug, verlor Leonard wieder einmal seine große Liebe, Raul, und war in der Stimmung, mir davon zu erzählen. Wir fuhren in Leonards neustem Schrotthaufen, einem uralten weißen Rambler mit einer losen Feder auf dem Beifahrersitz, zur Weide eines Freundes, stellten ein paar Büchsen auf einem vermodernden Baumstamm auf und schossen darauf mit einem Revolver, während wir uns unter einem strahlend blauen, wolkenlosen Himmel unterhielten.

Es lief so, dass Leonard mit ein paar guten Schüssen eine Reihe Büchsen abräumte und mir dann, während wir zum Baumstamm gingen, um sie wieder aufzustellen, erzählte, er und Raul hätten viel gestritten – was nicht neu war – und Raul habe ihn verlassen. Auch das war nicht neu. Aber diesmal war Raul nicht zurückgekommen. Das war neu.

Ein paar Tage später hatte Leonard herausgefunden, dass Raul sich mit einem Lederbubi mit einem Bart und einer Harley eingelassen hatte und bei einer Spritztour in der Gegend um LaBorde auf dem Rücksitz der Maschine gesehen worden war, eng an den Lederbubi gepresst. So eng, sagte Leonard, »dass er seinen Schwanz im Arsch von dem Wichser gehabt haben muss«.

Wir hatten nur einen Revolver, und während Leonard redete, gab er mir die Waffe, und ich fing an, sie zu laden. Ich hatte vier Kammern geladen, als ein Eichhörnchen wie aufgedreht aus dem Wald gehüpft kam wie auf einem Pogo-Stick.

Ich kann Ihnen sagen, wenn Sie noch nie ein aufgeregtes Eichhörnchen erlebt haben, haben Sie was verpasst. Das Kreischen eines wütenden Eichhörnchens vergisst man nicht. Es ist hoch und so schrill, dass es einem die Jockey-Shorts in die Ritze schiebt.

Einen Moment waren Leonard und ich starr vor Staunen, von dem Gekreisch wie benommen. Wir sind beide unser Leben lang viel auf dem Land und im Wald gewesen, und in meiner Kindheit habe ich Eichhörnchen gejagt. Unsere Familie hatte sie gebraten und gekocht und sie bei vielen Gelegenheiten mit Salat und Senfgemüse gegessen, aber in meinem ganzen Leben, und ich bin sicher, auch in Leonards, hatten wir so etwas noch nie erlebt.

Ich fragte mich plötzlich, ob meine Fleischvorliebe durch Generationen von Eichhörnchen mündlich weitergegeben worden und der alte Beebo hier schließlich gekommen war, um den Tod eines Verwandten zu rächen. Der kleine Frechdachs sprang über einen Meter hoch, und nach ungefähr vier Sätzen war er ganz aus dem Wald heraus und hüpfte direkt auf uns zu.

Wir ergriffen die Flucht. Das Eichhörnchen war jedoch kein Drückeberger. Ein Blick über die Schulter verriet mir, dass es tatsächlich sogar aufholte, und Leonards Flüche zeigten absolut keine Wirkung außer vielleicht die, das Tier noch mehr zu erzürnen. Möglicherweise hatte es baptistische Neigungen.

Wir schafften es vor dem Eichhörnchen zum Wagen, aber uns blieb keine Zeit mehr, die Türen zu öffnen. Wir sprangen auf die Motorhaube und dann auf das Dach des Wagens, was natürlich sinnlos war. Das Eichhörnchen sprang mühelos auf die Haube und mit einem Schnattern und einem Sprühregen von Schaum auf das Dach und mich an.

Leonard rettete mich. Er fegte es mit dem Handrücken beiseite und vom Wagendach herunter auf den Boden, wo es eine Art Tanz auf zwei Beinen aufführte und dann hysterisch im Kreis herumlief. Einen Augenblick später hörte es damit auf und griff erneut den Wagen an.

Ich eröffnete das Feuer auf das Vieh. Drei Schüsse in rascher Folge, aber so, wie es sich bewegte – mit dem ganzen Geschick eines ausgekochten Schlachtfeldtaktikers, Zickzack und Was-nicht-alles –, gelang es mir nur, Löcher in den Lehm der Weide zu ballern.

Im nächsten Augenblick sprang das Eichhörnchen wieder auf die Haube und danach aufs Dach, und der kleine Drecksack machte deutlich, dass er es schon die ganze Zeit auf mich abgesehen hatte. Das Eichhörnchen biss in meinen rechten Unterarm und ließ nicht los, und ich kann Ihnen sagen, Eichhörnchen haben ein paar richtige gottverdammte Zähne. Sie sind vielleicht keine Löwen oder Tiger, aber wenn sie zubeißen, ist der Unterschied minimal.

Ich sprang vom Wagendach und lief, das Eichhörnchen an meinem Arm wie eine Zecke. Ich schlug es mit dem Revolver, und es wollte immer noch nicht loslassen. Ich hielt es auf Armeslänge vor mich und schoss ihm durch die schmale Brust, aber eine Kleinigkeit wie eine Kugel brachte es nicht zur Aufgabe. Ich rannte über die Weide und schüttelte dabei meinen Arm, und nach einer Ewigkeit lockerte sich der Kiefer des Eichhörnchens und nahm Fleisch dabei mit. Es fiel auf den Boden und überschlug sich, aber trotz der Schusswunde in seiner kleinen Brust rappelte es sich wieder auf und verfolgte mich blutend und kreischend kreuz und quer über die Weide.

Ich fuhr herum und wollte wieder schießen, aber der Revolver war leer. Ich warf ihn nach dem Eichhörnchen, traf es aber nicht. Ich rannte überallhin, aber das Eichhörnchen ließ sich nicht abschütteln. Es sprang mir nach und schnappte nach meinem Arsch, während ich Haken schlug und Zickzack lief. Es hätte mich mit Sicherheit eingeholt, hätte Leonard das wütende Vieh nicht mit seinem Wagen über den Haufen gefahren. Noch dreißig Sekunden und meine Lunge wäre geplatzt, was alle Absichten, die das Eichhörnchen in Bezug auf mich hatte, zunichte gemacht hätte.

Mir wurde erst klar, was passiert war, als Leonard hupte und ich mich umdrehte und sah, wie er es dem Eichhörnchen besorgte. Es war eine hässliche Sache, diese Vernichtung des Eichhörnchens. Der Wagen traf das Eichhörnchen mitten im Sprung und verwandelte es vorübergehend in eine Kühlerfigur. Als das Eichhörnchen in den Dreck fiel, trat Leonard auf die Bremse, setzte zurück, sah die verletzte Bestie, überfuhr sie, überfuhr sie noch einmal rückwärts, stieg aus, schnappte sich einen Stock und stach damit nach den Teilen des Eichhörnchens, die unter dem Reifen vorlugten. Das verfluchte Biest lebte immer noch und kreischte. Leonard musste es mit dem Stock und seinem Stiefelabsatz erledigen.

Auf dem Weg zum Arzt, während ich den Rambler vollblutete, sagte Leonard: »Ich frag mich, Hap, kanntest du dieses Eichhörnchen? Und wenn ja, hast du vielleicht was Falsches zu ihm gesagt?«

2

»Ich tippe auf Tollwut«, sagte Dr. Sylvan.

»Ach du Scheiße«, sagte ich.

»Das trifft es. Tollwut ist dieser Tage wieder mächtig im Kommen. In den Wäldern wimmelt es von Viechern mit Schaum vor dem Maul.«

Der Doc und ich waren in einem seiner Untersuchungszimmer. Ich saß auf dem Behandlungstisch, und er hatte soeben die Wunde an meinem Arm genäht und verbunden. Er war ein schlampig aussehender grauhaariger Mann in den Sechzigern mit einem blutbesprenkelten weißen Kittel, Gummihandschuhen und einer Miene wie jemand, der auf eine Gehirntransplantation wartet. Diese Miene trog.

Sylvan trat mit dem Fuß auf den Hebel für den Mülleimerdeckel. Der Deckel öffnete sich, und er zog vorsichtig die Handschuhe aus, ließ sie in den Mülleimer fallen und den Deckel wieder zuschnappen. Er wusch sich die Hände im Waschbecken, fummelte in seiner Kitteltasche herum, holte eine Zigarette heraus und zündete sie an.

»Ist das nicht gesundheitsschädlich?«, sagte ich.

»Ja«, sagte Dr. Sylvan, »aber ich tue es trotzdem.«

»In Ihrem Untersuchungszimmer?«

»Es ist mein Untersuchungszimmer.«

»Aber das scheint mir keine gute Idee zu sein. Die Patienten werden es riechen.«

»Ich versprühe etwas Lysol.«

»Sind Sie sicher, dass das Eichhörnchen Tollwut hatte? Vielleicht hatte es nur einen schlechten Tag?«

»Hatte es Schaum vor dem Mund?«

»Entweder das oder Schlagsahne gegessen.«

»Und Sie sagten, es sei ziemlich ziellos herumgelaufen?«

»Ich weiß nicht, ob es so ziellos war. Es ist direkt auf mich losgegangen. Als hätte es eine Mission zu erfüllen.«

»Haben Sie so etwas schon früher mal bei einem Eichhörnchen erlebt?«

»Eigentlich nicht.«

»Hat es eine Nachricht hinterlassen? Irgendeinen Hinweis darauf, dass es vielleicht nicht Tollwut ist?«

»Sehr komisch, Doc.«

»Tollwut. Das ist es. Haben Sie den Kopf des Eichhörnchens mitgebracht?«

»Ich hab ihn nicht in der Tasche oder irgendwo. Leonard hat die Überreste des Eichhörnchens, die noch an seinem Kopf hingen, in den Kofferraum seines Wagens geworfen. Er meinte auch, es wäre Tollwut.«

»Dann sind Sie der Einzige, der nicht dieser Ansicht ist.«

»Ich will nicht dieser Ansicht sein.«

»Wir müssen dem Eichhörnchen den Kopf abschneiden und ihn an ein Labor in Austin schicken, wo sie ihn untersuchen und feststellen werden, ob es Tollwut ist oder nicht. In der Zwischenzeit könnten Sie nach Hause gehen und abwarten, bis sich eindeutige Symptome einstellen. Aber das halte ich für keine gute Idee. Ich werde Ihnen eine kleine Geschichte erzählen. Aber ich sage Ihnen gleich, dass sie nicht gut ausgeht. Meine Mutter hat mir die Geschichte erzählt. In den zwanziger Jahren, als sie noch ein kleines Mädchen war, wurde ein Junge, den sie kannte, von einem Waschbären gebissen. Der Junge spielte im Wald oder irgendwas. Ich weiß nicht mehr genau. Spielt auch keine Rolle. Er wurde von diesem Waschbären gebissen. Er wurde krank. Er konnte nicht essen, und er konnte auch nicht trinken. Er wollte Wasser, aber er konnte es nicht zu sich nehmen. Der Arzt konnte nichts für ihn tun. Damals gab es noch kein Mittel gegen Tollwut wie heute. Dem Jungen ging es immer schlechter. Es endete damit, dass sie ihn im Bett festbanden und darauf warteten, dass er starb, und es war ziemlich schlimm. Denken Sie darüber nach. Wie Sie mitansehen müssen, dass Ihr Sohn an so etwas leidet, und es hört einfach nicht auf. Schließlich wurde es so schlimm, dass der Junge niemanden mehr erkannte. Er lag einfach nur da, machte ins Bett und biss und schnappte nach jedem wie ein wildes Tier. Er biss sich sogar die Zunge ab. Der Vater erstickte ihn schließlich mit einem Kissen, und alle in der Familie wussten Bescheid, aber keiner verlor auch nur ein gottverdammtes Wort deswegen.«

»Warum erzählen Sie mir das?«

»Weil Sie von einem tollwütigen Tier gebissen wurden und wir sofort anfangen müssen, Ihnen Spritzen zu geben. Die Tollwuterreger breiten sich in Ihrem Blutkreislauf aus, und Sie können mir glauben, dass sie sich durchsetzen werden. Ich stelle mir das so vor, dass mikroskopisch kleine, nach allem schnappende tollwütige Hunde mit Schaum vor dem Maul durch Ihr Blut paddeln und unterwegs zu Ihrem Gehirn sind, wo sie die Absicht haben, es zu verschlingen.«

»Das ist eine ziemlich interessante Vorstellung, Doc.«

»Ich bin als Kind darauf gekommen, als man mir die Geschichte erzählt hat. Zuerst habe ich mir Waschbären vorgestellt, aber da ich immer hörte, dass Hunde die Überträger seien, habe ich mir schließlich Hunde vorgestellt.«

»Was für Hunde?«

»Ich weiß nicht. Braune. Wir haben hier keine Zeit zu vertrödeln, Hap. Der springende Punkt ist, wenn wir nicht mit den Spritzen anfangen, erleben Sie dasselbe wie dieser Junge, nur vielleicht ohne das Kissen. Bis zum Tod und so weiter.«

»Also schön. Sie haben mich überzeugt. Tollwutspritzen werden in den Bauch verabreicht, oder?«

»Heute nicht mehr. Das hat sich geändert. Im Grunde ist es gar nicht so schlimm. Aber es ist eine ernste Sache, die wir nicht auf die leichte Schulter nehmen dürfen.«

»Können wir nicht warten, bis das Ergebnis der Untersuchung des Eichhörnchenkopfes da ist? Ich hasse Spritzen.«

»Ich habe Ihnen gerade eine gegeben.«

»Ja, und es hat mir nicht gefallen.«

»Es hätte Ihnen noch weniger gefallen, wenn ich diese Wunde ohne Betäubung genäht hätte. Hören Sie gut zu, Hap. Wenn wir warten, bis das Untersuchungsergebnis eintrifft, ist es zu spät. Bis dahin laufen Sie bereits auf allen vieren und schnappen nach allem, was sich bewegt. Glauben Sie mir. Ich bin schließlich Arzt. Ich regle alles mit dem Krankenhaus.«

»Können wir es nicht hier machen?«

»Das könnten wir, aber im Krankenhaus gibt es auch alles, was ich brauche. Und da ich weiß, dass Sie kein Geld haben, und ich gerne bezahlt würde, gehen Sie ins Krankenhaus, damit ich etwas aus Ihrer Versicherung herausschlagen kann. Sie haben doch eine Versicherung?«

»Ja. Eigentlich sogar zwei. Die Arbeit auf der Bohrinsel ist mit einer Versicherung gekoppelt, die eine Zeit lang alles abdecken wird, und dann hab ich noch 'ne kleine Nebenversicherung, für die ich in den letzten paar Jahren tatsächlich regelmäßig die Beiträge bezahlt habe. Ich weiß aber nicht, ob sie viel abdrücken wird.«

»Bei den meisten dieser Scheißversicherungen, und ich gehe davon aus, dass Sie so eine haben, steht man sich besser, wenn man ins Krankenhaus geht. Klären Sie die Formalitäten draußen mit meiner Helferin. Wenn wir die Versicherung kennen, dauert es nicht lange, bis wir über die Leistungen Bescheid wissen. Wenn nicht, wird das eine Weile dauern. Ich will Leonard auch noch untersuchen und mich davon überzeugen, dass er weder gebissen noch gekratzt wurde. Es könnte passiert sein, ohne dass er es bemerkt hat. Wenn er gebissen wurde, gehen Sie beide ins Krankenhaus. Gehen Sie jetzt und sagen Sie ihm, er soll kommen.«

»Doc, wenn ich die Spritzen doch kriege, bevor wir das Ergebnis der Untersuchung des Eichhörnchenkopfes haben, warum überhaupt die Mühe, ihn einzuschicken?«

»Es könnte eine Epidemie sein. Eichhörnchen sind normalerweise nicht die Überträger. Waschbären und Füchse sind die Hauptschuldigen. Aber die Krankheit kann auch irgendwie die Eichhörnchen erfasst haben. Und wenn es so ist, müssen die Leute das erfahren. Gehen Sie jetzt und schicken Sie Leonard herein. Wir müssen eine ganze Menge regeln. Ach, und bevor Sie gehen, hier ist eine Mülltüte. Legen Sie das Eichhörnchen in die Tüte und hinterlegen Sie sie an der Anmeldung. Ich lasse sie dann von jemandem holen.«

Ich gab der Helferin in der Anmeldung alle Versicherungsinformationen, borgte mir Leonards Wagenschlüssel aus, holte den alten Beebo aus dem Kofferraum, tütete ihn ein und deponierte ihn in einem Kühlschrank hinter dem Empfangspult. Dann setzte ich mich ins Wartezimmer und versuchte, ein Geo-Magazin zu lesen, aber im Augenblick brachte ich für die Natur keine sonderlich freundlichen Gefühle auf.

Ich brachte auch für den Bengel keine sonderlich freundlichen Gefühle auf, der dort saß. Seine Mutter, eine verhärmte Frau mit hohen, von Inquisitoren entworfenen Schnürschuhen, einem langen schwarzen Kleid und einer Pfingstochsenfrisur – die aus einem Schopf brauner, zu einem Knoten zusammengebundener Haare bestand, der aussah, als sei er festgebacken worden, um als Behältnis für eine außerirdische Lebensform zu dienen –, gab vor, auf einem Wartezimmerstuhl zu schlafen.

Ich konnte es ihr nicht verdenken. Dieser Bursche, der drei Magazine zerrissen, aus allen Pappbechern am Wasserspender getrunken und sein Kaugummi auf die Türklinke des Ausgangs geklebt hatte, war niemand, den man gerne ansah.

Er war ungefähr elf und kratzte sich ständig seinen Rotschopf, als habe er Läuse. Seine Nase lief wie ein geöffneter Wasserhahn, und er beäugte mich mit einem stechenden Blick, der mich an das Eichhörnchen erinnerte, kurz bevor es seine Zähne in meinen Arm geschlagen hatte. Ich wollte ihn ignorieren, aber ich befürchtete, er könnte mich anspringen, sobald ich wegschaute.

Er stellte mir ein paar Fragen über dieses und jenes, und ich versuchte höflich, aber auf eine Art zu antworten, die eine Unterhaltung nicht gerade ermunterte. Doch der Bengel hatte ein besonderes Talent, ein Nicken in eine Einladung umzumünzen. Er verriet mir ungefragt, dass er nicht zur Schule ging und seine Eltern ihn zu Hause unterrichteten und dies auch weiterhin tun würden, bis in LaBorde »eine christliche Schule gebaut wird«.

»Eine christliche Schule?«, sagte ich.

»Sie wissen schon«, sagte der Junge, »eine ohne Nigger und Atheisten.«

»Was ist mit atheistischen Niggern?«, sagte Leonard, der gerade ins Wartezimmer kam.

Der Bengel beäugte Leonards schwarze Haut, als versuche er, sich darüber klar zu werden, ob sie echt oder aufgemalt war. »Das sind die Schlimmsten«, sagte er.

Die Pfingstmutter öffnete ein Auge und schloss es dann rasch wieder.

»Wie würde es dir gefallen, wenn ich dir in deinen hässlichen kleinen Arsch trete?«, sagte Leonard.

»Das ist Kindesmisshandlung«, sagte der Junge. »Und Sie haben ein böses Wort benutzt.«

»Jawoll«, sagte Leonard.

Der Junge musterte Leonard einen Augenblick, floh dann zu einem Stuhl neben seiner Mutter, setzte sich und funkelte uns an. Seine Mutter schien nicht zu atmen.

»Auf geht's, Hap«, sagte Leonard. »Ich bin sauber. Oder wie der Doc sich ausdrückte, in meinem Blut schwimmen keine kleinen Hunde. Ich fahr dich ins Krankenhaus. Hey, du, du kleiner Scheißer ...«

»Was?«, sagte ich.

»Nicht du«, sagte Leonard. »Rotschopf! Du bist gemeint, Junge! Nimm das gottverdammte Kaugummi vom Türknopf. Sofort.«

Der Junge schlängelte sich zur Tür, schälte das Kaugummi ab, stopfte es sich in den Mund und glitt wieder auf den Stuhl neben seiner Mutter. Wäre er eine Kobra gewesen, hätte er Gift gespuckt. Leonard und ich verließen das Wartezimmer.

Im Wagen sagte ich: »So ein Kind muss einem einfach leidtun. Wenn es mit solchen Ansichten aufwächst.«

Leonard schwieg.

»Ich will damit sagen, dass er einen schlechten Start hat. Er weiß es einfach nicht besser. Und dass du so mit ihm geredet hast, war ein bisschen übertrieben, findest du nicht?«

»Mir tut der Bengel nicht leid«, sagte Leonard. »Ich hätte ihm wirklich in seinen hässlichen Arsch getreten. Ich hoffe, dass seine Mama ihn zum Arzt gebracht hat, um ihn einschläfern zu lassen, wie 'ne kranke Katze.«

»Das ist nicht sehr nett«, sagte ich.

»Nein«, sagte Leonard. »Nein, das ist es nicht.«

3

Im Krankenhaus nahm man ein paar Routineuntersuchungen vor und steckte mich dann in ein kaltes Zimmer, wobei ich das trug, was sie als Krankenhausnachthemd bezeichneten, nämlich was ziemlich Lächerliches. Man sitzt in der Kälte und trägt ein papierdünnes Hemdchen, das auf dem Rücken offen ist, sodass der Arsch heraushängt, und sie nennen es Nachthemd. Wahrscheinlich glauben sie dort, dass hochhackige Schuhe dazu passen, vielleicht noch eine nette Frisur und eine Brosche und eine Einladung zum Abendessen.

Leonard saß bei mir im Zimmer. Er sagte: »Du hast den gottverdammt hässlichsten Arsch, den ich je gesehen habe.«

»Und du hast einige gesehen.«

»Stimmt genau, also zählt meine Meinung einiges.«

»Nicht für mich. Und außerdem, wenn er so mies ist, warum will der Arzt dann jedes Mal seinen Finger reinschieben?«

»Wahrscheinlich, weil er seinen Abschlussring von der High School verloren hat, als er zuletzt darin rumgestochert hat. Ich schätze, wenn er etwas tiefer bohrt, findet er vielleicht das Gummi eines alten Freundes.«

»Das ist dein Spiel«, sagte ich. »Wenn sie in deinem Arsch rumwühlen, finden sie wahrscheinlich Hundehaare.«

Wir zogen uns eine Zeit lang mit derartigem pubertären Schwachsinn auf, dann fing Leonard wieder an, mir von sich und Raul zu erzählen. Kurze Zeit später kam Doc Sylvan, und Leonard verließ das Zimmer.

»Diese Versicherung, die Sie haben«, sagte Doc Sylvan. »Wir kennen sie. Ich habe noch ein paar Anrufe gemacht, um sicherzugehen. Das Letzte.«

»Welche Police ist das Letzte?«

»Beide. Die Bohrinsel-Police zahlt langfristig mehr, aber kurzfristig taugt sie nichts. Die andere Police ist mehr als lausig. Was wir hier machen wollen, fällt unter den Begriff ambulante Behandlung. Wir geben Ihnen eine Spritze, dann gehen Sie nach Hause. Irgendwann kommen Sie wieder, werden untersucht und bekommen die nächste Spritze. Und Sie gehen wieder nach Hause. Aber wenn Sie nach Hause gehen, haben Sie eine Selbstbeteiligung von fünfhundert Dollar.«

»So viel wird mich das kosten?«

»Bis ich fertig bin, kostet es vielleicht sogar noch mehr. Eigentlich kostet es gar nicht so viel, aber es wird dadurch teurer, dass wir die Spritzen hier im Krankenhaus verabreichen. Außerdem ist es auch noch ein Kleinstadtkrankenhaus, und das ist wohl zu viel des Guten.«

»Warum machen wir es dann nicht in Ihrer Praxis?«

»Das sagte ich bereits. Hören Sie zu, wir werden Folgendes machen. Wir weisen Sie für ein paar Tage hier ins Medical Hilton ein.«

»Ist das nicht teurer?«

»Natürlich. Sogar viel teurer, aber wenn Sie das machen, zahlt die Bohrinsel-Police achtzig Prozent. Die andere Police zahlt ein bisschen.«

»Diejenige, die mehr als lausig ist?«

»Genau.«

»Sie wollen mir weismachen, dass die Versicherung nicht zahlt, wenn ich nach Hause gehe, aber zahlt, wenn ich im Krankenhaus bleibe und es dadurch viel teurer wird?«

»Jetzt haben Sie's begriffen. Mit beiden Versicherungen führt es dazu, dass Sie alles in allem ein paar hundert Mäuse Selbstbeteiligung zahlen müssen. Vielleicht ergänzen die Versicherungen sich sogar so gut, dass Sie noch etwas dabei verdienen, aber das bezweifle ich. Sie werden selbst etwas bezahlen müssen. Das liegt in der Natur der medizinischen Versorgung und des Versicherungswesens.«

»Ich glaube, Sie bringen mich absichtlich in eine schwierige Lage, damit Sie mehr Geld aus der Versicherung herausholen können. Ja, das glaube ich.«

»Wenn man bedenkt, dass Sie bei mir noch ein paar alte Rechnungen offen haben, können Sie vielleicht damit leben.«

»Wie lange muss ich im Krankenhaus bleiben?«

»Nach den Bestimmungen der Versicherung ...«

»Der Bohrinsel-Police oder der lausigen?«

»Beiden ... Ich würde sagen, sieben oder acht Tage.«

»Machen Sie Witze?«

»Nein. Sehen Sie, Sie bekommen jetzt eine Spritze. Dann noch eine in einer Woche. Das müsste Zeit genug sein, um zu gewährleisten, dass die Versicherung zahlt. So, wie diese Policen abgefasst sind, muss man praktisch einen Kopfstand machen und vom Blitz getroffen werden, während man versucht, sich mit 'ner Limoflasche im Arsch in der Nase zu bohren, damit sie zahlen. Sie brauchen eine bessere Versicherung, Hap. Eine richtige.«

»Sobald ich an richtiges Geld komme, schließe ich eine ab.«

»Wie auch immer. Eine Spritze jetzt gleich. Eine in einer Woche und eine in drei Wochen. Bei der letzten Spritze haben Sie etwas Spielraum. Aber nicht viel. Wenn Sie Tollwut haben und eine dieser Spritzen auslassen, können Sie sich von Ihrem Arsch verabschieden.«

»Wenn ich ins Krankenhaus gehe, muss ich dann die ganze Zeit dieses verdammte Nachthemd tragen?«

»Jeder Sport hat seine eigene Kleidung.«

Ein Krankenhaus ist gesundheitsschädlich. Alle möglichen Krankheiten schwirren darin herum. Am ersten Tag zog ich mir eine Erkältung zu. Schlimmer als die Erkältung war die Langeweile. Mann, und wie langweilig es war. Und ich musste mit der Nadel und dem Glucose-Tropf im Arm daliegen, und es gab nicht einen verdammten Grund dafür, aber sie verpassten ihn mir trotzdem, und das Essen, das ich bekam, erklärte, warum jemand in meiner Zimmertoilette mit blauer Tinte ZWEIMAL ABZIEHEN, DER WEG ZUR CAFETERIA IST LANG über der Spülung an die Wand geschrieben hatte.

Also verbrachte ich meine Zeit damit, einfach nur dazuliegen. Tatsächlich war ich ein wenig aufgebracht, weil mein bester Freund in der ganzen gottverdammten Welt mich noch nicht einmal besucht hatte. Ich hatte ihn nicht mehr gesehen, seit er gegangen und Doc Sylvan gekommen war. Ich rief wiederholt bei ihm an, aber niemand hob ab, und er hatte keinen Anrufbeantworter, sodass ich ihm nicht einmal eine Nachricht hinterlassen konnte. Meine einzige Verbindung zur Außenwelt waren der Fernseher und Charlie Blank.

Der Fernseher war das Allerletzte. Es gab nur ein paar Sender, und alle schienen dasselbe Zeug zu bringen oder zumindest dieselbe Art Zeug. Ich hatte in meinem Leben schon genug Talkshows gesehen, in denen es um alberne Beziehungen ging. Ich hätte diesen Leuten sofort sagen können, warum sie so viele Probleme mit ihrem Leben und ihren Beziehungen hatten. Sie waren dämliche Arschlöcher und auch noch stolz darauf.

Ich war in meinem Leben ständig Leuten wie ihnen begegnet, und zwar einfach deshalb, weil es sich nicht vermeiden ließ. Sie waren wie Hundescheiße. Irgendwann trat man unweigerlich hinein, und dann blieb sie einem an der Schuhsohle kleben. Ich hätte diesen fröhlich und willentlich dämlichen Arschlöchern nicht die Uhrzeit verraten, geschweige denn, dass ich hören wollte, was sie im Fernsehen zu sagen hatten.

Und als sei das noch nicht genug, musste ich mir in der Nacht diese politische Show gefallen lassen, in der ein fetter Bursche in einem protzigen Anzug die Hauptrolle spielte, der eine ganze Stunde damit zubrachte, mit einem Publikum zu reden, das ebenso niederträchtig und engstirnig war wie er. Alles war eine einzige große Schiebung. Er zeigte immer Ausschnitte aus politischen Reden, die er dann aus dem Zusammenhang gerissen kritisierte. Und was sein Publikum betraf, wenn man den IQ aller Anwesenden addierte und die Summe mit drei multiplizierte, kam – der Mathematik zum Trotz – immer noch nicht mehr als ein Kollektiv von Schwachsinnigen dabei heraus.

Ich verzweifelte langsam. Ich sehnte mich bereits nach etwas so Schrecklichem wie einem Film mit Jerry Lewis oder vielleicht einem Kosmetik-Werbespot.

An meinem ersten Abend im Krankenhaus kam Charlie Blank vorbei, um mich zu besuchen. Er war zum Lieutenant befördert worden. Nicht, dass der Chief so viel von Charlie hielt, aber der alte korrupte Schweinehund war froh, Lt. Marvin Hanson los zu sein, und jemand musste dessen Job übernehmen. Charlie, der außerdem noch ein guter, ehrlicher Cop war, war der Nächste in der Hierarchie und nach Ansicht des Chiefs wahrscheinlich ein guter Tausch, wenn auch aus keinem anderen Grund als dem, dass er eine unbekannte Größe und, noch wichtiger, weiß war.

Hanson und sein Wagen hatten auf nasser Fahrbahn und mit hoher Geschwindigkeit nähere Bekanntschaft mit einem Baum gemacht, und jetzt lag er im Haus seiner Ex-Frau im Koma und imitierte eine Kohlrübe. Er lag nur da, wurde von Schläuchen gefüttert, während seine Ex ihm den Arsch wischte. Er schrumpfte ganz langsam ein, zuckte ab und zu mit einem Augenlid und bewegte sich gerade so viel, um seiner Ex-Frau und Charlie neue Hoffnung zu verleihen, er werde aus dem Koma erwachen und um ein Schinkensandwich und den neusten Stand der Warentermingeschäfte mit Schweinebauch bitten.

Meiner Ansicht nach konnte man Hanson ebensogut einpflanzen und hoffen, dass er wuchs. Falls er tatsächlich aus dem Koma erwachte, würde es höchstwahrscheinlich so sein, als habe er nie existiert. Die Welt wäre ganz neu für ihn. Erstaunlich und unbegreiflich. Wenn er lernte, passabel Schach gegen sich selbst zu spielen, ohne zu mogeln, und nicht in die Küchenspüle zu scheißen, würde das eine Leistung von olympischen Ausmaßen sein.

Charlie trug seinen braunen Mike-Hammer-Hut, wie ich ihn nannte. Es war ein flacher Filzhut, und er hatte ein blauseidenes Hawaiihemd mit einem Muster aus grellbunten Palmen, Papageien und Hula-Mädchen an. Er trug seine übliche billige braune Anzugjacke, schwarze Plastikschuhe von Kmart und seine ausdruckslose Miene zur Schau. Ich kann Ihnen sagen, aus einem Krankenhausbett sieht nichts besser aus als ein Hawaiihemd, das einen zwischen den Revers einer billigen Anzugjacke anstrahlt, während über allem ein Filzhut wie eine verrostete Vogelfeder thront. Er hatte außerdem eine weiße, fettfleckige Papiertüte und eine zweite – braun, ohne die Fettflecken – bei sich.

»Wie ich höre, hattest du einigen Ärger mit einem Eichhörnchen«, sagte Charlie.

»Einigen«, sagte ich.

»Sieht so aus, als hätte es dich in die Hölle gebracht.«

»Ja. Du solltest das Eichhörnchen sehen.«

»Wir überprüfen gerade, ob das Eichhörnchen einen Komplizen hatte. Du weißt schon, einen Ausguck im Wald. Wir hoffen, noch vor Ende der Woche eine Verhaftung vornehmen zu können. Ein paar andere Eichhörnchen oder Eichelhäher singen, ein Opossum hat einen Tipp für uns, und mit etwas Glück schnappen wir den Partner dieses Hurensohns noch in dieser Nacht.«

»Ja, mach dich ruhig über mich lustig. Aber diese Sache mit dem durchgedrehten Eichhörnchen darf man nicht auf die leichte Schulter nehmen. Ich zeig dir mal, wo das Vieh mich gebissen hat. Sieh dir das an. Mit vier Stichen genäht.«

»Ich hatte schon Schlimmeres.«

»Von einem Eichhörnchen?«

»Nein. Da muss ich passen ... Du hörst dich komisch an.«

»Ich hab mich erkältet.«

Charlie öffnete eine der Papiertüten und schob sie zu mir. Sie enthielt einen Hamburger, Pommes frites und eine Flasche Malzbier. »Ich war auch mal ein, zwei Tage im Krankenhaus«, sagte Charlie, »also dachte ich mir, du hättest vielleicht Hunger auf so etwas – es sei denn, sie haben mittlerweile französische Köche eingestellt.«

»Oh Gott«, sagte ich, indem ich die Essplatte meines Nachtschranks auszog und das Essen daraufstellte. »Ich hätte nie gedacht, dass ich mich mal so über ein Menü von McDonald's freuen würde.«

»Bleib noch ein bisschen länger hier«, sagte Charlie, »dann wird es so schlimm, dass die Vorstellung, aus Mülltonnen zu essen, richtigen Reiz für dich bekommt. Übrigens habe ich mir die Spider-Man-Figur genommen, die es gratis zu jedem Menü gibt.«

»Du kannst sie gern behalten.«

»Das sagst du jetzt, aber wenn du sie erst siehst, wirst du sie für dich wollen.«

»Dann zeig sie mir nicht.«

Charlie stellte die andere Tüte aufs Bett, nahm seinen Hut ab und hängte ihn auf die Lehne des Besucherstuhls.

»Was ist in der anderen Tüte?«, fragte ich.

»Bücher. Ein Magazin.«

»Was für eins?«

Er holte ein Magazin mit dem Titel *Möpse und Hintern* heraus und warf es mir zu.

»Oh, toll«, sagte ich.

»Was ist los? Hast du das schon gelesen?«

»Ja. Klar.«

»Na ja, wenigstens liegst du allein auf dem Zimmer. Du kannst dir einen runterholen, ohne dass dich dabei jemand sieht.«

»Das kannst du wieder mitnehmen«, sagte ich. »Mir geht genug im Kopf herum, ohne daran zu denken, was ich nicht kriege und schon lange nicht mehr hatte.«

»Hey, ich bin verheiratet und krieg's auch nicht. Meine Frau will immer noch, dass ich mit dem Rauchen aufhöre, bevor sie mich ranlässt. Ich versuche aufzuhören, aber ich hab's noch nicht geschafft. Mittlerweile rauche ich nur noch drei oder vier Zigaretten am Tag, aber sie weiß es immer. Sie hat da so was wie einen sechsten Sinn. Und wenn sie Rauch riecht, kneift sie die Muschi zu. Also lese ich diese Magazine, wenn sie zu tun hat. Bin oft im Badezimmer. Lasse die Dusche laufen. Meine Frau hält mich für einen richtig reinlichen Hurensohn, aber in Wirklichkeit hol ich mir nur einen runter.«

»Vielleicht solltest du mal versuchen, etwas mehr als nur eine rein sexuelle Beziehung zu entwickeln, Charlie. Du könntest dich in ihren Geist versetzen, in ihre Gefühle. Wirklich versuchen zu verstehen, was euch beide zu menschlichen Wesen macht. Sie mehr als Frau anerkennen und nicht nur als Sexobjekt.«

»Ja, sicher, das ist alles schön und gut, aber ich will trotzdem mit ihr bumsen.«

»Das ist mir klar.«

»Weißt du, ich versteh's einfach nicht. Meiner Frau ist es irgendwie unheimlich wichtig, dass man die richtigen Sachen sagt. Du weißt schon. Ich soll nicht *Muschi* sagen, weil das erniedrigend ist. Wenn ich sie Muschi nenne, verstehe ich, dass das erniedrigend ist. Es gibt ein paar Frauen, die ich für Fotzen halte. Ein paar Kerle sind echte Säcke. Ich will damit sagen, man kann 'ne Fotze haben und keine Fotze sein, und man kann 'ne Fotze haben und auch eine sein. Aber Amys Argumentation verstehe ich nicht. Wenn ich sage, ich will 'ne Muschi, dann sage ich damit, ich will 'ne Nummer schieben oder Schmusen oder so, ich nenne nicht sie Muschi, ich nenne ihre Muschi Muschi. Und weißt du, irgendwie ist das als umgangssprachliche Bezeichnung für das, was Frauen da unten haben, genauso gut wie Schwanz oder Pimmel für das, was wir in der Hose haben. Wenn jemand zu mir Schwanz oder Sack sagte, würde ich wahrscheinlich ziemlich sauer reagieren, aber wenn Amy zu mir sagte, dass sie 'nen kleinen Schwanz will, hat das 'ne ganz andere Bedeutung, findest du nicht?«

»Ich kenne mich nicht besonders gut mit Frauen aus. Also fragst du den Falschen. Ich habe nichts gegen Frauen oder Männer im Allgemeinen. Ich glaube nur, dass manche von ihnen richtige Arschlöcher sind.«

»Da hast du's. Du hast gerade *Arschlöcher* gesagt. Kann man das einfach so sagen, oder gibt das gleich einen Eintrag im großen kosmischen Buch?«

»Ich schätze, das hängt davon ab, wer das Buch führt.«

»Ja, das ist auch so 'n komischer Trip, finde ich. Diese ganzen religiösen Geschichten. Christen glauben, man muss Gutes tun, weil man in den Himmel kommen will, aber wenn man Gutes tut, weil man ganz einfach Gutes tun will, und an diesen ganzen Scheiß nicht glaubt, dann gehen sie davon aus, dass du später auf kleiner Flamme geröstet wirst. Sie stehen auf einen Gott, der ein Tyrann ist, der einen dazu bringt, Gutes zu tun, weil er einen sonst zur Schnecke macht. Das Leben ist eine große Schweinerei nach der anderen, hab ich nicht recht?«

»Komisch, wie Sex einen zum Philosophieren bringen kann, findest du nicht auch, Charlie?«

»Das sag ich dir, und da wir gerade beim Philosophieren sind, in dem Magazin da ist ein Rotschopf, der dich verdammt schnell dazu bringen könnte, 'nen ungedeckten Scheck auszustellen und 'ne Tankstelle auszurauben, das kann ich dir sagen.«

»Spar dir die Einzelheiten.« Ich legte das Magazin auf den Nachtschrank. »Was hast du für Bücher mitgebracht?«

Charlie holte einen Harlekin-Liebesroman aus der Tüte und legte ihn auf das Magazin.

»Machst du Witze?«

»Hey, meine Frau hat ihn ausrangiert. Sie liest die Dinger im Dutzend. Ich hab nicht viel Geld. Ich hab genommen, was ich kriegen konnte. Millionen Leser können sich nicht irren. Immerhin hab ich den noch für dich aufgetrieben.«

Er gab mir ein Taschenbuch, einen Western.

»Na ja, einer von dreien ist gar nicht so schlecht«, sagte ich.

»Den hab ich bei einem Garagenverkauf erstanden. In der Mitte fehlen ein paar Seiten, aber er liest sich ziemlich gut.«

»Hast du Leonard gesehen?«

»Nee. Schon 'ne ganze Weile nicht. Ich dachte, ich würde ihn hier bei dir treffen.«

»Er ist noch nicht ein einziges Mal vorbeigekommen. Er hat Probleme mit seinem Freund. Ich nehme an, dass es damit zu tun hat.«

»Raul?«

»Ja.«

»Leonard hat keine Geduld mit dem Jungen. Raul ist in Ordnung.«

»Ich mag ihn nicht. Ich habe das Gefühl, dass nicht viel mit ihm los ist und das, was mit ihm los ist, nicht viel ist.«

»Mit Freunden ist das eben so 'ne Sache. Schwer zu verstehen, warum sich jemand gerade mit diesem oder jenem anfreundet. Irgendwie scheinen es immer die falschen Leute zu sein. Bei mir war es dasselbe mit Hanson. Obwohl ich sagen muss, seine Ex-Frau, Rachel, er hätte sich nicht von ihr trennen sollen. Sie ist schon in Ordnung, so, wie sie sich um ihn kümmert. Und sieht auch noch klasse aus.«

»Ich verstehe das nicht, Charlie. Sie sind seit Jahren geschieden. Er fliegt mit dem Kopf durch die Windschutzscheibe und knallt damit gegen einen Baum, und plötzlich führt sie ihm 'ne Pinkelröhre in seinen Dödel ein und füttert ihn mit grünen Bohnen.«

»Sie füttert ihn nicht. Er wird über einen Tropf ernährt. Und vielleicht ist das gar keine so schlechte Partnerschaft. Sie muss sich seinen Mist nicht anhören und er auch nicht ihren. Vielleicht hat er mehr Glück als alle anderen. Er muss sich überhaupt keinen Mist anhören. Und sein Schwanz wird mehr befummelt als meiner, und ich bin hellwach. Aber ich meinte eher dich und Leonard. So eng, wie ihr befreundet seid, glaube ich, dass du irgendwie eifersüchtig auf die Zeit bist, die Raul dir und ihm stiehlt. Es ist fast so wie in einer Ehe, nur ohne das Bumsen. Also im Grunde wie meine Ehe, weil da auch nichts mit Bumsen läuft. Trotzdem, du brauchst 'ne Frau, Hap. Und wenn's nur 'ne schnelle Nummer mit einer der hiesigen Matratzen ist.«

»Oh, das ist ein richtig erhabener Standpunkt. Sehr modern, Charlie.«

»Ich sage doch nur, dass ein kleiner Fick gut für einen ist. Die Augen werden klar, und der Rücken wird gerade. Manchmal wird sogar die Gesichtsfarbe besser.«

»Meine Gesichtsfarbe ist völlig in Ordnung.«

»Hey, wart's nur ab. Das kommt alles noch. Du weißt ja, wie es bei mir zu Hause läuft, und bei mir sind's nicht nur 'n paar Beulen, ich hab auch ein oder zwei Warzen auf der Hand.«

»Das kommt vom Wichsen.«

»Verdammt. Du könntest recht haben.«

»Was macht das Sehvermögen?«

»Etwas getrübt, jetzt, wo du es sagst.«

»Kann ich dich um einen Gefallen bitten?«

»Du kannst mich um alles bitten. Ich weiß nicht, ob ich es mache, aber du kannst fragen.«

»Siehst du für mich nach Leonard? Ob alles in Ordnung ist mit ihm?«

»Hey, was sollte mit ihm nicht in Ordnung sein? Du hast selbst gesagt, dass er Probleme mit seinem Freund hat. Ich wette, er ist wieder mit Raul zusammen. Das geht doch ständig so mit den beiden. Wahrscheinlich dehnen sie sich gegenseitig das Arschloch oder was sie machen, wenn sie zusammen sind. Das wird der Grund sein, warum er dich noch nicht besucht hat.«

»Hat dir schon mal jemand gesagt, dass deine Fähigkeit, zwischenmenschliche Beziehungen zu verstehen, unübertroffen ist?«

»Das hör ich ständig.«

»Die Sache mit Leonard ist die, ich glaube nicht, dass alles in Ordnung ist. Das ist nicht die übliche Kabbelei zwischen den beiden. Es geht um mehr als nur verletzte Gefühle. Die Trennung hat Leonard ziemlich mitgenommen. Und Raul hat einen neuen Freund.«

»Au-ha.«

»Einen Burschen mit Motorrad, Lederklamotten und Bart. Ich weiß nicht viel darüber. Leonard wollte es mir gerade erzählen, als das Eichhörnchen auf uns losging. Und dann musste ich wegen der Versicherung ins Krankenhaus, und er hat mich noch nicht besucht, also haben wir nicht richtig darüber geredet. Und er wollte wirklich darüber reden. Ich will damit sagen, er ist ernstlich frustriert. In der Arztpraxis hat er diesem kleinen Bengel damit gedroht, ihm in seinen hässlichen Arsch zu treten.«

»Nach allem, was ich in meinem Job als Cop schon gesehen habe, gibt es einige Bengel, denen ich gerne in den Arsch treten würde.«

»Das war kein Jugendlicher oder so. Der Bengel war noch ein Kind, zehn oder elf.«

»Der Vorteil dabei ist, man muss den Fuß nicht so hoch heben.«

»Er hat den Jungen einen kleinen Scheißer genannt.«

»Mein Dad hat mich ein paarmal so genannt. Und er hatte recht.«

»Im Ernst, Charlie. Siehst du nach ihm?«

»Ja. Ja. In Ordnung.«

4

An meinem zweiten Tag im Krankenhaus hörte ich weder etwas von Leonard noch von Charlie. Ich lag im Bett und las den Harlekin-Liebesroman, und er gefiel mir besser, als ich gedacht hatte. Dann las ich den Western und fand ihn schlechter, als ich gehofft hatte, obwohl ich mir einzureden versuchte, dass die fehlenden vier Seiten ihn unvergleichlich gemacht hätten.

Zwischen meinen Sitzungen mit den Büchern und dem Herumstochern in lausigem Essen verbrachte ich viel Zeit damit, auf der Seite zu liegen und aus dem Fenster zu schauen und wegen meiner Erkältung die Nase hochzuziehen. Das Fenster war interessanter geworden als der Fernseher. Ich lernte, die Tauben voneinander zu unterscheiden, die auf dem Fensterbrett saßen, und ich gab allen Namen. Originelle Sachen wie Tom, Dick und Harry. Fred und George, Sally Ann, Mildred und Bruce. Die kleinen Haufen Scheiße, die sie auf dem Fensterbrett zurückließen, nannte ich Leonard.

Jenseits meines Fensterbretts und der Tauben konnte ich ein niedrigeres schwarzes Teerdach und eine Wasserpfütze sehen, die sich dort gesammelt hatte, wahrscheinlich schon vor einer Woche. Mir gefiel, wie die Sonne darauf schien und einen kleinen Regenbogen in die Pfütze malte.

Als die Nacht hereinbrach und die Tauben wegflogen, konnte ich nur noch das schwarze Dach und das Spiegelbild des Mondes in der Pfütze sehen, der mich wie das Gesicht eines anämischen Herumtreibers aus der Dunkelheit anstarrte. Und später in der Nacht wich der Mond einem Wolkenschleier. Der Himmel wurde schwarz, und ein Frühlingsregen prasselte gegen die Fensterscheibe.

Gegen Mitternacht schloss ich die Augen und lauschte dem Regen in der Hoffnung, er würde mich einlullen, aber das tat er nicht. Ich öffnete die Augen, als jemand mein Zimmer betrat. Ich drehte mich um und sah eine junge, schlanke Frau in Weiß in der Dunkelheit. Eine Krankenschwester. Sie kam leise zu mir und schaltete das Licht neben dem Bett ein.

»Immer noch wach, hm?«

»Ja«, sagte ich.

Ich sah jetzt, dass sie gar nicht so jung war, nur schlank und hübsch. Ihre Haare waren ein wenig zu rot, das Gesicht war markant von Erfahrung und die Lippen waren weich und, wie wir Leser von Harlekin-Liebesromanen das nennen, verheißungsvoll. Sie hatte Beine, die den Papst dazu gebracht hätten, in der Toilette des Vatikans Hand an sich zu legen und sich deswegen vielleicht noch nicht einmal sündig zu fühlen.

»Ich muss Ihre Temperatur messen«, sagte sie.

»Ich habe Sie hier noch nicht gesehen.«

»Ich komme erst um halb elf. Ich mache die Nachtschicht und hatte ein paar Tage frei. Ich heiße Brett. Öffnen Sie den Mund.«

Als sie sich vorbeugte, um mir das Thermometer in den Mund zu schieben, konnte ich die Süße ihres Parfüms riechen und die Rundung ihrer Brüste unter ihrer Schwesterntracht sehen. Es war schon zu lange her. Der Geruch und der Anblick reichten, um mir eine Erektion zu verschaffen. Ich lag verlegen da, froh, dass mich ein Hemd und ein Laken bedeckten. Ich fühlte mich irgendwie schäbig und befriedigt zugleich. Wie ein Junge.

Nach ein paar Augenblicken nahm sie das Thermometer heraus und schob es in eines meiner Nasenlöcher. Sie begutachtete das Thermometer, schüttelte es und lächelte.

»Tja, das sieht ganz gut aus. Kein Fieber. Nach Ihrem Krankenblatt bekommen Sie demnächst eine weitere Spritze. Darin steht, Sie sind von einem tollwütigen Tier gebissen worden.«

»Von einem Eichhörnchen.«

Sie lächelte. Sie hatte ein wunderbares Lächeln. Es war fast so etwas wie ein Nachtlicht. »Ohne Scheiß?«

»Na ja«, sagte ich, »es war ein großes Eichhörnchen.«
Sie lachte.

Ich sagte: »Meinen Sie, Sie könnten mir vielleicht diesen Glucose-Quatsch – oder was das ist – aus dem Arm nehmen? Ich brauch das nicht. Ich kriege nur ein paar Spritzen, und die Versicherung zahlt nicht, wenn ich's ambulant machen lasse.«

»Süßer«, sagte sie, »ich kenne das Problem, aber ich kann nichts aus Ihrem Arm nehmen, nicht mal ein Messer. Nicht ohne Erlaubnis. Aber, wissen Sie was, der Tropf könnte sich lösen.«

Sie löste den Klebestreifen, der die Nadel in meinem Arm hielt. Sie zog die Nadel heraus und lächelte mich wieder an.

»Hoppla, das kleine Dummerchen ist einfach so rausgerutscht«, sagte sie.

»Schön, jemanden zu sehen, der seinen Job mag.«

»Ach, ich hasse diesen Scheiß«, sagte sie und klang dabei so, als meine sie es ernst.

»Tatsächlich?«

»Nein, ich lüge. Mein Süßer, es gibt nichts, was ich mehr mag, als Scheiße aus Bettpfannen zu leeren. Höchstens noch, jemandem einen Einlauf zu machen oder einen Katheter in den Pimmel eines alten Knackers einzuführen.«

Das ließ mich erröten, aber sie wirkte nicht im Geringsten verlegen. Fluchen war ihr Leben.

»Sie machen nicht unbedingt einen unglücklichen Eindruck«, sagte ich.

»Es heißt, lächeln oder sterben, Schätzchen.«

»Warum machen Sie das hier dann überhaupt?«

»Weil ich geschieden bin und der Vermieter mich nicht für die Miete bumsen will.«

Ich lachte, und sie lachte.

Sie sagte: »Sie haben mir Ihren Namen noch nicht verraten.«

»Hap. Hap Collins.«

»Wir sehen uns, Hap Collins.«

»Das hoffe ich doch, Brett.«

»Es wäre sogar möglich, dass ich Ihnen Ihre Spritze gebe.«

»O Junge.«

»In den Arsch, wenn Sie Glück haben.«

»O Junge, o Junge.«

Sie schaltete das Licht aus, und ich beobachtete, wie sich ihre steife weiße Tracht durch die Dunkelheit bewegte. Dann war sie verschwunden, und ich war wieder allein mit dem Regen, dem Duft ihres Parfüms, meinen Gedanken und der Abwesenheit ihres Lächelns.

Was meine Gedanken betraf, so war mein Arsch meine Hauptsorge. Bisher hatte ich die Spritzen, eine zur Betäubung und eine gegen Tollwut, in den Arm bekommen, aber was war, wenn sie mir die nächste tatsächlich in den Arsch gab? Leonard hatte sich über meinen Arsch lustig gemacht. Angenommen, er hatte recht? Was, wenn ich den hässlichsten Arsch der ganzen Welt hatte? Was, wenn er und meine kahle Stelle weißlich glänzend unter dem grellen Licht der Krankenhauslampen lagen? Ich meine, wenn ich mich auf den Bauch wälzte und sie meinen Arsch und die kahle Stelle auf meinem Kopf sah, würde sie dann davor zurückscheuen? Oder würde sie glauben, dass der eine irgendwie zur anderen passte wie die korrekte Hose zum korrekten Hut?

Ich ging ins Badezimmer und kämmte mir die Haare, aber ich hatte immer noch eine kahle Stelle. Ich war nicht so dumm zu versuchen, die Haare von der Seite über die kahle Stelle zu kämmen.

Ich meine, Junge, sieht das natürlich aus? Das wäre so, als würde man ein Schild tragen mit der Aufschrift ICH BIN NICHT NUR KAHL, SONDERN SEHT MAL, WIE DÄMLICH ICH BIN. Außerdem waren meine Haare ohnehin viel zu kurz geschnitten, um damit viel Wirkung zu erzielen. Ich fragte mich, ob meine Versicherung wohl auch Haartransplantate abdeckte.

Ich ging wieder ins Bett und machte ein paar Übungen zur Straffung der Gesäßbacken, aber nur ein paar. Teufel, ich hatte noch fünf Tage Zeit, bevor Brett mir vielleicht meine zweite Tollwutspritze gab. Ich wollte es nicht übertreiben.

Ich lauschte eine Zeit lang dem Regen, dann drehte ich mich um, schaltete das Licht aus und nahm das Telefon. Es klingelte und klingelte unter Leonards Nummer, aber er ging nicht ran.

Ich lag auf dem Rücken und dachte eine Zeit lang an Leonard. Wo zum Teufel mochte der wohl stecken? Als ich diesen Pfad geistiger Beschäftigung ausgelatscht hatte, dachte ich über Brett nach. Ich fragte mich, wo sie wohl wohnte, wie sie wohl lebte und ob sie einen Mann mittleren Alters in ihrem Leben brauchte, der ungefähr meine Größe und Veranlagung und dazu einen hässlichen Arsch und eine kahle Stelle hatte.

Wahrscheinlich nicht.

Ich dachte sogar an *Möpse und Hintern* in der Schublade, aber ich hatte eine derart starke Konstitution, dass ich es unterließ, das Licht einzuschalten und es herauszuholen, um einen Blick darauf zu werfen ...

Na ja, nur einen kleinen.

Schließlich döste ich ein, aber die Krankenhausgeräusche rissen mich in regelmäßigen Abständen aus dem Schlaf. Im Gegensatz zur landläufigen Meinung ist ein Krankenhaus kein Ort der Ruhe. Ständig kommt irgendjemand herein, um nach einem zu sehen oder Fieber zu messen. Oder im Flur lacht oder weint jemand oder scheppert mit irgendwelchen Sachen herum. Ich erwachte mit dem Gefühl, den Mount Everest bestiegen zu haben und heruntergefallen zu sein. Nur um von einem verabscheuungswürdigen Schneemenschen gefunden und von ihm als neues Lieblingsspielzeug in seine Höhle gebracht worden zu sein.

Ich aß mein Frühstück, das etwas besser war, als wenn ich es selbst auf allen vieren hätte jagen und roh herunterschlingen müssen. Nach dem Frühstück sah ich Brett wieder, kurz, aber doch so lange, dass sie meine Temperatur messen konnte. Eigentlich wollte ich ihre Telefonnummer aus ihr herauskitzeln, aber heute Morgen machte sie einen wesentlich nüchterneren, sachlicheren Eindruck. Vielleicht war es die kahle Stelle. Ich lächelte nur und machte höfliche Konversation. Als sie fertig war, ging sie und ließ mich wieder mit ihrem Parfüm allein. Ich fragte einen Pfleger nach ihrem Nachnamen, aber er kannte ihn nicht.

Ich wartete darauf, dass Brett zurückkam, aber sie tauchte nicht wieder auf. Stattdessen kam eine Schwester mit einem Gesicht wie eine schwielige Faust, die reichlich Glas zerschlagen hatte, und bestand darauf, dass der Glucose-Tropf wieder angelegt werden müsse. Ich bestand darauf, dass er draußen blieb.

Als sie wieder ging, war sie ziemlich verärgert und drohte mir damit, es meinem Arzt zu sagen. Ich rechnete halb und halb damit, dass Sylvan schließlich auftauchen würde, um mir den Hintern zu versohlen.

Ein paar Stunden später kam eine andere Schwester herein. Sie hatte ungefähr Bretts Größe und erinnerte mich sogar ein wenig an sie – allerdings fehlten ihr Bretts Charme, das vorlaute Mundwerk und die roten Haare. Sie sah wie ihre jüngere, ruhigere brünette Schwester aus.

Ich sagte: »Falls Sie versuchen wollen, mir das Ding wieder in den Arm zu stecken, das wird nicht funktionieren.«

Sie lachte. »Ich bin nur gekommen, um Ihnen zu sagen, dass Sie Brett gefallen.«

»Wow«, sagte ich. »Ich komme mir vor, als wäre ich wieder in der High School. Passen Sie auf, sonst benutzen wir Sie als Nächstes noch, um Briefchen weiterzugeben.«

»Sie hat mir nicht gesagt, dass ich Ihnen das sagen soll. Ich wollte nur, dass Sie es wissen. Sie ist meine Freundin. Sie hat mir gesagt, Sie wäre an Ihnen interessiert. Sie könnte jemanden in ihrem Leben gebrauchen. Jemanden, der kein Scheißkerl ist. Sie sind kein Scheißkerl, nicht wahr, Mr. Collins?«

»Jesus, ich glaube nicht. Wie heißen Sie?«

»Ella Maine.«

»Danke, Ella.«

»Gern geschehen.«

»Hat sie Ihnen gesagt, was ihr an mir gefällt?«

»Ihr Sinn für Humor.«

»Nicht meine Augen? Mein edles Kinn? Mein betörendes Lächeln? Meine zuckenden Brustmuskeln?«

»Ihr Sinn für Humor.«

»Da geht nichts darüber«, sagte ich.

»Mr. Collins?«

»Ja?«

»Behandeln Sie sie anständig.«

»Das mache ich, falls sie mir halbwegs Gelegenheit dazu gibt.«

»Sagen Sie ihr nicht, dass ich mit Ihnen geredet habe. Es könnte sie vielleicht in Verlegenheit bringen.«

»Ich glaube nicht, dass sie so leicht in Verlegenheit zu bringen ist.«

Ella lachte. »Jetzt, wo Sie es erwähnen, glaube ich es auch nicht.«

Ein paar Minuten nachdem Ella gegangen war, kam Charlie Blank herein. Er hatte eine Miene aufgesetzt wie ein Mann, dem man gerade gesagt hatte, er müsse eine Kegelkugel schlucken und wieder ausscheiden und dann alle Neune damit werfen. Er bat nicht darum, einen Blick auf meinen Arsch zu werfen.

»Leonard?«, fragte ich. »Alles okay mit ihm?«

»Das weiß ich nicht.«

»Was soll das heißen, du weißt es nicht?«

»Das soll heißen, ich weiß es nicht. Ich bin heute Morgen bei ihm vorbeigegangen. Und hab angeklopft. Er hat nicht aufgemacht. Ich wusste, wie oft du ihn angerufen hast und er sich kein einziges Mal gemeldet hat. Da bin ich etwas nervös geworden. Ich hab sein Schloss geknackt und bin ins Haus rein, aber er war nicht da. Ich hab nachgesehen, ob ihn jemand in den Kleiderschrank gestopft oder versucht hat, ihn in der Badewanne in Stücke zu hacken. Kein Leonard. Nicht mal ein zerhackter. Das Bett war unbenutzt, obwohl er wirklich mal sein Bettzeug waschen sollte. Nichts sah ungewöhnlich aus, aber wo, zum Teufel, ist er? So dicke, wie ihr es miteinander seid, sieht es Leonard gar nicht ähnlich, einfach zu verschwinden, ohne es dir zumindest zu sagen.«

»Du glaubst, dass irgendwas faul ist? Willst du mir das damit sagen?«

»Ich will gar nichts sagen. Aber ...«

»Aber was?«

»Ich bin noch nicht fertig. Lass mir etwas Zeit. Dieser Motorradfahrer. Mit dem Raul gesehen wurde. Hast du eine bessere Beschreibung als die, die du mir gegeben hast?«

»Ich hab ihn nie gesehen. Ich hab ihn dir so beschrieben, wie Leonard ihn mir beschrieben hat.«

»Diese Beschreibung schloss ein, dass er am Leben ist und einen Kopf hat, oder?«

»Was soll das jetzt wieder heißen?«

»Letzte Nacht auf der Old Pine Road. Ein paar Autofahrer alias zwei Jugendliche, die am Straßenrand geparkt hatten und sich mit Unzucht amüsierten, haben einen Motorradfahrer gefunden. Seine Harley war gegen einen Baum gefahren, aber das hat ihn nicht umgebracht. So richtig zurückgeworfen hat ihn ein Schuss aus einer Schrotflinte direkt in den Kopf. Es wird ein paar Tage dauern, bis wir alle Zähne und Schädelfragmente eingesammelt haben. Vielleicht finden wir noch einen Kieferknochen in Louisiana.«

»Verdammt noch mal.«

»Leonard besitzt eine Schrotflinte.«

»Augenblick mal, Charlie. Du kennst Leonard.«

»Ja. Deswegen bin ich ja so beunruhigt. Hör mal, Hap. Leonard gerät ziemlich schnell in Wut. Das kannst du nicht abstreiten.«

»So schnell gerät er gar nicht in Wut.«

»Doch, das tut er. Besonders in letzter Zeit. Wie zum Beispiel bei dieser Geschichte mit Raul und Rauls neuem Freund, der, wie ich anmerken möchte, ein Motorrad fährt. Hab ich recht?«

»Ja. Aber ...«

»Und du weißt, warum Leonard seinen Job im Hot Cat Club verloren hat?«

»Er hat irgendeinem Kerl auf den Kopf gepisst.«

»Das ist ziemlich extrem, sogar für Leonard.«

»Er wollte ein Exempel statuieren.«

»Aha. Und was du noch gesagt hast, dass er einem Jungen in den Arsch treten wollte. Erinnerst du dich?«

»Ich glaube nicht, dass er es so gemeint hat. Nicht wirklich.«

»Das zeigt doch, dass er schnell in Wut gerät, oder? Und du hast nichts von ihm gehört. Kommt dir irgendwas davon richtig vor, Partner? Und dieser Motorradfahrer, den hat 'ne Schrotflinte Kaliber zwölf zum kopflosen Reiter gemacht. Und wie ich schon sagte, Leonard besitzt eine Schrotflinte Kaliber zwölf.«

»Wie jeder Texaner. Außerdem besitzt Leonard Gewehre, Pistolen, eine Sammlung Tafelsilber und einen Fernseher. Zum Teufel, ich auch. Und du.«

»Ich habe noch niemandem auf den Kopf gepisst und auch noch nicht damit gedroht, einem Kind in den Arsch zu treten.«

»Aha. Aber du hast dich in dieser Beziehung mit ihm solidarisiert.«

»Ich hab nur Spaß gemacht.«

»Leonard auch.«

»Du warst dir da nicht so sicher.«

»Du weißt nicht mal, ob es derselbe Motorradfahrer ist.«

»Das stimmt. Aber nachdem ich bei Leonard war, ihn nicht angetroffen und von diesem Motorradfahrer gehört hatte, bin ich noch mal zurückgegangen und hab einen Blick in seinen Schrank geworfen. Die Schrotflinte war nicht da. Du und ich, wir wissen beide, dass er die Schrotflinte nicht oft anrührt. Er hat sie von seinem Onkel, der sie wiederum von seinem Vater hat oder so. Der Onkel hat sie Leonard gegeben, als der noch ein Kind war. Du hast ihn darüber reden gehört. Das Ding ist ein Familienerbstück. Es reicht so weit zurück, dass es nicht mal registriert ist. Wenn der Bursche so etwas vorhätte, wie seinen Liebhaber oder den Freund seines Liebhabers abzuknallen, würde er es vielleicht mit einer Waffe tun wollen, die was ganz Besonderes für ihn ist.«

»Ich dachte, du wärst Leonards Freund.«

»Das bin ich, Hap. Deshalb bin ich ja so besorgt.«

»Ich kann nicht glauben, dass du mit diesem Blödsinn zu mir kommst. Leonard hat niemanden umgebracht. Jedenfalls nicht so. Teufel noch mal, das weißt du doch ganz genau.«

»Da ist noch mehr. Letzte Nacht, Biker-Bar am Stadtrand. The Blazing Wheel. Schon mal davon gehört? Ist die einzige Motorrad-Rocker-Bar, die wir haben. Jedenfalls ist da ein Schwarzer mit ziemlich mieser Laune aufgelaufen und hat einen von den Bikern mit 'nem Besenstiel zusammengeschlagen. Ging ziemlich hart zur Sache. Und als die anderen Biker auf den Schwarzen losgehen wollten, hat er ihnen ein paar Beulen verpasst und 'ne Pistole gezogen. Als sie ihm dann nach draußen zu seinem Wagen gefolgt sind, hat er 'ne Kaliber zwölf vom Wagensitz genommen und damit auf sie gezielt. Er hat das Neon aus dem Schild vom Blazing Wheel geballert und ein paar von den Motorrädern in Schrotthaufen verwandelt. Da draußen hat es ausgesehen wie nach einem verdammten Demolition Derby. Dieser Biker, den er mit dem Besenstiel verrollt hat – weißt du, was mit dem ist?«

»Ist das der tote Motorradfahrer?«

»Und willst du noch was wissen?«

»Was?«

»Dieser Schwarze, der da ausgerastet ist, fuhr einen Rambler. Wie viele Kerle kennst du, die den Mumm haben, bewaffnet in eine

Biker-Bar zu gehen und 'ne Schlägerei anzufangen? Wie viele Schwarze kennst du, die einen alten Rambler fahren? Kennst du überhaupt jemanden, der einen Rambler fahren will? Allein dazu braucht man schon 'ne Menge Mumm.«

»Ich glaube nicht, dass der Rambler Leonard wirklich gefällt«, sagte ich. »Er hat ihn billig erstanden.«

»Ja. Jedenfalls, überleg dir mal diese Sache mit der Schrotflinte, und dann denk an die anderen Sachen. An die Geschichte mit Leonards Freund und daran, dass er nicht zu Hause ist. Das ergibt zusammen ein ziemlich übles Bild, findest du nicht?«

»Was ist mit Raul? Hat sich da irgendwas ergeben?«

»Nada. Was auch nicht sonderlich gut aussieht.«

»Wird Leonard offiziell schon irgendwas zur Last gelegt?«

»Noch nicht. Ich bin der Einzige, der bisher einen Zusammenhang zwischen den Vorfällen sieht. Einen falschen, hoffe ich.«

Ich stand auf und ging zum Kleiderschrank.

»Was hast du vor?«, sagte Charlie.

»Behalt deine Schlussfolgerungen für dich, Charlie. Machst du das?«

»Ich bin ein Gesetzeshüter, Hap. Ich kann nicht. Du gehst nirgendwohin. Du versaust das mit deiner Versicherung, wenn du gehst.«

»Ich muss Leonard finden. Und ich habe größere Chancen als alle anderen. Warte noch damit, den Zusammenhang herzustellen. Lass mir etwas Zeit. Dann ist Leonard nicht gezwungen, sich zu verkriechen, wenn er nichts mit der Sache zu tun hat.«

»Wenn er es nicht getan hat, braucht er sich nicht zu verkriechen.«

»In dem Zustand, in dem er sich befindet, könnte er auf den Gedanken kommen, dass er das muss. Aber ich sage dir, er hat es nicht getan. Okay, wahrscheinlich hat er diesen Kerl zusammengeschlagen und die Bar zusammengeschossen. Und wahrscheinlich hat er diesen Rambler mit einem Gefühl des Stolzes gefahren. Das ist seine Art. Aber irgendeinem Kerl aufzulauern. Ihm so den Kopf wegzublasen. Das ist nicht seine Art.«

»Da ist noch eine Sache.«

»Was?«

»Ein Rambler, ehemals weiß, bevor er ausbrannte, wurde auf einer Weide am Highway Neunundfünfzig gefunden.«

»War das Bill Duffins Weide?«

»Genau. Und wenn ich mich recht erinnere, war das nicht auch die Weide, wo dich das Eichhörnchen angefallen hat? Wir haben es hier mit einer ziemlichen Anhäufung von Zufällen zu tun. Ein Schwarzer, der einen Biker zusammenschlägt, mit 'ner Schrotflinte rumballert und einen Rambler fährt.«

»Dann bleibt mir wirklich keine andere Wahl«, sagte ich. »Ich muss gehen.«

Ich stieg in meine Hose, ohne Unterwäsche anzuziehen, zog mir das Nachthemd über den Kopf und warf es auf das Bett. Ich schlüpfte in mein T-Shirt.

»Ich bitte dich nur darum, dass du mir etwas Spielraum lässt, Charlie. Okay?«

»Hap, ich hab euch Burschen schon oft einen Gefallen getan. Aber…«

»Dann tu uns noch einen.«

»Dir ist klar, wie das aussieht. Er ist in die Bar gegangen, hat die Beherrschung verloren, die Rübe eines Bikers verbeult und ist dann in dem Rambler abgehauen. Die anderen Biker haben ihn verfolgt. Er hat diesen einen Kerl aus seinem Wagen erschossen. Dann haben die anderen ihn überholt und den Rambler verbrannt, um die Identifikation zu erschweren … Dann … Tja, ich glaube nicht, dass sie Leonard zum Abendessen ausgeführt haben.«

Ich holte Socken und Schuhe aus dem Kleiderschrank. »Man hat keine Leiche gefunden, also gehe ich davon aus, dass Leonard lebt. Er ist nicht unverwundbar, aber er ist auch kein Waschlappen. Hat man eine Schrotflinte und eine Pistole in dem Wagen gefunden?«

»Nein, aber was besagt das schon? Die Biker könnten sie mitgenommen haben, bevor sie den Wagen verbrannt haben. Warum auch nicht? Eine gute Schrotflinte und eine Pistole. So was können die immer gebrauchen.«

»Vielleicht. Aber ich glaube, dass er entkommen ist, irgendwo dort draußen steckt und Hilfe braucht.«

»Hap, Mann, angenommen, er lebt … Ich steh auf den Burschen, ehrlich. Leonard und ich, wir sind ziemlich dicke miteinander. Aber hier geht es um Mord. Das lass ich keinem durchgehen, egal wie dicke ich mit ihm bin. Verstehst du, was ich sage?«

»Für mich hört sich das eher nach Notwehr an.«

»Was? Er geht in die Bar und schlägt einen Kerl zusammen. Dann verfolgt ihn der Kerl, und Leonard pustet ihn weg. Der Bursche war nicht bewaffnet, Hap.«

»Du hast gesagt, dass man den Rambler auf Duffins Weide gefunden hat. Das ist nicht gerade nah bei der Stelle, wo der Biker erschossen wurde, oder?«

»Also haben sie ihn verfolgt. Er ist zu der Weide geflohen und hat versucht, sich im Wald zu verstecken. Sie haben ihn erwischt. Das leuchtet doch wohl ein.«

»Dann hat er ihnen aber 'ne hübsche Verfolgungsjagd geliefert. Von der Old Pine Road bis zu Duffins Weide.«

»Ja. In Ordnung. Das ist ein Argument. Aber es könnte so passiert sein, wie ich es gesagt habe.«

»Haben die Biker ausgesagt, sie hätten gesehen, wie Leonard diesen Kerl erschossen hat? Hat das irgendjemand bezeugt?«

»Nein. Sie haben nur gesagt, sie hätten ihn verfolgt. Aber eine Menge Fragen sind noch gar nicht gestellt worden. Wenn sie ihn erwischt und umgelegt haben, werden sie das nicht rundheraus zugeben. Nach allem, was wir wissen, bräunen sie gerade irgendwo sein Fell und machen einen Läufer daraus.«

»Er ist schon braun. Ich will nicht viel Zeit, Charlie. Wenn Leonard es wirklich getan hat, kannst du ihn haben. Er wird jetzt nicht anfangen, wahllos Leute umzubringen. Und wenn er tot ist, warum dann die Eile, hm?«

Das brachte Charlie ins Grübeln. »Also schön. Vierundzwanzig Stunden, dann lasse ich die Katze aus dem Sack. Und in der Zwischenzeit versuche ich herauszufinden, ob vielleicht mehr als nur eine Katze im Sack ist. Die Ermittlungen könnten Dinge zutage fördern, die ich nicht für mich behalten kann. Dinge können sich entwickeln. Eine Katze kann Junge kriegen. Verstehst du?«

»Ja«, sagte ich. »Vollkommen. Und, Charlie. Danke.«

Ich setzte mich auf den Besucherstuhl und zog Socken und Schuhe an. Ich warf einen Blick in meine Brieftasche. Jawoll. Ich hatte immer noch meine zwei Dollar und ein paar fette, noch nicht eingelöste Schecks von meiner Arbeit auf der Bohrinsel.

Die Schwester, die damit gedroht hatte, meinem Arzt zu erzählen, dass ich ein ungezogener Junge war, kam gerade herein, als ich gehen wollte.

»Mr. Collins, wie darf ich denn das verstehen?«, sagte sie.

»Keine Sorge, ich entlasse mich nicht. Ich mache nur einen Verdauungsspaziergang. Ich bin zurück, wenn die nächste Spritze fällig ist.«

»Das können Sie nicht machen«, sagte sie. »Bis dahin sind es noch fünf Tage.«

»Verstecken Sie sich im Gebüsch und geben Sie gut acht«, sagte ich und ging.

Einen Augenblick später kam ich wieder zurück. Charlie hörte der Schwester zu, die über mein Verschwinden wetterte. Er nickte lediglich und sagte gar nichts. Sie drehten sich beide zu mir um.

»Charlie«, sagte ich, »ich weiß, das versaut jetzt meinen Abgang, aber meinst du, du könntest mich ein Stück mitnehmen? Zu mir. Ich hab ganz vergessen, dass ich meinen Wagen nicht hier habe.«

5

Charlie fuhr mich nach Hause und setzte mich ab. Während der Fahrt sagte er nicht viel, aber als ich zum Haus ging, rief er durch das offene Fenster: »Nicht mehr lange, Hap, dann muss ich Leonard zum Verhör holen.«

»Ja. Ich weiß. Wie spät ist es?«

Er sagte es mir.

Ich sagte: »Vierundzwanzig Stunden. Von jetzt an. Okay?«

»Okay. Aber wenn ich vierundzwanzig Stunden sage, dann meine ich auch vierundzwanzig. Nicht fünfundzwanzig. Und wenn sich irgendwas Neues ergibt, ist die Abmachung hinfällig.«

Ich nickte ihm zu, und er fuhr ab. Ich nahm meinen Schlüssel und fühlte mich plötzlich krank, als ich auf die vordere Veranda ging. Teils lag das an der Erkältung, teils an dem Anflug von Furcht davor, das Krankenhaus einfach so verlassen zu haben, obwohl ich wusste, dass ich noch Spritzen bekommen musste, während ich gleichzeitig an die Geschichte von Doc Sylvan über den Jungen denken musste, der nach allem geschnappt hatte, was sich bewegte, und ans Bett gefesselt gestorben war.

Ich versuchte, mir nicht allzu große Sorgen zu machen. Mir blieben fünf Tage bis zur nächsten Spritze und danach noch zwei Wochen bis zur letzten. Aber ich musste mich doch fragen, warum ich überhaupt so hektisch reagiert hatte.

Jetzt, wo ich nicht mehr im Krankenhaus und wieder zu Hause war, hatte ich nicht die leiseste Ahnung, was ich als Nächstes tun sollte. Ich kam mir vor, als würde ich in einer Grundschulaufführung von *Rotkäppchen* eine Szene aus *Hamlet* spielen. Es war ein dramatischer Augenblick gewesen, aber auch irgendwie unangebracht. Jedenfalls führte das alles zu nichts, was Leonard helfen konnte.

Als ich ins Haus ging, traf mich der Geruch nach Schimmel und Staub wie ein Schlag. Ich war monatelang fort und seit meiner Rückkehr nicht einmal zu Hause gewesen. Ich war mit Leonard unterwegs gewesen, um auf Büchsen zu schießen und zu reden. Von da ab war es nur noch bergab gegangen.

Ich empfand eine Mischung aus Freude und Schrecken, als ich eintrat. Schrecken, weil mein Haus im Wesentlichen ein Dreckloch ist. Es könnte einige Reparaturen vertragen. Hinzu kommt die Tatsache, dass der Inhalt meines Hauses von einer wenn auch nicht erbärmlichen, so doch zumindest einer lausigen Existenz kündete. Ich hatte immer noch eine mit Aluminiumfolie verkleidete Zimmerantenne für meinen Fernseher. Nicht einmal eine Dachantenne, von einer Satellitenschüssel ganz zu schweigen.

Das freudige Gefühl, das mit dem Schrecken rang, war auf die Tatsache zurückzuführen, dass ich zu Hause und mein Job auf der

Bohrinsel beendet war, wo ich monatelang als Öler beschäftigt gewesen war. Nichts anderes als eine schlichte Bezeichnung für einen Idioten, der Öl auf Maschinen gießt. Ich hasste die Arbeit und hatte geschworen, so was nie wieder zu tun. Außerdem hatte ich zum x-ten Mal geschworen, mein Leben zu ändern. Etwas Besseres zu finden und mich endlich auf die Zukunft vorzubereiten. Da mein halbes Leben hinter mir lag, vielleicht keine schlechte Idee. Hätte ich vernünftige Perspektiven, könnte ich mir vorstellen, dass mein Glas halbvoll und nicht halbleer war. Oder zumindest halbleer mit einem Leckerbissen auf dem Grund.

Ich öffnete die Haustür, riss die Fenster auf und ließ frische Luft ins Wohnzimmer. Der Frühling lag in der Luft, und ich roch den Wald.

Ich ging in die Küche und öffnete den Kühlschrank, obwohl ich genau wusste, dass nichts darin war. Aber das war immerhin eine Aufgabe. Ich schloss den Kühlschrank, fand die Keksdose und schaute hinein.

Es waren ein paar Kekse darin – die Vanilleplätzchen, die Leonard so gern mochte –, aber die Ameisen mochten sie auch, und sie waren zuerst da gewesen.

Mit einem langen Löffel zerbröselte ich die Kekse, goss Krümel und Ameisen ins Waschbecken, drehte das Wasser auf und sah zu, wie alles durch den Abfluss gespült wurde.

Die kleinen Scheißer konnten absolut nicht schwimmen.

Ich fand eine Dose Kaffee, öffnete sie, setzte eine Kanne auf und entdeckte dann eine Dose Sardinen. Mit dem Drehschlüssel an der Dose öffnete ich den Deckel, holte mir eine Gabel, setzte mich an den Tisch und aß den Fisch und wünschte, ich hätte ein paar Cracker.

Ich goss mir eine Tasse Kaffee ein und trank. Dabei ging ich im Wohnzimmer auf und ab und dachte nach. Und da fielen mir die Fußabdrücke im Staub vor meiner Schlafzimmertür auf. Ich sah mich genauer um. Die Fußabdrücke kamen von einem der Fenster, die ich geöffnet hatte, und wurden zum Teil von meinen eigenen Abdrücken überlappt, aber es waren ganz eindeutig nicht meine. Das Fenster mit den Fußabdrücken darunter war nicht verriegelt gewesen, als ich es geöffnet hatte.

Da war mir das noch nicht merkwürdig vorgekommen, weil ich nicht immer meine Fenster verriegele. Als ich das Fenster eingehender untersuchte, sah ich, dass das Schloss aufgebrochen worden war. Jemand hatte etwas unter den Rahmen gezwängt und es aufgestemmt.

Mir wurde komisch, und ich roch Gestank, der unter der Schlafzimmertür hervordrang. Ich hatte ihn schon zuvor bemerkt und ihn auf Staub und Schimmel zurückgeführt, aber jetzt, näher an der Tür, roch ich ihn intensiv, und es war weder Staub noch Schimmel. Je näher ich der Schlafzimmertür kam, desto stärker wurde er.

Ich ging leise in die Küche zurück, stellte meinen Kaffee auf die Spüle, holte ein Fleischermesser aus der Besteckschublade und schlich zur Schlafzimmertür zurück. Ich holte tief Luft und drehte langsam den Türknopf in der Erwartung, jeden Augenblick angesprungen zu werden.

Ich glitt ins Schlafzimmer. Es war heiß darin. Staubflocken wirbelten umher. Das Licht der Mittagssonne fiel durch die Vorhänge als ein Schwall gelben Lichts. Die Fensterscheibe, die durch den Spalt zwischen den Vorhängen lugte, war mit einem Film aus Staub und Fliegenleichen überzogen. Die Blenden vor dem Fenster waren mit Blütenpollen übersät.

Tote Schaben und andere ausgedörrte Insekten lagen auf den Fensterbrettern und reckten die Beine in die Luft. Der Teppich war immer noch braun, obwohl er ursprünglich einmal einen rostroten Farbton gehabt hatte. Das Sonnenlicht und das Versäumnis, sich ordentlich die Füße abzutreten, hatten ihm seine gegenwärtige Farbe verliehen, die der von getrockneter Scheiße entsprach.

Meine Kommode befand sich noch an Ort und Stelle. Das Bett mit den altmodischen Pfosten war immer noch dasselbe – abgesehen von der Tatsache, dass jemand darauf lag, unter einem Laken, den Kopf bedeckt. Dieser jemand hatte das Laken beschmutzt, sodass es schwarz war. Die Füße ragten am Ende hervor und steckten in schwarzen Roper-Stiefeln. An den Sohlen der Ropers klebte eine schwarze Masse, vielleicht getrocknete Kuhscheiße. Offensichtlich rührte der Gestank von den Stiefeln und der Gestalt auf dem Bett her.

Ich holte tief Luft, mochte den Geruch nicht, schlich mich zum Kopfende des Bettes, packte das Laken und hob es an.

Leonard, die Kaliber zwölf neben sich, einen Revolver im Hosenbund, das Gesicht verschwitzt, zerkratzt, verdreckt und unrasiert, öffnete ein Auge und sagte mit belegter Stimme: »Howdy.«

»Du Stück Scheiße«, sagte ich.

Er öffnete beide Augen, wenn auch nicht weit, und sagte: »Nein. Ich habe zwar alle möglichen Scheißestücke an mir, aber ich bin trotzdem nur ich. Wozu soll das Messer gut sein?«

»Was, zum Teufel, bist du irre? Du hast Kuhscheiße über mein ganzes Bett verteilt.«

»Tatsächlich ist es Schweinescheiße, und das ist kalter Dung. Hast du das gewusst? Sie eignet sich nicht so gut als Dünger, weil sie sich nicht so erhitzt. Versuch nicht, sie zu kompostieren. Das klappt nicht richtig. Nur eine winzige Information, von der ich glaube, dass du sie vielleicht zu schätzen weißt. Ich bin voll von solchen Sachen.«

»Du bist voll von dem, was an dir klebt. Raus aus meinem Bett.«

»Muss ich? Ich bin echt müde. Ich war, gelinde ausgedrückt, etwas beschäftigt.«

»Ich dachte, du wärst vielleicht tot.«

»Enttäuscht?«

»Ein wenig. Ich kann nicht glauben, dass du dir nicht die verdammten Schuhe und Klamotten ausgezogen hast, bevor du in mein Bett gekrochen bist. Mach ich das bei dir, dir Scheiße ins Bett schmieren?«

»Ich kann mich nicht mal mehr erinnern, Schuhe und Klamotten anzuhaben, Hap. Du hast nichts zu essen mitgebracht, oder doch? Ich hab nur Ameisen und Sardinen gefunden, und ich esse weder Ameisen noch Sardinen. Aber ich würde die Ameisen den Sardinen vorziehen. Die gottverfluchten Ameisen haben meine Plätzchen gegessen.«

»Das waren *meine* Plätzchen.«

»Ja, aber ich weiß, dass du sie nur für mich kaufst.« Leonard richtete sich zu einer sitzenden Haltung auf. »Rieche ich da Kaffee?«

»Ich rieche nur Scheiße«, sagte ich.

»Das liegt daran, dass du dich noch nicht daran gewöhnt hast.«

»Was, zum Teufel, ist eigentlich passiert?«

»Ich bin im Augenblick einfach zu fertig, um zu quatschen. Ich brauch was zu essen, einen Kaffee und eine Bluttransfusion.«

»Bist du verletzt?«

»Ich hab ein paar Kratzer, aber nichts Ernstes.«

Ich hatte eine Menge Fragen, aber das war einstweilen hoffnungslos. Leonard war zu widerlich, hungrig und stinkig, um ihn zu ertragen. »Sieh zu, dass du deinen Arsch hochkriegst und unter die Dusche kommst. Ich fahr in die Stadt und kauf ein. Wir zwei müssen uns mal ernsthaft miteinander unterhalten. Und wirf deine Klamotten weg. Zieh dir was von meinen Sachen an.«

»Auf gar keinen Fall. Deine Unterwäsche ist weder bunt noch gemustert und sie hat auch nicht genug Platz für meine Bestückung.«

»Tut mir echt leid, dass ich dir keine bunte Unterwäsche anbieten kann. Hast du 'ne Verabredung?«

»Nicht mehr.«

»Raul?«

»Es ist ein Alptraum.«

»Leonard, du steckst tief in der Scheiße.«

»Tief in Schweinescheiße.«

»Geh unter die Dusche. Ich bin gleich wieder zurück. Aber ich habe eine Frage.« Ich nickte zur Kaliber zwölf. »Du hast doch kürzlich niemanden erschossen, oder?«

»Nein, aber ich hatte ganz bestimmt Lust dazu.«

»Das spielt erst mal keine Rolle. Hör mir zu. Geh nicht ans Telefon. Geh nicht an die Tür. Geh nirgendwohin und erschieß niemanden. Und piss auch niemanden an.«

»Ich werd mein Bestes tun.«

6

Als Leonard ins Badezimmer ging, zog ich das Bett ab, faltete das Bettzeug zusammen, trug es zur Mülltonne hinter dem Haus und stopfte es hinein. Ich holte den Autoschlüssel und stieg in meinen Wagen. Den Wagen, den ich liebte, hatte ich bei einer Überschwemmung in Grovetown, Texas, verloren, und mein derzeitiger fahrbarer Untersatz war ein blauer 79er Datsun Pickup mit einem Rostloch in der Seite. Den Datsun liebte ich nicht, aber wenigstens brauchte ich ihn nicht den Berg hochzuschieben. Während ich auf der Bohrinsel war, hatte Leonard es sich zur Aufgabe gemacht, ab und zu herzukommen, ihn anzulassen und ein wenig zu fahren, und so schnurrte er wie eine Nähmaschine.

Ich schnurrte mit ihm nach LaBorde, kassierte meine Schecks, deponierte etwas Geld auf der Bank, steckte den Rest ein, kaufte ein paar Lebensmittel und flüssige Medizin, holte in einem Taco Bell etwas zu essen und fuhr wieder nach Hause.

Als ich dort ankam, war das Haus ziemlich gut durchgelüftet, und Leonard, der mein blaues Jeanshemd mit aufgekrempelten Ärmeln und eine meiner schwarzen Jeans trug, saß mit übereinandergeschlagenen Beinen am Küchentisch und wackelte mit einem nackten Fuß. Er trank eine Tasse Kaffee. Er sah viel besser aus als vor meiner Fahrt.

»Du siehst wieder wie ein schwarzer Mann aus und nicht wie ein grauer.«

»Jedenfalls fühl ich mich beschissen. Ich hoffe, du hast reichlich zu essen mitgebracht. Ich bin völlig ausgehungert. Sag mal, solltest du nicht im Krankenhaus sein? Ich meine, wenn ich dich so ansehe, du siehst selbst auch nicht sonderlich gut aus.«

»Ich hab mich erkältet.«

»Du hast das Krankenhaus meinetwegen verlassen, nicht wahr, Hap?«

Ich erzählte ihm, was Charlie mir erzählt hatte. Ich erzählte ihm, wie ich das Krankenhaus verlassen hatte. Ich erzählte ihm, dass

Charlie mir etwas Zeit gegeben hatte, den Dingen auf den Grund zu gehen.

»Gottverdammich«, sagte Leonard. »Die ganze Sache hat sich zu einem einzigen großen Fiasko entwickelt.«

»Aber sie ist noch nicht außer Kontrolle geraten. Charlie behält die Zusammenhänge zwischen dir und dem Mord an diesem Biker für sich. Aber nicht ewig. Irgendwann muss er es melden, und kann man ausschließen, dass nicht noch jemand anders die richtigen Schlussfolgerungen zieht? Sobald die Verbindung einmal hergestellt ist, solltest du besser 'ne verdammt gute Vorstellung davon haben, was läuft, und die sollte besser so klar sein wie der helllichte Tag.«

»Ich weiß nicht genau, was läuft.«

»Hast du den Biker umgelegt?«

»Ich hab dir doch gesagt, dass ich niemanden erschossen habe. Ich wusste bis gerade nicht mal, dass der Hurensohn tot ist. Glaubst du, ich würde jemanden umlegen und es dir nicht erzählen?«

»Ich muss das fragen.«

»In Ordnung. Du hast gefragt.«

Leonard schmollte kurz. Ich sagte: »Fang einfach damit an und erzähl mir, was passiert ist. Du hast doch nicht genau geplant, dich in Schweinescheiße zu wälzen, oder?«

»Nein. Das war so 'ne Art natürliches Abfallprodukt meines Abenteuers. Und du kannst mir glauben, ohne dich war es nicht das Wahre. Wir sind wie die Hardy Boys, weißt du?«

»Nein. Ich bin ein Hardy Boy, und du bist Nancy Drew.«

»Das lass ich mal auf sich beruhen. Hap, als wir im Krankenhaus waren und ich das Wartezimmer verließ, hatte ich eigentlich nichts Besonderes vor. Aber der Doc hat sich 'ne Menge Zeit gelassen, und ich dachte, na ja, ich geh raus, hol uns was zu essen und komm dann zurück. Aber so ist es nicht gelaufen. Ich bin losgefahren und konnte mir Raul einfach nicht aus dem Kopf schlagen. Der Junge treibt mich zum Wahnsinn.«

»Sind wir nicht schon etwas zu alt für diese Art Schwärmerei? Für diese ganze wutschnaubende Scheiße?«

»Das würde ich auch sagen, aber ich musste an ihn denken und bin zu mir nach Hause gefahren. Ich dachte, er könnte dort sein. Hätte seinen Spaß mit dem Biker gehabt und wäre zurückgekommen. Abwegige Gedanken, aber das hab ich gedacht. Keine Ahnung, wie ich dazu stehen würde, wenn er zurückkäme, aber ich wollte ihn wiedersehen. So einfach ist das. Der kleine Wichser macht mich total an.«

»Was anmachen betrifft, solltest du's mal mit Schweinescheiße versuchen. Ich bin erkältet, und der Gestank hat meine Nase frei gemacht. Den Mist auf dem Teppich, das machst du sauber.«

Leonard nickte. »Was hältst du davon, wenn wir zuerst was essen und dann auf die Veranda gehen und uns unterhalten?«

Wir verputzten das mitgebrachte Essen von Taco Bell, und ich öffnete eine Dose Thunfisch und ein Glas Mayonnaise, verrührte einen Esslöffel Mayonnaise mit dem Thunfisch und strich die Masse auf Brot. Leonard aß das Sandwich und dann noch eines. Als er satt war, kochte ich noch eine Kanne Kaffee, und wir gingen mit den Tassen nach draußen.

Die hintere Veranda war nicht toll. Sie stand kurz davor, den Geist aufzugeben. Die Bretter waren grau und stark verwittert, aber die Aussicht war nicht schlecht. Da waren die dunklen Wälder von East Texas unter einem Himmel, der heute eine sonderbare blaue Farbe hatte, die durch den goldenen Glanz der Sonne noch verschönt wurde. Die Wolken schwammen darauf wie Lilien auf einem großen, stillen Ozean. Zur Rechten war ein Bach. Man konnte das Wasser gurgeln hören, als summe eine glückliche Frau vor sich hin. Ein leichter Wind wehte. Draußen konnte man den Schimmel, den Staub und die Schweinescheiße nicht riechen. Leonard erzählte.

»Was ich dir über mich und Raul erzählen wollte, kommt mir jetzt ziemlich unwichtig vor. Nach allem, was passiert ist. Ich kann nur sagen, dass es zwischen uns aus ist. Ich hab wohl schon länger gewusst, dass es mit der Zeit so kommen würde. Wir waren einfach zu verschieden. Er war etwas zu jung für mich. Eigentlich kam er aus einer anderen Welt. Er wollte immer jemanden, der keine Kanonen und Boxen und Kampfsportarten mag. Jemanden, der kultiviert ist.«

»Wenn ich das Wort *kultiviert* höre, denke ich immer sofort an dich, Leonard.«

»Darauf kannst du wetten. Aber wir kamen nicht so gut miteinander aus, und irgendwann kam er nicht wie abgemacht nach Hause. Es kam so weit, dass ich nachts aufblieb und mir Dave Letterman und John-Wayne-Filme ansah, und dann kam er müde und schlechtgelaunt und um eine Erklärung verlegen angeschlichen. Teufel noch mal, ich glaube, ich wusste, dass er rumbumste. Aber ich liebe den Jungen, weißt du, und das macht einen blind. Ich dachte, ich wäre vielleicht nur grundlos eifersüchtig. Ich hoffte, unser Ärger wäre nur so eine Phase, die wir durchmachten. Ich glaubte den Scheiß, den er mir auftischte, dass er arbeitete ...«

»Arbeitete?«

»Ja. Er hat die Friseurschule beendet. So 'ne Art Eliteausbildung. Er hat sich auf diese Sache gestürzt, die jetzt angesagt ist, wo die reichen Leute sich den Friseur nach Hause kommen lassen.

In der Sache steckt 'ne Menge Geld. Das ist so, als würde man einen Kellner für die Nacht anheuern. Oder einen Hausangestelltenservice.«

»Ich wusste gar nicht, dass Raul einen Kamm von einer Schere unterscheiden kann.«

»Es war ein kurzer Lehrgang. Hat drei Monate gedauert. Den hat er gemacht, während du draußen warst und dabei geholfen hast, die Erde ihrer natürlichen Ressourcen zu berauben.«

»Erzähl weiter. Du sagtest gerade …«

»Jedenfalls war die Situation ziemlich angespannt, und die Nachbarn nebenan waren immer noch stinkig, weil ich ihnen ihr Crack-Labor niedergebrannt hab, und von Zeit zu Zeit kam immer einer von dem Haufen spät nachts vorbei und bewarf das Haus mit irgendwelchen Sachen. Einmal haben sie sogar darauf geschossen. Sie haben sich an unserer Post vergriffen. Schließlich musste ich unsere Postadresse vorübergehend ändern lassen. Ich ließ mir die Post an meine alte Adresse schicken. Es kam einfach eins zum anderen. Aber nachdem ich rausgefunden hatte, wo diese Scheißer jetzt wohnen, ging ich hin und erklärte ihnen, wenn in der Nähe meines Hauses noch irgendwelcher Scheiß passierte, würde ich das gewaltig übelnehmen, selbst wenn ich nicht hundertprozentig wüsste, ob sie dafür verantwortlich wären. Na ja, sie wussten, ich meine es ernst – schließlich hab ich ihnen mittlerweile schon dreimal ihr Crack-Labor niedergebrannt. Also beruhigten sich die Dinge etwas. Aber das war eben ein weiterer erschwerender Umstand, der die Spannung zwischen Raul und mir immer mehr verschärfte. Vielleicht verhielt er sich auch nur deshalb so verrückt, weil es ihm so zusetzte. Jedenfalls war er nicht mehr viel zu Hause. Er hing in der Ecke vom LaBorde Park rum, wo sich Schwule treffen, und das gefiel mir nicht besonders. Der Park ist nicht nur ein Ort zum Abschleppen, da werden diese Burschen auch oft zusammengeschlagen. Allein im letzten Jahr waren es vier oder fünf.«

»Einer in diesem Jahr«, sagte ich. »Das ist die Ecke, wo der Prediger mit dem Schild rumläuft, nicht?«

»*Schwul Ist Gleich AIDS Ist Gleich Tod.*«

»Genau das meine ich.«

»Ja. Das ist die Ecke. Also fand ich, dass es keine so gute Idee war, wenn er den ganzen Tag dort rumhing. Wo er doch so gut kämpfen konnte wie eine schmutzige Socke. Und was noch schlimmer war, alle seine Freunde sind klassische Tunten. Die ganze Verkleidungsscheiße. Geborene Opfer.«

»Höre ich da ein kleines Vorurteil gegenüber anderen Homosexuellen heraus, mein Freund? Denen ohne Gewichtheberarme und die Fähigkeit, mit einem Gewehr zu treffen?«

»Ich sage nur, dass Raul bei ihnen war und dass sie wie 'ne leuchtende Neonreklame sind. Und das an so 'nem Ort ist einfach nicht sehr schlau. Es sollte keine Rolle spielen, aber das tut es doch. Also hör mit diesem liberalen Schwachsinn auf, Hap. Ich kann das im Moment nicht ab.

Ich hab mir also Sorgen gemacht, und das hab ich Raul auch gesagt, aber er hat nicht auf mich gehört, und als ich dann rausgefunden hab, dass er nicht nur im Park rumhängt, sondern auch noch Harley Schmiersack bumst, war es schon zu spät. Er war schon mit ihm abgehauen. Kannst du dir das vorstellen? Ich bin zu macho für ihn, also haut er mit 'nem Typ ab, der aussieht, als hätte er 'n paar alte Getriebe mit seinen Haaren blankgewischt. Ich hab im Park rumgefragt und rausgefunden, wo der Penner meistens rumhängt, dass er Pferd McNee heißt und dass er 'ne heimliche Schwuchtel ist.«

»Pferd?«

»Das war sein Spitzname. Weil er 'n Gehänge wie 'n Pferd hat.«

»Wer hat dir das erzählt?«

»'n anderer Schwuler, den ich durch Raul kenne. Keift rum wie 'n altes Weib. Aber wenn du irgendwelchen Dreck erfahren willst, bist du bei dem Burschen an der richtigen Adresse. Er ist schon seit Jahren in der Szene, 'ne alte Tunte. Er wird Königin Mary genannt. Er hat einen jüngeren Freund, den alle Prinzessin Mary nennen. Prinzessin treibt sich gern an Busbahnhöfen rum und reißt sich Vaseline-Jobs auf. Ich kann ihn nicht ausstehen. Aber das tut nichts zur Sache. Königin Mary hackt jedenfalls immer auf mir und allen anderen rum. Ich würde ihn nicht mal dann bumsen, wenn wir beide 'ne Tüte überm Kopf hätten und ich deinen Schwanz benutzen könnte. Ach was, ich würde ihn nicht mal mit zwei Tüten überm Kopf und 'nem Gummi über deinem Schwanz bumsen. Aber ich muss zugeben, dass ich ihm ein wenig Hoffnungen gemacht hab...

»Du hast ihn aufgegeilt?«

»Nur ein bisschen. Jedenfalls habe ich erfahren, was ich wissen wollte, und beschlossen, zu dieser Bar zu fahren.«

»Mit einer Schrotflinte, einem Revolver und einem Besenstiel?«

»Du hast davon gehört?«

»Ja. Und das sieht dir gar nicht ähnlich. Hab zwar schon gesehen, wie du hochgegangen bist, aber die Nummer kommt mir selbst für deine charmante Person ziemlich radikal vor.«

»Ich weiß. Schwärmerei. Geilheit. Was auch immer, es macht dich fertig. Ich hab also gedacht, ich kann zu dieser Bar fahren, Raul wird da sein und ich kann ihn überreden zurückzukommen. Und, um ganz offen zu sein, ich wollte dem Kerl in den Arsch treten, der mir meinen Freund gestohlen hat.«

»Es war nicht die Schuld des Typen, mit dem Raul rumgespielt hat.«

»Ja. Aber das war mir egal. Ich wollte ihm trotzdem ordentlich in den Arsch treten. Vielleicht hab ich gedacht, wenn ich Pferdearsch ...«

»Pferdepimmel.«

»Wie auch immer. Ich dachte, wenn ich ihn ordentlich vermöble, findet Raul ihn vielleicht nicht mehr so toll. Ich meine, er will keinen Macho-Schwulen, also haut er mit 'nem schmierigen Macho-Schwulen ab? Da muss man doch annehmen, dass Raul es mit seinen Protesten vielleicht gar nicht so meint. Also hab ich mir meine Kameraden geschnappt, die Schrotflinte Kaliber zwölf und die Achtunddreißiger mit dem Stummellauf, und bin hingefahren. Was den Besenstiel betrifft, den hab ich immer unter dem Sitz als so 'ne Art Friedensstifter. Ich dachte mir, ich müsste mich richtig gut vorbereiten. Wie du dich vielleicht noch erinnerst, haben wir zwei letztes Jahr unsere Lektion gelernt.«

»Ja. Ganz egal, wie hart man ist, man kann keine ganze Bande von Leuten verprügeln, wenn diese Leute echt scharf darauf sind, einen fertigzumachen. Und wenn sie einen richtig ordentlich fertigmachen, tut das verdammt weh.«

»Das ist die Lektion. Das Blazing Wheel ist nicht nur 'ne Biker-Bar, es ist auch 'ne richtige Rassisten-Bar. Mit Dixie-Fahne. Das ganze Programm. In dem Laden findet man nicht mal James Brown in der Jukebox. Charlie Pride wäre nicht willkommen. Und da laufe ich auf, ein Nigger mit 'ner Stinklaune und 'nem Prügel, 'nem ziemlich soliden Prügel, könnte ich hinzufügen. Und ich sehe diesen Burschen, den ich mit Raul gesehen hab, und ich geh zu ihm mit diesem verdammten Weißen-Prügel in der Hand ...«

»Weißen-Prügel?«

»Sorry. 'n Ausrutscher. Nichts für ungut ... Und ich sage: ›Ich bin Leonard Pine, und du bumst mit meinem Freund.‹«

»Das ist originell.«

»Ich wünschte, ich hätte mir 'nen besseren Spruch überlegt, aber das hab ich jedenfalls gesagt. Pferdepimmel hat's mit 'ner rechten Geraden zum Kopf versucht, und ich hab ihm meinen Prügel in die Achselhöhle gerammt und ihm dann 'n bisschen den Kopf massiert. Diese erste Kopfnuss, die ich ihm verpasst hab, war schön hart. Das ging alles blitzschnell, und dann meinten die anderen Kerle in der Bar, sie müssten mir die Haut abziehen, weil ich ihren Kumpel umgehauen hatte. Also hab ich meine Pistole gezogen, 'n Loch in den Boden geschossen und sie damit auf Distanz gehalten. Dann bin ich raus zum Wagen, und sie hinterher.«

»Und dann hast du die Kaliber zwölf rausgeholt, das Neonschild ausgeschossen und 'n paar Motorräder durchlöchert.«

»Du hast davon gehört?«

»Von derselben Quelle, die mir auch von der Schrotflinte, dem Besenstiel und dem Revolver erzählt hat. Charlie.«

»Dieser gottverdammte Charlie ist wirklich 'n gut unterrichteter Hurensohn.«

»Das ist er.«

»Also bin ich abgehauen, und 'n paar von ihnen sind mir gefolgt, aber ich hab sie abgehängt. Jedenfalls dachte ich das. Ich dachte mir, Duffins Weide wäre 'n gutes Versteck. Ich bin hingefahren, hab die Scheinwerfer ausgeschaltet, angehalten und einfach dagesessen. Ich glaubte, ich hätte sie abgehängt. Ich entspanne mich also langsam. Ich hab 'ne Tüte Kekse im Wagen, und ich esse 'n paar und werf 'nen Blick in den Rückspiegel, und was seh ich da?«

»Einen alten Herrn und achtzig winzige Rentiere.«

»Diese Biker-Ärsche. Ich war nicht so raffiniert, wie ich gedacht hatte. Sie hatten mich einbiegen sehen, ihre Motorräder irgendwo am Straßenrand abgestellt und schlichen sich an meinen höchst attraktiven, glänzenden schwarzen Arsch an.«

»Aber du konntest noch besser schleichen.«

»Ich bin auf die Beifahrerseite gerutscht, hab die Tür geöffnet und mich zusammen mit meiner Kaliber zwölf ins Gras fallen lassen. Eine Zeit lang bin ich gekrochen, dann bin ich aufgestanden und losgerannt. Die Hurensöhne haben mich gesehen. Sie johlten los, und die Jagd war eröffnet. Ich in den Wald. Hab 'nen weiten Bogen zurück geschlagen, bis ich am Bach war und sehen konnte, wie sie 'n Stück weiter gerade durch den Bach wateten. Ich bin dem Bach ungefähr 'ne Meile gefolgt und wieder im Wald rausgekommen, und da hab ich dann gesehen, dass 'n paar von ihnen direkt zu der Stelle gegangen waren, wo ich rausgekommen bin. Die Arschlöcher hatten mich richtig umzingelt.«

»Also haben sie dich skalpiert und verspeist.«

»Bin direkt zwischen den Wichsern durchgekrochen, und sie haben mich weder gesehen noch gehört, also kroch ich weiter.«

»Soll diese Geschichte nicht von Daniel Boone sein?«

»Kennst du Webbs Schweinefarm?«

»Ja. Und ich hab das die ganze Zeit kommen sehen.«

»Ich bin dann zum Rand der Farm und durch den Lattenzaun von einem der Schweinekoben gekrochen. Es heißt immer, dass die Schweine nur in einer Ecke vom Koben scheißen, aber jemand hat vergessen, das diesen beschissenen Schweinen zu sagen. Oder Webb müsste mal öfter mit 'ner Schaufel reingehen, weil ich glaubhaft bezeugen kann, dass der ganze Koben voll mit Schweinescheiße ist.

Ich war jedenfalls in dem Koben und sah, dass die Biker-Ärsche am Farmrand entlangtrotteten. Ich wusste, sie hatten mich nicht gesehen, aber sie waren so nah, dass ich sie hätte riechen können, wenn ich die Nase nicht so voll Schweinescheiße gehabt hätte. Weißt du, was ich getan habe, Hap?«

»Ist die Frage rhetorisch?«

»Nein.«

»Du hast dich in die Schweinescheiße gelegt und dich versteckt.«

»Du solltest es mal bei diesem beschissenen *Glücksrad* versuchen, Hap. Genau das tat ich. Ich bin in den Schlamm getaucht, bis nur noch Kopf, Arme und die Kaliber zwölf rausschauten. Ich wollte ihre Kniescheiben wegpusten, falls sie mich entdeckten. Aber als sie die Schweinescheiße rochen, fluchten sie und gingen wieder in den Wald zurück.«

»Es braucht einen echten Mann, um sich in Schweinescheiße zu legen und sich nicht zu beklagen«, sagte ich.

»Ich wehrte 'n paar verliebte Schweine ab, kletterte durch den Zaun und ging zur Straße, aber ich achtete darauf, im Wald zu bleiben. Nach einer Weile hörte ich ihre Motorräder, versteckte mich im Unterholz und sah sie vorbeifahren. Ich wartete 'n paar Minuten und wollte zum Wagen zurückgehen. Aber dann kam ich zu dem Schluss, dass sie möglicherweise damit rechneten und einen Posten zurückgelassen hatten. Ich ging über die Straße und über Murdochs alte Weide, dann durch den Wald bis hinter dein Haus. Das Fenster hab ich mit dem Wagenheber aus deiner Karre aufgebrochen, und dann bin ich eingestiegen. Ich war vollkommen erledigt. Ich hab mich in dein Bett gelegt und bin den ganzen Morgen und den ganzen Tag liegen geblieben, bis du aufgetaucht bist und mich geweckt hast.«

»Genau wie bei Goldlöckchen und den drei Bären.«

»Äh, ja.«

»Was ist mit meinem Wagenheber?«

»Liegt unter der Veranda. Verdammt noch mal, Hap, du solltest etwas Mitgefühl für mich zeigen. Scheiß auf deinen Wagenheber.«

»Das hast du dir selbst zuzuschreiben, Mann. Und du hast mein Bettzeug versaut. Und es ist verdammt noch mal besser für dich, wenn du nicht auch noch meinen Wagenheber verloren hast.«

»Wenn du dich dadurch besser fühlst, ich hab Schweinescheiße in meiner Kaliber zwölf.«

»Ich versuch, mir diese Geschichte durch den Kopf gehen zu lassen, Leonard, und sie passt nicht so gut zusammen. Pferdepimmel hat seinen Kopf an der Old Pine Road verloren. Das ist ziemlich weit weg von Duffins Weide. Die ganzen Biker haben dich verfolgt, aber er nicht. Wäre ich Pferdepimmel und hätte mein Kopf die Beulen gehabt, wäre ich der Erste in der Meute gewesen. Aber er hat sich in der Richtung geirrt und ist erschossen worden.«

»Vielleicht war er verwirrt. Ich hab 'n paar ernsthafte Veränderungen an seiner Rübe vorgenommen. Ich hab ihn so fest geschlagen, dass ich vielleicht sogar seine Vergangenheit geändert haben könnte. Aber ich hab ihn nicht umgelegt.«

»Ach, übrigens«, sagte ich, »weißt du, was mit deinem Rambler ist? Sie haben die Karre verbrannt.«

»Scheiße! War dir 'ne richtige Freude, mir das zu sagen, was? Du hast den Wagen schon immer gehasst. Und das von einem Mann mit 'nem Datsun Pickup.«

»Ich finde, du solltest dich stellen, Leonard. Nicht nur, weil du einen Rambler gefahren hast, sondern weil Charlie dafür sorgt, dass das Richtige getan wird.«

»Ich weiß nicht, ob Charlie da überhaupt so viel machen kann.«

»Wenn wir einmal damit anfangen, Löcher in das scheinbar Offensichtliche zu schießen, können wir dich reinwaschen. Wenn du dich nicht stellst, werden sie sagen, du fliehst und versteckst dich, weil du schuldig bist.«

Leonard schüttelte den Kopf. »Ich weiß nicht, was ich machen soll. Ich bin erledigt, wenn ich's tue, und ich bin erledigt, wenn ich's nicht tue.«

Ich hörte das Telefon klingeln. Ich sagte: »Ich geh jetzt ans Telefon, während du den Boden und den Teppich von der Schweinescheiße säuberst.«

»Muss ich?«

»Und ob. Und wisch nicht nur so oberflächlich rum. Benutz einen Reiniger und einen Entstinker. Ist alles unter der Küchenspüle.«

»Entstinker?«, sagte Leonard.

Der Anrufer war Doc Sylvan.

»Sind Sie völlig übergeschnappt?«, fragte er.

»Ich bin nicht ganz sicher.«

»Das will ich gern glauben. Sie müssen diese Spritzen bekommen, sonst werden Sie sterben, Hap.«

»Hören Sie schon auf, Doc, die nächste ist erst in fünf Tagen fällig.«

»Was ist mit dem Versicherungsproblem? Haben Sie das vergessen?«

»Können Sie da nicht was frisieren? Ich musste das Krankenhaus verlassen. Nicht aus freien Stücken, aber ich musste.«

»Warum?«

»Ich habe seit Tagen keine Wäsche mehr gewaschen.«

»Sie sind nach Hause gegangen, um Wäsche zu waschen?«

»Ich musste ein paar Rechnungen bezahlen.«

»Warum sagen Sie nicht einfach, Sie mussten sich die Haare waschen?«

»Na ja, sie könnten es schon brauchen.«

»Hap, jetzt hören Sie mal zu. Wenn Sie heute Abend ins Krankenhaus zurückkommen und auch dableiben, lasse ich mir was für Sie einfallen. Aber Sie müssen heute Abend dort sein. Ich kann mir etwas einfallen lassen, warum Sie eine Weile nicht auf Ihrem Zimmer sind. Sagen wir, ich habe Sie für ein paar Untersuchungen rüber in meine Praxis geholt, aber mehr ist nicht drin. Wenn ich bei so etwas erwischt werde, kann mich das meine Zulassung kosten, und ich glaube nicht, dass Sie genug Geld für uns beide verdienen.«

»Nicht für den Lebensstil, den Sie gewöhnt sind. Tatsache ist, ich verdiene nicht mal genug für mich allein. Für keinen Lebensstil.«

»Seien Sie heute Abend im Krankenhaus, und ich verspreche Ihnen, Sie sind in zwei Tagen da raus und die Versicherung zahlt trotzdem. Natürlich ist die Sache dann nicht ganz astrein, aber ich mache es. Nur, um Sie loszuwerden.«

»Verstanden.«

»Ich komme um halb neun ins Krankenhaus, Hap. Seien Sie da. Im Bett.«

»In einem dieser kleinen Nachthemden?«

»Worauf Sie sich verlassen können.«

»Soll ich etwas Parfüm auftragen?«

»Ich bitte darum.«

»Ich glaube, Sie wollen mich nur nackt sehen, Doc.«
»Ich kann an nichts anderes denken.«

Leonard kam mit einer Wurzelbürste voller Schweinescheiße, einem Kübel mit stinkendem Wasser und ein paar Handtüchern herein.
»Diese Handtücher waren nicht deine guten, oder?«, fragte er.
»Jetzt nicht mehr.«
»Da sind Löcher drin.«
»Ja, und in den schlechten noch mehr. Alles sauber gemacht?«
»Ja.«
Wir gingen hinten hinaus, und Leonard goss das Wasser aus und säuberte dann die Bürste und die Handtücher mit dem Gartenschlauch. Er hängte die Handtücher auf meine Wäscheleine. Er sagte: »Ich frage das nur ungern. Aber was ist mit Raul? Wusste Charlie irgendwas über ihn?«
Ich schüttelte den Kopf.
Leonard sagte: »Das beunruhigt mich. Ich hoffe, es geht ihm gut.«
Leonards Stimme hätte für jeden, der ihn nicht kannte, ruhig geklungen, aber ich hörte das Zittern darin. Er war nicht nur beunruhigt, er hatte Angst. Vielleicht nicht um sich, aber mit Sicherheit um Raul.
»Wahrscheinlich geht es ihm gut«, sagte ich.
»Vielleicht könntest du dich mal umhören. Nur so. Schließlich kann ich nicht loslaufen und ihn suchen.«
»Ich wüsste nicht, wo ich damit anfangen sollte, Leonard. Er könnte wieder nach Houston gefahren sein. Das hat er doch schon mal gemacht?«

Leonard nickte.

»Ich nehme an, er und Pferdepimmel hatten Streit«, sagte ich, »und er ist abgehauen. Dann bist du ahnungslos ins Bild gestolpert und hast dich mit dieser Geschichte richtig in die Nesseln gesetzt. So, wie ich das sehe, und das solltest du mir glauben, ist Raul im Augenblick deine geringste Sorge.«

»Ich schätze, du hast recht«, sagte Leonard. »Vergiss es einfach.«

7

Aber das war nicht das Ende vom Lied. Leonard bearbeitete mich noch eine Stunde, und da nichts anderes anlag und unsere Zeit ablief, kam ich zu dem Schluss, dass ich vielleicht eine bessere Vorstellung bekam, wenn ich Raul ausfindig machen konnte. Raul hatte vielleicht eine Idee, wer seinem neuen Freund ans Leder gegangen war. Falls er etwas wusste, mochte das Leonard helfen.

Wenn ich schon anfing zu suchen, tat ich es am besten, bevor die Cops ihr Netz nach Leonard auswarfen. Möglich, dass bereits ein anderer Cop als Charlie zwei und zwei zusammengezählt hatte und längst nach meinem Kumpel gefahndet wurde. Und es konnte sogar sein, dass Charlie dazu gezwungen würde, sein mir gegebenes Versprechen zu brechen und selbst das Netz auszuwerfen.

Ich ließ Leonard mit einem Glas Milch, einer Tüte Vanilleplätzchen und einer traurigen Miene zurück und fuhr in die Stadt und zu seinem Haus. Ich an Rauls Stelle würde vielleicht zu Leonard gehen, um mich dort zu verstecken. Es wäre nicht sonderlich schlau, da die Cops garantiert dort suchen würden, aber wäre ich an Rauls Stelle und hätte die Intelligenz einer Ken-Puppe, würde ich möglicherweise genau das tun.

Auf dem Weg dorthin versuchte ich, mir Raul als Pferdepimmels Mörder vorzustellen, aber das klappte nicht. Raul hatte nicht das Temperament, auf eine Schnecke zu treten, geschweige denn eine Schrotflinte auf jemanden zu richten und ihm den Kopf wegzuschießen. Ich konnte mir nicht einmal vorstellen, wie Raul so etwas in akuter Notwehr tat.

Aber wo, zum Teufel, steckte er?

Als ich bei Leonard ankam, war es mittlerweile draußen ein wenig warm geworden, aber nicht unangenehm. Ein leichter Wind wehte, und der blaue Himmel war so klar wie das Gewissen der Jungfrau Maria. Die lilienweißen Wolken hatten sich aufgelöst oder waren im Himmel versunken, und es schien ein Tag zu sein, an dem man keine Sorgen haben sollte.

Ich zückte meinen Hausschlüssel und ging hinein. Raul war nirgendwo zu sehen. Aber das Haus sah nicht so aus, wie Charlie es mir beschrieben hatte. Jemand hatte das Unterste zuoberst gekehrt.

Die Wohnzimmercouch war zum Bett ausgezogen, und die dünne Matratze lag auf dem Boden. Die Stereoanlage war umgeworfen, und vom Fernseher war die Rückseite abgerissen. Im Schlafzimmer war der Kommodenspiegel zerbrochen, die Matratze zerfetzt und die Baumwollfüllung verstreut worden wie die Eingeweide einer Wolke. Die Kleiderschranktür war weit aufgerissen. Leonards Schrotflinten und Gewehre lagen auf dem Boden, und alles andere aus dem Schrank, von Kleidung über Munition bis hin zu Einkommensteuerformularen, war auf einer Seite gestapelt.

In allen Räumen waren die Schubladen ausgeleert und Bücher auf den Boden geworfen worden, und in der Küche lag Mehl, Zucker, Backpulver verstreut oder im Spülbecken. Im Badezimmer war der Porzellandeckel vom Toilettenkasten abgenommen worden und lag in Scherben auf dem Boden. Jemand hatte sich im Toilettenkasten zu schaffen gemacht.

Ich überprüfte die Hintertür. Sie war aufgebrochen und das Schloss mit einem Stemmeisen oder Ähnlichem herausgebrochen worden. Ich stieß die Tür auf, trat auf die umrandete, von Leonard restaurierte Veranda und untersuchte die Fliegentür mit Aluminiumrahmen. Zu meiner Überraschung stellte ich fest, dass sie abgeschlossen war.

Ich ging die Treppe hinunter und sah mich um. Der Regen der vergangenen Nacht hatte den Boden aufgeweicht, und in der matschigen Erde waren Fußabdrücke zu erkennen. Verdammt große Fußabdrücke. Der Kerl musste Schuhgröße fünfzig haben. Die Spur führte vom Haus weg, nicht hin. Ich folgte ihr in den Wald, dort verlor ich sie. Als Spurenleser war ich einigermaßen, aber ich war kein Indianerscout.

Trotzdem, ich beschloss, einen Schuss ins Blaue zu wagen, und ging durch den Wald bis zu der Stelle, wo das Laub einer lehmigen Landstraße wich. Ich erreichte die Landstraße in dem Augenblick, als ein alter, pollenverklebter brauner Pickup mit zwei jungen Männern vorbeirumpelte. Sie winkten mir zu, und ich winkte zurück.

Ich ging auf die Straße und schaute mich um. Die Straße war nicht asphaltiert, also gab es natürlich reichlich Spuren. Daran war nichts Merkwürdiges. Ich ging ein Stück die Straße entlang, fand ein überfahrenes Gürteltier und eine gleichfalls überfahrene Copperhead und entdeckte schließlich etwas, das für mich nach den Reifenspuren eines Motorrads aussah. Normalerweise hätte das nicht viel bedeutet, aber die Spur verlief am Straßenrand, und ich fand eine Stelle, wo sie die Straße ganz verließ und eine Linie aus rotem Lehm durch das Gras und in den Wald zog. Das Motorrad war geschoben worden, weil neben den Reifenspuren Schuhabdrücke zu erkennen waren. Von denselben Riesenlatschen.

Man brauchte nicht Einstein zu sein, um zu folgern, dass jemand von der Straße gefahren war, sein Motorrad ins Gebüsch geschoben hatte und dann zu Fuß durch den Wald und in Leonards Haus gegangen war. Die Spur verlor sich im dichten Laub, also ging ich wieder zurück durch den Wald zu Leonards Haus und sah mich dort gründlich um, bis ich die Stelle fand, wo die Fußabdrücke aus dem Wald kamen und zur Südseite der hinteren Veranda führten. Diese Spur hatte ich zuvor noch nicht gesehen.

Wer immer das Haus betreten hatte, war hier eingedrungen anstatt durch die Fliegentür. Wahrscheinlich, um außer Sicht zu bleiben. Er hatte die Umrandung unten an der Veranda mit einer Drahtschere durchschnitten und sie hochgehoben. Dann war er darunter hinweggeschlüpft, hatte die Hintertür aufgebrochen und war ins Haus gegangen. Ich ging davon aus, dass er rasch, lautlos und entschlossen vorgegangen und bei Nacht gekommen war und sich beim Durchwühlen des Hauses Zeit gelassen hatte. Danach war er dann auf demselben Weg wieder verschwunden, auf dem er gekommen war.

Ich stellte fest, dass ich Durst hatte, ging hinein und öffnete den Kühlschrank. Die Eiswürfelbehälter waren auf den Boden geleert worden, und das Eis war geschmolzen und Wasser war in einen Teil des Mehls geflossen. Ich fand einen mit Lehm vermischten großen Fußabdruck. Ich vermied es, in irgendetwas zu treten.

Im Kühlschrankinhalt war einiges durcheinandergebracht worden. Ich fand ein paar Dosen Bier und Coke. Ich nahm mir eine

Coke, öffnete sie, ging hinaus auf die hintere Veranda, setzte mich auf die Treppe und versuchte nachzudenken, während ich trank.

Vielleicht war es ein gewöhnlicher Einbruch gewesen, aber was war dann gestohlen worden? Es sah auch nicht nach Vandalismus aus, jedenfalls nicht gänzlich. Jemand hatte etwas gesucht. Und dieser Jemand besaß ein Motorrad. Pferdepimmel hatte ein Motorrad besessen. Die Biker, die Leonard verfolgt hatten, besaßen Motorräder. Der Junge, der in dieser Straße die Zeitung austrug, besaß ebenfalls eines. Aber der hatte nicht Schuhgröße fünfzig. Wer, zum Teufel, hatte die?

Ich trank die Coke aus und sah mir noch einmal die Spuren an, sowohl diejenigen, welche in den Wald führten, als auch diejenigen, die aus dem Wald zur Veranda führten. Ich betrachtete sie eingehend. Es waren ziemlich tiefe Eindrücke. Wer diese Abdrücke hinterlassen hatte, war ein ziemlicher Brocken, und das nicht nur wegen der Schuhgröße. Der Kerl wog mindestens zweihundertfünfzig Pfund, wenn nicht sogar dreihundert. Vielleicht war es Bigfoot. Oder Smokey der Bär. Bei dem Gedanken an jemanden, der so groß und massig war, wurde mir ein wenig übel.

Ich ging noch einmal zurück ins Haus und suchte nach Hinweisen, aber mir fiel nichts ins Auge. Was mich nicht überraschte. Ich war kein großer Detektiv. Ich hatte schon genug Probleme damit, mir Socken anzuziehen, die farblich zueinander passten.

Ich schloss die Hintertür, so gut sie sich schließen ließ, ging durch das Haus, schloss die Vordertür ab, blieb auf der vorderen Veranda stehen, trank meine Coke aus und sah mich um.

Die Stelle nebenan, wo das Crack-Haus gestanden hatte, war jetzt nur noch ein Fleck verbrannter Erde mit verkokeltem Bauholz. Hühner liefen frei herum und pickten sich durch die Ruinen. Ich fragte mich, was wohl geschehen würde, wenn die Hühner ein paar alte Drogen fanden. Ein wenig Crack, etwas Kokain. Sie würden mit Sicherheit interessante Eier legen.

Auf der anderen Straßenseite, wo früher einmal MeMaw gewohnt hatte, war mittlerweile ein neuer Besitzer eingezogen. Der neue Besitzer hatte das Haus in einem tollen Pepto-Bismol-Pink mit Schokoladenrändern gestrichen, und ihm gefielen dunkelblaue Vorhänge. Ein Gartenarsch stand auf dem brutal kurz gemähten Rasen.

Gartenärsche nennen Leonard und ich diese albernen bemalten Sperrholzschnitte, die aussehen sollen wie ein alter Mann oder eine alte Oma, die sich im Garten bücken. Der Opa zeigt einem seinen vollständig bedeckten Arsch, während das Kleid der Oma hochgeschlagen ist, sodass man ihren weißen Spitzenschlüpfer sieht.

Leonard hat mir mal erzählt, er wollte eine von diesen Plastikvaginas und Plastikarschlöchern kaufen, die man in Sexshops bekommt, und auf das Hinterteil einer dieser Omas kleben. Er war der Ansicht, wenn man ihr schon unter den Rock schauen konnte, sollte man auch etwas zu sehen kriegen. Es wäre auf jeden Fall lustig, die Besitzer dieser Gartenärsche am nächsten Morgen zu sehen, wenn sie entdeckten, dass Oma der Nachbarschaft eine Show lieferte.

Ich würde sagen, diese albernen Gartenärsche sind immer noch besser als die Rasensprenger in Gestalt einer hölzernen holsteinischen Kuh mit einem Schlauch anstelle eines Schwanzes, der hierhin und dorthin zuckt und sein Wasser verspritzt. Aber nicht viel.

Aus keinem besonderen Grund schaute ich auf die Straße, in beide Richtungen. Immer noch auf der Suche nach Hinweisen. Mir fiel lediglich auf, dass sich die Straße in den letzten paar Monaten ziemlich verändert hatte. Einige der großen Bäume entlang der löchrigen Asphaltstraße waren gefällt worden, und wo sich einmal

Schatten ausbreitete, war jetzt Sonne. Diese Gegend war mit ihrer Armut und ihren Drogenproblemen nicht die beste der Welt, aber ich war immer gern hergekommen.

Jetzt kam Leonards Haus mir nicht mehr wie Leonards Haus vor, als sei es eine Art zweiter Wohnsitz. Die Dinge hatten sich verändert. Auf der Straße. In der Gegend. Im Haus. In unserem Leben.

Vielleicht fehlte mir, dass es kein neues Crack-Labor nebenan gab, das Leonard niederbrennen konnte. Er hatte schon zwei abgefackelt. Na ja, eigentlich drei, wenn man das eine mitzählte, bei dem ich ihm geholfen hatte.

Vielleicht würden sie bald ein neues einrichten. Wer wusste das schon? Hoffnung blüht ewig aufs Neue.

Ich dachte einen Augenblick über das Sexleben nach, das ich nicht hatte. Verdammt noch mal. Ich wurde langsam genau wie Charlie. Wenn das so weiterging, würden er und ich noch zusammen in einem Bett landen.

Ich dachte an Lt. Marvin Hanson, der in einem Bett im tiefen Koma lag. Wenn ich daran dachte, wie schlecht er es hatte, betrachtete ich mein eigenes Leben mit freundlicheren Augen – hoffte ich.

Es klappte nicht. Ich fühlte mich immer noch wie Scheiße.

Ich sah einigen Eichelhähern zu, die sich in Leonards Eiche beharkten. Lauschte eine Weile einem kleinen Hund, der irgendwo im Süden irgendetwas anbellte. Der Hund wollte gar nicht aufhören zu bellen. Ein Wagen mit einem alten Schwarzen am Steuer fuhr vorbei. Er hielt einen Arm aus dem Fenster und trug eine blaue Baseballkappe, deren Schirm hochgeklappt war. Er sah erhitzt, müde und zufrieden aus. Ich schaute auf die Uhr. Viertel vor vier. Der Bursche kam wahrscheinlich gerade von der Frühschicht aus einer der Fabriken rings um die Stadt. Es musste schön sein, eine Schicht zu haben. Einen regelmäßigen Gehaltsscheck. Wahrscheinlich hatte er auch eine Frau, zu der er heimkehren konnte. Einen Hund. Ein paar Kinder. Einen Fernseher mit Kabelanschluss anstatt mit einer mit Aluminiumfolie verkleideten Zimmerantenne. Ich hatte mal eine Dachantenne, aber ein Sturm hat sie fortgeweht. Ich fragte mich, wo meine Antenne war. Ich fragte mich, wo meine Jugend war. Ich fragte mich, ob dieses Arschloch, das gerade vorbeigefahren war, wohl den Sender American Movie Classics hereinbekam.

Der Wind legte sich, und mir wurde unangenehm warm. Ich öffnete meinen obersten Hemdknopf.

Ich sah dem Gezank der Eichelhäher noch eine Weile zu. Der Hund hatte aufgehört zu bellen. Mir war immer noch warm. Ich sah mir noch mal das pinkfarbene Haus mit der Schokoladenumrandung an. Die Farben hatten nicht gewechselt, und die Gartenärsche standen immer noch.

Ich sah wieder auf die Uhr.

Vierzehn vor vier. Die Zeit flog nur so dahin.

Ich kratzte mich an den Eiern, stieg in meinen Wagen und fuhr weg.

8

Ich hielt an einer Telefonzelle und rief Charlie an. Bevor ich ihm von Leonards Haus erzählen konnte, sagte er: »Ich hoffe, du hast was Gutes für mich.«

»So gut ist es nicht. Es geht um Leonards Haus. Ich war gerade dort. Es ist durchwühlt worden.«

»Vielleicht hat Leonard das selbst getan. Er ist zurückgekommen, hat Zeug zusammengepackt, das er brauchte, und hat dabei Unordnung hinterlassen.«

»Ich habe nicht gesagt, es ist unordentlich. Ich sagte, es ist durchwühlt worden.«

Ich beschrieb ihm den Zustand des Hauses. Er schwieg. Wenn er eine Meinung hatte, behielt er sie für sich. Kurz bevor ich ins Rentenalter kam, sagte er: »Du musst Leonard auftreiben.«

»Ich arbeite daran. Soll ich jetzt annehmen, du glaubst nicht mehr, dass die Biker ihn sich vorgenommen haben?«

»Ich denke in viele Richtungen. Es hält mich davon ab, dass ich mich langweile. Und wenn du weißt, wo Leonard sich aufhält, solltest du es mir sagen.«

»Bis jetzt habe ich noch nichts.«

»Du würdest mich doch nicht belügen, Hap, oder?«

»Du meine Güte, nein.«

»Ich mache keine Witze, Hap. Das ist eine ernste Sache.«

»Das weiß ich.«

»Wenn du weißt, wo er sich aufhält, und es nicht sagst, oder wenn du ihn versteckst, ist das ein Verbrechen. Das weißt du. Stimmt's?«

»Natürlich.«

»Sprichst du durch eine Papphöhre?«

»Das ist meine Erkältung. Sie wird schlimmer.«

»Mein Cousin hatte auch mal so eine Erkältung, um die er sich nicht gekümmert hat. Das arme Schwein ist daran krepiert. Nimmst du Medizin?«

»Ich hab mir welche gekauft, aber ich hab noch keine genommen. Und ich glaube nicht, dass du einen Cousin hast, der an einer Erkältung gestorben ist.«

»Vielleicht war es auch ein Cousin meiner Mutter.«

»Du machst dir gar nicht so große Sorgen wegen meiner Erkältung, oder?«

»Hey, wenn du krank bist, bin ich auch krank.«

»Du glaubst, du klopfst mich etwas weich, und dann vertraue ich dir irgendwas an.«

»Das hast du gesagt.«

»Ich will dich mal was fragen. Raul. Ist er ein Verdächtiger in diesem Fall?«

»Jeder ist verdächtig. Ich habe schon überlegt, meine Frau einzubuchten.«

»Hör schon auf, Charlie. Hast du Raul verhaftet? Weißt du, wo er ist?«

»Nein, und falls du weißt, wo er ist, solltest du es mir besser sagen.«

»Ich habe nur angerufen, weil ich dachte, du solltest das mit dem Haus wissen. Vielleicht willst du mal mit ein paar von deinen Leuten rübergehen und nach einem anständigen Hinweis suchen. Du könntest sogar deinen kleinen Dick-Tracy-Baukasten für Fingerabdrücke mitbringen.«

»Wahrscheinlich hast du alles versaut, was man dort hätte finden können.«

»Das glaube ich nicht. Ich weiß, ich bin kein richtiger Polizist wie du ...«

»Du bist nicht mal ein ausgestopftes Tier mit einer Polizeimütze.«

»Sehr wahr. Aber anders als du muss ich nicht in Scheiße treten, um einen Haufen zu erkennen, wenn ich einen sehe. Und hier läuft irgendeine Scheiße, die gar nichts mit Leonard zu tun hat. Nicht direkt. Wenigstens glaube ich das nicht.«

»Für mich hörst du dich nicht so sicher an. Vielleicht musst du ja doch in Scheiße treten.«

»Könnte sein. Aber ich habe ein paar Hinweise entdeckt. Du findest vielleicht sogar die Fußabdrücke hinter dem Haus. Sie sehen aus, als gehörten sie André dem Riesen.«

Ich erzählte ihm von meiner Pirsch durch den Wald zur Straße und was ich dort entdeckt hatte. Ich erzählte ihm, was ich angefasst hatte. Ich sagte: »Übrigens, wie du sehr wohl weißt, ist es keine Überraschung, wenn sich meine Fingerabdrücke im ganzen Haus finden. Und hier ist eine Idee, und das ist nur so eine Idee, wohlgemerkt, und ich will nicht, dass du beleidigt bist, weil sie von einem Laien kommt und du ein richtiger Polizist mit Marke und Kanone und allem bist. Aber falls du Fingerabdrücke nimmst, würde ich an deiner Stelle nachsehen, ob andere da sind als die von Leonard, Raul und mir.«

»Du meine Güte«, sagte Charlie. »Du bist ein richtiger Boston Blackie. Diese ganze Sache mit den Fingerabdrücken. Und dann das mit dem Fußabdruck. Derartiger Scheiß kann einem Fall eine ganz neue Wendung geben. Wir brauchen nur einen Gipsabdruck von diesen Fußspuren zu machen und einen Schuh danach anzufertigen. Dann können wir von Tür zu Tür gehen und ihn die Leute anprobieren lassen. Wenn der Schuh passt, buchten wir den Wichser ein … Also schön, Hap, ich will dir mal was sagen. Die Zeit wird knapp, und ich finde besser nicht heraus, dass du mich an der Nase herumführst.«

»Das würde ich nicht tun, Charlie.«

»Den Teufel würdest du nicht tun.«

»Charlie, du solltest wirklich entweder mehr rauchen, damit du nicht so gereizt bist, oder mit dem Rauchen ganz aufhören, damit du im Bett wieder auf deine Kosten kommst und weniger gereizt bist.«

»Am liebsten wäre mir, zuerst zu bumsen wie ein Karnickel und dann anschließend zu rauchen wie ein Schlot. Hap, jetzt hör mir mal gut zu. Wir sind Kumpel, aber wenn es um Mord geht, hat das nicht viel zu bedeuten. Hast du verstanden?«

»Ich hab's verstanden. Ich höre alles, was du sagst. Was, zum Teufel, ist los mit dir? Ich glaube immer noch, du bist stinkig, weil Kmart dichtgemacht hat.«

»Da kommt man auch nicht so leicht drüber hinweg. Aber wechsle nicht das Thema. Ich sorge dafür, dass Leonard so fair behandelt wird, wie das überhaupt nur möglich ist. Wenn es Notwehr war, werde ich alles tun, was in meiner Macht steht, um ihm zu helfen. Aber ich kann dir eines sagen. Ich schnappe ihn mir, und wenn ich herausfinden sollte, dass du ihn versteckt hast, schnappe ich dich auch.«

»Du sagtest, ich hätte vierundzwanzig Stunden Zeit. Ich habe das so verstanden, dass ich ihn in dieser Zeit suchen kann und, falls ich ihn finde, ein paar Dinge geraderücken kann, ohne dass du mich störst. Auch wenn ich weiß, wo er ist. Stimmt das nicht? Ich hatte vierundzwanzig Stunden, oder nicht?«

»Du *hattest*. Jetzt hast du viel weniger. Aber ich sagte auch, keine Versprechungen, falls die Dinge sich hier ändern.«

»Hat sich etwas geändert?«

Charlie ließ mich eine Weile dem elektrischen Knistern in der Leitung lauschen.

»Was ist jetzt, hat sich irgendwas geändert?«

»Finde einfach nur Leonard und hör gut zu. Ich bin hinter dir her.« Dann legte er auf.

Ich dachte einen Augenblick darüber nach, dann begriff ich, was Charlie mir zu sagen versuchte. Ich rief Leonard an. Ich ließ es ein paarmal klingeln und legte wieder auf. Ließ es ein paarmal klingeln und legte auf. Und wiederholte das dann. Ich hoffte, er begriff, dass es sich um eine Art Code handelte.

Beim dritten Klingeldurchlauf hob jemand den Hörer ab. Ich sagte: »Ich bin's. Wenn du das bist, würde ich einen Waldspaziergang empfehlen.«

Einen Augenblick später war die Leitung tot. Ich nahm mir eine Sekunde Zeit, um mich zu fragen, ob mein Telefon wohl angezapft war, kam aber zu dem Schluss, dass die Dinge sich dafür zu schnell entwickelt hatten. Im Grunde war alles in Ordnung mit mir. Ich verspürte nur einen Anflug von Geheimagentenwahn.

Ich verließ die Telefonzelle und ging zu meinem Wagen. Ein Stück weiter die Straße entlang parkte ein gelber 66er Pontiac am Randstein. Der Mann, der darin saß, trug einen Cowboyhut. Er sah nicht nach einem der Cops aus, die ich kannte. Er sah überhaupt nicht wie ein Cop aus. Er sah wie niemand aus, den ich kannte, basta. Er schien mich nicht zu beobachten.

Die Telefonzelle stand neben einem 7-Eleven-Laden. Ich ging hinein und kaufte mir Diät-Coke in einer Plastikflasche und einen Beutel Erdnüsse. Ich trank ein wenig von der Diät-Coke, ließ Erdnüsse in die Flasche rieseln und ging nach draußen. Ich stieg in meinen Wagen und schaute in den Rückspiegel. Der Pontiac war verschwunden.

Wahrscheinlich nur irgendein Kerl, der auf einen Anwohner dieser Straße gewartet hatte. Oder vielleicht hatte er angehalten, um sich eine Straßenkarte anzusehen. Oder sich an den Eiern zu kratzen. Irgendwas. Ich musste mich zusammenreißen. Ich wurde langsam zu einem richtig paranoiden Hurensohn.

Ich fuhr los, ein Auge auf den Rückspiegel gerichtet, um nach gelben Pontiacs und tieffliegenden Stealthbombern mit Radar Ausschau zu halten.

9

Ich fuhr nicht direkt nach Hause. Davor hatte ich irgendwie Angst. Ich dachte mir, dass Charlie meine Bude durchsuchen würde, und wenn Leonard auf meine Warnung gehört hatte, wäre er nicht dort. Außerdem war es vielleicht besser, wenn ich Charlie und seine Leute nicht dabei überraschte, wie sie meine Unterwäscheschublade durchwühlten. Ich wollte sie nicht in Verlegenheit bringen.

Ich fuhr in die Innenstadt, ging ins Ganztagskino und genehmigte mir einen Becher Popcorn. Das Popcorn war okay, aber der Film war nicht besonders gut. Ich verließ das Kino nach der Hälfte des Films, hielt an der Eisdiele und kaufte mir ein Eis im Hörnchen.

Als ich das Eis aufgegessen hatte, fuhr ich zum Buchladen und durchwühlte den Magazinständer. Ich fand keine Ausgabe von *Möpse und Hintern*. Wo trieb Charlie diese Sachen nur auf? Ich hing so lange dort herum, dass die Verkäufer anfingen, mich argwöhnisch anzustarren. Ich kaufte mir zwei Comic-Hefte, ein Batman und ein *Spider-Man*, und ging.

Als ich zu Hause ankam, war Leonard nicht da. Ich sah mich einmal kurz im Haus um, ging auf die hintere Veranda und sah ihn aus dem Wald kommen. Er hatte die Schrotflinte in der einen Hand und trug eine Schaufel auf der Schulter, und ich konnte den Revolver in seinem Hosenbund sehen.

Leonard lächelte. »Danke für den Anruf. Ich hab mir alles aus dem Wald angesehen. Charlie und ein Blauer sind mit dem Sheriff anmarschiert. Sie haben dein Schloss geknackt, sind reingegangen und haben sich umgesehen.«

»Das heißt, sie hatten einen Durchsuchungsbefehl.«

»Wahrscheinlich. Sie waren ungefähr zwanzig Minuten im Haus.«

»Sie haben ihre Sache gut gemacht. Mir ist nicht aufgefallen, dass jemand da war. Sie haben sogar die Tür wieder abgeschlossen, als sie gegangen sind.«

»Draußen haben sie sich auch umgesehen. Sie haben das Bettzeug mit der Schweinescheiße gefunden.«

»Haben sie das Bettzeug mitgenommen?«

»Nein. Bis jetzt haben sie die Schweinescheiße und meine tollkühne Flucht wohl noch nicht miteinander in Verbindung gebracht. Ich war so schlau, meine Kleider im Wald zu vergraben. Als nächstes wollte ich mir das Bettzeug vornehmen. Eigentlich glaube ich, dass es ohnehin nicht viel zu bedeuten hat, wenn sie mich mit der Schweinescheiße in Verbindung bringen.«

»Damit hast du wahrscheinlich recht. Es hat sich was Neues ergeben. Du wirst jetzt offiziell mit dem Fall in Verbindung gebracht, und Charlie musste kommen und meine Wohnung durchsuchen, da sie als mögliches Versteck in Frage kam.«

Wir setzten uns auf die Veranda, und ich erzählte Leonard, was ich in seinem Haus entdeckt hatte. Dann schilderte ich ihm meine Unterhaltung mit Charlie.

»Irgendwelche Ideen?«, fragte ich.

»Sind die Sachen richtig kaputt? Und was ist mit den Büchern? Sind sie hinüber?«

»Ziemlich. Zumindest ein paar.«

»Der Fernseher ist auch kaputt?«

»Sieht so aus. Und die Stereoanlage.«

»Scheiße.«

»Dein Anzug von J. C. Penney lag auch auf dem Boden.«

»Jetzt spielt der Wichser mit Dynamit.«

Ich nickte. »Ich wusste, das würde dich hart treffen.«

»Kommt mir so vor, als glaubte jemand, ich hätte irgendwas, das ich nicht habe. Und wenn ich es habe, weiß ich nicht, was es ist, und auch nicht, wie ich es erstanden habe oder warum ich es haben wollte. Und selbst wenn, wäre das noch lange keine Entschuldigung dafür, einen Anzug von J. C. Penney zu versauen.«

»Vielleicht glaubt dieser Jemand ja auch, Raul hätte irgendwas.«

»Daran hatte ich nicht gedacht«, sagte Leonard.

»Oder vielleicht auch, dass Pferdepimmel irgendwas gehabt hat, das Raul jetzt hat und von dem dieser Jemand denkt, er hätte es bei dir zu Hause versteckt.«

»Oder jemand glaubt, was Pferdepimmel hatte und Raul hatte, hätte ich jetzt.«

»Oder vielleicht war es auch ein erboster Kunde von Raul, der mit seiner Frisur nicht zufrieden war«, sagte ich. »Etwas zu viel an den Ohren abgeschnitten, und schon ist er bereit, dem Jungen den Schädel einzuschlagen.«

»Wenn ich genauer darüber nachdenke, hat er mir ein- oder zweimal die Haare geschnitten, und danach habe ich in der Beziehung einen weiten Bogen um ihn gemacht. Er stach einen immer mit der Schere.«

»Ich will dir mal was sagen«, sagte ich. »Wenn ich etwas besitzen würde, das dieser Bursche, der zu dem Fußabdruck gehört, haben will, wäre ich womöglich geneigt, es ihm zu geben. Und ich würde ihm vermutlich dabei helfen, es zum Wagen zu tragen, ihm einen blasen, ihm den Arsch abwischen und seinen Wagen anschieben. Bergauf.«

»Ist er so groß?«

»Nein. Ich hab mir den ganzen Scheiß nur zu deiner Belustigung ausgedacht.«

Leonard seufzte. »Tut mir leid. Ich glaube langsam, dass ich unter einem ganz schlechten Stern geboren wurde ... Glaubst du, Raul ist tot?«

»Keine Ahnung. Vielleicht ist das die Neuigkeit, die den Cops Beine gemacht hat. Vielleicht sieht es für sie so aus, als hättest du Raul auch umgelegt. Ich sage nicht, dass er tot ist. Ich sage nur, wenn er es ist, verschlimmert das die Sache.«

»Jesus, ich hoffe, es geht ihm gut. Und nicht nur meinetwegen.«

»Wir stellen hier ziemlich gewagte Vermutungen an, Leonard, und das völlig unbegründet. Wir wissen gar nichts. Nicht wirklich. Charlie hat mir zwar den Eindruck vermittelt, als wäre irgendwas passiert, aber ich glaube, dass sie nur meine Wohnung durchsuchen wollten, weil er dachte, du könntest womöglich hier sein. Er versucht uns zu helfen. Ich schätze, es war ein Glück, dass ich ihn angerufen habe.«

»Solange wir noch spekulieren: Ich musste gerade an was denken. Was, wenn die Biker nicht wussten, dass Pferdepimmel schwul war?«

»Warum sollte es sie kümmern?«

»Ich würde es sagen. Wenn man bedenkt, dass die meisten Leute nicht so liberal sind, wenn es um Homosexualität geht. Diese Burschen sind ungefähr so tolerant wie ein Skorpion. Das ist 'ne beschissene Keine-Nigger-Dixie-Bar, um Himmels willen. Glaubst du, in dem Laden sind Nigger unerwünscht, aber Schwule willkommen?«

»Das kann man nie wissen.«

»Wir können ja wetten. Wenn die Biker also spitzgekriegt haben, dass Pferdepimmel schwul ist, als ich ihm die Rübe massiert und meinen klassischen Spruch abgelassen hab, dass er mit meinem Freund rumbumst, könnte es doch sein, dass sie ihn selbst umgelegt haben. Sie dachten sich, alle würden denken, ich hätte es getan, und dass sie so zwei Fliegen – oder zwei Schwule – mit einer Klappe schlagen können.«

»Das ist eine Möglichkeit, aber das erklärt nicht, warum deine Bude durchsucht worden ist. Ich würde eher sagen, dass die beiden Vorfälle gar nichts miteinander zu tun haben. Dass es nur ein unglückliches Zusammentreffen war.«

»Vielleicht«, sagte Leonard. »Und was jetzt?«

»Ich glaube, du solltest dich weiter im Wald verstecken. Ich habe ein kleines Zelt und etwas Campingausrüstung. Ich schlage vor, dass wir das Zelt aufstellen und du es benutzt. Ich finde dich am Robin-Hood-Baum, wenn ich etwas erfahre oder dich brauche.«

Der Robin-Hood-Baum war eine gewaltige Eiche. Sie erinnerte Leonard und mich an die große Eiche in den Robin-Hood-Geschichten, daher ihr Spitzname. Sie stand nicht weit von meinem Haus entfernt auf Leonards Grundstück hinter dem Haus, welches ihm noch gehörte. Er hatte es mit Brettern vernagelt, bis er mit der Reparatur und dem Verkauf fertig war. Das andere Haus hatte er von seinem Onkel geerbt. Eine Aufgabe, die das Ausmaß einer der Arbeiten des Herkules angenommen hatte.

»Heute Abend und morgen bin ich im Krankenhaus«, sagte ich. »Ich weiß nicht, ob ich mich mal davonstehlen kann oder nicht. Wenn ich es tue, könnte ich mit derart großen Schulden enden, dass ich den Rest meines Lebens versuchen werde, sie zu bezahlen, und es trotzdem nicht schaffe.«

Wir suchten die Ausrüstung zusammen und legten noch die beiden Comics dazu, die ich gekauft hatte. Leonard schnappte sich den Kram und verzog sich in den Wald. Ich musste ihm unbedingt einen lincolngrünen Anzug kaufen. Ich hatte einen grünen Anzug von J. C. Penney. Ich könnte ihm den Anzug leihen. Ihm einen dieser kleinen Robin-Hood-Hüte aus grünem Buntpapier falten, einem Huhn die Schwanzfeder ausreißen und sie daraufstecken. Ich könnte ihn Little Leonard nennen.

Als ich ein paar Sachen zusammengepackt hatte, nahm ich etwas Erkältungsmedizin und fuhr auf meinem Weg ins Krankenhaus noch in die Stadt. Der Himmel war ein riesiger Holzkohlenschmier mit einem langsam verblassenden Klecks roten Sonnenlichts, grell und ausgefranst, als sei Gottes Herz explodiert. Fledermäuse flogen herum und machten Jagd auf Insekten.

Ich fuhr zu einem Burger-Laden, aß einen Burger und dachte über die jüngsten Ereignisse nach. Dann dachte ich an nichts mehr. Als ich schließlich im Krankenhaus eintraf, war Gottes Herz ausgeblutet, und übrig war nur noch ein dunkler Fleck wie Blut, das auf einem Ziegel trocknete.

Ich wusste nicht, was man im Krankenhaus von mir erwartete, also parkte ich meinen Wagen und ging gleich auf mein Zimmer. Mein Name stand noch auf dem Papierstreifen in dem kleinen Schild draußen neben der Tür.

Ich lugte hinein. Es war dunkel im Zimmer. Das Bett neben meinem war immer noch leer. Mein Bett, in dem ich beim Beobachten der Tauben so viel Spaß gehabt hatte, war ebenfalls leer.

Ich schaltete das Licht ein, öffnete die Kleiderschranktür und schaute hinein. Mein Nachthemd hing an einem Bügel. Jedenfalls nahm ich an, dass es mein Nachthemd war. Dieselbe Machart. Dieselbe Farbe. Reichlich Platz für meinen Arsch, um herauszulugen. Ich wusste mit Sicherheit, dass ich genauso eines gehabt hatte.

Ich schaute auf die Uhr. Ich war eine halbe Stunde zu früh dran. Ich setzte mich auf den Besucherstuhl neben dem Bett und wünschte, ich wäre vorher noch nach Hause gefahren, um mir etwas zu lesen mitzunehmen. Ich schaute aus dem Fenster. Es war dunkel, aber ich konnte die Taubenhaufen auf dem Fensterbrett ausmachen, das Zeug, das ich Leonard genannt hatte.

Ich schaltete den Fernseher ein und sah mir Nachrichten an.

Gegen zwanzig nach acht kam Doc Sylvan herein. »Danke, dass Sie gekommen sind. Das ist wirklich nett von Ihnen. Wissen Sie, ich habe nicht geglaubt, dass Sie kommen würden. Wären Sie nicht gekommen, hätte ich dafür gesorgt, dass die Versicherung keinen Cent zahlt.«

Ich schaltete den Fernseher aus. »Tut mir leid, Doc. Ich wollte niemandem Ärger machen. Es war wirklich ein Notfall. Ich kann nur nicht darüber reden.«

Doc Sylvan beäugte mich. »Ja ... Na schön. Das Nachthemd hängt im Schrank. Ziehen Sie's an.«

Er ging nach draußen und schloss die Tür. Ich zog das Nachthemd an und verstaute meine Sachen im Kleiderschrank. Sylvan kam nach einer Weile zurück. Ich war mittlerweile ins Bett gekrochen und hatte das Laken bis zum Hals hochgezogen.

»Sie bleiben heute und morgen Nacht hier«, sagte Sylvan, »dann haben wir diesen Versicherungsschwachsinn hinter uns. Wenn Sie das tun, kann ich dafür sorgen, dass die Versicherung zahlt. Glaube ich. Die restlichen Spritzen können Sie dann in meiner Praxis bekommen.«

»Das hätten wir von vornherein tun sollen.«

»Die Versicherung, Hap. Denken Sie immer daran. Sagen Sie sich das immer wieder. Die Versicherung. Ich bin es leid, wie ein Sprung in einer Schallplatte zu klingen.«

»Ja, Yoda.«

»Sie sehen beschissen aus.«

»Ich habe eine Erkältung. Die ich mir hier geholt habe.«

»Das bezweifle ich nicht. Ich hasse es, ins gottverdammte Krankenhaus zu gehen, um Patienten zu untersuchen. Ich hole mir immer irgendwas von ihnen.«

»Sie könnten sie sterben lassen.«

»Glauben Sie mir, es gibt einige, bei denen ich mir wünsche, ich könnte.«

»Mein Gott, Doc, verstößt das nicht gegen den Eid des Hippokrates?«

»Hippokrates hatte nie mit den Arschlöchern zu tun, mit denen ich mich herumschlagen muss. Andernfalls hätte er ihnen den Eid in den Arsch geschoben.«

»Denken Sie da konkret an einen ganz bestimmten Patienten?«

»Könnte sein«, sagte Sylvan. »Könnte sein.«

Sylvan nahm sein Stethoskop und horchte mich ab. Ich musste den Mund öffnen, und er schob mir einen Zungenspatel hinein. Er gluckste und schnalzte mit der Zunge. »Der obere Rachenraum. Er ist ziemlich gerötet. Ich sorge dafür, dass man sich darum kümmert und Ihnen etwas gegen die Symptome gibt.«

»Danke«, sagte ich.

»Hey, was kann ich sonst noch für meinen Lieblingspatienten tun?«

»Lassen Sie mich überlegen ...«

»Hap, wenn Sie vor übermorgen aus diesem Bett steigen, bringe ich Sie um.«

»Gibt es was Neues über den Kopf des Eichhörnchens?«

»Abgesehen davon, dass Reifenspuren darauf sind, nicht viel. Es wird noch eine Weile dauern, bis wir etwas hören. Die Leute in dem Labor in Austin haben zur Zeit reichlich Köpfe zu untersuchen. Wir hatten mehrere tollwütige Hunde und Waschbären, seit Sie in meiner Praxis waren. Der gottverdammte Wald ist dieses Jahr voll davon. Es ist eine richtige Epidemie. Ich gehe.«

»Decken Sie mich noch richtig zu, bevor Sie gehen?«

Sylvan grunzte und verließ das Zimmer. Ich schloss die Augen und stellte zu meiner Überraschung fest, dass ich bereits so früh am Abend schläfrig war. Ich nehme an, es lag an der Erkältung oder an der Medizin, die ich zu Hause genommen hatte. Lassen Sie den Wagen stehen, wenn Sie Erkältungsmedizin genommen haben. Ich ließ den Wagen stehen. Ich wusste nicht so recht, was ich tat. Ich nickte ein.

Ich erwachte. Ein Blick auf meine Uhr verriet mir, dass es elf Uhr abends war. Ich war überrascht. Ich hatte das Gefühl, als hätte ich nur einen Moment gedöst. Ich drückte auf den Knopf, der das Kopfteil des Bettes anhob, richtete mich auf und schaltete den Fernseher wieder ein.

Die Fernsehindustrie hatte sich während meines Nickerchens nicht verbessert. Alles, was auf den üblichen Sendern lief, war gewaltig für den Arsch. Ich versuchte es mit einigen der Kabelkanäle. Vergeblich. Es gab keine. Wenn man schon das Krankenhausessen zu sich nehmen musste, wäre Kabelfernsehen das Mindeste.

Ich schaltete den Fernseher aus und saß im Dunkeln da. Etwa eine Viertelstunde später tauchte Brett mit einem Metalltisch auf

Rädern auf. Sie schaltete das Licht neben meinem Bett ein. Sie nahm eine braune Papiertüte von dem Metalltisch. Sie lächelte mich an. Gott, mir gefiel dieses Lächeln.

»Ich hörte, Sie sind ausgerissen.«

»Sssshhhh«, machte ich. »Doc Sylvan und ich betrachten das als eine Art Studienurlaub.«

»Da Sie jetzt wieder zurück sind, dachte ich mir, Sie würden das hier brauchen.«

Sie öffnete die braune Papiertüte, holte die Ausgabe von *Möpse und Hintern* heraus, die Charlie mir mitgebracht hatte, und legte sie auf den Nachtschrank neben meinem Bett.

»Was ich wirklich gerne bei einem Mann sehe«, sagte sie, »ist Interesse für kulturelle Dinge.«

»Das gehört im Grunde nicht mir.«

»Es lag hier in der Schublade Ihres Nachtschränkchens.«

»Ja, aber Charlie, ein Freund von mir, hat es mir gegeben.«

»Ich verstehe. Tja, ich habe Ihnen auch etwas mitgebracht, nur damit Sie beschäftigt bleiben.«

Sie griff wieder in die Tüte und holte einen *Playboy* und ein Penthouse heraus. »Ich dachte mir, Sie könnten ebensogut zu den Klassikern übergehen. Aber ich fürchte, dass in diesen beiden auch Wörter sind.«

»Tatsächlich ist *Möpse und Hintern* sehr präzise. Sehr modern. Da gibt es auch Wörter. Es ist nur sehr minimalistisch. Sie überlegen sich sehr genau, was sie zu sagen haben, und schreiben die Wörter dann unter die Bilder.«

»Ja. Ich habe ein paar von den Wörtern gelesen. Wussten Sie, dass sie *Muschi* falsch geschrieben haben? Sie haben das c vergessen.«

»Nein! Ich muss ihnen einen Leserbrief schreiben.«

»Kümmern wir uns um Ihre Gesundheit.«

Sie folgte der normalen Routine und verkündete anschließend, ich hätte leichtes Fieber.

»Im Diagnosebericht des Arztes steht, Sie hätten eine leichte Erkältung«, sagte sie.

»Ich glaube, sie ist mehr als nur leicht. Tatsächlich glaube ich, wenn Sie im Zimmer sind, steigt meine Temperatur um ein paar Grad.«

»Ist das ein Kompliment, Hap Collins?«

»Das hoffe ich.«

Sie nahm einen Wasserkrug vom Tisch, goss mir einen Plastikbecher mit Wasser ein und gab mir ein paar Tabletten. Ich schluckte sie. Sie sagte: »In den Tabletten ist reichlich Salpeter.«

»Das ist eine gute Idee«, sagte ich. »Eigentlich könnten Sie dafür sorgen, dass ich das regelmäßig bekomme.«

»Vielleicht komme ich später wieder«, sagte Brett. »Wenn Sie dann noch nicht schlafen, kann ich mich neben Ihr Bett setzen und Ihnen die Bildüberschriften aus *Möpse und Hintern* vorlesen.«

»Ich an Ihrer Stelle würde mich nicht zu dicht neben mich setzen.«

»Schlafen Sie gut, Hap Collins.«

»Das bezweifle ich«, sagte ich. »Warten Sie. Wie heißen Sie mit Nachnamen? Den habe ich nicht mitbekommen.«

»Ich habe ihn auch nicht genannt. Ich heiße Sawyer. Brett Sawyer. Ich stehe im Telefonbuch. Ich habe keinen Anrufbeantworter. Ich bumse nicht bei der ersten Verabredung, und einige Männer finden mich vorlaut.«

»Das kann ich mir nicht vorstellen.«

»Dass ich nicht bei der ersten Verabredung bumse?«

»Dass einige Männer Sie vorlaut finden. Hey, wenn ich hier rauskomme, bin ich eine Weile ziemlich beschäftigt, aber meinen Sie, ich könnte Sie danach anrufen?«

»Ich habe alles getan, außer Ihnen meinen Hintern ins Gesicht zu schieben«, sagte sie, »also überlasse ich Ihnen auch einen Teil der Arbeit. Ich stehe im Telefonbuch.«

Sie warf mir ein betörendes Lächeln zu und ging. Ich lag eine Zeit lang da und hoffte, die Erkältungsmedizin, die sie mir gegeben hatte, würde mich rasch einschlafen lassen und es sei wirklich Salpeter darin.

Vergeblich. Ich schaltete das Licht aus, lag im Dunkeln da und schaute auf meinen Schwanz, der ein kleines Zelt aus dem Laken machte. Ich musste mich einer Vielzahl unkeuscher Gedanken erwehren. Jedenfalls hoffte ich, dass in diesen Augenblicken Jesus nicht bei mir im Zimmer war. Vielleicht hätte ich sogar den Teufel schockiert.

Nach einer Weile klappte das Zelt zusammen, und ich schlief ein. Falls Brett noch einmal zurückkehrte, bekam ich es nicht mit. Zum ersten Mal seit langer Zeit ließ mich das Krankenhaus die Nacht durchschlafen.

10

Am nächsten Tag kam Charlie nach dem Mittagessen vorbei. Er trug einen schlecht geschnittenen braunen Anzug mit einem hellbraunen Hemd und einer dunkelbraunen Krawatte und dazu Tennisschuhe, weiße Socken und seinen Filzhut.

»Wann kommst du aus diesem Loch raus?«, fragte er.

»Morgen früh.«

»Dann sollte ich dich vielleicht vorher nicht zu sehr aufregen?«

»Mein Gott, willst du mir einen Striptease vorführen?«

»Wäre das Beste, was du je gesehen hast, aber nein. Du musst Leonard sagen, dass er sich stellen soll.«

»Das haben wir doch alles schon durchgekaut«, sagte ich.

»Nein. Du musst ihn dazu bringen, dass er kommt. So, wie es jetzt aussieht, ist er aus dem Schneider.«

»Wie das?«

»Die Biker in der Bar. Sie haben Leonard allesamt einen gemeinen Nigger genannt und ihn auch sonst mit so üblen Ausdrücken belegt, dass politisch korrekte Liberale vom Himmel fallen und sich die Brust halten und die verdammten Ultra-Konservativen vor Freude Luftsprünge machen würden, wenn ich sie laut ausspräche.«

»Komm zur Sache.«

»Sie stimmen alle darin überein, dass er viel zu beschäftigt war, vor ihnen zu fliehen und sich zu verstecken, um McNee umgelegt haben zu können, den sie Pferd nennen.«

»Ja, das weiß ich.«

»Dass sie ihn Pferd nennen?«

»Dass er Pferd genannt wird und in Wirklichkeit McNee heißt. Aber was ist mit Leonard?«

»Leonard hätte keine Zeit gehabt, jemanden umzulegen. Es ist nicht so, dass sie versuchen würden, ihm ein Alibi zu geben. Aber ihre Aussagen geben ihm trotzdem eines.«

»Du würdest mich doch nicht reinlegen, oder? Das ist doch kein Trick?«

»Sag Leonard, er soll sich stellen. Er wird eine Strafe zahlen, weil er den Laden zusammengeschossen hat, und vielleicht wegen tätlichen Angriffs unter Anklage gestellt. Wahrscheinlich muss er dem Blazing Wheel ein neues Schild spendieren. Er wird einen Haufen Fragen beantworten müssen, aber am Ende braucht er sich nicht mehr zu verstecken. Wir können sagen, er hätte sich vor den Bikern versteckt, weil er um sein Leben gefürchtet hätte. Dass er die ganze Zeit in den Wäldern gewesen ist ... Da ist er doch, oder?«

Ich sagte gar nichts.

»Also schön, ganz wie du willst«, sagte Charlie. »Aber wie es aussieht, hat er den Hals aus der Schlinge gezogen.«

»Hol mich der Teufel.«

»Ja, mich auch. Bring ihn gleich morgen früh ins Revier, nachdem du hier raus bist.«

»Das wird wohl eher nach dem Mittagessen sein. Das Krankenhaus muss mich erst formal entlassen.«

»Also wusstest du die ganze Zeit, wo er war?«

»Sagen wir einfach, ich glaube, ich kann mich mit ihm in Verbindung setzen.«

»Ja. Klar. Also morgen Mittag. Aber nicht später. Verstanden?«

Alles in allem lief es ziemlich glatt. Leonard kam nicht ungeschoren davon. Ein Gerichtstermin wurde festgesetzt, und es war sicher, dass er eine Strafe zahlen würde. Er war auch als Verdächtiger im Mordfall Pferdepimmel noch nicht völlig aus dem Schneider, aber niemand versuchte ihm die Sache anzuhängen. Nicht, da die Biker ihm tatsächlich ein Alibi gaben. Er wurde fast schneller abgefertigt und aus dem Kittchen entlassen, als ich aus dem Krankenhaus kam, und er musste nicht in einem Rollstuhl rausfahren wie ich.

Das habe ich nie begriffen. Man geht ins Krankenhaus, dort wird man entlassen, und egal, ob man die Wände hochklettern kann, man wird in einem Rollstuhl hinausgefahren. Das ist eines der kleinen Rätsel des Lebens wie UFOs und das Ungeheuer von Loch Ness.

Am Morgen nach Leonards Entlassung war es heiß und grell, aber es wehte ein kühler Wind. Wir trafen uns in seinem Haus, um dort aufzuräumen, sagten uns aber schließlich, zum Teufel damit.

Ich fuhr zu meinem Haus, und er folgte mir in seinem gemieteten Chevy. Wir holten uns Holzstöcke und ein paar Angelhaken, gingen durch den Wald zu der Stelle, wo der Bach sich verbreitete, und hockten uns hin, um dort Barsche zu angeln.

»Ich kann mir das Chaos heute einfach nicht antun«, sagte Leonard. »Außerdem erinnert es mich immer an Raul.«

»Das Chaos?«

»Nein. Das Haus, du Trottel.«

»Hast du irgendeine Vorstellung, wer für das Chaos verantwortlich ist?«, fragte ich.

»Ich nehme an, es waren die Biker. Sie haben herausgefunden, wo ich wohne, dann nach mir gesucht, mich nicht angetroffen und alles kurz und klein geschlagen. Dazu würden die Motorradreifenspuren passen, die du gefunden hast.«

»Ja, aber ich weiß nicht«, sagte ich. »Die Biker waren ziemlich ehrlich bei allem. Aber das haben sie nicht zugegeben.«

»Sie waren nur ehrlich, wo sie sagen konnten, was für'n Arschloch ich bin. Und weißt du was: Sie haben recht.«

»Daran habe ich nie gezweifelt. Die Sache ist nur die, dass dieses Chaos mich stört. Ich finde, du solltest eine Zeit lang ernsthaft auf deinen Arsch achtgeben. Die Fußabdrücke da draußen gehören nicht der Zahnfee.«

»Ja, in Ordnung«, sagte Leonard, aber er klang nicht sehr aufrichtig. »Glaubst du, dass Raul noch lebt?«

»Das weiß ich nicht. Keine Ahnung. Aber ich finde, er müsste mittlerweile längst wieder aufgetaucht sein. Dir ist natürlich klar, dass er jetzt der Hauptverdächtige in der Mordsache Pferdepimmel ist.«

»Das denke ich auch. Sie haben einfach nur ihn an meine Stelle gesetzt. Du weißt, dass ich das nicht auf sich beruhen lassen kann. Raul könnte niemanden umbringen ... Scheiße, Hap. Ich liebe den Jungen. Er ist ein Idiot, aber ich liebe ihn.«

Wir fingen ein paar Barsche, warfen sie in einen mit Wasser gefüllten Eimer, saßen da und redeten. Leonard erzählte mir von Raul und wie zwischen ihnen alles den Bach runtergegangen war und dass der Junge wilder war, als er gedacht hatte. Es war eine ziemlich gewöhnliche Geschichte. Ich hatte sie schon öfter gehört, aber sie war von Männern erzählt worden, die über ihre Frauen redeten. Liebe war jedoch Liebe, und die Probleme schienen sich nicht zu verändern, auch wenn der Partner gleichen Geschlechts war, nur dass viel mehr gebumst wurde. Schwul oder nicht, Männer sind Männer, und Männer bumsen wirklich gerne, und das können Sie sich in Ihr kleines schwarzes Buch schreiben, die Seite rausreißen, sie zusammenknüllen und rauchen.

Als Leonard mir all seinen Kummer geklagt hatte, erzählte ich ihm von Brett. Dann redeten wir über Hanson und dass wir ihn besuchen und ihn im Koma beobachten könnten.

Als Nächstes erzählte mir Leonard, dass er sich im Wald eine Zecke an den Eiern eingefangen hätte. Er sagte, er hätte sie immer noch. Er könne sie nicht loswerden.

»Sie sitzt an einer für mich schwer zugänglichen Stelle«, sagte er. »Vielleicht kannst du sie mir rausdrehen.«

»Im Leben nicht. Aber ich bin ein ziemlich guter Schütze. Ich könnte sie dir abschießen.«

»Das ist mein Ernst. Die Zecke ist 'n echtes Problem.«

»Benutz ein Streichholz. Du zündest es an, bläst es aus und stichst die Zecke dann mit dem heißen Ende. Dann haut sie ab.«

»Hast du das schon mal gemacht?«

»Nein, aber die Alten erzählen davon.«

»Hattest du schon mal 'ne Zecke an den Eiern?«

»Ja.«

»Aber du hast diese Methode nicht ausprobiert?«

»Nee.«

»Warum nicht?«

»Ich hatte Angst, mir die Eier zu verbrennen.«

»Du bist mir 'ne schöne Hilfe. Ich glaube, du willst einfach nur nicht die Eier von 'nem Schwulen anfassen.«

»Ich will von keinem die Eier anfassen, nur meine eigenen.«

»Ja, klar, das wird dir noch leid tun. Ich kriege bestimmt diese Zeckenkrankheit. Dann wirst du dir wünschen, du hättest die Zecke rausgedreht.«

»Das glaube ich nicht.«

»So, wie dieser Hurensohn anschwillt, muss ich 'nen Campingstuhl neben das Bett stellen, damit meine Eier und die Zecke 'nen Schlafplatz haben.«

»Hey, wenn du willst, hole ich deinen Eiern und der Zecke 'ne Decke und 'n flauschiges Kissen, aber ich drehe nichts aus deinen Eiern.«

Wie üblich artete das Gespräch danach aus und kam schließlich zum Erliegen, bis wir nur noch schweigend dasaßen und angelten. Der Wind legte sich, und es wurde heiß, und die Luft war schwer zu atmen. Aber wir blieben trotzdem sitzen, und schließlich ließ die Hitze nach, und es war wieder kühl, auch ohne den Wind, und die Luft war frisch, und die Helligkeit des Tages versank zwischen den Bäumen, und der Himmel wurde violett und dann schwarz, und die Sterne kamen heraus, groß und hell und prächtig.

Wir gingen mit unserer Ausrüstung, einem Eimer mit Barschen und einer Taschenlampe durch die Dunkelheit nach Hause und kamen rechtzeitig bei mir an, um die Fische bei Verandalicht auszunehmen und zu braten und ein leckeres Abendessen zu uns zu nehmen.

Nach dem Abendessen sahen wir ein wenig fern. Dann ging Leonard ziemlich früh. Ich versprach ihm, am nächsten Morgen vorbeizukommen, um ihm beim Aufräumen zu helfen. Er fuhr los, und ich sah mir noch etwa eine Stunde lang etwas im Fernsehen an, dem ich keine richtige Beachtung schenkte. Dann schaltete ich den Fernseher aus, ging ins Bett und las noch eine Zeit lang in einem Science-fiction-Roman.

Am nächsten Morgen stand ich früh auf, fuhr in die Stadt und kaufte mir Würstchen und Brötchen am Autoschalter einer Fastfood-Schmiede. Dann fuhr ich zu Leonard.

Als er mich einließ, roch es nach Kaffee, und die meisten im Wohnzimmer verstreuten Sachen waren aufgesammelt, und das Küchenporzellan blitzte, und der Küchenboden vor dem Kühlschrank glänzte vor Nässe, da er kürzlich gewischt worden war.

»Du warst ziemlich fleißig«, sagte ich.

»Ja«, sagte Leonard. »Ich konnte letzte Nacht nicht schlafen. Ich bin aufgeblieben und hab saubergemacht. Komm in die Küche, aber pass auf. Der Boden ist noch feucht.«

Das tat ich. Stellte den Beutel auf den Tisch und zog mir einen Stuhl heran. Ich sagte: »Du gießt uns Kaffee ein, und ich geb dir ein Würstchen und ein Brötchen.«

»Der Tausch ist gut genug«, sagte Leonard. »Weißt du, was komisch ist? Ich habe entdeckt, dass etwas fehlt.«

»Ach?«

»Videokassetten. Die leeren ebenso wie diejenigen mit Filmen. Sie sind alle weg.«

»Du meinst, jemand ist ins Haus eingebrochen und hat Videofilme gestohlen?«

»Sieht so aus«, sagte Leonard. »Ich bin ins Grübeln gekommen und dachte, schön, die *Gilligan*-Bänder sind verschwunden, also könnte es Raul gewesen sein. Vielleicht hat er das Haus verwüstet. Weil er sauer auf mich war. Weil er vielleicht glaubt, dass ich Pferdepimmel umgelegt hab. Also kommt er her, schmeißt mit Sachen rum und nimmt sich seine *Gilligan*-Bänder. Aber die Frage ist, warum sollte er *Der Schatz der Sierra Madre* oder *Der Texaner* und noch einen Haufen anderer mitnehmen?«

»Weil das gute Filme sind?«

»Er war da anderer Ansicht. Er war gegen jeden Film, in dem geschossen wird. Ich will nicht sagen, dass ich an Sachen wie *Panzerkreuzer Potemkin* Geschmack finde, aber was Raul an Geschmack hatte, war sämtlich in seinem Mund, und mal von meinem Schwanz abgesehen, der reichlich Zeit in seinem Mund verbracht hat, glaube ich nicht, dass er guten Geschmack kannte.«

»Vielleicht hat er sie gestohlen, weil du sie gut findest? Als eine Art Rache.«

»Daran habe ich auch gedacht«, sagte Leonard. »Aber warum sollte er die Leerkassetten stehlen?«

»Damit er irgendwas darauf aufnehmen kann.«

»Na schön. Das kann ja alles sein, aber warum nur die Videokassetten? Hier sind noch CDs, die ihm gefielen, und die hat er nicht mitgenommen. Er hat überhaupt nichts von den Sachen mitgenommen, von denen ich meine, dass sie ihn interessiert hätten. Und das Chaos hier kam mir nicht wie Vandalismus vor. Es gibt einen Haufen Zeugs, der aus Spaß hätte zerschlagen werden können und noch heil ist. Das meiste Zeug lag einfach nur so rum. Die Schäden sind das Ergebnis einer Suche. Es war kein Vandale. Ich glaube, jemand hat was gesucht, und das passt nicht zu Raul. Er wusste, wo alles ist, also warum hätte er hier dieses Chaos anrichten sollen?«

»Er war sauer auf dich.«

»Könnte sein. Aber ich glaube nicht, dass er die Videos gestohlen hat.«

»Jemand anders hat sich die *Gilligan*-Bänder unter den Nagel gerissen?«

»Das ist meine Vermutung.«

»Mann, ein Verbrechen wie das zeigt einem, wie weit es mit der Welt gekommen ist. Diese beschissenen Gauner sind einfach das Letzte. Wer würde schon ein Band von *Gilligans Insel* wollen, wenn er noch alle Tassen im Schrank hat, von der kompletten Serie ganz zu schweigen?«

»Bob Denver?«

»Scheiße. Weißt du denn nicht, dass er es leid ist, dieses alberne Matrosenkäppi zu tragen und blöd auszusehen?«

»Wenn du glaubst, die Serie wäre der letzte Scheiß, müsstest du dir mal das Return-Special ansehen«, sagte Leonard. »Raul hat mich dazu gebracht. Und, Mann, das Teil ist echt tödlich. Es betäubt dich irgendwie, weißt du? Wie so ein Nervengas. Ich hab mich danach zwei Tage lang ganz schwach gefühlt.«

»Du bist gerade auf das Geheimnis gestoßen«, sagte ich. »Es ist vom Außenministerium gestohlen worden, um es als Mittel der verdeckten Kriegführung einzusetzen.«

»So wie ich das sehe«, sagte Leonard, »haben diese Burschen schon einen vollständigen Kassettensatz von *Gilligan*. Und der passt ganz gut zu ihrer Sammlung von *Three's Company*. Das Zeug sehen sie sich an, wenn sie angeblich die Probleme der Nation lösen.«

Wir arbeiteten bis zum frühen Nachmittag im Haus, aßen ein paar Sandwiches und beschlossen dann, in die Stadt zu fahren, um ein paar Reinigungsutensilien zu kaufen. Wir fuhren mit meinem Wagen. Auf dem Rückweg zu Leonards Haus sagte er: »Die Old Pine Road, wo Pferdepimmel ins Gras gebissen hat. Könnten wir da mal hinfahren?«

»Warum?«

»Ich weiß nicht. Ich schätze, ich würde gern mal die Stelle sehen, wo es diesen Kerl erwischt hat, von dem sie dachten, ich hätte ihn umgelegt.«

»Ich weiß nicht, ob das so eine gute Idee ist«, sagte ich.

»Ach, komm schon, Hap.«

Ich war nicht besonders scharf darauf, aber wir fuhren zur Old Pine Road, die als Straße wirklich nicht viel hermacht. Sie ist schmal, windet sich durch eine stark bewaldete Gegend und führt zu einer Autobahn, die nach Lufkin führt. Wegen der Bäume ist sie sehr schattig und nicht viel befahren.

Wir folgten ihr, bis wir schließlich verbranntes Gummi in Form einer Bremsspur auf der Straße sahen, die ins Unterholz und zu einer großen Eiche führte. Hinter der Eiche war der Boden mit einem dichten Teppich aus wilden Ranken und Wildblumen bedeckt. Das wellige Gelände fiel stark ab und wurde erst an der Waldgrenze wieder eben.

Wir fuhren an den Straßenrand, stiegen aus und sahen uns um. Es war ein heller, heißer Tag, und alles, was ich ansah, schien durch ein transparentes, zitronenfarbenes Bonbon betrachtet. Die Luft war voller Pollen. Jedes Mal, wenn ich einatmete, zog ich mir Mehl durch die Nase. Binnen weniger Minuten war mein Hals rauh und meine Nase verstopft. Es tat meiner Erkältung nicht sonderlich gut.

Wir betrachteten die Eiche und konnten sehen, wo das Motorrad sie getroffen hatte. Es war ein verdammt guter Treffer. Wie von einer Axt aus dem Baum herausgehauen.

»Wenn die Schrotflinte ihn nicht umgebracht hätte«, sagte Leonard, »kannst du darauf wetten, dass dieser Baum ihm nicht sonderlich gutgetan hätte.«

»Ohne die Schrotflinte wäre er gar nicht gegen den Baum gefahren«, sagte ich. »Jetzt hast du die Stelle gesehen. Fühlst du dich nun besser?«

»Nein. Ich weiß wirklich nicht, warum ich sie sehen wollte.«

Wir standen unter der Eiche nicht in der Sonne, während Leonard seinen Gedanken nachhing, und klammerten uns förmlich an den Schatten. Nicht dass es half. Es war trotzdem heiß, und die Pollen wurden nicht weniger.

»Weißt du«, sagte Leonard, »ich wette, wir könnten ein Würstchen auf einen Stock spießen, ihn in die Sonne halten, und die Sonne würde es braten ... Was ist das?«

Leonard hatte sich von der Straße abgewandt und schaute hangabwärts zum Wald. Ich folgte seinem Blick und sah eine Moskitowolke am Waldrand herumschwirren, wo der Schatten dem Licht wich. Die Insekten wogten hoch und senkten sich wie eine winzige schwarze Wolke vor den Bäumen. Ich konnte mir vorstellen, wie sie uns ansahen und dachten: *Kommt nur runter, dann reißen wir euch das Fleisch von den Knochen, denn wir sind die Piranhas der Lüfte.*

Ich dachte, Leonard meinte die Moskitos, aber dann folgte ich seinem ausgestreckten Zeigefinger und sah, was er sah. Es lag teilweise begraben unter den Ranken nicht weit vom Waldrand. Es war silbern, und das Sonnenlicht wurde von ihm reflektiert wie von einem Spiegel. Es war schmerzhaft, in dieses blendende Licht zu schauen, und ich blinzelte.

»Ich weiß nicht, was das ist«, sagte ich.

»Das könnte ein Teil von einem Motorrad sein«, sagte Leonard.

»Die Cops haben die ganze Gegend abgesucht.«

»Vergiss nicht, dass wir hier von den Cops aus LaBorde reden. Charlie natürlich ausgenommen. Ich wette, sie sind nicht einmal den Hang runtergegangen. Zumindest nicht bis ganz nach unten. Und erst recht nicht die Fetten. Wenn die zu weit runtergingen, würden sie nicht wieder hochkommen.«

»Und wenn es ein Teil von dem Motorrad ist?«, sagte ich. »Na und?«

»Es könnte zur Lösung des Falls führen.«

»Was, ein Schutzblech? Der Lenker?«

»Du solltest mal Agatha Christie lesen, Mann.«

»Warum? Muss ich bestraft werden?«

»Lies sie, dann wirst du feststellen, dass nichts zu unbedeutend ist. Lass uns nach unten gehen und nachsehen, was es ist.«

»Es ist ein steiler Hang.«

»Ich wette, genau das haben die fetten Cops auch gesagt.«

»Sie hatten recht.«

»Wir sind männliche Männer. Wir können es schaffen.«

»Trägst du mich?«

»Nein.«

Wir gingen den Hang hinab, und die wilden Ranken und das Unterholz klammerten sich an unsere Knöchel. Als wir bis auf fünf Meter heran waren, dachte ich, es sei ein großer Klumpen Aluminiumfolie. Dann sah ich, dass das, was ich für zerknitterte Folie gehalten hatte, keine Knitterfalten, sondern Beulen waren und die Folie keine Folie, sondern ein Sturzhelm war. Ich konnte ein Teil des Visiers erkennen. Es war gesprungen, und ich konnte etwas hinter dem Visier erkennen. Leonard, der direkt vor mir war, konnte es ebenfalls erkennen, weil er stehenblieb, eine Bewegung machte, die Erschrecken verriet, und langsam ausatmete.

»Scheiße«, sagte er. »Gottverdammte Scheiße.«

Ich ging an ihm vorbei und näher heran. In dem Helm steckte ein Kopf, und an dem Kopf hing ein Körper, und der Körper war teilweise unter den Ranken verborgen. Man konnte den Körper von der Kuppe des Hangs nicht sehen, nur einen Teil des Helms. Aus diesem Winkel konnte ich alles ganz deutlich erkennen. Arme und Beine sahen aus, als seien sie von einer Vogelscheuche, mit Stroh ausgestopft und von den Ranken umwickelt.

Ich ging in die Hocke und betrachtete das Gesicht in dem Helm. Der Kopf darin war viel zu verdreht und mit etwas wie Melasse bedeckt. Auf dem Teil des Gesichts, den ich erkennen konnte, krochen Ameisen und Maden herum. Der Wind hatte gedreht, und in ihm lag der Gestank nach Tod, der mir in die Nase wehte und die Pollenpfropfen durchdrang. Ich musste mich zusammenreißen, damit mir nicht schlecht wurde.

Ich erhob mich, ging zu Leonard, nahm ihn am Ellbogen und zog ihn den Hang empor.

»Es ist Raul, nicht?«, sagte Leonard.

»Ja.«

11

Wir riefen anonym beim Polizeirevier an, und sie kamen und holten die Leiche, und am nächsten Tag machten die Zeitungen viel Aufhebens deswegen, dass die Cops diese großartige Detektivarbeit geleistet hatten.

Es wurde über den Mord an Pferdepimmel berichtet, obwohl er nicht so genannt wurde. Die Tatsache, dass Raul nur ein paar Meter von der Stelle gefunden worden war, wo es Pferd erwischt hatte, wurde mit keinem Wort erwähnt. Aber wenn man zwischen den Zeilen las, war es ziemlich klar, dass Raul auf dem Sozius des Motorrads gesessen hatte.

Es war keineswegs klar, wie Pferd, nachdem Leonard ihm die Rübe massiert hatte, dazu gekommen war, mit Raul auf dem Sozius in der Gegend herumzufahren. Aber nachdem irgendjemand Pferd den Kopf weggeschossen hatte und das Motorrad gegen den Baum geprallt war, hatte Raul es dem Motorrad nachgemacht, und der Aufprall war so hart gewesen, dass er den Hang hinunter und in die Ranken geschleudert worden war.

Das war im Wesentlichen die Summe all dessen, was bekannt war.

Zwei Tage später kamen Rauls Eltern aus Houston und ließen ihn auf dem kleinen Landfriedhof begraben. Es war ein ruhiges, schattiges Plätzchen mit Bürgerkriegsveteranen, Schwarzen und Armen, und aus irgendeinem Grund beschlossen sie, ihn nicht nach Hause überführen zu lassen, sondern dort unter die Erde zu bringen.

Leonard war weder zur Abschiednahme noch zum Begräbnis eingeladen, aber zum Begräbnis ging er trotzdem. Der Friedhof lag auf der einen Seite einer asphaltierten Straße, und auf der anderen Seite stand eine Gruppe von Eichen. Wir parkten unter ihnen, setzten uns auf die Haube des gemieteten Chevy und sahen uns die Zeremonie an.

Wir trugen kein Schwarz. Wir trugen keine Krawatte. Der Sarg war aus Bronze. Die Familie weinte.

Die ganze Geschichte war nach kurzer Zeit vorbei, dann fuhren die Autos ab. Einer der Begräbnisteilnehmer blieb eine Zeit lang am Zaun stehen und starrte uns über die Straße hinweg an. Er war ordentlich in Schwarz gekleidet. Zuerst war er ohne sein Hawaiihemd, den billigen Anzug und den Filzhut schwer zu erkennen.

»Ich dachte mir schon, dass du kommen würdest«, sagte er zu Leonard.

»Ja«, erwiderte der.

»Es tut mir leid«, sagte Charlie. »Du hättest eingeladen werden müssen.«

»Die Familie kann Schwule nicht ausstehen«, sagte Leonard. »Wie sie das sehen, war Raul nicht schwul. Er war nur ein wenig verwirrt. Er hätte jeden Augenblick damit aufgehört, Schwänze zu blasen, und angefangen, Muschis aufs Korn zu nehmen.«

»Nur die Ruhe, Leonard«, sagte ich.

»Ja«, sagte Leonard. »Nur die Ruhe.«

Charlie kletterte auf die Haube des Chevy und setzte sich neben Leonard. »Ich war auch nicht eingeladen. Bin trotzdem gekommen. Ich dachte, der Mörder würde sich vielleicht zeigen. Ihr wisst schon, wie im Kino. Dass er zum Tatort zurückkehrt.«

»Du meinst doch nicht mich, oder?«, sagte Leonard.

»Nein.«

»Mich kannst du auch nicht meinen«, sagte ich.

»Nein«, sagte Charlie. »Eigentlich bin ich gekommen, weil ich mir gedacht habe, dass ich euch zwei hier treffe. Rauls Leiche lag neben der Old Pine Road, nicht weit von der Stelle entfernt, wo es Pferdepimmel erwischt hat. Er hat die ganze Zeit dort gelegen.«

»Davon haben wir gehört«, sagte Leonard.

»Die Scheißer, die dort den Tatort untersuchten, haben keine sonderlich gute Arbeit geleistet«, sagte Charlie.

»Junge, das überrascht mich«, sagte Leonard. »Ein toter Schwuler. Ich dachte, alle würden sich überschlagen.«

»Nicht ein toter Schwuler«, sagte Charlie. »Zwei.«

»Na schön«, sagte Leonard. »Zwei tote Schwule.«

»Könnte es sein, dass einer von euch beiden wegen der Leiche angerufen hat?«, fragte Charlie.

»Könnte sein«, sagte ich.

»Das dachte ich mir. Ihr Jungens seid zu neugierig, um irgendwas auf sich beruhen zu lassen.«

»Hey, wir haben unsere Sache besser gemacht als ihr Burschen«, sagte ich.

»Das bringt mich ja so auf die Palme«, sagte Charlie. »Soll ich euch was verraten, Jungens?«

»Klar«, sagte ich.

»Die beiden toten Schwulen«, sagte Charlie. »Einer davon war ein Cop.«

Wir starrten Charlie beide an. Ich sagte: »Raul kann es nicht gewesen sein, bleibt also nur noch Pferd.«

»Siehst du«, sagte Charlie. »Deine Deduktionsfähigkeiten sind einfach phänomenal.«

»Hör auf mit dem Quatsch«, sagte Leonard. »Ich bin nicht in der Stimmung. Pferdepimmel war ein Cop?«

»Genau.« Charlie griff in seine Jackentasche und holte eine plattgedrückte Zigarettenschachtel heraus. Er steckte sich eine in den Mund, zückte ein Feuerzeug und zündete sie an. Er sagte: »Er hat verdeckt ermittelt.«

»In Rauls Arschloch«, sagte Leonard.

»Er hatte einen Sonderauftrag. Ich habe auch erst vorgestern davon erfahren. Fiel nicht in mein Ressort. Der Chief hat es angeordnet.«

»Der Chief hat etwas mit einem schwulen Cop angeordnet?«, sagte ich.

»Er wusste nicht, dass er schwul war«, sagte Charlie. »Wenn der Chief es gewusst hätte, wäre der Bursche niemals Cop geworden, geschweige denn verdeckter Ermittler. Ich hatte den Burschen schon mal auf dem Revier gesehen, aber ich hatte nichts mit ihm zu tun. Ich habe den Tod des Bikers erst mit dem Tod eines Cops in Verbindung gebracht, als die Geschichte allgemein bekannt wurde. Im Revier ist die ganze Sache erst sehr spät durchgesickert. Der Chief glaubte, sie ließe ihn wie einen Idioten dastehen, also hat er sie nicht an die große Glocke gehängt.«

»Hol mich der Teufel«, sagte ich.

»Durch das Blazing Wheel laufen eine Menge Drogen«, sagte Charlie. »Also ließ der Chief Pferd kommen ... McNee ... und das ist auch ein falscher Name. In Wirklichkeit heißt er Bill Jenkins. Jedenfalls ließ der Chief ihn kommen und beauftragte ihn, verdeckt zu ermitteln. Pferd ließ sich mit Raul ein, und jetzt sind er und Raul tot.«

»Glaubst du, es hatte damit zu tun, dass Pferd ein Cop war, oder damit, dass er schwul war?«, sagte ich.

»Keine Ahnung«, sagte Charlie kopfschüttelnd, während er Rauch aus Mund und Nase strömen ließ. »Vielleicht mit beidem. Vielleicht mit keinem. Wie auch immer, ich wollte, dass ihr es wisst. Wenn ein Cop im Dienst getötet wird, setzen wir Himmel und Hölle in Bewegung, um den Täter zu schnappen. Aber wie du schon sagtest, Leonard, zwei Schwule, wo der Chief glaubt, die Geschichte könnte ihn und das Revier in ein schlechtes Licht rücken … Der Fall könnte in der Versenkung verschwinden. Vielleicht ist er das sogar schon. Es wäre möglich, dass ich nicht tun kann, was eigentlich getan werden müsste. Versteht ihr, was ich damit sagen will?«

»Ja«, sagte Leonard. »Wir verstehen, was du damit sagen willst.«

»Ich habe Raul eigentlich nicht so gut gekannt«, sagte Charlie. »Aber ich bedaure es sehr, dass er tot ist. Ich meine, du hast ihn gemocht.«

»Ziemlich«, sagte Leonard.

Charlie rauchte seine Zigarette auf und stieg von der Haube. »Wir sehen uns später.«

Charlie ging zu seinem Wagen und fuhr weg.

Wir saßen noch eine Weile da und beobachteten den Totengräber mit seiner kleinen Planierraupe. Er schob rasch die Erde in das offene Grab und glättete alles, sodass es ordentlich aussah, dann fuhr er die Planierraupe durch ein großes Tor auf der anderen Seite des Friedhofs und auf den Anhänger eines Pickups. Er sicherte die Planierraupe mit Bremsklötzen. Er schloss das Tor ab. Er fuhr den Hänger und die Planierraupe weg.

Zwei Männer bauten das gestreifte Begräbniszelt ab und legten die Blumen und Kränze der Trauergäste um das Grab. Sie luden ihre Sachen auf und fuhren weg.

Wir gingen zum Friedhof und durch das Tor. An Grabsteinen vorbei. Ich las einige Inschriften. Bürgerkriegsdaten. In einen verwitterten Stein waren die verblassten Worte GELIEBTER SKLAVE UND DIENSTBOTE gemeißelt, was ich irgendwie ironisch fand.

Auf einem stand JAKE REMINGTON und dann WEDER MIT DEM KÜNSTLER NOCH MIT DEM WAFFENHERSTELLER DIESES NAMENS VERWANDT. Es gab eine Jane Skipforth, die Anfang dieses Jahrhunderts gestorben war, AN KOMPLIKATIONEN MIT MÄNNERN. Ein Bill Smith, der im Ersten Weltkrieg gestorben war. SEIN FLUGZEUG IST ABGESTÜRZT, ABER SEINE SEELE HAT SICH EMPORGESCHWUNGEN. Ein Frank Jerbovavitch, der alt geworden und gestorben war. Ein Willie ohne Daten, nur Willie. Ein Fred Russel nur mit Daten. Ohne Erwähnung seiner Beziehung zu dem berühmten Künstler dieses Namens aus dem Westen.

Und so ging es weiter. Aber es spielte im Grunde keine Rolle, was auf den Grabsteinen stand oder nicht stand. Unter der Erde waren alle Brüder und Schwestern.

Leonard blieb vor Rauls Grab stehen und sagte: »Irgendwie bedeutet ein Grab gar nichts. Es ist genauso wie beim Begräbnis meines Onkels. Er ist tot, und mehr gibt's dazu nicht zu sagen.«

Leonard schob mit dem Fuß etwas Erde auf das Grab, und wir gingen.

12

Als wir wieder bei Leonard zu Hause waren, tranken wir einen Kaffee und unterhielten uns ein wenig, aber es war keine sehr lebhafte Unterhaltung.

Nach einer Weile verstand ich den Wink und sagte Leonard,

dass ich heimfahren und ihn am nächsten Tag anrufen würde. Er hätte mich beinahe zur Tür getragen. Er stand auf der Veranda, als ich in meinen Pickup einstieg.

»Hap«, sagte er, »ich habe niemanden lieber um mich als dich. Aber es gibt Situationen, da will ich einfach allein sein.«

»Ich verstehe.«

»Das ist so eine Situation.«

»Kein Problem.«

Ich fuhr nach Hause und dabei an Leonards altem Haus vorbei, das nicht weit von meinem stand. Ich warf einen sehnsüchtigen Blick darauf. Es war vernagelt und hatte einen Grauschleier. Der alten Fernsehantenne, die aus der Seite des Hauses spross und sich auf dem Dach ausbreitete, war vom Wind ziemlich übel mitgespielt worden. Sie sah wie die riesige Hand eines Außerirdischen aus, die verfault war, sodass nur noch die Knochen übrig waren. Farbe blätterte wie Schuppenflechte von der Veranda und der Haustür ab. Das Gras war hoch und nickte im Wind.

Ich wünschte, Leonard würde aus dem Haus seines Onkels ausziehen und wieder nach Hause kommen. Das Haus war nicht viel, aber es gefiel mir, dass er nicht weit von mir wohnte. Wir hatten hier gute Zeiten erlebt, und vielleicht würden sie nie wiederkommen. Mittlerweile war das Leben im Weg.

Ich war ziemlich aufgedreht, als ich zu Hause ankam, also versuchte ich es mit einer Dusche, aber die half auch nicht. Ich saß eine Weile herum und versuchte zu lesen, versuchte fernzusehen, versuchte Musik zu hören. Nichts davon brachte mir irgendwas.

Der Tag schleppte sich dahin. Ich musste an Brett denken. Ich schaute auf die Uhr. Es war später Nachmittag, aber sie würde erst spät am Abend zur Arbeit gehen. Ich wählte ihre Nummer. Nach dem dritten Klingeln hob sie ab.

»Honey, ich dachte schon, ich müsste meine Haare auf der anderen Seite scheiteln«, sagte sie.

»Noch mal, wie war das?«

»Ich dachte schon, ich hätte es nicht mehr drauf.«

»Üben Sie das oft?«

»Eigentlich nicht. Und normalerweise bin ich auch nicht so ein Flittchen, aber ich habe schon eine Ewigkeit niemanden mehr getroffen, der mich interessiert.«

»Das ist sehr schmeichelhaft. Was interessiert Sie denn so an mir?«

»Ich liebe einfach diese kleine kahle Stelle.«

»Ich glaube, das ist nicht Ihr Ernst.«

»Wissen Sie, Sie haben recht. Es stimmt nicht.« Brett lachte. Das Lachen war ebenso nett wie ihr Lächeln. »Ich weiß nicht. Nicht wirklich. Sie haben irgendwas an sich. Sie erinnern mich an einen großen Hundewelpen. Ich glaube, das ist es.«

»Wuff, wuff«, sagte ich.

»Wie wär's, wenn Sie mich zum Essen ausführen? Ich habe noch nicht gegessen, und ich muss bald zur Arbeit. Es war so ein Tag, an dem ich nur Kaffee zu essen bekommen habe.«

»Für mich war es auch so ein Tag. Vielleicht können wir uns gegenseitig aufheitern.«

»In fünfundvierzig Minuten«, sagte sie.

Wir gingen in einen teuren Laden namens West Coast. Der Laden sieht besser aus, als das Essen schmeckt, obwohl es nicht schlecht ist. Das West Coast liegt auf einem Hügel, und davor steht eine große Reklametafel, auf der die Spezialitäten der Woche aufgelistet sind, dabei handelt es sich meistens um irgendwelche Meeresfrüchte oder Steak.

Das eigentliche Restaurant besteht aus großen Holzfliesen und ausgedehnten Glasflächen. Es gibt ordentlich gestutzte Büsche und Sträucher und einen Haufen Parkplätze. Aus irgendeinem Grund werfen die Leute sich in Schale, wenn sie dorthin gehen.

Ich warf mich selbst ein wenig in Schale. Dunkle Hose, dunkelblaues Sportsakko mit einem hellblauen Hemd. Ich wischte meine Schuhe mit einem Putzlappen ab, bis sie fast wie poliert aussahen. Ich hatte eine Krawatte in meiner Jackentasche, die ich jedoch nicht trug. Es war eine nette Krawatte. Vielleicht konnte ich sie später herausholen und sie Brett zeigen, nur um ihr eine Vorstellung davon zu geben, wie ich ausgesehen hätte, wenn ich sie umgebunden hätte.

Als ich Brett abholte, wünschte ich, ich hätte die Krawatte angelegt. Sie sah nett aus. Sie trug eine weiße Bluse mit einem blauen Muster darauf, einen blauen Rock, dunkelblaue Schuhe und dunkle Strümpfe. Sie war nur leicht geschminkt, und ihre Haare glänzten wie die einer Göttin. Die Bluse enthüllte den Ansatz ihrer Brüste, und sie roch so gut, dass ich dachte, ich müsste am Straßenrand anhalten und eine Zeit lang weinen.

»Ich hoffe, ich sehe einigermaßen aus«, sagte sie. »Ich wollte heute Abend schon allen Feministinnen ins Gesicht spucken und ein hautenges Superluxus-Bums-mich-zu-Tode-Outfit ohne Unterwäsche anziehen. Wenn ich das anhabe, sieht es so aus, als würde mein Dingsbums beim Gehen eine Walnuss schälen.«

Ich konnte darauf nur antworten: »Ich bin sicher, das hätte auch sehr nett ausgesehen.«

»Tja, das hier muss reichen. Ich wollte nicht, dass Sie bei unserer ersten Verabredung ins Schwitzen geraten.«

»Es ist prima«, sagte ich. »Sieht toll aus.«

»Das hoffe ich«, sagte sie. »Eigentlich ist es sogar etwas schmerzhaft. Ich habe einen von diesen BHs angezogen, die die Möpse anheben. Sie sind nicht so angenehm formend, wie auf der gottverdammten Schachtel behauptet wird. Es ist ein Gefühl, als hätte ich jeweils einen Wagenheber darunter.«

Auf dem Weg zum Restaurant machten wir romantische Konversation wie diese, und als wir drinnen waren und an unserem Tisch saßen, setzte sich ein Bursche in einem weißen Dinnerjackett hinter eine Orgel und spielte und sang so furchtbar, dass ich einen Moment lang glaubte, er sei Komiker. Als mir klar wurde, dass er keiner war, sagte ich: »Es tut mir leid. Ich hätte mit Ihnen zu Burger King gehen können, und wir hätten Fats Domino in der Jukebox hören können. Als ich zuletzt hier war, gab es diesen Clown noch nicht.«

»Das muss dann am Weihnachtsabend 1984 gewesen sein, weil ich oft hier war und es ihn gibt, seit ich herkomme. Er konnte noch nie den Ton halten, nicht mal in einem verschlossenen Tupperware-Topf. Aber er bringt eine verdammt gute Version von ›Pop Goes the Weasel‹, und zu Weihnachten hat er ein Medley in seinem Repertoire, das mit ›Rudolph the Red-Nosed Reindeer‹ endet und einem das gottverdammte Herz bricht.«

Ich lächelte sie an. »Sie sind ganz eindeutig etwas Besonderes, Brett.«

»Nicht wirklich«, sagte sie. »Ich gebe mich nur dreist. In Wirklichkeit bin ich ein Paragraphenreiter. Diese Verabredungsgeschichte verwirrt mich. Ich weiß nicht, ob ich noch mal eine richtige Beziehung will oder nur einen schnellen Fick. Was ist mit Ihnen?«

»Es wäre mir überhaupt nicht recht, wenn ich mich für eines davon entscheiden müsste.«

»Ich verrate Ihnen auch ein Geheimnis. Ich mache mich nicht an alle Männer so ran wie an Sie.«

»Das sagen Sie ständig.«

»Tue ich das?«

»Ja.«

»Na ja, Sie gefallen mir wirklich. Wenn Sie Geld hätten, würden Sie mir noch mehr gefallen.«

»Sie gefallen mir auch, aber ich habe kein Geld.«

»Das habe ich auch nicht geglaubt. Sie sehen nicht so aus, als hätten Sie mehr als ein paar Dollar in der Tasche.«

»Keine Sorge. Das Essen kann ich bezahlen.«

Sie lächelte wieder. Verdammt, ich mochte dieses Lächeln.

»Es macht mir nichts aus, dass Sie kein Geld haben«, sagte sie, und sie streckte die Hand aus und legte sie auf meine. »Ich habe nur gesagt, es wäre ganz praktisch, wenn Sie welches hätten. Und dass ich Ihnen gefalle, ist gut. Aber Frauen, die ein gewisses Aussehen haben, gefallen Männern sofort. Und es gibt Männer, die, wenn es lange genug her ist und es spät genug ist und sie betrunken genug sind, und manche brauchen nicht mal zu trinken … Na ja, sie würden eine schielende, dreihundert Pfund schwere Sau in einer Traktorkabine vögeln.«

»Sie sollten stolz auf diese Burschen sein«, sagte ich. »Weil sie glauben, dass das Aussehen keine Rolle spielt. Das ist eine sehr moderne Einstellung, finden Sie nicht?«

»Ich glaube, ich bin vielleicht kein Model aus dem *Playboy*, aber ich kenne mich gut genug aus, um zu wissen, dass ich besser aussehe als ein Kleiderständer. In meinem Alter werde ich nicht mehr lange eine gute Figur haben, also nutze ich sie besser, solange ich sie noch habe.«

»Ich lasse vielleicht ab und zu meine Biologie bellen«, sagte ich, »aber mein endgültiges Urteil fälle ich mit dem Herzen, nicht mit den Augen. Und nur fürs Protokoll, was das Aussehen betrifft, sind Sie weit von einem Kleiderständer entfernt. Aber das ist nicht das Entscheidende für mich. Wie Sie aussehen, meine ich. Ich bin in den Sechzigern aufgewachsen. Ich bin für Gleichberechtigung, und ich bin für Frauen. Ich befürworte sogar den Feminismus, solange er nicht so dämlich und heftig rüberkommt wie extremes Machotum ... Gibt es das Wort überhaupt?«

»Wen interessiert das? Ich verstehe, was Sie meinen.«

»Schön. Wie auch immer, Fanatismus auf beiden Seiten stößt mich ab. Wie ich schon sagte, ab und zu bellt meine Biologie, aber wenn es hart auf hart geht, gehöre ich nicht zu der Sorte Männer, die sich von ihren Hormonen rumschubsen lassen. Ich glaube eigentlich, dass ich aus härterem Holz geschnitzt bin.«

»Ich bin auch in den Sechzigern aufgewachsen«, sagte Brett, »aber ich hoffe, Sie haben zumindest einen Funken von einem männlich chauvinistischen Schwein in sich, sonst hätte ich zu viel Zeit damit verbracht, mir die Haare zu kämmen. Dieser Ausdruck wird doch immer noch benutzt, oder? ›Männlich chauvinistisches Schwein‹?«

»Ich bin nicht sicher«, sagte ich.

»Männer und Frauen, Biologie und der gottverdammte Bundeshaushalt«, sagte Brett. »Ein einziges Chaos, nicht?«

Ich bejahte.

Brett sagte: »Wenn man eine Frau ist und Sex mag, ist man eine Hure. Wenn man keinen Sex mag, ist man frigide. Wenn man seinen Charme einsetzt, um Sex zu bekommen, hassen einen die Feministinnen, und wenn man nicht jeden gottverdammten harten Schwanz heiratet, der es mit einem getrieben hat, halten einen die Männer für eine männermordende Schlampe, oder man ist wieder da, wo man angefangen hat. Man ist eine Hure.«

»Das ist verwirrend«, sagte ich.

»Und wissen Sie was?«, sagte Brett. »Ich finde, Sie können sich ruhig etwas von Ihrem Schwanz rumschubsen lassen, ich würde selbst gern ein wenig daran rumschubsen.«

»Sie haben recht«, sagte ich. »Ich nehme diesen ganzen Blödsinn zurück. Fangen Sie mit dem Rumschubsen an.«

Ein gutgekleideter Kellner kam an unseren Tisch. Ein gutaussehender Student von ungefähr neunzehn Jahren. Er war sehr höflich und verhielt sich so, als könne er es gar nicht erwarten, uns Speisekarten zu bringen, unsere Bestellung aufzunehmen und in der nächsten Stunde oder so unser Essenssklave zu sein. Ich erwischte ihn dabei, wie er auf Bretts Möpse starrte, aber ich hielt es für unhöflicher, ihn aufzufordern, damit aufzuhören, als ihn einfach zu ignorieren. Außerdem konnte ich es ihm im Grunde nicht einmal verdenken. Es ist leicht, einen Haufen Müll daherzureden, dass das Aussehen keine Rolle spielt und es auch so sein sollte und es mit der Zeit und der größeren Reife unwichtiger wird, aber bei Männern ist der Augapfel direkt mit dem Schritt verbunden, und das ist der traurige Lauf der Dinge, und egal wie viele Bücher über das politisch Korrekte geschrieben werden, die einäugige Schlange, die zwischen den Beinen der Männer lebt, wird sie nicht lesen und trachtet nur nach Befriedigung.

Der Kellner nahm unsere Getränkebestellung auf und ging. Während ich die Speisekarte studierte, stellte ich fest, dass ich mich ein wenig schuldig fühlte. Ich amüsierte mich, würde ein gutes Essen zu mir nehmen und saß mit einer gutaussehenden Verabredung an einem Tisch, während Leonard mit einer Dose Thunfisch, einer Handvoll mieser Fernsehsender und ohne Vanilleplätzchen zu Hause saß.

Tja, er konnte jederzeit zu Burger King gehen.

Als der Kellner mit unseren Getränken zurückkam, bestellten wir ein Dutzend Austern, Steaks und Salat. Die Austern kamen, und Brett aß ihre mit reichlich Zitrone und Soße, und ich aß meine nur mit Zitrone. Der Salat kam, und es war ein guter Salat oder jedenfalls so gut, wie Salate in Texas sein können. Die texanische Vorstellung von Salat sind ein paar Bananen und Erdbeeren in Zitronengelee.

Die gebackenen Kartoffeln hatten alle erforderlichen Zutaten. Käse, saure Sahne, Butter, gebratene Speckwürfel. Die Steaks waren auch nicht schlecht und beide medium gebraten. Ich trank ein alkoholfreies Bier, und Brett nahm noch ein Mixgetränk. Und wenn ich mich noch an alle Lieder erinnern könnte, die dieser untalentierte Hurensohn in dem Dinnerjackett sang, würde ich als glücklicher Mann ins Grab gehen.

Während wir aßen, ignorierten wir das hektische Orgelspiel des Sängers und seine müde Stimme und redeten über uns. Meine Seite der Geschichte war ziemlich schnell erzählt. Sie drehte sich hauptsächlich um schlechte Jobs, das Aufwachsen und dies und das, aber ich ließ aus, dass ich ein Ex-Sträfling bin, weil ich den Wehrdienst verweigert hatte. Das würde ich später erzählen, wenn wir einander besser kannten.

Brett erzählte mir, sie sei in Gilmer, Texas, aufgewachsen, Cheerleader und später Tambourmajorin gewesen und hätte sich einmal eingebildet, mit der gesamten Footballmannschaft vögeln zu wollen. Diese Phantasievorstellung habe sich jedoch abgenutzt, bevor sich die Gelegenheit dazu ergeben habe, und nachdem sie ein paar von ihnen kennengelernt habe, sei sie zu dem Schluss gekommen, dass der Knauf am Ende ihres Taktstocks genauso anregend sei. Richtige Damengespräche.

»Als ich achtzehn war«, sagte sie, »war ich auch ohne die Footballmannschaft eine wandelnde Samenbank. Ein Psychologe würde Ihnen sagen, das hat daran gelegen, dass irgendwas mit mir nicht stimmt, und wer bin ich, dass ich widersprechen könnte. Sie würden Ihnen sagen, meine Eltern haben mich geschlagen oder missbraucht oder im Schlaf an meinem Arschloch rumgespielt, oder ein Nachbar hätte mir Kleingeld und Eis gegeben, damit ich mich nackt ausziehe und auf seinen Küchentisch setze, während er sich zu gewalttätigen Bugs-Bunny-Zeichentrickfilmen einen runterholt. Und ich bin sicher, so was gibt es, aber ich hatte eine gute Kindheit, bin geliebt worden und war auch in der Schule beliebt. Ich bin zur Kirche gegangen und getauft worden und war sogar in der Benimmschule.«

»Ich nehme an, dass Sie in der Benimmschule kein Diplom bekommen haben.«

Wieder das tolle Lächeln. »Ich habe eines bekommen, Klugscheißer. Aber wie ich schon sagte, von diesem ganzen Schwachsinn trifft nichts auf mich zu. Aber ich habe einen leisen Verdacht, was mein Problem war und noch ist.«

»Und der wäre?«, fragte ich.

»Ich habe die Pille genommen, als ich sechzehn war, weil ich glaube, dass ich schlicht und ergreifend gerne gevögelt habe. Und das immer noch gern tue. Obwohl ich jetzt Moralvorstellungen habe.«

»Sie tun es nicht bei der ersten Verabredung.«

»Das ist sie. Die Moral. Und ich lasse die Männer ein Gummi überziehen. Aber ich denke, das hat nichts mit Moral zu tun. Man könnte es Krankheitsprophylaxe nennen. Das muss es sein, weil ich diese gottverdammten Gummis hasse.«

»Männer hassen sie auch. Nur zu, erzählen Sie mir mehr.«

Brett erzählte mir, sie habe einen siebenundzwanzig Jahre alten Sohn namens Jimmy, der in Austin wohnte und sich mit taoistischer Philosophie und dem Kampfsport Aikido beschäftigte. Jimmy glaubte, der Ursprung seiner Energie sei der Mittelpunkt der Erde, und von dort fließe sie durch seinen Dickdarm und seinen ganzen Körper. Er hatte haufenweise innere Energie. Was die Japaner *Ki* nennen. Drei Personen konnten Jimmy wegen seines Ki nicht hochheben. Er konnte den Arm ausstrecken, und man konnte daran herumschwingen wie an einer Reckstange. Doch trotz all dieser inneren Energie mangelte es ihm an gesundem Menschenverstand, und er besaß kein Bankkonto. Er schrieb Brett mindestens zweimal im Monat einen Brief, in dem er sie um Geld bat. Als sie das letzte Mal von ihm gehört hatte, war er in eine ehemalige Kokainsüchtige verliebt, die zur Christian Science konvertiert war und eine nicht näher erklärte Wunde – eigentlich mehr eine entzündete Stelle – an ihrem Bein nur durch die Kraft ihres Gebets heilte. Jimmy sagte, er sei sicher, mit der Zeit könne seine Freundin sie vollständig heilen. Einstweilen hatte sie sich jedoch außerdem zur Benutzung von Verbandsstoff, Jod und Klebeband bereit erklärt, obwohl sie dies ihrer Kirche nicht mitteilte.

Brett hatte eine jüngere Tochter namens Tillie, die in Denver wohnte. Sie sagte, der letzte Brief, den sie von Till, wie Brett sie nannte, bekommen habe, sei ermutigend. Till schreibe, ihr Zuhälter schlage sie dieser Tage nicht mehr so häufig, und die meisten ihrer alten Verletzungen seien abgeheilt, obwohl sie eine kleine weiße Narbe über dem rechten Auge zurückbehalten habe und sie an kalten Tagen ein wenig hinke. Sie habe sich einen kleinen Spitz gekauft, den sie Milo genannt habe, aber ihrem Zuhälter habe er nicht gefallen, und er habe ihn erschossen, aber sie sei irgendwie froh deswegen, weil sie in ihrer kleinen Wohnung, in der sie die Männer unterhalten müsse, eigentlich keinen Hund gebrauchen könne.

Die Wohnung, erzählte mir Brett, war ein Zimmer über einer durchgehend geöffneten Tankstelle, und die meisten ihrer Kunden fuhren mit dem Taxi vor, nachdem sie ihren Namen an der Scheißhauswand einer Fina-Tankstelle gelesen hatten. Der Zuhälter lebte in einer Eigentumswohnung in der Vorstadt. »Ich schätze, ich kann nicht zu hart mit Tillie ins Gericht gehen«, endete Brett. »Sie tut nur für Geld, was ich immer umsonst getan habe, obwohl ich zugegebenermaßen nie in der Toilette einer Fina-Tankstelle Reklame für mich gemacht habe.«

»Ich hatte immer ein ungutes Gefühl deswegen, keine Kinder zu haben«, sagte ich. »Aber jetzt fühle ich mich schon besser.«

»Ich verstehe mittlerweile, warum gewisse Tiere ihre Jungen auffressen. Aber ich möchte die Zeit ihres Aufwachsens nicht missen. Ich liebe sie. Das Problem war, dass ihr Vater ein Arschloch und ich zu jung war, um Säuglinge großzuziehen. Es ist unsere Schuld, dass aus ihnen beiden ein wertloses Stück Scheiße geworden ist. Das erste habe ich mit sechzehn bekommen. Das zweite mit achtzehn. Ich gab mein Bestes, aber ich war selbst noch ein Kind. Earl hat nicht das Geringste getan, außer an einer Flasche rumzunuckeln und Raststättenkellnerinnen zu vögeln. Nachdem wir eine Zeit lang verheiratet waren, kam Earl zu dem Schluss, dass es ihm gefiel, mich an Freitagabenden über den Fernseher zu werfen, mich durchs Schlafzimmer zu schubsen, mich zu schlagen und mich dann als Zugabe in den Arsch zu ficken, wenn ihm die Arme lahm wurden. Das ging länger so, als ich im Nachhinein wahrhaben will. Ich dachte immer, ich könnte ihn ändern.«

»Das ist wirklich traurig.«

»Ist schon okay«, sagte Brett. »Neunzehnhundertfünfundachtzig hatte ich ihn endlich satt. Ich schlug ihm einen Spaten über den Schädel, als er gerade hinten im Garten nach Angelwürmern grub. Ich sah ihn draußen im Garten graben, und in der Nacht zuvor hatte er mir gerade wieder so eine Tracht Prügel verpasst wie die, von denen ich erzählt habe, mir eine Bierflasche in den Arsch geschoben und das Bier in mich reingeschüttet, und ich war nicht sonderlich erfreut darüber. Jedenfalls sah ich ihn da draußen, also legte ich mir einen Plan zurecht. Ich schlug ihm den Spaten über den Kopf, und ich hatte Grillanzünderflüssigkeit und eine Schachtel Streichhölzer bei mir. Nachdem ich ihn geschlagen hatte, setzte ich ihn in Brand. Man könnte die Tat als vorsätzlich bezeichnen. Vielleicht haben Sie damals davon gehört oder gelesen. Es stand in allen Zeitungen, und im Fernsehen wurde auch darüber berichtet. Ich habe mir den Handrücken verbrannt, als ich es tat, aber Earl bekam das meiste ab. Er ist jetzt in einer Art Anstalt in Houston, ein Mündel des Staates, und er kann nichts selbständig tun und hat Probleme mit einfachen Rechenaufgaben. Sachen wie, wenn man zwei Äpfel hat und einen aufisst, wie viele bleiben übrig?«

»Jesus, Brett. Haben Sie deswegen gesessen?«

»Der Richter hat mich freigesprochen. Es gab reichlich Beweise, dass Earl es nicht besser verdient hatte. Ich zog mich an jenem Tag nett an, die besten Hot pants, die ich hatte – Sie erinnern sich doch noch an Hot pants, oder? Jedenfalls trug ich pinkfarbene Hot pants und ein enges Top, und da der Richter ein stadtbekannter Wüstling war, gestand er mir Notwehr zu und sprach mich frei. Earls Verwandte versuchten mich zu verklagen und setzten mir ungefähr sechs Monate lang mit allem zu, was es überhaupt gibt. Nach einer Weile fanden sie es wohl auch gar nicht so schlecht, dass Earl nicht mehr da war. Er lieh sich immer Geld von ihnen, und er schlug ab und zu seine Schwestern. Ich gehe davon aus, dass er die jüngste auch gebumst hat, weil sie ein nervöses Zucken am Auge hatte und Männer nicht leiden konnte. Earls Mama fand, dass Earl viel von ihrem Mann, Earls Daddy, hatte, der sie immer schlug. Ihr Mann, Earl Senior, starb eines Morgens an einem Herzanfall, als er einen Wutanfall bekam, weil seine Frühstückseier zu weich waren. Also respektierte mich seine Familie schließlich ein wenig, weil sie ganz tief drinnen diesen Hurensohn Earl Junior auch nicht leiden konnten. Ich sage nicht, dass sie mir dafür gedankt haben, dass ich Earls Kopf in Brand gesetzt und seine Grütze durchgeschüttelt habe, aber sie schätzten sich glücklich, dass er nicht mehr genug im Oberstübchen hat, um noch auf krumme Dinger zu kommen. Stattdessen versucht er, sich nicht zu oft in die Hose zu machen und zu lernen, sich nicht die Finger abzulecken, nachdem er in seinen tieferen Regionen auf Erkundungstour gegangen ist. Das ist jetzt so eine Art Lebensaufgabe für ihn. Darauf zu achten, keine Scheiße an den Fingern zu haben.«

»Immer ein wichtiger Punkt«, sagte ich.

»Nachdem ich weggezogen bin, hat mir seine Familie noch ein paar Jahre lang Weihnachtskarten geschrieben«, sagte Brett. »All das ist in Gilmer passiert, und ich kann nicht sagen, dass ich die

Stadt vermisse oder oft zurückschaue, aber ab und zu vermisse ich das Yamboree. Sie wissen schon, das Süße-Kartoffel-Fest, was dort einmal im Jahr gefeiert wird.«

»Ich war schon mal da.«

»Was mich echt anmacht, ist der Hauptumzugswagen. Er hat immer die Form einer großen Yamswurzel oder einer süßen Kartoffel, aber das Ding sieht aus wie ein großer brauner Hundehaufen. Als ich noch in der High School war, bin ich mal darauf gefahren. Einmal war ich die Yamboree-Königin. Ich weiß noch, ich hatte Apfelwein von Boones Farm getrunken und ritt auf diesem Hundehaufen über die Main Street. Ich winkte allen Leuten zu und war so aufgedreht, dass ich beinahe runtergefallen wäre. Die Leute dachten, ich wäre einfach nur so hysterisch glücklich darüber, die diesjährige Hundehaufen-Königin zu sein. Das war, als ich anfing, mich mit Earl zu treffen. Damals war er gar nicht so schlecht, und ich habe ein paar schöne Erinnerungen, aber die beste ist die letzte, als Earl mit brennendem Kopf durch den Garten lief, kurz bevor der Nachbar ihn zu Fall brachte und das Feuer mit seinem Gartenschlauch löschte.«

»Hat er das Feuer mit dem Schlauch ausgeschlagen oder das Wasser aufgedreht?«

Brett lachte. »Er hat das Wasser aufgedreht. Wenn ich an diesen Tag denke, wird mir innerlich ganz warm ums Herz. Nicht so warm wie Earls Kopf. Aber warm.«

»Ich nehme nicht an, dass noch andere Beziehungen von Ihnen mit einer Tragödie endeten?«

»Keine Sorge. Earl ist der Einzige, den ich je in Brand gesteckt habe, und einen Spaten nehme ich seitdem nur in die Hand, wenn ich ein paar Blumen einpflanze. Manchmal passieren solche Dinge eben. Was zu viel ist, ist zu viel. Seinen Wagen habe ich auch verbrannt. Ich war so gottverdammt wütend, als sein Kopf nicht mehr brannte, dass ich seinen Wagen in die Einfahrt fuhr, Benzin darüber schüttete und ihn in Brand setzte. Das habe ich getan, weil er den Wagen besser behandelte als mich.«

»Das muss ein großer Tag für Sie gewesen sein.«

»Darauf können Sie Gift nehmen«, sagte Brett. »Und wissen Sie was? Ich habe eine Freundin, die im Moment genau dieselbe Scheiße erlebt. Sie haben Ella kennengelernt, nicht wahr?«

»Sie ist auch Krankenschwester?«

»Das ist sie«, sagte sie. »Sie hat mir erzählt, sie hätte mit Ihnen geredet. Ihr Mann schlägt sie regelmäßig, und sie will ihn einfach nicht verlassen. Ich habe alles getan, um sie dazu zu bringen, aber sie haut einfach nicht ab, und seinen Kopf will sie auch nicht in Brand setzen.«

»Wahrscheinlich ist das auch besser so, Brett.«

»Das nehme ich auch an, aber sie müsste irgendwas tun.«

»Ich wünsche ihr Glück«, sagte ich.

»Glück hat nicht das Geringste damit zu tun«, sagte Brett.

Nach dem Abendessen fuhr ich Brett zu sich nach Hause, und sie machte Kaffee und zog sich dann für die Arbeit um. Während sie sich umzog, saß ich auf dem Sofa, trank meinen Kaffee und sah mir das Wohnzimmer an. Es war ordentlich und schlicht. Sie hatte eine Reihe von Büchern, hauptsächlich Fachbücher über ihren Job und dazu ein paar Bestseller. Ein paar Kinkerlitzchen. Keine Spaten und keine Anzünderflüssigkeit. Es gab Fotografien ihrer beiden Kinder. Auf den Fotos waren sie wahrscheinlich im pubertären Alter. Hübsche Kinder. Das Mädchen sah aus, als würde sie erwachsen ihrer Mutter ähneln. Was sie mittlerweile wahrscheinlich auch tat. Bis auf die Narbe und das Hinken. Der Junge sah nett aus. Riss wahrscheinlich eine Menge Frauen beim Aikido-Unterricht und mit seinen Taoismus-Diskussionen auf. Ich fragte mich, wie er mit einer linken Geraden auf die Nase und einem raschen Tritt in die Eier zurechtkommen würde.

Brett kam in ihrer Schwesterntracht herein. »Tut mir leid, dass ich meine Möpse abschwellen lassen musste«, sagte sie, »aber die Pflicht ruft.«

»Ist schon in Ordnung. Soll ich Sie zur Arbeit fahren?«

»Nein. Irgendwann muss ich nach Hause kommen, und ich will nicht von Ihnen abhängig sein. Ich habe mich amüsiert, wirklich. Ich hoffe, Sie auch, auch wenn Sie nicht zum Stich gekommen sind.«

»Hören Sie, Brett. Sie können ruhig damit aufhören. Ich mag Sex. Wirklich. Aber ich mag Sie auch. Ich will Sie besser kennenlernen. Ich würde es vorziehen, wenn ich nicht zu viel Zeit mit Ihnen beim Thema der Spaten und Anzünderflüssigkeiten verbringen muss, aber ich will Sie besser kennenlernen. Sie müssen nicht ständig starke Sprüche klopfen.«

»Wahrscheinlich haben Sie recht. Aber ich muss Ihnen sagen, wenn man so lange auf sich allein gestellt ist wie ich, benutzt man jedes Teil, das man in seinem Werkzeugkasten hat. Ich schätze, ich hole manchmal die Rohrzange heraus, wenn eine Nagelschere reichen würde.«

»Schon in Ordnung«, sagte ich. »Ich sehe Sie wieder, wenn Sie mich lassen.«

»Worauf Sie sich verlassen können. Und bald.«

»Noch eine Sache«, sagte ich. »Haben Sie Fotos von sich, wie Sie beim Yamboree auf diesem Hundehaufen reiten?«

»Irgendwo. Ich zeige sie Ihnen, wenn wir uns das nächste Mal sehen. Ich habe sogar eines von mir als Baby auf einem falschen Bärenfell, das ich Ihnen zeigen werde.«

»Toll. Dann also gute Nacht.«

»Warte«, sagte sie. »Komm her.«

Ich ging zu ihr, und sie machte Anstalten, mich zu küssen. Ich sagte: »Ich habe gerade eine schlimme Erkältung.«

»Ich war auch schon erkältet.« Wir küssten uns. Es war sehr schön. Ich küsste sie noch einmal.

»Ich muss gehen.«

Wir gingen nach draußen, und sie schloss die Tür ab, und wir küssten uns noch einmal, und ich brachte sie zu ihrem Wagen. Sie fuhr in ihrem Ford ab, und ich stieg in meinen Pickup und entfernte mich von ihrem Haus mit ihrer Süße auf Zunge und Lippen.

13

Als ich nach Hause kam, stand Leonards gemieteter Chevy auf dem Hof, und ich konnte den blauen Schein des Fernsehers durch die Fenster sehen. Er saß drinnen in meinem Fernsehsessel und sah ein Magazin, das über echte Verbrechen berichtete. Sein Gesicht wirkte hager, und seine Haut sah grau aus. Neben dem Sessel lag ein großes Jiffy-Kuvert.

»Ich dachte, du wolltest allein sein?«

»Das wollte ich auch. Aber als ich dann allein war, kam ich zu dem Schluss, dass ich doch nicht allein sein wollte. Wo bist du gewesen?«

Ich sagte es ihm.

»Freut mich zu hören. Ich dachte, du hättest das mit den Verabredungen aufgegeben.«

»Das dachte ich auch.«

»Wie ist es gelaufen?«

»Gut. Glaube ich.«

Leonard wurde still. Mir war klar, dass etwas nicht stimmte, dass er sich bemühte, rein äußerlich den Anschein von Beherrschung zu wahren, also brachte ich seinen Schlachtplan nicht durcheinander. Ich überließ ihm die Führung. Schließlich sagte er: »Ich muss dir was sagen, und ich muss dir was zeigen.«

Ich setzte mich auf die Couch und wartete. Leonard hatte seine Pfeife bei sich, die er manchmal rauchte. Er stopfte sie bedächtig, weil seine Hände zitterten. Er zündete sie an und paffte. Er nahm die Fernbedienung und schaltete den Fernseher aus.

»Ich war also allein zu Hause und hab nachgedacht, was immer gefährlich für mich ist, und ich hab mir das mit den Videobändern durch den Kopf gehen lassen. Es ist offensichtlich, dass irgendwer irgendwas sucht und dass es auf Video ist. Was kann das sein?«

»Und die Antwort ist?«

»Mir ist nichts eingefallen. Aber ich hab mich was anderes gefragt. Warum sind sie zu mir gekommen, um das Video zu suchen? Der Grund dafür scheint offensichtlich.«

»Raul. Über diese Möglichkeit haben wir schon gesprochen.«

»Stimmt. Raul hat ein Video, das jemand anderem gehört, und dieser Jemand ist auf der Suche danach.«

»Warum hat dieser Jemand dann nicht Pferdepimmels Bude durchsucht anstatt deiner?«

»Daran habe ich auch gedacht. Ich rief Charlie an und sagte: ›Du weißt, dass meine Bude durchwühlt worden ist, weil jemand irgendwas gesucht hat. Was ist mit Pferdepimmels Bude?‹ Charlie sagt zu mir, ja, die hat ausgesehen wie ein Schlachtfeld. Ich erzähle ihm, dass ich meine Videos vermisse, und wir kommen ins Gespräch, und er sagt, er hätte sich Pferdepimmels Bude angesehen, könnte sich aber nicht erinnern, irgendwelche Videos darin gesehen zu haben. Dass er sich aber nichts dabei gedacht hat. Er hätte nicht nach welchen gesucht. Aber er erinnert sich an einen Videorekorder, und wenn er jetzt darüber nachdächte, ergäbe das keinen Sinn. Es könnte zwar sein, dass Pferdepimmel sich nur Videos ausgeliehen hat, aber normalerweise gibt es da, wo es einen Rekorder gibt, auch ein, zwei Videos. Weißt du, was Charlie mir noch erzählt hat?«

»Nein.«

Leonard holte tief Luft. »Das ist hart, Mann. Raul ist nicht an dem Zusammenstoß mit dem Baum gestorben. Er ist auch nicht erschossen worden. Charlie ist nach dem Begräbnis ins Revier gefahren und hat seine Männer zur Schnecke gemacht, die den Tatort untersucht hatten. Sie haben ihm Fotos und Videobänder gezeigt, Hap. Bilder vom Baum, vom Hang und von Pferdepimmels Leiche und vom Waldrand, und weißt du was?«

»Ich wüsste nicht, wo ich anfangen sollte.«

»Raul war nicht da.«

»Sie haben ihn übersehen.«

»Nein. Sie haben ihn nicht übersehen. Charlie holt sich den Autopsiebericht und liest ihn durch. Der Gerichtsmediziner hatte Anweisung, alles so zu nehmen, wie es aussah: Irgendjemand, irgendwelche unbekannten Angreifer haben Pferdepimmel erschossen, und Raul ist beim Zusammenstoß mit dem Baum gestorben. Der Chief will sich nicht mit anderen Möglichkeiten herumschlagen, weil er befürchtet, dass die richtigen Schlüsse gezogen werden und herauskommt, dass Pferdepimmel 'n Arschficker und 'n Cop war. Die Sache ist die, Raul ist vom Motorrad geflogen, aber das hat ihn nicht umgebracht. Wer *sie* auch sein mögen, diejenigen, die Pferdepimmel abgeknallt haben, irgendjemand … Sie haben Raul mitgenommen.«

»Ach du Scheiße«, sagte ich.

»Ja«, sagte Leonard. »Sie haben ihn mitgenommen, ihn eine Zeit lang bei sich behalten, irgendeine Batterie an seine Eier angeschlossen und ihm Starthilfe gegeben. Mehrmals. Der Gerichtsmediziner glaubt, sie haben ihn angefeuchtet, um den Kontakt mit den Kabeln zu verbessern. Sie haben ihm den Fuß gebrochen. Wahrscheinlich zerstampft. Bei den Knien und Schienbeinen haben sie einen Schläger oder ein Brett benutzt. Sie haben alle Finger zurückgebogen, bis sie brachen. Sie haben ihm die Arme gebrochen, sie auf den Rücken gedreht und dann noch weiter verdreht. Schließlich haben sie ihm mit einer Art Garotte den Hals gebrochen, ihm den Schädel mit einem schweren Gegenstand eingeschlagen, ihm den Helm aufgesetzt, ihn wieder zur Unfallstelle gebracht und ihn da abgeladen, wo sie ihn sich geschnappt hatten.«

»Jesus, Leonard. Bist du sicher?«

»Charlie ist sicher. Der Gerichtsmediziner ist sicher. Raul hat in den letzten paar Tagen da draußen gelegen und ist verrottet, aber er war nicht die ganze Zeit da.«

Ich saß verblüfft da, während sich mir ein wenig der Magen umdrehte. »Ich bin überrascht, dass Charlie dir das alles erzählt hat.«

»Du hast gehört, was Charlie gesagt hat. Ihm sind die Hände gebunden. Der Chief lässt ihn nicht tun, was getan werden muss. Niemand wird wegen dieser Scheiße irgendwas tun. Was den Chief angeht, sind 'n paar umgelegte Schwule fast 'ne gute Sache. Und Charlie kommt mir ziemlich niedergeschlagen vor. Als ob er nicht mehr Cop sein will. Also bleiben nur du und ich, Bruder.«

Ich dachte kurz darüber nach. Dann sagte ich: »Ich weiß nicht, ob es gut ist, dass wir uns mit so einer Sache befassen, Leonard. Das ist eine Polizeiangelegenheit. Ich glaube, Charlie wollte damit sagen, dass wir ihn verständigen sollen, wenn wir irgendwas Interessantes oder Hilfreiches erfahren. Aber er hat nicht vorgeschlagen, dass wir das Gesetz selbst in die Hand nehmen.«

»Du hörst nicht zu, Hap. Es ist nur eine Polizeiangelegenheit, wenn die Polizei es zu ihrer Angelegenheit macht. Wenn sie es nicht zu ihrer Angelegenheit macht, muss ich es zu *meiner* machen.«

»Mir gefällt nicht, wie sich das anhört.«

»Vielleicht vertone ich es, damit es dir besser gefällt. Willst du noch den Rest meiner Überlegungen hören?«

»Ja.«

»Ich glaube, sie – wer immer sie sind – haben Raul gefoltert, um zu erfahren, wo das Band oder die Bänder sind. Raul war kein zäher Bursche, aber er muss sich bei dieser Sache sehr stark gefühlt haben, Hap, weil er nicht aufgegeben hat. Er hat gelogen. Hat ihnen gesagt, das, was sie suchen, wäre irgendwo, wo es gar nicht war. Sie haben nachgesehen und Pferdepimmels Bude auseinandergenommen. Kein Glück. Also nehmen sie ihn sich auf die brutale Art vor. Also setzt er sie auf meine Bude an, weil er glaubt, er kann damit Zeit gewinnen und vielleicht fliehen. Oder vielleicht war er auch einfach nur 'n zäher Bursche. Zäher, als ich dachte. Wie auch immer, er hetzt sie auf mich, weil er vielleicht glaubt, ich würde mit ihnen fertig. Er dachte sich, er schickt sie zu mir, und wenn ich da bin, mache ich sie fertig. Oder vielleicht war ich ihm auch scheißegal. Aber die Sache ist die, sie haben meine Bude auseinandergenommen und nichts gefunden. Sie beschließen, sich Raul noch mal zur Brust zu nehmen, oder vielleicht waren sie auch den ganzen Blödsinn leid und haben ihm den Rest gegeben. Oder vielleicht ist er auch eher gestorben, als sie dachten. Der Witz ist, er hat den Löffel abgegeben, ohne ihnen zu sagen, was sie wissen wollten.«

Leonard hielt inne, um sich seine Pfeife wieder anzuzünden. »Die Frage, die mir dabei sofort in den Sinn kommt, ist, woher weißt du, dass sie das Video nicht gefunden haben? Vielleicht war es bei dir zu Hause, und du wusstest nichts davon. Raul hatte einen Hausschlüssel und könnte es dort versteckt haben. Oder vielleicht sind sie auch zuerst zu dir gegangen und dann erst zu Pferdepimmel. Vielleicht war es bei ihm.«

»Daran habe ich auch gedacht. Ich dachte mir auch, dass Raul es woanders versteckt haben könnte. Also war meine nächste Frage, wo würde er es in diesem Fall versteckt haben? Weißt du noch, was ich dir über den ganzen Scheiß erzählt habe, der bei mir zu Hause läuft, dass Leute sich an meiner Post vergreifen ...«

»Die andere Adresse«, sagte ich.

»Deswegen bist du mein Freund. Du kannst mir folgen. Fast. Ich schaue nicht oft in den Briefkasten hier in der Straße. Ich komme vielleicht einmal im Monat oder so vorbei. An die Adresse geht nicht mehr viel Post, seit ich drüben wohne. Hauptsächlich Reklamewurfsendungen und so. Es ist ein großer Briefkasten, also ist es ein ziemlich sicherer Ort, wo man was verwahren kann. Ich bin heute Abend hingefahren, hab meine gute alte Taschenlampe rausgeholt und in den Briefkasten geschaut, und was meinst du, was ich gefunden habe?«

»Das Kuvert neben deinem Sessel.«

»Bingo, mein Alter. Das Kuvert und ein paar Wurfsendungen. Und du wirst nicht glauben, was in dem Kuvert ist.«

Leonard hob das Kuvert auf, holte ein kleines Notizbuch heraus und warf es mir zu. Ich fing es und sah es mir an. Es war ein ganz normales Reklame-Notizbuch von King Arthur Chili, einem hiesigen Geschäft.

»Ich bin daraus nicht schlau geworden«, sagte Leonard. »Warte, bevor du es dir ansiehst. In der Tüte sind auch ein paar Videobänder. Ich hab mir eines davon angesehen. Es ist noch im Rekorder. Ich will, dass du es dir ansiehst.«

Leonard nahm die Fernbedienung, die auf seinem Schoß lag, und schaltete den Fernseher und den Videorekorder ein. Ich ging zu ihm und blieb hinter ihm stehen, um mir das Band anzusehen.

Zuerst Flimmern und Dunkelheit, dann graue Schemen. Die grauen Schemen wurden schärfer, aber nicht richtig scharf. Einer der Schemen war eine Art Tanklaster. Er stand da, und ein Schlauch führte von ihm zu einem Loch im Beton. Einem Loch wie eine Zisterne, und man konnte das Geräusch einer Pumpe hören, die den Inhalt der Zisterne aufsog und in den Laster beförderte. Die anderen grauen Schemen waren zwei Männer beim Laster. Einer war mager, hatte längere Haare und trug irgendeine dunkle Kappe, Jeans und eine Jeansjacke mit abgeschnittenen Ärmeln. Kein Hemd. Die klassische Montur für Film- und Fernsehbiker. Der andere Bursche trug Jeans, ein dunkles T-Shirt und schwere Stiefel. Er hatte seine langen Haare zu einem Pferdeschwanz zusammengebunden. Er sah aus wie fünfundfünfzig und hatte ungefähr die Größe des Grünen Riesen, der in den Werbespots Erbsen verkauft.

»Bigfoot!«

»Wieder Bingo«, sagte Leonard. »Außerdem ist er Big Man Mountain.«

»Wer ist das?«

»Ein Profi-Catcher. Eines von LaBordes Ruhmesblättern. Im Catcher-Zirkus war er einer der Schurken. Hat sich vor ein oder zwei Jahren zur Ruhe gesetzt. Ich hab davon in der Zeitung gelesen. Es hieß, er wäre wegen irgendeiner Scheiße, die er sich geleistet hat, ausgeschlossen worden. Ich kann mich nicht mehr erinnern, was es war. Aber es hat einen Skandal gegeben.«

»Ich lese nicht oft die Zeitung.«

»Das solltest du aber. Aber das ist der Bursche.«

»Woher weißt du das? Ich kann von seinem Gesicht überhaupt nichts erkennen.«

»Stimmt schon, aber wie viele langhaarige Burschen kennst du, die um die dreihundertfünfzig Pfund wiegen und an die zwei Meter groß sind?«

»Keinen einzigen.«

»Ich kenne einen. Big Man Mountain. Bigfoot, wie du ihn nennst. Als Catcher war er immer genauso gekleidet wie ein Biker. Und es scheint so, als wäre das seine normale Montur.«

Es gab noch mehr davon, zwei Burschen, die herumstanden, während der Schlauch den Inhalt der Zisterne absaugte. Dann stiegen die beiden Burschen in den Laster, und das Video sprang in Dunkelheit und Flimmern herum. Als es weiterging, waren es noch mehr Aufnahmen von dieser Art Aktivität des Tankers, und in einigen Fällen erkannte ich, wo sie waren, auf der Rückseite einiger Restaurants in der Stadt. Einem mexikanischen Restaurant, wo Leonard und ich oft aßen, weil das Essen billig und gut war, und einem anderen Restaurant, wo das Essen gut, aber nicht billig war und wo wir nie aßen. Obwohl wir schon wollten.

Abgesehen von der Arbeit mit dem Tanker gab es auch Aufnahmen von einem großen Laster mit Seitenbrettern und denselben

Kerlen sowie noch zwei anderen in ähnlichen Klamotten. Sie parkten hinter einem Gebäude und luden Fässer auf den Laster. Wie bei allen Videos machten die Burschen einen nervösen und verstohlenen Eindruck.

»Der Rest des Bandes zeigt noch mehr davon«, sagte Leonard.

»Ich verstehe das nicht. Warum sollte Raul sich selbst ein Videoband schicken, das ein paar Biker beim Müll-aus-Zisternen-Pumpen und Fässer-auf-Laster-Laden zeigt?«

Leonard schaltete den Rekorder und den Fernseher aus. »Erinnerst du dich noch an den Artikel, den ich dir vor ein paar Monaten vorgelesen habe? Aus der Zeitung?«

»Nein. Ich kann mich kaum erinnern, wo ich gestern war.«

»Mann, du musst viel mehr auf die Zeitungen achten«, sagte Leonard. »Fettdiebe.«

»Fettdiebe? Was für Fett ... Warte mal ... Die Burschen, die Fett von Restaurants stehlen und es dann an die Recycling-Leute verkaufen. Es war mehr ein humoristischer Artikel. ›Polizei stellt Verdächtigen Fettfalle‹. So was in der Art.«

»Genau. Bloß hat die Polizei niemanden geschnappt. Und wie du dich vielleicht erinnerst, steckt ein Haufen Geld im Fettdiebstahl.«

Ich ging wieder zu meiner Couch und setzte mich. Ich sagte: »Du willst mir einreden, Raul hat Fettdiebe gefilmt, und sie haben ihn sich deswegen geschnappt, ihn dann gefoltert und schließlich umgelegt?«

»In Fett steckt massenhaft Geld. So albern sich das anhört, aber du kannst schon mit ganz begrenzten Mitteln ein paar Riesen am Tag machen. Wenn du besser organisiert bist und LaBorde, Lufkin und Tyler abarbeitest, kannst du 'ne ganze Menge mehr machen. Vielleicht zehntausend am Tag. Es sind schon Leute für viel weniger umgelegt worden. Und wenn sie dachten, sie würden verpfiffen, könnten sie Raul ermordet haben, und das wäre nicht wegen Fett gewesen. Sondern wegen Geld.«

»Na schön«, sagte ich. »Angenommen, die Fettdiebe sind von Raul gefilmt worden. Da muss man sich doch fragen, warum? Ich meine, seit wann ist Raul Enthüllungsreporter?«

»Ich weiß, dass er keiner war. Ich glaube, diese Bänder gehören Pferdepimmel, dem Cop. Er hat verdeckt ermittelt und mitgemacht. Deshalb springt das Bild so. Manchmal hilft er ihnen bei der Arbeit. Und dann, wenn er daneben steht und 'ne Zigarette raucht oder pisst oder irgendwas, filmt er sie mit 'ner versteckten Kamera. Später hat er dann alles auf Video kopiert, damit man es sich leichter ansehen kann. Bei seinen Ermittlungen lässt er sich mit Raul ein, sie fangen an, Spucke und Sperma zu tauschen, und ziemlich bald ist es Schlafzimmergeflüster und Raul weiß alles, was Pferdepimmel weiß. Das könnte zu Rauls Ableben geführt haben.«

»Was ist mit dem Chief? Müsste er nicht diese Information haben? Und wenn ja, warum sollten Pferd oder Raul sie in deinem Briefkasten verstecken?«

»Vielleicht hatte Pferdepimmel keine Zeit mehr, das Zeug zum Chief zu bringen. Vielleicht wollte er warten, bis seine Ermittlungen beendet waren. Vielleicht hat der Chief eine Kopie. Ich weiß es nicht. Ich glaube, Raul ist ziemlich tief in diese ganze Sache reingerutscht, hielt sich vielleicht selbst für 'nen brandheißen verdeckten Ermittler. Pferdepimmel erzählt ihm, dass es langsam gefährlich wird und er die Bänder vielleicht für 'ne Weile aus dem Verkehr zieht. Also schickt Raul sie an meine alte Adresse. Das ist seine Handschrift auf dem Umschlag. Als sich die bösen Jungens Raul schnappen, erzählt er ihnen nicht, wo die Bänder sind. Wie hört sich das an?«

»Ich sehe da einen ganzen Haufen Ungereimtheiten. Warum haben Raul und Pferdepimmel das Beweismaterial nicht dem Chief übergeben, wenn sie glaubten, sie könnten in Schwierigkeiten geraten? Warum hat Raul diesen Kerlen nicht gesagt, wo die Bänder sind? Bei so einer Folter würde man jedem alles sagen, was er wissen will. Und falls es dir nichts ausmacht, wenn ich das sage, so zäh war Raul nicht.«

»Darauf weiß ich auch keine Antwort, aber ich hab mir was überlegt. Damals, als ich dieses Crack-Haus ausgeräuchert habe, ging das Gerücht, der Chief bekäme ein Stück vom Drogenkuchen ab, was der Grund dafür wäre, warum die Labors immer wieder auferstehen. Er und die Besitzer dieser Labors steckten angeblich unter einer Decke.«

»Dafür hat es nie einen Beweis gegeben«, sagte ich, »obwohl ich nicht daran zweifle.«

»Der Chief hat Pferdepimmel mit der Untersuchung des Drogenhandels beauftragt, der über die Biker läuft. Vielleicht ist das die Art des Chiefs, dem Gesetz Geltung zu verschaffen. Vielleicht will er auch so viele Beweise gegen die Biker in die Hand kriegen, dass er einen Anteil für sich aus ihnen rausquetschen kann. Pferdepimmel kommt dahinter, also übergibt er die Videos nicht. Er versteckt sie. Das würde irgendwie erklären, warum der Chief diese Sache nicht weiterverfolgt. Es könnte mehr dahinterstecken als nur diese Schwulensache.«

»Das Problem bei dieser Theorie ist, dass dieses Video von Fettdieben handelt, Leonard. Nicht von Drogenbaronen.«

»Ja, du hast recht«, sagte Leonard und zündete sich seine Pfeife neu an. »Aber es könnte alles zusammenhängen.«

»Möglich. Kommt mir aber ziemlich dünn vor. Wenn die Drogensachen mit den Fettdiebstählen zusammenhingen, würde es dann nicht auch Videos von Drogenaktivitäten geben?«

»Vielleicht konnte Pferdepimmel nichts Besseres drehen. Könnte so laufen wie bei den Gangstern, denen sie die Schwerverbrechen nicht nachweisen können und die sie dann wegen Einkommensteuerbetrug drankriegen. Wenn sie die Burschen wegen Fettdiebstahl verknacken, legen sie damit auch den Drogenhandel lahm.«

»Da ist was dran. Was ist mit dem anderen Video?«

»Ich wollte es mir ansehen, aber dann bist du nach Hause gekommen. Ich vermute mal, dass mehr oder weniger dasselbe drauf ist wie auf dem ersten.«

Wir legten das Video ein. Es ging nicht um Fettdiebstahl. Es zeigte zwei Burschen, die spazieren gingen, und die Umgebung war leicht zu erkennen. Es war der LaBorde Park. Ich erkannte die Bank wieder, an der die Burschen vorbeigingen. Ich wusste, dass die Aufnahme aus einem Gebüsch auf der anderen Seite des Weges gemacht worden war. Das Licht war schlecht, nur ein paar brennende Laternen im Park, und die Kamera sprang hierhin und dorthin, aber es reichte, um die beiden Burschen zu erkennen. Sie blieben stehen, und der eine legte dem anderen die Hände auf die Schultern. Als ihre Gesichter sich der Kamera zuwandten, erschienen dunkle Balken, sodass ihre Züge unkenntlich waren. Der Bursche, der an den Schultern gehalten wurde, sank auf die Knie, öffnete die Hose seines Partners, suchte seinen Schwanz, fand ihn und nahm ihn in den Mund.

Plötzlich brachen ein paar Kerle aus dem Gebüsch. Sie stürzten sich auf den knienden Burschen, und der andere trat zurück und sah zu. Der Bursche, der vorgehabt hatte, dem anderen gefällig zu sein, wurde getreten, geschlagen und im Dreck herumgestoßen. Das dauerte so lange, dass man es fast nicht mehr mitansehen konnte. Nach einer Weile ging der Bursche, der dem anderen seinen Schwanz hingehalten hatte, zu den anderen. Er hatte ein Messer in der Hand, und sein Schwanz hing immer noch aus der Hose. Er drückte dem Misshandelten das Messer an die Kehle und forderte ihn auf zu tun, was dieser ohnehin von Anfang an vorgehabt hatte. Während der Bursche auf den Knien blies, holte der mit dem Messer eine Zigarettenschachtel aus der Tasche. Er schüttelte eine Zigarette heraus und steckte sie sich dorthin, wo der Balken war. Seine Hand steckte die Packung wieder ein und führte ein Feuerzeug zum Balken. Die Flamme verschwand hinter dem Balken, dann wurde das Feuerzeug wieder verstaut. Der Raucher verhielt sich so, als sei er allein.

Der Bursche auf den Knien war immer noch bei der Arbeit. Der Raucher klopfte ihm in einer Art Rhythmus mit dem Messer auf den Kopf und sang dazu unablässig: »Mamas kleiner Junge schneidet gern, schneidet gern, Mamas kleiner Junge schneidet gern, schneidet Brot.« Und er traf nicht mal den Ton.

Die anderen standen daneben und johlten und sahen zu und hatten Balken über den Gesichtern. Als der Job bei dem Raucher erledigt war, bauten sich die anderen auf und ließen sich ebenfalls bedienen.

Als alle fertig waren, stießen sie ihr Opfer in den Dreck und gingen weg. Die Kamera erlosch, und das Video zeigte uns noch ein wenig Schwärze und Flimmern, und dann war es vorbei. Es gehörte mit zu den erniedrigendsten Dingen, die ich je gesehen hatte.

»Nicht unbedingt Oscar-verdächtiges Material, oder?«, sagte ich.

»Jesus. Was sollte das denn?«

»Ich weiß es nicht. War es inszeniert?«

»Keine Ahnung. Aber ich sag dir eines, wenn es inszeniert war, fällt es nicht auf ... Amateurfilme?«

»Vielleicht. Aber wozu? Ein Video über Fettdiebstahl, das andere über eine Schwulenhatz? Oder soll das ein Sexfilm sein?«

»Das hat nichts mit Sex zu tun, Hap. Es geht um Macht, Mann. Schwule sind ein leichteres Ziel als Frauen oder Schwarze. Die meisten Leute meinen, wenn ein Schwuler verprügelt wird, hat er's verdient.«

»Das könnte auch eine Schwulengang getan haben.«

»Möglich, aber Heteros lassen sich genauso gerne den Schwanz blasen wie alle anderen, besonders dann, wenn dabei jemand gedemütigt wird und es ihnen ein Machtgefühl gibt.«

»Ich muss dich unbedingt von diesen populärpsychologischen Büchern fernhalten.«

»Weißt du was, du hast recht«, sagte Leonard. »Ich rede schon so wie du. Du sagst doch niemandem, dass ich das Wort *Machtgefühl* benutzt hab, oder?«

»Ich versuch's mir zu verkneifen. Aber wie auch immer, die Frage will immer noch beantwortet werden. Was soll das Ganze? Welche Verbindung gibt es zwischen Fettdiebstählen und einem verkorksten Film wie diesem?«

Leonard schüttelte den Kopf. »Kann ich nicht sagen. Vielleicht hilft uns das Notizbuch weiter. Ich bin jedenfalls nicht schlau daraus geworden.«

Ich nahm es und öffnete es. Es standen Buchstabenreihen darin. Sachen wie YCU-ART-QWEP. Die ganze Seite herunter. Ich blätterte das Notizbuch langsam durch. Zehn Seiten waren damit vollgekritzelt.

»Was, zum Teufel, glaubst du, was das soll?«, sagte Leonard.

»Das ist nicht Rauls Handschrift?«

»Nein.«

Ich betrachtete das Notizbuch einen Augenblick. »In jeder Gruppe dieselbe Anzahl von Buchstaben. Bei manchen sind die ersten drei Buchstaben gleich. Denk mal scharf nach.«

»Das hab ich schon getan.«

»Es ist ganz leicht. Das ist kein Supercode. Wahrscheinlich irgendein persönliches Notizbuch. Es ist so angelegt, damit die meisten Leute, die es zufällig in die Hände bekommen, nicht sofort schlau daraus werden. Aber es braucht nicht viel Gehirnschmalz, um es sich zusammenzureimen. Eigentlich ist es sogar ziemlich dämlich, wirklich.«

»Du willst, dass ich mir dämlich vorkomme.«

»Ab und zu packe ich die Gelegenheit beim Schopf.«

»Hör auf, Hap. Ich bin schon deprimiert genug.«

»Telefonnummern. Wenn man für die Buchstaben Zahlen einsetzt, bekommt man Telefonnummern. Die ersten drei Buchstaben sind Vorwahlen.«

Ich ging zum Telefon, betrachtete die Buchstaben auf der Wählscheibe und verglich sie mit den Zahlen darunter.

Ich sagte: »Viele Vorwahlen sind aus dem Raum Houston. Ein paar andere aus Dallas. Den Rest kenne ich nicht.«

Ich nahm den Hörer ab und wählte eine der Nummern. Eine Frauenstimme sagte: »East Side Video.«

»Wo genau ist Ihr Laden?«

Sie sagte es mir. Ich schrieb auf einem Blatt mit, während sie redete.

»Danke«, sagte ich. »Ich war nicht ganz sicher.«

Ich probierte noch ein paar andere Nummern aus. Alle gehörten zu Videoläden. Ich schrieb sie auf. Ich gab Leonard die Liste mit den Namen und Geschäften und Adressen und ließ ihn sie sich ansehen.

»Es passt irgendwie zusammen«, sagte Leonard. »Als käme ich jeden Augenblick auf die Antwort, aber eben doch noch nicht ganz.«

»Ich glaube, das sind Überfall-und-Vergewaltigungsvideos«, sagte ich. »Dieses Zeug kommt ursprünglich aus Japan. Vor einer Weile habe ich was darüber in einer dieser neuen Sendungen gesehen. Vielleicht lese ich nicht genug Zeitung, aber was das Fernsehen betrifft, geb ich mir Mühe, nichts zu versäumen. In dem Zeug, das sie in Japan drehen, wird die eigentliche Vergewaltigung nicht gezeigt. Es ist vielleicht inszeniert, aber wie du schon über den Film sagtest, wenn es so ist, dann merkt man es nicht.«

»Und was ist mit diesen japanischen Videos?«

»Die Japaner haben damit angefangen, diesen Scheiß hier in den Staaten zu verkaufen. Die Videoläden haben die Bänder verkauft und ausgeliehen. Sie waren verdammt beliebt, bis Druck auf die Läden ausgeübt wurde, die Bänder aus dem Verkehr zu ziehen. Was glaubst du, wo diese Bänder gelandet sind?«

»Unter der Ladentheke.«

»Das glaube ich auch, zumindest in den meisten Fällen. Und wenn die japanische Regierung Druck von unserer bekommt, oder auch nur von Aufpassergruppen, halte ich es durchaus nicht für unmöglich, dass die Staaten anfangen, ihre eigenen Videos zu produzieren. Schließlich sind wir Kapitalisten. Aufstrebende Unternehmer hier in LaBorde schlagen Schwule im Park zusammen, filmen alles und verkaufen den Mist an die Drecksäcke, die ihn vertreiben. Der Markt dafür sind wohl in erster Linie Großstädte.«

»Das macht Sinn.«

»Diejenigen, die diesen Dreck produzieren, haben's ziemlich gut, weil die meisten Schwulen im Park heimliche Schwule sind. Sie wollen nicht zur Polizei und zugeben, dass sie schwul sind. Und wenn es keine heimlichen Schwulen sind, wollen sie nicht erzählen, was passiert ist, die Erniedrigung. Also wenige Kläger.«

»Genau. Und ich vermute, dass einige dieser Überfälle, von denen wir in den Berichten gehört haben, schlimmer waren, als wir ahnen.«

»Und der Chief hält das alles unter Verschluss?«

»Schwer zu sagen, wie korrupt der alte Bastard ist. Vielleicht ist er gar nicht so. Vielleicht ziehen wir ihm einen Schuh an, der ihm nicht passt.«

»So denkst du immer, Hap. Für jemand, der so viel durchgemacht hat wie du, bist du manchmal naiv wie 'ne Babyente. Es gibt haufenweise Leute da draußen, die glauben, wenn sie mit diesem Zeug 'n paar Dollar machen können und sie nicht getan haben, was auf dem Video zu sehen ist, und niemand umgebracht wurde und es sowieso 'n Haufen Schwuler ist, dann ist es auch okay, es zu verkaufen. Der Chief könnte zu diesen Leuten gehören. Ich meine, er könnte einer von denen sein, die nur das Geld interessiert und nicht, ob jemand umgebracht wurde oder wer es war.«

»Ich glaube nicht, dass es so weit geht. Aber die eigentliche Frage ist doch, was können wir dagegen unternehmen?«

»Diese Kerle, wer sie auch sind, die haben wahrscheinlich Raul umgebracht, um ihre kriminellen Geschäfte zu schützen, die Fettgeschichte und die Schwulen-Vergewaltigungsvideos. Und ich sag dir eines, mein Freund, wenn das Gesetz es nicht tut, dann finde ich eben raus, wer wer ist. Und dann wird niemand außer dem Teufel ihre Namen erfahren.«

»Dann bist du genau wie sie.«

»Ich bitte dich! Es gibt nicht viele Leute, die einen Kammerjäger für einen Mörder halten. Ich rede nicht davon, unschuldige Leute zusammenzuschlagen und zu vergewaltigen, die an den falschen Orten Liebe suchen. Hör mir zu. Ich weiß, wie du bist, und es hat keinen Sinn, mit dir darüber zu reden. Was willst du eigentlich? Ich hab dich gegen den Kindersexhandel in Thailand wettern hören, gegen das Elend von Armen, Schwarzen, Frauen und Schwulen und alles andere, worüber du dich immer beklagst. Ich will jedenfalls was dagegen unternehmen.«

»Ich sagte nicht, dass es mir egal ist, Leonard. Ich sagte ...«

»Geschenkt.«

»Reg dich nicht auf. Ich ...«

»Ich sagte, geschenkt.«

Leonard stand auf, sammelte seine Bänder und das Notizbuch ein, stopfte alles in das Jiffy-Kuvert und ging hinaus. Ich folgte ihm nicht. Ich blieb auf dem Sofa sitzen, bis ich hörte, wie er seinen Wagen anließ und wegfuhr.

14

In dieser Nacht schlief ich schlecht. Meine Gedanken wanderten von den kranken Videobildern zu dem, was mit Raul passiert war, und schließlich zu Leonard. Leonard und ich stritten uns oft. Leonard verlor schnell die Beherrschung, aber bei dieser Sache wusste ich wirklich nicht, was ich davon halten sollte, oder was ich zu erwarten hatte. Ich wollte ihm helfen, aber das Gesetz zu beugen war eine Sache, es zu brechen und auf ihm herumzutrampeln eine ganz andere.

Wenn ich tat, was Leonard wollte, würde Blut an meinen Händen kleben, und ich war nicht sicher, wo wir aufhören würden, wenn wir erst einmal angefangen hatten. Ich hatte schon getötet, und es gefiel mir nicht. Ich hatte keine schlaflosen Nächte deswegen, da es Notwehr gewesen war und mir keine Alternative offengestanden hatte. Aber wenn ich daran dachte, gefiel es mir nicht, und ich fühlte mich auch nicht irgendwie heldenhaft. Ich wollte mich nicht in eine Situation bringen, in der ich töten musste.

Ich wälzte mich im Bett herum und konnte mir die Sache schließlich lange genug aus dem Kopf schlagen, um an Brett zu denken. Ich dachte daran, was sie mit ihrem Ex-Ehemann angestellt hatte. War das Notwehr oder Rache? Ein Jammer, dass Leonard schwul war. Er und Brett passten vielleicht gut zusammen.

Jesus, ich mochte Brett, aber musste ich mich wirklich in einen reuelosen Feuerteufel von einer Frau mit zwei Arschlöchern von Kindern verknallen?

Und wo ich schon dabei war, war ich selbst tatsächlich so ein guter Fang?

Auf diese Weise verging die Nacht, ein beständiges Hin und Her, ab und zu ein Niesen, aber in erster Linie Herumwälzen und Nachdenken.

Ich stand früh auf, setzte Kaffee auf, erwog, Leonard anzurufen, tat es aber nicht. Es war noch zu früh, und da er bereits stinkig war, würde ihn das nicht gerade milder stimmen. Während ich mir all das durch den Kopf gehen ließ, fing es an zu regnen. Wirklich gut. Tolle Art, den Tag anzufangen.

Ich lungerte bis zum Morgengrauen herum, beendete mein Frühstück und beschloss dann, Brett anzurufen. Sie musste um diese Zeit nach Hause kommen. Vielleicht konnte ich noch mit ihr reden, bevor sie sich schlafen legte. Ich rechnete mir die Zeit aus, die sie für die Heimfahrt brauchen würde, und rief an. Sie ging nicht ans Telefon.

Ich wartete eine Weile, trank noch eine Tasse Kaffee und rief noch einmal an. Diesmal hob sie ab. Sie klang müde.

»Hey«, sagte ich. »Ich bin's, Hap.«

»Ich kann mich noch an dich erinnern.«

»Ach, verdammt noch mal, Brett. Jetzt, wo ich dich am Telefon habe, weiß ich gar nicht, warum ich überhaupt angerufen habe. Ich weiß, du bist müde ...«

»Bist du?«

»Was meinst du?«

»Müde?«

»Eigentlich schon. Ich habe Kaffee getrunken, aber der hilft mir auch nicht.«

»Wenn du rüberkommen würdest, wüsste ich was, das uns beide anregen könnte. Es sei denn, du bist so müde, dass du nicht glaubst, dich könnte irgendwas anregen.«

»Der da gerade bei dir vorfährt, das bin ich.«

So schnell ich auch zu ihr wollte, ich nahm mir vorher noch die Zeit, bei Leonard vorbeizufahren. Ich nahm an, dass er noch schlief, also klopfte ich nicht. Ich schrieb ihm eine Nachricht und klemmte sie zwischen Fliegentür und Rahmen ein. Ich gab ihm Bretts Telefonnummer und sagte ihm, er solle mich nach Mittag dort anrufen. Ich schrieb, dass es mir leid tue. Dass wir uns unterhalten müssten. Ich unterzeichnete mit »Mom«.

Als ich bei Brett ankam, öffnete sie die Tür und ließ mich ein, bevor ich klopfen konnte. Ich blieb einfach in der Tür stehen und versuchte zu Atem zu kommen. Sie trug einen knappen roten Slip, nagelneue Stöckelschuhe und ein kleines dunkles Muttermal wie ein Schokoladetropfen auf der rechten Brust nicht weit von der Brustwarze. Eine sehr schöne Brustwarze, wie ich hinzufügen möchte.

»Wenn es dir nichts ausmacht«, sagte sie, »ich dachte, wir könnten das als unsere zweite Verabredung betrachten.«

»Mir ist alles recht.«

»Mir auch. Und ich habe eine ganze Schachtel Gummis auf dem Nachttisch, um es zu beweisen.«

»Das nenne ich Gastlichkeit.«

»Tja, es erregt mich wirklich, dich zu sehen«, sagte sie, »aber tatsächlich musste ich meine Brustwarzen mit Eis abreiben, damit sie so stehen.«

Sie nahm mich bei der Hand und führte mich ins Schlafzimmer. Wir umarmten und küssten uns. Sie fing an, mich auszuziehen, und ich half ihr dabei. Wir legten uns zusammen aufs Bett.

»Falls du ein Schuhfetischist bist, lasse ich die Stöckel an.«

Ich lachte, und sie streifte sie ab. Ich half ihr aus dem roten Slip. Ich wollte nicht, dass sie sich unwohl fühlte. Mit der Zunge kostete ich das Schokotropfen-Muttermal. Tatsächlich schmeckte es viel besser als Schokolade. Wir liebten uns eine Stunde lang, dann schliefen wir zum Geräusch des Regens ein.

Als ich erwachte, hatte Brett sich über mich gebeugt.

»Das hat mir wirklich Spaß gemacht. Ich bin sogar gekommen.«

»Ich hoffe, du meinst nicht, trotz meiner Person.«

Sie lachte. »Nein. Ich meine nicht, trotz deiner Person.«

»Ich auch.«

»Was?«

»Ich bin auch gekommen.«

Sie lachte wieder. »Männer kommen immer.«

»Für mich ist Ejakulieren nicht dasselbe wie Kommen. Es fühlt sich gut an, aber wenn es wirklich abgeht, merkt man sofort den Unterschied. Es ist nicht nur ein Ablassen von Druck. Es ist ein ganz besonderer Geisteszustand. Wie wenn man im Fernsehen auf einen anderen Sender wechselt, und dein Lieblingsfilm fängt gerade an, weißt du?«

»Bei Gott, Hap, du bist ein gottverdammter Philosoph.«

»Ich weiß.«

»Was ist übrigens dein Lieblingsfilm?«

»Du fragst doch als nächstes nicht nach meinem Sternzeichen, oder?«

»Mit dem Schwachsinn kann ich mich nicht anfreunden. Ich interessiere mich für Filme.«

»*Casablanca*. Und ich mag langsame Spaziergänge im Park und will Gehirnchirurg werden und versuchen, der ganzen Menschheit zu helfen.«

Sie lachte. »Mir gefällt *Haben und Nichthaben*. Das ist mein Lieblingsfilm.«

»Der steht bei mir an zweiter Stelle.«

»An zweiter Stelle steht bei mir *Meine Lieder – meine Träume*.«

»Mir gefallen *Casablanca* und *Haben und Nichthaben*.«

Sie gab mir einen Klaps. »Dir gefällt *Meine Lieder – meine Träume* nicht? Das ist das tollste Musical, das je gedreht worden ist! Ich wette, du findest es irgendwie weibisch.«

»Ja.«

»Hap Collins, ich dachte, du wärst ein sensibler Mann.«

»Das bin ich auch«, sagte ich, indem ich auf mein Auge zeigte. »Wenn du da drückst, tut es weh. Aber *Meine Lieder – meine Träume*, ich würde mir lieber den Schwanz an ein brennendes Haus nageln lassen, als mir den Schwachsinn noch mal ansehen zu müssen. Es wäre mir sogar egal, wenn es Popcorn umsonst gibt und du mir jeden Bissen in deiner Vagina servierst.«

»Vagina?«

»Das ist ein medizinischer Ausdruck für *Muschi*, Schätzchen.«

»Gott, Hap, du bist ja fast ein Arzt ... Also gefällt dir *Meine Lieder – meine Träume* nicht?«

»Nein. Eigentlich hasse ich den Film sogar. Aber mir gefällt *Haben und Nichthaben*. Der ist gut.«

»Ich war immer ganz verrückt nach Bogart. Walter Brennan gefiel mir auch. Mir gefällt die Stelle, wo er erzählt, dass er von einer Biene gestochen worden ist.«

»Mir auch. Mir gefällt auch Lauren Bacall.«

»Das kann ich mir denken.«

»Wieso auch nicht? Tatsächlich erinnerst du mich an sie.«

»In welcher Hinsicht?«

»Ihr seid beide Frauen.«

»Arschloch ... Weißt du was?«

»Was?«

»Ich hätte gerne, dass wir beide zum Arzt gehen und uns untersuchen lassen. Uns vergewissern, dass wir nichts mit AIDS am Hut haben. Ich will diese Phase mit den Gummis möglichst schnell hinter mich bringen. Ich finde, wir sollten unsere Beziehung mit völligem Vertrauen beginnen.«

»Du würdest mein Wort nicht akzeptieren, dass ich kein AIDS habe?«

»Ich würde dein Wort akzeptieren, dass du glaubst, du hast es nicht, und wahrscheinlich stimmt das sogar, aber vielleicht solltest du mein Wort nicht akzeptieren. Ich war mein Leben lang sexuell aktiv, Hap.«

»Und das Üben hat sich tatsächlich ausgezahlt.«

»Es ist nicht so, dass ich meinetwegen Bedenken habe, aber ich will, dass wir ganz von vorn anfangen.«

»In Ordnung. Abgemacht. Aber du weißt natürlich, dass ich gerade eine Menge Blutuntersuchungen hinter mir habe, sodass wir mit Sicherheit sagen können, ich bin okay.«

»In Ordnung«, sagte Brett.

»Du siehst dir meine Untersuchungsergebnisse an, ja?«, sagte ich. »Und redest mit dem Arzt?«

»Höchstwahrscheinlich.«

»In Ordnung. Aber da ist noch eine Sache.«

»Schieß los.«

»In einer Hinsicht bin ich altmodisch. Na ja, vielleicht in vielerlei Hinsicht. Aber wenn das eine Beziehung ist und nicht nur Spaß, dann will ich auch, dass es eine Beziehung ist.«

»Du meinst, ich muss aufhören, das gesamte medizinische Personal und sämtliche Patienten im Krankenhaus zu bumsen?«

»Genau. Dafür gebe ich die Haustiere für dich auf, Baby.«

Sie kuschelte sich an mich. »Wow. Das nenne ich entschlossene Hingabe. Da sind übrigens noch mehrere Gummis in der Schachtel.«

»Ich hasse angebrochene Schachteln, du nicht auch?«

»Absolut.«

»Die sind so unordentlich.«

»Absolut. Übrigens, Hap. Hab ich dir eigentlich schon erzählt, dass ich früher ein Mann war?«

Ich schlug sie mit dem Kissen, und sie lachte, und wir liebten uns wieder.

Es war wohl gegen fünf Uhr, als das Telefon klingelte und Brett sich regte, aufstand und nackt in die Küche ging. Nach einem Augenblick kam sie zurück. »Es ist für dich, Schatz.«

»Danke. Ich hoffe, es macht dir nichts aus. Ich habe einem Freund erzählt, dass ich hier sein würde.«

»Überhaupt nicht«, sagte sie. Sie stand in der Tür, ein Bein angewinkelt, und zeigte mir, was ich sehen wollte. Ich stand auf und wollte an ihr vorbei, und sie hielt mich fest und sagte: »Ich habe immer noch Nachschub in der Schachtel.«

Ich küsste sie, und sie hielt mich da, wo ich wollte, dass sie mich hielt. Ich legte die Hand auf sie und sagte: »Hast du sie nur für mich rasiert, oder trägst du sie immer so?«

»Ich habe sie nur für dich rasiert. Ich dachte, es wäre mal was anderes. Außerdem hält es die Läuse ab. Gefällt es dir?«

»Wenn du es jetzt noch nicht weißt, weiß ich nicht, was ich dir noch sagen soll.«

Nach einem Augenblick löste ich mich von ihr und ging in die Küche, wobei ich praktisch um meinen Schwanz herumgehen musste. Ich nahm den Hörer.

»Ja?«, sagte ich.

»Ich bin's«, sagte Leonard, als rechnete ich mit jemand anderem.

»Da bin ich aber froh.«

»Die Dame, mit der ich geredet hab. Ist sie diejenige, welche?«

»Das ist sie.«

»Schön. Das freut mich.«

»Hast du angerufen, um mir zu gratulieren?«

»Nein, ich hab angerufen, weil auf deiner Nachricht stand, ich sollte.«

»Da hatte ich auch noch ein sehr brüderliches Gefühl für dich. Im Moment bin ich nicht so sicher, ob ich meine Zeit mit dir vergeuden will. Diese Frau, ich glaube, sie könnte mich dazu bringen, mit einem Reifeneisen zu Minnie Maus zu gehen.«

»Das ist toll ... hey ... wirklich, Hap. Frieden, Mann.«

»Frieden, Leonard.«

»Ich war sauer. Ich hatte was getrunken. Die ganze Sache macht mich ziemlich fertig.«

»Schon gut. Lass uns kein Wort mehr darüber verlieren.«

»Ich liebe dich, Mann.«

»Und ich liebe dich. Hör mal. Lass uns rausfinden, was wir können. Ich mache mit, aber ...«

»Ich muss mich benehmen.«

»Genau.«

»Ich kann das nur bis zu einem gewissen Grad versprechen.«

»Wir sehen uns um. Wenn wir was rausfinden, überlegen wir uns, wie wir die Polizei dazu bringen können, was zu unternehmen, damit wir uns die Hände nicht schmutzig machen. Verstanden?«

»Und wenn das nicht geht?«

»Über die Brücke gehen wir, wenn wir vor ihr stehen.«

»Wann fangen wir an?«

»Morgen.«

»Wo?«

»Da, wo Raul seine Friseur-Erfahrungen gemacht hat. Wie heißt der Laden?«

»Antone's.«

»Ich hol dich um neun bei dir zu Hause ab.«

»Bis dann«, sagte Leonard.

Ich ging wieder ins Schlafzimmer. Brett hielt die Schachtel mit den Verhütungsmitteln in der Hand. Sie schüttelte sie.

»Ich sage, wir machen die Schachtel leer«, sagte sie.

Das schafften wir nicht ganz, aber als wir fertig waren, schmiegte Brett sich eng an mich und schloss die Augen. »Halt mich fest«, sagte sie.

Ich hielt sie, und kurz darauf war sie eingeschlafen. Während sie schlief, sah ich sie an und musste an ihren Ex-Mann denken, der sie geschlagen und vergewaltigt hatte. Wie konnte er nur?

Ich dachte daran, wie sich ihre schönen langen Finger um den Spaten geschlossen, Anzünderflüssigkeit verspritzt und Streichhölzer angerissen hatten. Ich küsste sie auf die Wange, schmiegte mich an sie und spürte ihre Wärme, und kurz darauf war ich ebenfalls eingeschlafen.

15

Wir erwachten am frühen Abend und aßen aus Bretts Kühlschrank. Schinken auf Weißbrot. Während wir nackt dasaßen und Sandwiches und Kartoffelchips aßen, klopfte es an der Tür, und wir mussten uns in aller Eile anziehen.

Brett war zuerst fertig, da sie lediglich ein langes T-Shirt überstreifte. Sie ging zur Tür, während ich mich weiterhin im Schlafzimmer anzog. Ich hatte Schwierigkeiten, meine Hose zu finden, entdeckte sie aber schließlich zusammengeknautscht unter dem Bett. Die fehlende Socke fand ich hinter einem Stuhl.

Ich zog mich an und ging ins Wohnzimmer. Es war Ella. Sie grinste mich an. Sie sah wirklich wie Bretts jüngere Schwester aus.

»Wie ich sehe, kommt ihr zwei miteinander zurecht.«

»Von zurecht kann keine Rede sein«, sagte Brett, »aber kommen tun wir.«

»Brett!«, sagte Ella. Aber mir war klar, dass sie nicht im Geringsten schockiert war.

Ich lächelte Ella an. Aus der Nähe konnte ich erkennen, dass ihr hübsches Gesicht von einem blauen Auge verunstaltet war, das zum Teil durch Schminke kaschiert wurde.

»Bist du nur vorbeigekommen, um uns zu nerven?«

»Nein. Ich bin vorbeigekommen, um dich zu fragen, ob wir nächste Woche die Schicht tauschen können. Wäre das möglich?«

»Warum nicht? Aber ich muss es mir noch überlegen. Manchmal mag die gute alte Oberschwester Meanie keine Veränderungen, und, Schätzchen, ich weiß nicht, ob sie dich mögen wird.«

»Ach?«, sagte Ella. »Was stimmt denn nicht mit mir?«

»Dasselbe, was mit mir und ein paar von den anderen Mädels nicht stimmt.« Brett warf mir einen schmachtenden Blick zu. »Wir sehen einfach zu gut aus für sie. Sie glaubt, jeder müsste hässlicher sein als sie.«

»Ist das möglich?«, fragte Ella.

»Das glaube ich nicht. Andererseits, wenn du dir noch mehr Schläge einfängst wie die da, könntest du im Geschäft sein.«

Ella machte einen verlegenen Eindruck. »Brett ... ich ...«

»Tut mir leid. Ich wollte dich nicht in Verlegenheit bringen. Hap versteht das.«

»Nein, tue ich nicht«, sagte ich.

»Hap Collins! Und ob du das verstehst!«

»Ich will Sie auch nicht in Verlegenheit bringen, aber jetzt, wo Brett es zur Sprache gebracht hat, verstehe ich nicht, warum Sie sich diesen Scheiß gefallen lassen.«

»Brett, du hättest niemandem davon erzählen dürfen. Das war nicht richtig.«

»Du kannst es auf die Dauer nicht verheimlichen. Das ist das Schlimmste, was du tun kannst. Wenn du es verheimlichst, hilfst du ihm dabei, es zu tun.«

»Sie hat recht«, sagte ich. »Sehen Sie zu, dass Sie das Arschloch loswerden.«

»Er geht zur Eheberatung«, sagte Ella.

»Scheiß auf die Eheberatung. Der Kerl ist ein Haufen Scheiße. Schieß ihn ab.«

»Ich liebe ihn.«

»Ich habe meinen Scheißkerl von Ehemann auch geliebt. Aber eines Tages war es damit vorbei, und ich musste seinen Kopf in Brand setzen.«

»Ich bin nicht wie du. Ich muss gehen.«

»Ella«, sagte Brett. »Es tut mir leid. Ich hätte nicht …«

»Nein. Du hast ja recht. Denk über den Schichttausch nach, ja?«

»Sicher.«

Ella verließ uns rasch.

Als sie gegangen war, sagte Brett: »Gott segne sie.«

Wir waren noch nicht mit dem Abendessen fertig, als es wiederum an der Tür klopfte. Brett öffnete. Es war Ella. Sie war in Tränen aufgelöst. »Mein Wagen springt nicht an. Ich werde mich verspäten. Er hasst es, wenn ich mich verspäte. Ich dachte, vielleicht … er … es tut mir leid. Wie war noch gleich Ihr Name?«

»Hap«, sagte ich.

»Hap, ich dachte, Sie könnten mir vielleicht mit dem Wagen helfen?«

»Die traurige Wahrheit ist, ich kann nicht mal eine Schubkarre reparieren.«

»Kevin wird so wütend sein.«

»Wir fahren dich nach Hause«, sagte Brett. »Okay, Hap?«

»Sicher.«

Wir nahmen meinen Pickup. Wir fuhren zur Ostseite der Stadt. Es war ein wunderbarer Tag, und der Regen hatte ihm eine Art Glanz verliehen, als sei die Welt gründlich gewaschen und poliert worden.

Etwa anderthalb Meilen außerhalb der Stadtgrenze erreichten wir eine Stelle, wo früher einmal ein alter Tante-Emma-Laden gestanden hatte. Ich hatte ein einziges Mal dort gehalten und mir ein Grillsandwich gekauft. Es hatte wie Scheiße geschmeckt. Jetzt war der Laden nur noch eine leere Hülle. Die Fenster waren ausgeschlagen. Eine Tür hing halb aus den Angeln. So ergeht es einem, wenn man lausige Grillsandwiches macht.

Wir bogen in einen Weg und fuhren an einer Reihe von Briefkästen und Laternen auf Pfosten sowie einem Hundezwinger vorbei, wo ein halbes Dutzend toll aussehende sibirische Huskies unsere Vorbeifahrt beobachtete.

Kurz danach erreichten wir einen so hässlichen Landstrich, wie man ihn sich nur vorstellen kann. Man konnte erkennen, dass vor nicht allzu vielen Jahren hier noch Wald gestanden hatte. Jemand hatte ihn gerodet, das Holz verkauft und dann einen Wohnwagenpark daraus gemacht. In diesem Fall hatte man sich nicht einmal die Mühe gemacht, den Boden zu glätten. Einige der Stümpfe waren noch da, schwarz verbrannt, aber noch vorhanden. Zwischen den Stümpfen und Regenpfützen standen die Wohnwagen.

Wir fuhren an einer Reihe heruntergekommener Wohnwagen mit kaputtem Spielzeug auf dem Vorplatz und traurigen Hunden an Ketten vorbei und kamen schließlich zu einem einigermaßen netten weißen Wohnwagen mit rosa Umrandung. Der Vorplatz war sauber bis auf das übliche Aushängeschild des armen Südstaatenweißen – irgendein aufgebockter schwarzer Wagen. Ein Ford Mustang. In der High School hatte ich unbedingt einen haben wollen. Ich dachte, ich müsste sterben, wenn ich keinen bekäme. Ich hatte keinen bekommen und lebte immer noch.

Wir parkten und ließen Ella aussteigen. Sie bedankte sich, und als sie zum Wohnwagen ging, öffnete sich die Tür und ein Mann kam heraus. Er trug Jeans, aber weder Hemd noch Schuhe. Er war ein untersetzter Bursche mit einem leicht vorstehenden, aber straff aussehenden Bauch. Etwa meine Größe. Ein gut aussehender Bursche mit einem Bürstenschnitt.

»Wo, zum Teufel, bist du gewesen, Ella?«, sagte er. »Ich sitz hier rum und warte auf mein gottverdammtes Abendessen.«

»Mein Wagen, Schatz«, sagte Ella. »Er wollte nicht anspringen.«

»Mein Wagen wollte nicht anspringen«, sagte Kevin, indem er Ellas Tonfall nachäffte. »Irgendwas ist immer, du Schlampe, oder nicht?«

Ella wandte sich an uns. »Danke. Tut mir leid.«

»Schon in Ordnung«, sagte ich. »Sind Sie sicher, dass Sie bleiben wollen?«

»Ja«, sagte Ella.

»Hey«, sagte Kevin, »mit wem redest du da?«

»Ella ...«, sagte ich.

»Was soll das heißen, ›wollen Sie bleiben‹?«

»Das soll heißen, Sie klingen ziemlich betrunken, und vielleicht sollte sie nicht bleiben.«

»Steck deine Nase nicht in meine Angelegenheiten, alter Mann.«

»Alter Mann?«

»Ja. Alter Mann.«

Ella legte Kevin eine Hand auf die Schulter. »Lass es gut sein, Schatz. Sie haben mich nur hergefahren.«

Kevin stieß Ella auf den nassen Boden. Brett eilte zu ihr, um ihr zu helfen. »Verzieh dich wieder in deinen Wagen, du Fotze«, sagte Kevin.

»Das reicht«, sagte ich. Ich hatte draußen am Wagen gestanden, die Tür geöffnet und mich darauf gestützt. Ich schloss sie und ging auf Kevin zu.

Kevin sagte: »Was willst du jetzt machen, Arschgesicht?«

»Ich kann mich entweder mit Ihnen hinsetzen und nett unterhalten oder Sie zusammenschlagen. Da ich davon ausgehe, dass Sie als Gesprächspartner eher ein Langweiler sind, gefällt mir die zweite Möglichkeit besser.«

»Mich zusammenschlagen?«, sagte Kevin. »Ich will dir mal was sagen, Mann. Ich war 'n verdammt guter Boxer. Ich wäre fast Profi geworden.«

»Dann haben Sie bestimmt schon 'ne linke Gerade gesehen«, sagte ich und verpasste ihm eine. Ich traf ihn am rechten Auge, und sein Kopf ruckte zurück. Dann trat ich fest zu und traf ihn in den Eiern. Ich sprang vor, packte seinen Kopf, als er sich krümmte, drückte ihn mit dem Ellbogen herunter und hob das Knie. Als sein Kopf mit blutigem Gesicht wieder hochkam, ging ich noch näher ran, packte seinen Arm und seine Schulter, stemmte mein rechtes

Bein hinter sein rechtes Bein und drehte mich mit aller Kraft herum.

Er ging rasch zu Boden und schlug mit dem Kopf in den Dreck. Speicheltropfen flogen aus seinem Mund und glänzten in der Sonne wie eine Kette Diamanten.

Ella eilte herbei, stellte sich schützend vor ihn und reckte mir eine Hand entgegen. »Nicht, Hap! Schlagen Sie ihn nicht mehr.«

»Warum nicht?«, sagte ich. »Es fängt gerade an, mir richtig Spaß zu machen.«

»Er meint es nicht so. Er kann nichts dafür. Es sieht ihm gar nicht ähnlich. Er ist nicht er selbst.«

»Wer, zum Teufel, ist er dann? War er dieser andere Kerl, als er Ihnen das blaue Auge verpasst hat?«

»Ich habe ihn dazu getrieben.«

»Jesus. Kommen Sie zu sich, Ella. Ich kann mir vorstellen, dass ein Paar einen Streit hat, dass der eine den anderen in einem Augenblick der Wut sogar schlägt. Aber nicht so. Nicht richtig verprügeln.«

Kevin stützte sich auf einen Ellbogen. »Du verschwindest besser, Mann.«

»Warum? Wollen Sie mir sonst den Arsch versohlen, Großer?«

Brett kam zu mir und nahm meinen Arm. »Lass uns gehen, Hap. Dein Testosteron macht sich bemerkbar. Ella. Wenn du mit uns kommen willst, dann komm. Vielleicht willst du irgendwo anrufen. Das Frauenhaus. Wo auch immer. Wir sorgen dafür, dass du anrufen kannst.«

Ella schüttelte den Kopf. Sie half Kevin auf die Beine.

»Wollen Sie die linke Gerade noch mal sehen?«, sagte ich zu ihm.

»Du hast mich nur unvorbereitet getroffen.«

»Für mich sieht's eher so aus, als hätte ich Sie am Auge getroffen.«

»Dann hast du mich getreten wie 'n Waschlappen.«

»Dann erzählen Sie doch jedem, dass Sie von 'nem Waschlappen verprügelt worden sind.«

Ella stützte Kevin auf dem Weg in den Wohnwagen. Sie hielt inne und drehte sich zu mir um. »Danke, aber das geht Sie nichts an. Wirklich. Es geht Sie nichts an.«

Ella ging die kleine Treppe mit dem Arm um Kevin herauf. Sie gingen in den Wohnwagen und schlossen die Tür. Wir stiegen in den Pickup und fuhren los.

Als wir wieder auf der Straße waren, schmiegte Brett sich an mich.

»Du warst großartig, Hap.«

»Ich glaube, ich war ungefähr so wie John Wayne.«

»Weißt du was?«

»Was?«

»Ich liebe seine Filme. Bringst du mich nach Hause und verführst mich?«

»Du bist heiß, weil ich Kevin zusammengeschlagen habe?«

»Nein. Weil du sauer geworden bist, als er mich Fotze genannt hat. Manchmal bin ich eine, aber ich danke dir trotzdem.«

»Gern geschehen.«

»Mir gefällt, was du für Ella tun wolltest. Aber sie ändert sich nicht, Hap. Sie wird sich nie ändern. Ich habe versucht, sie dazu zu bringen, ihn zu verlassen, aber sie geht immer wieder zurück. Eines Tages wird er sie umbringen.«

»Ich fürchte, du hast recht«, sagte ich.

16

Wir fuhren zurück zu Brett, gingen ins Bett und liebten uns, dann duschten wir gemeinsam. Ich zog mich an und machte mich zum Gehen fertig, sodass sie noch etwas Zeit für sich hatte, bevor sie zur Arbeit ging.

Als sie mich an der Tür zum Abschied küsste, sagte ich: »Ich komme wieder.«

»Teufel, das weiß ich. Du hast lediglich einen Vorgeschmack bekommen.«

Ich fuhr nach Hause, las bis spät in die Nacht hinein und schlief unruhig. Am nächsten Morgen holte ich Leonard ab und wir fuhren zu Antone's.

Nach dem gestrigen Regen roch die Luft süßlich, aber man konnte bereits spüren, dass es ein heißer Tag würde. Die Art April, wo außer frühmorgens der Frühling übersprungen wird. Vielleicht wegen der Probleme mit der Ozonschicht. Ich gab die Schuld daran gern all diesen Predigern und ihrem gottverdammten Haarspray. Hatten sie noch nichts von treibgasfreien Dosen gehört?

Antone's war eine sogenannte Friseurschule mit Haarsalon. Der Laden hatte reguläre Kundschaft, bildete aber in erster Linie Leute aus. Er befand sich an der Ecke Main und Universal Street. Jenseits der Universal begann ein armes Stadtviertel, aber auf der anderen Seite hellten sich die Dinge auf. In dieser Richtung war es nur ein kurzes Stück mit dem Wagen, und man war mitten im Stadtzentrum, wo alles sauber und hell war.

In der anderen Richtung stieg man dagegen in eine Kloschüssel, die jeden Augenblick gespült werden mochte. Es war eine Gegend, in der die Mächtigen diejenigen, die sie als Ausschuss betrachteten, gern festsetzen wollten.

Wir parkten auf dem Parkplatz neben Antone's und einem Spiel- und Freizeitzentrum, das früher ein 7-Eleven gewesen war, bevor man den Laden so oft ausraubte, dass die Strolche von LaBorde ihn als eine Selbstbedienungskasse betrachtet hatten. Durch die Fenster konnte man Leute sehen, die Jobs hätten haben müssen, und Kinder, die in der Schule hätten sein müssen, wie sie Pool spielten. Dort drinnen waren auch eine ganze Reihe von Motorrad-Typen. Ich hoffte, keiner von ihnen erkannte Leonard von dessen kleiner Eskapade im Blazing Wheel.

Leonard schaute durch die Fenster auf die Pool-Spieler. Er sagte nichts, aber seine Miene verriet mir genug. Leonard hielt die meisten dieser Leute für faule Scheißer und wertlos, und ich nehme an, er hatte bis zu einem gewissen Grad recht. Viele von ihnen waren genau das. Schlicht und ergreifend. Aber ich hatte festgestellt, dass das Leben nicht so funktionierte. Es war nicht schwarz oder weiß. Gut oder böse. Meistens war es eine Mischung. Das machte es so hart. Man konnte nicht mehr verallgemeinern, sobald man ein wenig darüber nachdachte. Es gab auf beiden Seiten der Medaille Arschlöcher, aber es gab auch gute Leute, die einfach Pech hatten. Man brauchte nur zwei Lohntüten zu verpassen und eine größere Panne mit dem Wagen zu haben, und schon gehörte man nicht mehr zur unteren Mittelschicht, sondern wohnte in einer Pappschachtel unter der Brücke, aß aus Müllcontainern und schob einen Einkaufswagen vor sich her.

Bei Antone's herrschte rege Geschäftigkeit, da Leute anderen Leuten mit einer Vorliebe für billige Frisuren, gefärbte Haare und Locken die Haare schnitten und Dauerwellen legten. Es war mir immer eine grausige Vorstellung, sich in einer Schönheits- und Frisierschule die Haare schneiden zu lassen.

Ich hatte mir früher auch so die Haare schneiden lassen, bis ich zu dem Schluss kam, dass drei Scheine zu viel für das waren, was sie mir antaten, und acht Scheine in der Innenstadt bei einem richtigen Friseur genau richtig. Ich hatte mir meine billigen Haarschnitte jedoch nicht bei Antone's machen lassen, sondern in der ursprünglichen Friseurschule in einem anderen armen Viertel von LaBorde, und zwar zu einer Zeit, als wir LaBorde noch Ortschaft genannt hatten und nicht Stadt. Der Laden hatte intelligenterweise Bobs Friseurschule geheißen und nach Haaröl, Rasiercreme und Männerschweiß gerochen. Das war alles, was man dort zu Gesicht bekommen hatte: Männer. Sie machten keine modischen Haarschnitte und auch nichts Ausgefallenes, also zog der Laden keine Frauen an. Es war ein Ort, an dem Männer sogenannte Männergespräche führten. Über die Jagd und das Angeln, über Autos und Hunde und über Frauen. Gewöhnlich in dieser Reihenfolge.

Wenn man sich dort die Haare schneiden ließ, standen nicht viele Frisuren zur Auswahl. Es gab den Pottschnitt, der im Wesentlichen daraus zu bestehen schien, dass der Friseur einem die Hand auf den Kopf legte und darum herumschnitt, sodass von der Mitte des Kopfes bis zu den Ohren alles kahlrasiert war. Dann gab es den Schnitt, den viele von uns den Schnitt der Geistig Gesunden und Geistig Zurückgebliebenen nannten. Einen ähnlichen Schnitt bekamen die geistig Behinderten in den staatlichen Schulen. Bei diesem Schnitt wurde alles abgeschnitten, was zu sehen war und was man abgeschnitten haben wollte, vorausgesetzt es blieben noch Deckhaare oben auf dem Kopf übrig wie bei einem Dutt. Mit diesem Schnitt sah man so ähnlich aus wie eine Rübe. Außerdem gab es den GI-Schnitt, im Wesentlichen ein kahlrasierter Kopf. Ihn bekamen hauptsächlich jene verpasst, die im Verdacht standen, Insekten ein Heim zu geben. Und schließlich gab es Standardschnitte wie Kleiner Mann Nummer Eins. Dieser Schnitt war beinahe passabel, es sei denn, man wollte es im Nacken stufig geschnitten haben. Das gab es nicht. Der Kopf wurde ziemlich gut geschnitten, aber im Nacken wurde man glatter rasiert als ein rotzverschmierter Türknopf. Es gab auch Kleiner Mann Nummer Zwei. Dabei bekam man nicht nur einen Haarschnitt, sondern auch eine Rasur sowie ein paar tiefe Schnitte, die mit einem auf Alkohol beruhenden Stinkwasser abgetupft wurden, das eine unwiderstehliche Anziehungskraft auf Fliegen ausübte. Und schließlich gab es noch Kleiner Mann Nummer Drei, aber der war so grauenhaft, dass es schwierig ist, darüber zu reden. Dieser Schnitt war die Spezialität von Bob persönlich, dem Burschen, der die anderen ausbildete. Er war bei der Arbeit grundsätzlich betrunken, und seine Hände zitterten, und viele von uns hatten den Verdacht, seine Arbeitswerkzeuge seien Unkrautvertilger und Heckenschere.

Es geht doch nichts über alte Erinnerungen.

Leonard und ich verbrachten ein paar Minuten damit, eine junge, blonde Frau mit einer Schere zu beobachten, wie sie einem ältlichen Mann die Nasenhaare schnitt. Aber als an den abgeschnittenen Haaren die ersten kleinen Popel hingen, verlor ich schlagartig das Interesse.

Schließlich kam ein Mann zu uns, um uns zu helfen. Er war klein und blass und hatte seine dunklen Haare streng zurückgekämmt und mit einem derart glänzenden Zeug eingeschmiert, dass man sich fast darin spiegeln konnte. Er hatte einen dieser bleistiftdünnen Schnurrbärte, wie ihn die Filmstars der Vierziger Jahre getragen hatten und die einen immer so aussehen ließen, als habe man eine Schokoladenmilch getrunken und vergessen, sich den Mund abzuwischen. Sein buntes Hemd war fast bis zum Nabel geöffnet, und ich kann Ihnen sagen, das war kein lohnenswerter Anblick. Er hatte eine Brust wie ein Vogel, einen kleinen Spitzbauch und eine dünne, gerade Haarlinie, die von der Brust zum Nabel verlief und aussah, als bestehe sie aus den Nasenhaaren, die die Blondine abgeschnitten hatte. Er trug ein Goldmedaillon an einer Halskette. Das Medaillon erinnerte mich an diese Schokoladenmünzen, die in goldene Aluminiumfolie eingewickelt sind. Er musste Ende Vierzig sein. Mit so einem Gesicht und Körper wird man nicht geboren. Es bedarf einigen Missbrauchs und Vernachlässigung, um es so hinzukriegen.

»Kann isch Ihnen 'elfen, *Messieurs*? Isch bin Pierre.«

Sein Akzent stammte direkt von Pepé Le Pew, dem Stinktier aus den Zeichentrickfilmen von Warner Brothers, vielleicht mit einer Prise Frito Bandito durchsetzt. Er war weder spanisch noch französisch, sondern aufgesetzt.

»Pierre?«, sagte Leonard. »Sie heißen wirklich Pierre?«

»Das ist rischtisch.«

»Wo ist Antone?«, fragte Leonard.

»Es gibt keine Antone«, sagte Pierre. »Das ist nur ein Name, der mir gefiel.«

»Dann sind Sie der Besitzer?«, fragte ich.

Er nickte. »Was kann isch für Sie tun?« Sein Akzent war jetzt noch weniger identifizierbar. Mittlerweile klang er ein wenig deutsch.

Leonard nannte Rauls Namen und sagte: »Wie es scheint, ist er umgebracht worden. Ermordet. Es hat in der Zeitung gestanden, also wissen Sie wahrscheinlich davon.«

»Isch bedaure. Isch lese keine Zeitung.«

Leonard warf mir einen wissenden Blick zu.

»Isch wusste nur, dass er nischt mehr kam. Die Cops waren 'ier. Aber tot, das wusste isch nischt.«

»Was wir wissen wollen«, sagte ich, »ist, wie sich das mit dieser Abmachung verhält, die Sie mit Ihren Schülern haben, dass sie den Leuten zu Hause die Haare schneiden.«

»Das ist der letzte Schrei«, sagte Pierre. »Die reischen Kunden lieben es. Raul, er war, wie sagt man ... ein guter Mann. Anders als andere.«

Pierre warf einen Blick auf einen jungen Mann, der entschlossen an den langen blonden Haaren einer Frau herumsäbelte. Der Bursche sah gestresst aus, als habe er so etwas noch nie zuvor getan und wisse ganz genau, dass er sich nicht verbessern würde, auch wenn er es noch einmal machte.

Pierre wandte sich wieder an uns. »Mansche sind ziemlisch ... wie sagt man ... 'offnungslos.«

»Hat Raul viele dieser Jobs übernommen?«, fragte Leonard.

»Einige. Vielleischt er hat andere bedient, von denen isch nischt weiß. Aber viele Kunden 'aben 'ier angerufen und um Konsultationen gebeten. Wir 'aben Raul ein paar davon gegeben. Das ge'ört zu unserem Serviss für Schüler.«

»Können Sie uns sagen, wer diese Leute waren?«, fragte ich.

»Ge'ören Sie zur Polizei?«

»Nein«, sagte Leonard.

»Dann ... isch weiß nischt.«

»Wir bitten Sie nicht, uns das Geheimnis der Atombombe zu verraten«, sagte Leonard.

»Wir sind Freunde von Raul und würden gern mit Leuten reden, die ihn kannten«, sagte ich. »Es ist für seine Eltern. Wir versuchen irgendwie ... Sie wissen schon ... sein Leben für sie zu rekonstruieren. Irgendwas, woran sie sich klammern können. Verstehen Sie?«

Pierre nickte, und diesmal klang er fast so, als sei er sprachlos. »Isch würde sagen, daran ist nischt Falsches.«

Wir folgten ihm in sein Büro. Er setzte sich hinter seinen Schreibtisch, während wir stehen blieben. Er wühlte in einer Schublade herum und brachte schließlich ein ledergebundenes Adressbuch zum Vorschein. Er öffnete es und fuhr mit dem Finger an einer Seite entlang. Er hielt inne, gab einen Laut der Zufriedenheit von sich, nahm einen Block und einen Kugelschreiber und schrieb ein paar Namen für uns auf. Er gab Leonard den Zettel.

»Nur diese beiden?«, sagte Leonard.

»Denen 'at er regelmäßisch die 'aare geschnitten«, sagte Pierre. »Bei den anderen, die er auf eigene Reschnung frisiert 'at, kann isch Ihnen nischt 'elfen.«

»Pi-pi«, sagte Leonard.

»Es heißt *merci*«, sagte ich.

»Nein«, sagte Leonard. »Ich muss mal. Haben Sie hier 'ne Toilette, Frenchy?«

Wir saßen auf dem Parkplatz im Wagen und betrachteten, was Pierre uns gegeben hatte.

Leonard sagte: »Ich hoffe, dieser Bursche ist nicht schwul. Er könnte unsere sexuelle Orientierung in Verruf bringen.«

»Das eine kann ich dir sagen. Er ist heterosexuell, und er wird uns auch nicht weiterhelfen.«

»Was für'n beschissener Akzent war das überhaupt? Er wechselte bei einem Wort zum anderen.«

»Es war ein falscher Akzent. Wenn Pierre je mit etwas Französsischem in Berührung gekommen ist, dann mit einem Croissant. Vielleicht war er auch mal in Paris, Texas.«

»Das ist mir klar. Am Ende des Tages muss dieses Arschloch echt erledigt sein. Sich immer merken zu müssen, mit welchem Akzent man ein bestimmtes Wort ausspricht. Teufel, ich bin schon vom bloßen Zuhören müde geworden. Welche Namen hat er aufgeschrieben?«

»Charles Arthur. Bill Cunningham.«

»Puh«, sagte Leonard. »Charles Arthur. Du weißt, wer das ist, oder?«

»Nein.«

»King Arthur, der Chili-König. King Arthur Chili, wie es auf dem Notizbuch in dem Kuvert stand.«

»Ich weiß, wer King Arthur ist. Ich kannte ihn nur nicht als Charles Arthur.«

»Zuerst das Notizbuch im Kuvert, und jetzt wird der Name bei Antone's genannt, das kann kein Zufall sein.«

»Diese Notizbücher gibt es haufenweise. Sie werden kostenlos in der ganzen Stadt verteilt. Raul hat Arthur die Haare geschnitten und wahrscheinlich ein Notizbuch mitgenommen, als er dort war. King Arthur könnte es ihm gegeben haben.«

»Mit verschlüsselten Telefonnummern darin?«

»Das ist ein Argument. Aber Raul könnte das Buch mit nach Hause gebracht haben, und Pferdepimmel könnte dann aus irgendeinem Grund die verschlüsselten Nummern notiert haben. Vielleicht hat er gerade daran gearbeitet. Für mich klingt das eigentlich logischer.«

»Vielleicht«, sagte Leonard. »Trotzdem könnte Raul es mitgenommen haben, während er Arthur die Haare geschnitten hat.«

»Ich muss wieder dieselbe Frage stellen: Warum?«

»Das weiß ich nicht. Warum fahren wir nicht zur Fabrik und sehen nach, ob wir King Arthur finden?«

»Ich wette, ein Großkotz wie er ist nie dort.«

»Ja, aber wir müssen irgendwo anfangen. Oder wie sollen wir sonst unsere Nerv-Quote erfüllen?«

KING ARTHUR CHILI ENTERPRISES, wie es auf dem Schild über dem großen Tor stand, war draußen auf dem Land und erstreckte sich über eine Fläche von etwa zehn Hektar. Es war eine Ansammlung größerer Gebäude, die stanken. Auf der einen Seite des Geländes war eine fleischverarbeitende Fabrik, auf der anderen die Anlage, wo die Chilischoten gemahlen und zubereitet und in Dosen abgefüllt und versiegelt wurden. Die ganze Gegend roch nach scharfem Pfeffer und getrocknetem Blut.

Ganz hinten in der Anlage befand sich eine Zerkleinerungsmaschine, und zweimal die Woche war der Gestank in der Nacht geradezu unerträglich. Dort wurden das zähere Fleisch, das Fell und die Hörner sowie hin und wieder auch eine alte Mähre zu Seife, Dünger und anderem Krimskrams verarbeitet. Oder wenigstens glaube ich, dass sie aus alten Pferden noch Seife machen. Vielleicht auch nicht.

Früher hatte die Anlage beständig die Luft mit dem Gestank nach toten Kühen und Pferden in Form eines fettigen, schwarzen Qualms verpestet, bis die städtischen Auflagen härter wurden und King seinen Qualm nur noch zweimal die Woche in der Nacht aufsteigen lassen durfte.

Der Gestank war so hartnäckig, dass er manchmal, bei richtig stehendem Wind, sogar bis zu mir nach Hause und durch die Fenster drang und meine Nase quälte, bis ich aufwachte. Auf der Seite der Stadt, wo Leonard wohnte, erschlug er einen praktisch zweimal die Woche.

Auf dem Parkplatz wimmelte es von Autos, aber wir fanden eine freie Box mit einem Schild, auf dem der Name eines Großkotzes stand. Wir parkten in der Box, als gehöre sie uns und als seien wir stolz darauf, hier zu sein.

Die Sekretärin war mager, jung, platinblond und so gottverdammt fröhlich, dass ich sie am liebsten erwürgt hätte. Wir sagten ihr, wir würden gern mit King Arthur sprechen, und sie sagte uns, er sei nicht da. Wir baten darum, mit einem Verantwortlichen reden zu können, und nach zwanzig Minuten auf den Gästesesseln und eifrigem Herumblättern in mehreren anregenden Magazinen über das Chili-Geschäft kam ein nett aussehender Mann von ungefähr fünfzig mit silbergrauen Haaren heraus. Er trug einen pflaumenfarbenen Freizeitanzug mit einem weißen Gürtel und weißen Schuhen. Der Freizeitanzug sah nagelneu aus, und das verblüffte mich. Diese Scheußlichkeiten wurden schon seit Jahren nicht mehr hergestellt. Das legte den beängstigenden Schluss nah, dass dem Burschen dieser Müll so sehr gefiel, dass er ihn spezialanfertigen ließ. In meinen Augen hatte er sich damit bereits irgendwie schuldig gemacht, wenn auch nur durch den Umstand, ein öffentlicher Schandfleck zu sein.

Er kam zu uns, schüttelte uns die Hände, verriet uns, sein Name sei G. H. Bissinggame, und wir nannten ihm unseren. Er fragte uns, was er für uns tun könne. Ich erzählte ihm von Raul, dass er immer King Arthur die Haare geschnitten habe und ermordet worden sei, und sagte, wir seien neugierig hinsichtlich seines Todes.

Leonard sagte: »Wir stochern nur herum, nichts Offizielles.

Wir wollten wissen, ob King Arthur uns vielleicht irgendwas über Raul sagen kann, das uns dabei helfen könnte, herauszufinden, wer ihn umgebracht hat.«

Bissinggame runzelte die Stirn. »Warum sollte Mr. Arthur so etwas wissen? Ist das nicht eine Polizeiangelegenheit?«

»Wir sagen ja nicht, dass er irgendwas direkt weiß«, sagte ich. »Wir würden nur gern mit ihm reden. Vielleicht hat Raul irgendwas in seinem Beisein erwähnt, das uns einen Hinweis geben könnte.«

»Warum sollte er Mr. Arthur gegenüber irgendetwas erwähnen? Mr. Arthur war ein Kunde und nicht der Therapeut des Jungen.«

»Dann kannten Sie Raul?«, fragte Leonard.

»Nein.«

»Woher wissen Sie dann, dass er jung war? Sie haben ihn einen Jungen genannt.«

»Vorsicht. Sie werden etwas zu gehässig. So, wie Sie reden, versuchen Sie, mich da in irgendwas reinzuziehen. Sie sind nicht das Gesetz. Sie haben nicht das Recht, so etwas zu tun, und ich bin sicher, dass keinerlei Notwendigkeit für Mr. Arthur besteht, mit Ihnen zu reden.«

»Ich habe nur gefragt, ob Sie ihn kannten«, sagte Leonard.

»Nein, das haben Sie nicht.«

»Sie haben recht«, sagte ich. »Leonard und Raul haben sich sehr nah gestanden. Er ist etwas reizbar.«

»Ich entschuldige mich«, sagte Leonard, jedoch in einem Tonfall, bei dem er Bissinggame auch gleich als Arschloch hätte bezeichnen können.

»Könnten Sie etwas für uns tun?«, fragte ich. »Können wir unsere Namen und Telefonnummern hinterlegen, und könnten Sie

Mr. Arthur bitten, uns zurückzurufen? Wir versuchen, der Familie zu helfen, alles irgendwie auf die Reihe zu kriegen. Sie wissen schon, letzte Informationen über ihren Sohn.«

»Sie sagten, dass Sie versuchen, Spuren in dem Mordfall zu finden.«

»Das auch.«

»Ich will Ihnen mal was sagen. Mr. Arthur ruft nicht zurück. Für so etwas hat er eine Sekretärin, und ich weiß, wer dieser Raul ist, weil Mr. Arthur oft geschäftliche Dinge regelt, während er sich hier in der Fabrik die Haare schneiden lässt. Aber richtig gekannt habe ich den Jungen nicht. Mr. Arthur hat sehr wenig mit ihm geredet, wenn ich mich recht erinnere.«

»Ich will mal folgende Frage stellen«, sagte Leonard. »Was wäre, wenn Raul ein King-Arthur-Chili-Notizbuch hatte, und in dem Notizbuch standen ein paar Buchstabenreihen, die mit Telefonnummern übereinstimmten, und angenommen, diese Telefonnummern gehörten zu Videoläden, und sagen wir mal, Hap und ich hätten das Notizbuch und ein paar Videos, würde Mr. Arthur das interessieren?«

Bissinggame sah Leonard an, als habe dieser sich gerade an einer Liane hereingeschwungen. »Was?«

»Schon gut«, sagte Leonard.

»Sie brauchen eine Lektion in Manieren«, sagte Bissinggame zu Leonard.

»Wollen Sie mir die erteilen? Manieren braucht ein Mann, der einen beschissenen violetten Freizeitanzug trägt. Wissen Sie denn nicht, dass derartige Scheußlichkeiten direkt beleidigend sind?«

»Komm, Leonard«, sagte ich.

»Ich rufe den Werkschutz, wenn Sie nicht augenblicklich verschwinden. Unser Werkschutz ist kein Haufen fetter Cops. Die machen nicht viele Umstände.«

»Komm, Leonard.«

»Werkschutz?«, sagte Leonard. »Jetzt krieg ich's aber mit der Angst. Was tragen die Burschen denn für Freizeitanzüge? Limonengrüne? Pfirsichfarbene? Wenn Sie einen von den pfirsichfarbenen angehabt hätten, hätte ich Sie schlagen müssen.«

»Wir gehen«, sagte ich.

»Das ist wohl das Beste«, sagte Bissinggame. »Helen«, rief er der Sekretärin zu. »Rufen Sie den Werkschutz.«

Helen nahm den Telefonhörer von der Gabel. Ich packte Leonards Ellbogen und führte ihn nach draußen. Als wir durch den Korridor zum Ausgang gingen, sagte ich: »Scheiße, Leonard. Ich kann dich nirgendwohin mitnehmen. Das nächste Mal bleibst du mit deinem Arsch im Wagen.«

»Ich wette, der Sack trägt gepunktete Boxershorts. Mann, diese Freizeitanzüge sind ein Verbrechen wider die Menschheit.«

»Also damit hast du recht.«

»So wie der seinen Boss verteidigt, wette ich, dass er Nacktfotos vom alten Chili King hat, wie der's dem hinteren Ende eines toten Rinds besorgt. Die pinnt er sich dann an den Spiegel, während er sich einen runterholt und sein Schwanz aus diesem Freizeitanzug ragt. Weißt du, was ich damit sagen will?«

»Ich hab dich schon verstanden.«

»Das Arschloch würde 'ner Schlange einen blasen, wenn sie so 'nen Freizeitanzug trägt.«

»Lass es gut sein, Leonard.«

»Der Schwanzlutscher. Ich hoffe, er erwischt mal einen Teller mit schlechtem Chili. Wahrscheinlich gefällt es ihm sogar so, direkt durch seine gottverfluchte, mit Scheißeflecken verschmierte Unterhose.«

»Vorsicht. Wenn du damit anfängst, schlecht über Chili zu reden, kommt als Nächstes todsicher Texas an die Reihe. Und du weißt genau wie ich, dass das nicht gut ist.«

»Du hast recht. Ich bin zu weit gegangen.«

Wir waren gerade zur Tür heraus, als ein weißer Wagen, auf dessen Seiten KING ARTHUR CHILI geschrieben stand, mitten auf dem Parkplatz anhielt und zwei Burschen in grüner Uniform mit Abzeichen, aber ohne Kanonen ausstiegen und sich vor uns aufbauten. Einer der beiden hatte ungefähr die Größe eines Elchs, und der andere hätte durchaus ein Elch ohne Geweih sein können.

»Man hat uns verständigt, dass ihr zwei Ärger macht«, sagte der richtige Elch. Er kaute so beiläufig auf einer unangezündeten Zigarre herum, wie eine Kuh wiederkäut. Der andere Bursche, der von der Größe eines Elchs, hatte eine Miene aufgesetzt, die ungefähr so erhellend war wie die einer Topfblume, nur ohne deren Wärme. Er mochte an Verwüstung und Mord denken, an seine Mittagspause und eine Zigarette, an Sex oder ein Klistier im Arschloch. Dieses Gesicht verriet jedenfalls nichts.

»Woher wisst ihr, dass wir die Richtigen sind?«, fragte Leonard.

Elch grinste. »Es hieß, ein Weißer und ein Schwarzer.«

»Ja«, sagte Leonard. »Woher wisst ihr, dass ihr nicht den falschen Weißen und den falschen Schwarzen erwischt habt?«

Kein-Elch sagte: »Weil es hieß, der Nigger hätte 'ne große Schnauze. Du bist 'n Nigger. Du hast 'ne große Schnauze.«

»Jetzt habt ihr's geschafft«, sagte ich.

»Was?«, sagte Elch.

»Ich sagte, jetzt habt ihr's geschafft.«

»Was, zum Teufel, soll das heißen?«, sagte Elch.

»Es heißt«, sagte Leonard, »dass ich in der Stimmung bin, euch den Schwanz abzureißen und ihn euch ins Ohr zu stecken. Was glaubt ihr, wen ihr hier verarschen könnt? Ihr seid nicht mal echte Cops. Mit Burschen wie euch wischen wir uns den Arsch ab.«

»Täglich«, sagte ich.

»Ja«, sagte Leonard. »Täglich.«

»Manchmal sogar zweimal am Tag«, sagte ich.

»Das auch«, sagte Leonard.

»Ja«, sagte Elch, und seine Hand glitt in seine Hüfttasche und tauchte mit einem Messingschlagring um die Knöchel wieder auf.

Leonard bohrte dem Mann seinen Stiefelabsatz in den Fuß, packte die Hand mit dem Schlagring, tauchte unter dem Arm des Burschen hindurch, hielt das Arschloch am Ellbogen fest und warf ihn auf den Beton, sodass der Kopf aufschlug und die Zigarre in sein Gesicht gedrückt wurde.

Kein-Elch setzte sich in Bewegung, um Leonard zu packen. Ich verpasste ihm einen Tritt ans Bein, dicht über dem Knöchel, und rammte ihm den Daumen ins Auge. Er stieß einen Schrei aus und setzte sich auf den Parkplatz, beide Hände vor das Gesicht geschlagen.

»Ich bin blind! Ich bin blind!«, schrie er.

»Bist du nicht«, sagte ich.

»Ich kann nichts sehen!«

»Nimm die Hände vom Gesicht, du dämliches Arschloch«, sagte ich.

Während Kein-Elch mit seinem Sehvermögen experimentierte, wandte ich mich Leonard zu, um ihn zu beobachten. Er zog den

Schlagring von Elchs Hand, warf ihn auf das Dach eines Chili-Gebäudes und sagte: »Hol ihn dir doch wieder, Käseschwanz.«

Käseschwanz, auch als Elch bekannt, richtete sich auf ein Knie auf und blieb so. Er wollte uns nicht mal ansehen. Er ließ die zerquetschte Zigarre aus dem Mund fallen, als speie er einen Zahn aus.

Leonard sagte: »Gibst du auf?«

Käseschwanz nickte.

»Gut. Ihr Burschen braucht dringend 'nen anderen Beruf. In diesem seid ihr nicht mal mittelmäßig. Ich würde es vorziehen, wenn keiner von euch aufsteht, bis wir weg sind. Habt ihr verstanden? Das ist natürlich nur das, was ich vorziehen würde. Ihr müsst für euch selbst entscheiden. Das ist das Großartige an diesem Land. Die freie Wahl. Aber wenn ihr aufsteht, lassen Hap und ich hier die Sau raus. Wisst ihr, was ich meine?«

Wir gingen an Kein-Elch vorbei, der auf dem Boden saß und sein tränendes Auge betastete. Ich sagte: »Ich würde Eis draufpacken, wenn ich du wäre, sonst schwillt es an. Tut mir leid.«

»Außerdem hast du mir noch den Knöchel grün und blau getreten«, sagte Kein-Elch.

»Da solltest du dann vielleicht auch Eis draufpacken.«

Wir schlenderten zum Wagen und fuhren los.

17

Ein paar Tage vergingen, und keine Antworten fielen vom Himmel. Raul war immer noch tot. Ich hatte nicht in der Lotterie gewonnen. Die beiden Männer vom Werkschutz tauchten nicht mit neuen Messingschlagringen auf. Bissinggame schickte uns keinen Modekatalog mit Bildern von spezialangefertigten Freizeitanzügen in hässlichen Farben darin.

Es gab jedoch ein paar Ereignisse. Leonard war es schließlich gelungen, die Zecke von seinen Eiern zu entfernen. Mit einem Streichholz, wie ich ihm geraten hatte. Es hatte funktioniert. Natürlich hatte er es, wie er befürchtet hatte, geschafft, sich die Eier dabei zu verbrennen. Also war ich ein paar Tage lang auf seiner Hassliste. Die Zecke endete in der Waschkommode, eine Seebestattung.

Irgendwann zwischen all dem packten wir das Notizbuch und die Videos wieder in das Kuvert, verstauten es in einem Metallkasten und versteckten ihn draußen in Leonards altem Haus in einem löchrigen Teil der Rückenlehne seiner Wohnzimmercouch.

Ich holte mir meine letzte Tollwutspritze bei meinem bärbeißigen Arzt ab und fand heraus, dass mittlerweile der Eichhörnchenkopf mit positivem Ergebnis in Austin untersucht worden war. Danach fühlte ich mich ein, zwei Tage lang irgendwie komisch.

Ach ja, und der Bursche im gelben Pontiac, der einen Cowboyhut trug, wurde bei mehreren Gelegenheiten von Leonard und mir gesehen. Ein paarmal folgte er uns, als wir zusammen unterwegs waren. Einmal folgte er mir auch, als ich allein war, und Leonard folgte er sogar mehrmals. Natürlich war es der gelbe Pontiac, den ich vor Leonards Haus gesehen hatte, als ich ihm einen Besuch abgestattet und es durchwühlt vorgefunden hatte. So viel zu Paranoia. Manchmal sind sie tatsächlich hinter einem her. Aber sie könnten sich besser an einen heranschleichen, wenn sie keine gelben Pontiacs führen. Ein Yorkshire-Schwein im Dreiteiler und einer Melone mit aufgesteckter roter Truthahnfeder auf dem Kopf wäre weniger auffällig gewesen.

Wir ließen uns nicht anmerken, dass wir unseren Verfolger bemerkt hatten. Wir wollten, dass er etwas unternahm, aber das tat er nicht. Blieb immer auf Entfernung und war auch nicht immer da.

Nur dann, wenn man dachte, jetzt sei er endgültig verschwunden, tauchte er wieder auf wie ein Pissfleck in der Unterhose.

Das einzig wirklich Gute an diesen paar Tagen war Brett. Wir verbrachten viel Zeit miteinander, in der wir uns besser kennenlernten, unsere Beziehung festigten, unseren Seelen die Verschmelzung zu einer einzigen gestatteten und natürlich bumsten wie zwei Anakondas während der Paarungszeit.

In meinem Leben war also nicht alles schlecht, aber Leonard war wie ein Kessel Wasser auf dem Herd. Man wusste einfach nicht, wann er zu kochen anfangen würde. Kleinigkeiten wie diese lausige Zecke und eine Verbrennung an den Eiern brachten ihn auf die Palme. Und all die Videos, die nicht mehr da waren, seine ganzen Filme mit John Wayne und Clint Eastwood. Das machte ihm wirklich zu schaffen. Und die Tatsache, dass sein Anzug von J. C. Penney misshandelt worden war und irgendeinen Fleck hatte, stimmte ihn auch nicht fröhlicher. Er war einfach griesgrämig, genau das war er. Es wurde so schlimm, dass ich Rauls Mörder finden wollte, nur um mir Leonards Nörgeleien nicht mehr anhören zu müssen.

An einem Tag fuhren Leonard und ich zum Minigolfen, weil wir uns noch nicht unseren nächsten Zug überlegt hatten, was bei uns normal war. Der Frühling war anscheinend endgültig eingegangen. Es war Ende April und für die Jahreszeit unverhältnismäßig heiß, als bumsten zwei Ratten mit Mützen und Pullovern in einer Wollsocke unter einer Sonnenlampe.

Der Sand auf der kleinen Minigolfanlage war von der Hitze weiß und so dünn wie gebleichtes Mehl, und der daruntergemischte Kies knirschte müde unter unseren heißen, schweren Füßen. Keine Bäume. Schreiende und einander schubsende Kinder. Und die Windmühle am zehnten Loch funktionierte nicht. Sie drehte sich nicht, sodass man den Ball über die Seitenbegrenzung schaufeln und dann aus dem Aus wieder auf die Spielfläche schlagen musste. Auf die Art war es schwierig, die Anzahl der Schläge zu berechnen. Ich wollte das Loch einfach überspringen, aber Leonard wollte nichts davon wissen.

»Was ein Mann anfängt, beendet er auch, egal, was passiert«, sagte er.

»Ja, sicher, Boss.«

Wir schlugen eine Zeit lang den Ball herum, und als wir fertig waren, hatte ich gewonnen und Leonard noch miesere Laune.

»Ich war mal ganz gut darin. Weißt du eigentlich, dass Raul und ich oft gespielt haben?«

»Nein. Das weiß ich nicht.«

»Ja. Ich hab ihn immer geschlagen. Ich kann nicht glauben, dass du mich geschlagen hast.«

»Pass auf, wenn du die Wahrheit wissen willst, Leonard, am Windmühlenloch habe ich den Ball mit dem Fuß über die Begrenzung gehoben. Okay? Das hat mir den Vorsprung gebracht.«

»Ich hatte gedacht ... Du sagst das nicht bloß einfach so?«

»Nein. Ich hab ihn mit dem Fuß rübergehoben.«

»Geh in dich und ...«

»Leonard. Ich sagte, ich habe ihn mit dem Fuß rübergehoben.«

»Ich dachte, ich hätte dich dabei aus dem Augenwinkel beobachtet.«

»Lass uns das Thema nicht weiter verfolgen.«

»Dann hast du es doch nicht getan?«

»Doch, habe ich, aber ich hab mich ziemlich clever dabei angestellt. Du hast es nicht gesehen.«

»Gut«, sagte Leonard, »der Verlierer zahlt das Mittagessen.«

Vor dem Minigolfplatz war ein kleines Restaurant, und wir gingen hinein, um zu essen. Angeblich handelte es sich um ein Biorestaurant. Also schmeckten die meisten Gerichte wie aufgewärmte und gehärtete Hundescheiße von gestern, aber sie machten ziemlich guten Hackbraten. Also nahmen wir den. Wir saßen nicht weit vom Fenster.

Der gelbe Pontiac, der uns von zu Hause gefolgt war, stand auf der anderen Straßenseite auf dem Kroger-Parkplatz. Es war eine gute Stelle. Der Verkehr auf der North Street war dicht, und es würde schwierig für uns werden, dorthin zu kommen, bevor er uns sah, seinen Wagen anließ und losfuhr.

»Glaubt er, wir sehen ihn nicht?«

»Keine Ahnung.«

Leonard nahm einen Bissen von seinem Hackbraten und sagte: »Weißt du noch, wie dieser Hackbraten früher immer gerade noch genießbar war?«

»Ja.«

»Jetzt schmeckt er, als wäre er in jemandes schmutziger Socke gewälzt worden.«

»Oh, gut. Ich kann's kaum erwarten ... Was glaubst du, für wen der Bursche in dem Pontiac arbeitet?«

»King Arthur«, sagte Leonard.

»Du hast dir nicht gerade viel Zeit genommen, um dir die Antwort zu überlegen.«

»Nein. Du hast mich gefragt, was ich glaube, und ich hab's dir gesagt.«

»Aber du weißt doch bestimmt noch, dass ich Mr. Pontiac schon gesehen habe, bevor wir dem Chili-Imperium einen Besuch abstatteten.«

»Weil er mein Haus beobachtet hat. Er wollte wissen, wer dorthin kommt. Du warst zufällig da.«

»Aber er hat aufgehört, mich zu verfolgen. Er ist jetzt erst kürzlich wieder aufgetaucht.«

»Gleich nachdem wir draußen bei der Fabrik des Chilikönigs waren. Kommt mir ziemlich offensichtlich vor.«

»Warum hat er zwischendurch aufgehört, mich zu verfolgen?«

»Vielleicht hat er dich verloren und nicht wiedergefunden. Bis vor Kurzem. Scheiße, du hast Bissingham doch deine und meine Adresse gegeben.«

Ich nickte. »Das klingt ganz gut. Mir gefällt es. Ich bezweifle, dass es stimmt, aber wir werden von dieser Annahme ausgehen. Ich hasse ungeklärte Sachen.«

»Ich auch«, sagte Leonard. »Sollen wir zu ihm gehen und an seine Tür klopfen?«

»Das schaffen wir nie. Er ist verschwunden, bevor wir halb über die Straße sind.«

»Glaubst du, er macht sich Notizen und knipst Bilder?«

»Und wenn er an sich herumspielt, es ist mir egal, ich bin's nur leid, dass er uns verfolgt. Es macht mich nervös.«

Als hätte er uns gehört, setzte sich der Wagen in Bewegung. Er verließ den Kroger-Parkplatz und fuhr auf die Straße nach Norden.

»Sollen wir ihn verfolgen?«, fragte Leonard.

»Wie bitte? Und diesen Hackbraten verpassen? ... Warum, zum Teufel, essen wir wohl hier?«

»Es ist billig, und wir können uns nicht mehr leisten.«

»Ach, ja. Gib mir mal die scharfe Soße.«

Nach dem Mittagessen hatten wir eine Idee. Es war vielleicht nicht die beste Idee auf der Welt, aber es war eine Idee, und wenn wir schon mal eine hatten, klammerten wir uns gern daran und hielten sie ganz fest, weil es unsere letzte sein konnte.

Wir hielten an einer Tankstelle, tankten voll und fuhren in südlicher Richtung nach Houston. Die Fahrt dauerte fast drei Stunden. Wir verirrten uns, sodass wir von LaBorde bis zu dem Laden, den ich auf meiner Liste notiert hatte, East Side Video, fünf Stunden brauchten.

East Side Video befand sich in einer annehmbaren Gegend und hatte haufenweise Leihvideos. Wir sahen uns eine Weile im Laden um, dann gingen wir zu dem Burschen hinter der Theke. Er war Ende Zwanzig und hatte längere rote Haare, die zu Getreideähren geflochten waren. Er sah uns an. Er hatte einen Pickel wie ein Vulkan auf dem Kinn. Der Eiterkopf war so dick, dass man ihn mit etwas schlagen wollte.

»Kann ich helfen?«, fragte er.

»Ja«, sagte ich. »Wir suchen eine ganz besondere Sorte Film.«

»Welche Sorte?«

»Na ja, in den Regalen sehe ich sie nicht. Sie sind ... etwas anders.«

»Sie meinen Rein-und-raus-Filme? Die haben wir, aber wir stellen sie nicht neben Micky Maus.«

»Dann sind sie unter der Theke?«, sagte Leonard.

»Ja. Wir haben ein paar Sachen, die Sie sich ansehen können.«

»Was wir tatsächlich suchen, ist ... noch etwas anders«, sagte ich.

»Wie anders?«

»Wirklich anders«, sagte Leonard. »Wir haben gehört, ihr hättet hier so Bänder, so Sachen, wie sie in Japan gemacht werden.«

Der Bursche spitzte die Lippen. »Ach ja? Von wem haben Sie das gehört?«

»Von irgendeinem Burschen«, sagte Leonard.

Der Mann hinter der Theke nickte. »Wir haben Bänder zum Verkauf, die etwas anders sind.«

»Woran wir interessiert sind ... Es geht da um Schwule, die echt verrollt werden«, sagte Leonard.

Der Rotschopf grinste. »Ja. Manche Leute halten die für echt. Sie sehen echt aus, weil sie so schlampig gedreht sind. Die haben wir. Es ist nicht allgemein bekannt, aber wir haben sie. Wir verkaufen sie. Keine gute Qualität. Ich meine, das Zeug ist nicht gerade *Bambi*, wenn Sie wissen, was ich meine.«

»Verkaufen Sie viele davon?«

»Nein«, sagte der Mann hinter der Theke, »aber bei hundert Dollar pro Stück müssen wir auch nicht viele verkaufen. Wenn ich's mir recht überlege, machen wir ein ziemlich gutes Geschäft damit.«

»Ist das gesetzwidrig?«, fragte Leonard.

»Warum fragen Sie?«

»Ich denke nur laut«, sagte Leonard. »Denn wenn es das ist, sollten wir uns vielleicht noch mal überlegen, ob wir es kaufen.«

»Technisch gesehen fällt es unter den Ersten Verfassungszusatz und ist legal. Weil es nicht echt ist. Sieht nur echt aus. Aber es gibt Leute, denen das nicht gefällt, also lassen wir die Ware unter dem Ladentisch.«

»Ein Freund von uns hat so ein Band, das haben wir gesehen«, sagte Leonard. »Das sah ziemlich echt aus.«

»Ganz unter uns«, sagte der Mann hinter der Theke, »es könnte tatsächlich echt sein. Aber die Leute, die diese Filme machen, behaupten immer, dass sie's nicht sind. Wenn man sie festnageln will, sagen sie, sie hätten sie von einem Video-Enthusiasten gekauft und sie würden nur zeigen, was jemand auf Video aufgenommen hat. So ähnlich wie Nachrichten im Fernsehen. Sie wissen schon, wie dieser Kerl, der vor ein paar Jahren dieses Hinrichtungsvideo gemacht hat. Das haben wir übrigens da, wenn Sie's wollen.«

»Nein, danke«, sagte ich.

»Diese Videos, in denen Schwule fertiggemacht werden … Ich sag mir, was soll's, ein Schwuler mehr mit einem blauen Auge oder nicht, das ist mir doch vollkommen egal. Ich würde selbst eine von diesen kleinen Tunten fertigmachen, sie meinen Schwanz lutschen lassen, wenn ich das wollte. Aber ich bin gar nicht so sicher, ob ich die Lippen eines Schwulen an meinem besten Stück haben will, wenn Sie wissen, was ich meine. AIDS und alles. Der Wichser könnte mich beißen.«

Ich konnte Leonards innere Anspannung spüren. Wenn dieser Bursche so weitermachte, würde er mit einem Regal voll Videos im Arsch aufwachen.

»In Ordnung«, sagte ich. »Wir nehmen eins. Wenn wir eins gerne sehen, dann einen Schwulen, der kriegt, was er verdient.«

Der Bursche griff unter die Theke und holte eine Kassette in einer billigen Schachtel mit einem fotokopierten Titelblatt hervor, auf dem stand: SCHWUCHTELN VERPRÜGELN.

»Toller Titel«, sagte ich.

»Ja, ist nicht wirklich originell«, sagte der Bursche. »Aber den hier hab ich gesehen, und ich kann Ihnen sagen, wenn das gestellt ist, dann ist es verdammt gut gestellt. Es sieht so echt aus wie'n Autounfall.«

Ich schälte hundert Dollar aus meiner Brieftasche, als hätte ich sie übrig. Ich legte sie auf die Theke.

Der Bursche nahm das Geld, schob mir das Video zu und sagte: »Keine Quittung für dieses Zeug. Kein Umtausch. Wir kaufen diese Scheiße nicht zurück. Für uns ist es billiger, einfach einen neuen zu kopieren.«

»Dem Finanzamt gefällt vielleicht nicht, dass Sie über dieses Zeug nicht Buch führen«, sagte Leonard.

»Das Finanzamt weiß vielleicht nichts davon«, sagte der Bursche.

In der hereinbrechenden Nacht fuhren wir größtenteils schweigend nach LaBorde zurück, das Video auf dem Sitz zwischen uns.

18

Ich will das Video nicht in allen Einzelheiten beschreiben. Wir sahen es uns an, als wir wieder bei Leonard waren. Es verursachte mir Alpträume. Wie der Bursche gesagt hatte: Wenn es gestellt war, dann war es entsetzlich gut gestellt.

In diesem Video nahmen ein paar Schläger im Park, vermutlich dieselben feigen Schläger wie im ersten Video, deren Gesichter immer noch hinter Balken versteckt waren, einen Ziegelstein, schlugen einem jungen Mann die Zähne aus und ließen ihn blasen, mit blutigem Mund. Dann traten sie ihm in den Arsch und ließen ihn im Dreck liegen. Falls es sich um Trickaufnahmen handelte, waren es verdammt gute Trickaufnahmen. Aber unter Berücksichtigung der Machart des restlichen Materials bezweifelte ich, dass irgendetwas Künstliches daran war.

»Zeigen wir Charlie das Band?«, sagte ich.

»Noch nicht.«

»Warum nicht? Mir gefällt die Vorstellung nicht, dass dieses Ding in meinem Haus ist.«

»Wir stecken es in die Couch zu dem anderen Zeug in meinem alten Haus.«

»Das gefällt mir auch nicht.«

Ich nahm das Video aus dem Rekorder und schob es in die Box.

»Ich hätte nie gedacht, dass ich mal so etwas sehen würde«, sagte ich. »Ich kann es gar nicht glauben. Was, um alles in der Welt, ist eigentlich mit den Leuten los? Jedes Mal, wenn ich mich umdrehe, bin ich überrascht, wie wenig ich über die menschliche Natur weiß. Aber das hier ...«

»Was es auch ist«, sagte Leonard, »ich bin's leid, dass man immer Entschuldigungen vorbringt. Wenn ein Kerl Drogen verkauft, dann deshalb, weil seine Oma gestorben ist. Wenn arme Kinder Drogen verkaufen, dann deshalb, weil sie arm sind. Wenn ein Kerl durchdreht und jemanden umbringt, dann deshalb, weil er Twinkies isst und der Zucker ihm 'nen Kick gegeben hat. Wahrscheinlich liegt es manchmal tatsächlich an solchen Dingen, aber weißt du was? Es ist mir scheißegal. Ich finde, eine Person sollte die Verantwortung dafür tragen, ein Arschloch zu sein. Früher war's mal so. Als Leute noch Verantwortung übernehmen und büßen mussten, gab es viel weniger von diesem Scheiß.«

»Jetzt gibt es mehr Leute, Leonard. Mehr Druck.«

»Vor allem gibt es mehr Arschlöcher. Und es hat nicht das Geringste mit Druck zu tun. Oder mal angenommen, es hätte doch was damit zu tun. Na und? Stehst du nicht auch unter Druck, Mann?«

»Leonard, du redest doch selbst davon, rauszugehen und Leute umzubringen. Wo ist der Unterschied?«

»Der Unterschied ist, ich übernehme die Verantwortung für meine Handlungen. Ich werde nicht sagen, ich hätte 'nen schlechten Hotdog gegessen und Bauchschmerzen gehabt und das hat mich dazu gebracht. Ich werd's tun, weil ich's tun will, und ich weiß genau, worauf ich mich einlasse, wenn ich's tue. Wenn ich damit durchkomme, dann mach ich's auch. Was dich betrifft, will ich nicht, dass du so weit gehst. Ich will nicht die Verantwortung für deine Handlungen tragen.«

»Es wäre sehr schwierig für mich, dir nicht zu helfen.«

»Ich weiß.«

»Was ist mit Charlie?«

»Lass uns noch etwas warten.«

»Wie lange?«

»Etwas. Ich will sehen, ob wir noch ein paar Dinge herausfinden können. Wenn wir den Fall lösen und so viel in der Hand haben, dass der Chief die Sache nicht einfach unter den Tisch kehren kann, zeigen wir Charlie alles. Vielleicht muss ich dann doch nicht meine Schachtel mit Schrotmunition verballern.«

Am nächsten Tag machte ich mich auf die Suche nach ehrlicher Arbeit. Auf der Bohrinsel hatte ich zwar einen Haufen Kohle verdient, aber bei dem Tempo, in dem sie wegging, würde es nicht lange dauern, bis meine Brieftasche leer war.

Zuerst ging ich zur Aluminiumstuhlfabrik, aber schon der bloße Anblick der Fabrik bereitete mir Bauchschmerzen. Fabriken und Gießereien, und ich hatte schon in beiden gearbeitet, waren meine Vorstellung von der Hölle auf Erden. Ich stand einen Augenblick da, in dem ich das Maschinenöl roch, dem Hämmern der arbeitenden Maschinen lauschte und die Leute herumschleichen sah, als schöben sie große Felsbrocken bergauf, und ich ging wieder.

Ich fuhr zu einem ortsansässigen Nahrungsmittelhersteller. Der Vorarbeiter sagte mir ganz unverblümt: »Wir stellen in erster Linie Nigger und Illegale ein, weil sie billig arbeiten.«

»Ich arbeite billig.«

»Ja, aber so, wie wir die Leute hier behandeln, mit 'nem Weißen würden wir das nicht machen.«

»Das ist wirklich anständig von Ihnen.«

»Ja, nicht wahr?«

Ich ließ den Schwanzlutscher stehen, fuhr in der ganzen Stadt herum und versuchte es bei allen möglichen Firmen und Adressen, aber es gab nicht viele Angebote. Diejenigen, die es gab, waren es nicht wert, angenommen zu werden. Ich schrieb ein paar Bewerbungen. Ein Angebot als Nachtwächter in der Geflügelfabrik sah vielversprechend aus. Es war nicht unbedingt das, was mir vorschwebte, aber in meinem Alter war das, was mir vorschwebte, nicht zu bekommen, und was zu bekommen war, wollte ich nicht.

Ich dachte wieder an die Rosenfelder, wo ich immer Arbeit fand, entschied mich aber dagegen. Die glühendheiße Sonne, der Staub in der Nase, ich glaubte einfach nicht, dass ich noch einmal dorthin zurückkehren konnte. Es war die Arbeit eines jungen Mannes auf dem Weg irgendwohin, die Arbeit eines dummen Mannes auf dem Weg nirgendwohin oder die letzte Arbeit, die ein Mann bekommen konnte.

Es war eine ziemlich traurige Situation. Ich war Mitte Vierzig und hatte keinen richtigen Job, keine Rentenversicherung, eine lausige Krankenversicherung und einen Eichhörnchenbiss im Arm.

Nach einem Tag erfolgloser Arbeitssuche fuhr ich zu Brett und ging mit ihr in einer Art Landgasthof essen, dann fuhren wir wieder zu ihr, gingen ins Bett und liebten uns, was eine ganze Ecke besser war, als sich eine Arbeit zu suchen oder in der Aluminiumstuhlfabrik zu arbeiten. Aber wenn man bedenkt, dass fast alles besser ist als das, mache ich Brett damit nicht das Kompliment, das sie verdient.

Im Bett redeten wir. Wir unterhielten uns über alles Mögliche, und allmählich kamen wir zu mir und meinem Leben, und ich erzählte ihr von meiner Jobsuche und dass ich mich arbeitsmäßig nirgendwo richtig niedergelassen habe. Ich erzählte ihr von Leonard, dass er schwarz und schwul sei und er und ich einander so nah stünden wie Brüder. Wahrscheinlich näher.

»Wow!«, sagte sie. »Ich habe noch nie einen Schwarzen gekannt. Näher, meine ich. Wie einen Freund. So, wie ihr beide zueinander steht.«

»Ist das ein Problem?«

»Weißt du, ich war eine von denen, die immer dachten, dieser Spruch, ›einige von meinen besten Freunden sind Nigger‹, würde einen gewissen Sinn ergeben. Ich dachte mir gar nichts dabei, ich war einfach nur dumm wie Bohnenstroh. Später war ich für die Bürgerrechte, und ich gab mir alle Mühe, die Schwarzen in der Schule so zu behandeln, als wären sie meine Freunde. Herablassend, das war ich. Mit anderen Worten, im Grunde war ich eine Weiße aus der Unterschicht, die versuchte, wie ein korrektes Mittelstandsarschloch rüberzukommen. Das diesen armen Niggern zu zeigen versuchte, wie liberal es war. Also hatte ich im Grunde nicht mit so vielen Schwarzen Kontakt.«

»Du hast den Teil mit dem Schwulsein nicht erwähnt.«

»Ja, das kommt noch dazu. Früher fand ich Schwule immer irgendwie pervers. Ich wollte nie was mit ihnen zu tun haben. Vielleicht wird es höchste Zeit, dass ich's mal versuche. Dieser Leonard, wenn er dein Bruder ist, sollte er wohl auch meiner sein, schätze ich.«

»Du hättest nichts Besseres sagen können.«

»Toll. Ich werde die Erste in meiner Familie sein, die mit Niggern und Schwuchteln rumhängt.«

Ich lachte sie an.

»Natürlich gehört meine Familie zu den Leuten, die glauben, wenn man die Hand eines Schwarzen berührt, kann man sich schneiden wie an Haifischhaut. Ich bin mit dem Gedanken aufgewachsen, Schwarze würden nichts anderes tun als bumsen. Im Grunde eine ziemlich legitime Beschäftigung.«

»Mir gefällt's.«

»Ja. Es vertreibt einem die Zeit. Mein Daddy glaubte, Minigolf sollte olympische Disziplin sein, und nannte Schwarze Bimbos, wenn er nicht gerade Nigger oder Briketts sagte. Meine Mutter, die für die Gegend, in der wir wohnten, einigermaßen liberal war, nannte sie Neger oder Farbige und meinte, sie sollten das Wahlrecht haben, aber auch ihre eigenen Toiletten und Wasserspender. Später, nach der Gleichstellung, konnte sie sich nie mit der Vorstellung anfreunden, dass vor ihr ein schwarzer Arsch auf der Schüssel gesessen haben könnte, wenn sie an einer Tankstelle aufs Klo ging. Du siehst also, dass ich einige Hürden zu überspringen hatte.«

»Na ja, dein Alter mag vielleicht ein Rassist gewesen sein, aber ich sage dir, was Minigolf als olympische Disziplin betrifft, da könnte er gar nicht so unrecht haben. Es ist wesentlich unterhaltsamer als zum Beispiel Eisschnelllaufen.«

Brett grinste. »Gib uns einen Kuss.«

Das tat ich. Und noch einen.

»Und jetzt liebe mich und versuch es diesmal etwas länger hinauszuzögern.«

»Danke für die Rücksichtnahme auf mein Ego.«

»Überhaupt nicht«, sagte sie, indem sie sich unter dem Laken zurechtlegte, um mich aufnehmen zu können. »Du weißt, wo das Loch ist, oder?«

»Ich bin im Moment etwas abgeschlafft.«

»Hey, Baby, es ist nicht das Fleisch, es ist die Bewegung. Wir machen's möglich, und wenn wir ihn mit einem Stock reinstopfen müssen.«

»Oh, das ist wirklich anregend.«

Wir brauchten den Stock nicht zu Hilfe zu nehmen.

Und Brett hatte recht.

Es war nicht das Fleisch. Es war die Bewegung.

19

Als Brett bei Anbruch der Nacht zur Arbeit musste, fuhr ich glücklich und zufrieden nach Hause. Mit dem Gefühl, dass sich mein Leben trotz allem gut entwickelte. Ich ging hinein, und als ich nach dem Lichtschalter tastete, stürzte die Decke auf mich, und der Boden kam hoch und schlug mir ins Gesicht. Als Nächstes wusste ich nur, dass meine Seite schmerzte und ich mich in noch mehr Schmerzen wälzte, dann packten mich Hände und ich wurde hochgezogen, und ein großer Schatten trat aus den größeren Schatten des Hauses, rammte mir das Knie in den Schritt und stieß mich wieder zu Boden. Dann traf das Knie mein Kinn und bescherte mir eine kleine Karussellfahrt. Jemand hinter mir legte mir den Unterarm um den Hals, drückte zu und hob mich hoch. Ich war so gut wie erhängt.

»Howdy«, sagte der große Schatten.

Alle drei Schatten schleiften mich nach draußen. Im blassen Mondlicht waren sie keine Schatten, sondern Männer, und einer von ihnen war ein sehr großer Mann, der Mann aus dem Video. Der zu den Füßen gehörte, die die Spuren vor Leonards Hintertür verursacht hatten. Er musste es sein. Bei so einem Burschen könnte man seinen Schuh als Paddel nehmen und die Coloradofälle herunterfahren. Er war der Mann, den Leonard Big Man Mountain genannt hatte, der Profi-Catcher.

Die beiden anderen waren eher klein. Im Mondschein waren sie nicht leicht zu erkennen, aber einer hatte ein hellhäutiges Gesicht, das von innen explodiert zu sein schien. Die Aknenarben auf seiner Haut fingen den Schatten ein und ließen die Furchen in seiner Haut wie Peitschenstriemen aussehen.

Der andere war ein untersetzter Schwarzer mit kurzgeschnittenen Haaren und einer Stirn, die im Mondschein hell glänzte. Er hatte einen Atem so lieblich wie ein Bohnenfurz.

Big Man Mountain warf mich aufs Gesicht, und die anderen beiden zogen mir die Arme auf den Rücken. Sie fesselten mir die Hände mit etwas, das sich wie Draht anfühlte, zogen mich hoch und zerrten mich durch die Hintertür meines Hauses.

Ein 64er Chevy Impala parkte dort, wahrscheinlich schwarz, aber das war im Dunkeln schwer zu erkennen. Vielleicht war er auch blau oder grün oder von einer anderen dunklen Farbe.

Ich kam mir wie ein gottverdammter Idiot vor. Ich war direkt hineingestolpert. Ich hatte nicht im Geringsten damit gerechnet. Ich war viel zu euphorisch gewesen. Sie waren vorgefahren und hatten ihren Wagen hinter meinem Haus geparkt, dann hatten sie die Hintertür oder ein Fenster aufgebrochen und dann zu beiden Seiten der Tür auf mich gewartet. Der große Kerl wahrscheinlich in der Küche. Ich war direkt in den Schlamassel gewandert, so ahnungslos wie eine Ente, die über eine Deckung flog.

Die beiden kleineren Strolche setzten mich auf die Rückbank zwischen sich. Der Riese zwängte seine Gestalt hinter das Steuer und ließ den Chevy an. Ein Wagen fuhr an uns vorbei, als wir aus meiner Einfahrt kamen. Seine Scheinwerfer waren hell, und Big Man verfluchte sie. Wir fuhren meine kleine Straße entlang und bogen dann auf die vierspurige Hauptstraße ab. Über die dunkle Schnellstraße, weg von der Stadt und hinaus in immer tiefere Dunkelheit, wo die Schnellstraße keine Fahrbahnmarkierungen mehr hatte und sich verengte, wo die Bäume so dicht standen, dass ihre Schatten wie Teerfinger auf der Straße lagen.

Wir fuhren weit raus in Richtung Louisiana, das sechzig Meilen entfernt liegt. Ich saß da und dachte darüber nach, was ich unternehmen konnte, aber es kam nicht viel dabei heraus. Meine Hände waren auf dem Rücken gefesselt, und ich saß zwischen zwei Kerlen, die aussahen, als hätten sie ihren letzten sentimentalen Gedanken gehabt, als sie versehentlich einen jungen Hund überfahren und gehofft hatten, dass der kleine Scheißer ihnen nicht die teuren Reifen beschädigte.

Wir fuhren weiter, die Fenster heruntergekurbelt, damit der Fahrtwind kühl und feucht den Geruch nach Sumpfwasser hereinblies. Er zerzauste unsere Haare und ließ unsere Gesichter nass werden. Wagen begegneten uns. Einige tauchten hinter uns auf und überholten uns. Ich wollte den Kopf aus dem Fenster halten und schreien, aber wenn ich das tat, war ich mit Sicherheit erledigt. Also ließ ich es. Ich versuchte, die Augen offen und nach Chancen Ausschau zu halten. Ich hatte das Gefühl, dass in dieser Nacht Chancen überall warteten, nur nicht in Texas.

Wir fuhren den halben Weg nach Louisiana, bogen rechts auf eine nicht asphaltierte Nebenstraße ab und fuhren immer tiefer in die Dunkelheit hinein, wo das Land sumpfig und die Schatten größer wurden und die Scheinwerfer das einzige Licht weit und breit waren.

Wir fuhren ganz weit raus. Ganz weit.

»Ich kann mir nicht denken, dass das 'ne Überraschungsparty ist«, sagte ich.

»Ach«, sagte der Schwarze links von mir, »ich weiß nicht. Man könnte's so nennen.«

»Bis jetzt bist du doch überrascht, oder nicht?«, sagte der Mann mit den Pocken. Er steckte sich eine Zigarette in den Mund, zündete sie an und warf das Streichholz aus dem Fenster.

»Wir sind ganz gut bei Überraschungen«, sagte der Schwarze. »Du bist genauso überrascht wie alle anderen, die ich je überrascht hab. Und ich hab 'ne ganze Menge überrascht.«

»Maul halten«, sagte Big Man Mountain.

Ich war nicht sicher, wen er meinte, mich oder die anderen beiden, aber wir verstummten alle, und der Wagen fuhr weiter, und der Geruch nach feuchter Erde wurde immer stärker. Die Art Erde, die ein Grab füllt.

Autoscheinwerfer tauchten hinter uns auf, und für einen Augenblick erfüllten sie mich mit unbegründeter Hoffnung. Dann schwenkten die Lichter zur Seite, und die dunkle Form des anderen Wagens überholte uns.

Wir fuhren weiter, in eine noch tiefere bewaldete Schwärze, wo das Geäst der Bäume tief herunterreichte und die Ranken über den Wagen strichen wie die nassen Haare einer Wasserleiche, und schließlich war da nur noch ein schmaler Weg zu einer kleinen Lichtung, auf der eine Hütte stand. Ich nahm an, dass es sich um eine alte Jagdhütte handelte, wahrscheinlich aufgegeben oder im Besitz eines Ortsfremden, die Big Man und seine Kumpel übernommen hatten. Wir parkten, und die beiden Kerle neben mir halfen beim Aussteigen, indem sie mich mit ein paar kräftigen Schlägen in die Rippen aufmunterten.

Ich stand draußen in der Nacht, während vom Mond schwaches Licht durch die Bäume troff, wie schimmliger Käse durch eine Reibe triefen mochte, und sog den Geruch von allem ein: feuchte Erde, Sumpfwasser, tote Fische. Frösche quakten. Ein Nachtvogel schrie. Ich konnte meinen Herzschlag hören.

Ich nahm an, dass dies die letzten Dinge waren, die ich je riechen oder hören würde, also tat ich mein Bestes, sie zu genießen. Auf eine merkwürdige Art fühlte ich mich sehr lebendig.

Ich fragte mich, ob man meine Leiche je finden würde. Ich fragte mich, wie lange Brett um mich trauern würde. Ich fragte mich, ob Tiere meine Knochen abnagen würden. Ich fragte mich, ob Leonard herausfinden würde, wer es getan hatte, und wenn ja, wie schrecklich ihr Tod sein würde. Ich hoffte teilweise auch, dass Leonard es nicht herausfinden würde. Die Vorstellung, dass er den Rest seines Lebens im Gefängnis verbrachte, wollte mir nicht gefallen.

Pockengesicht nahm den Schlüssel von Big Man Mountain entgegen, öffnete den Kofferraum des Wagens, holte eine Kühlbox aus Styropor heraus und trug sie zur Hütte. Big Man Mountain richtete den Strahl seiner Taschenlampe auf die Tür, der Schwarze öffnete sie mit einem Schlüssel, und wir gingen hinein.

In einer Ecke des Raums stand ein alter, mit Benzin betriebener Generator, und Big Man Mountain gab Pockengesicht die Taschenlampe, der sie hielt, während Big Man den Generator anwarf und das Licht einschaltete.

Das Licht war eine nackte Glühbirne mit niedriger Wattzahl, die an einem ausgefransten schwarzen Draht baumelte. Im Licht tanzten Staubteilchen durch die Kahlheit des Raums wie aufgebrachte Insekten. Neben dem Generator stand ein Tisch, auf dem lagen eine Autobatterie, ein paar Kabel, ein fleckiges, braunes Kissen und eine große Metallschüssel. Die Fenster waren mit Brettern vernagelt. Die Hintertür war mit einem Vorhängeschloss versperrt.

Unter der Glühbirne stand ein Holzstuhl. Sie setzten mich darauf, förderten von irgendwoher Seil zutage und fesselten meine Knöchel an den Stuhl. Ich konnte einen Baseballschläger sehen, der am Türrahmen lehnte. Er war überall fleckig. Ich ahnte, wovon.

Big Man kam zu mir, hockte sich vor den Stuhl und warf einen langen Blick auf mich. Sein Bart war kohlschwarz und ordentlich gestutzt. Seine braunen Augen schauten beinahe freundlich und erinnerten mich an einen jungen Hund, der den Kopf getätschelt haben wollte. Seine Stimme wurde weich, fast ein wenig feminin. Er wickelte sorgfältig ein Pfefferminz aus und legte es sich behutsam auf die Zunge. »Sie haben verängstigte Augen«, sagte er.

»Worauf Sie sich verlassen können.« Tatsächlich fingen sie sogar an zu tränen.

»Sie und Ihr Nigger, Sie haben Sachen aufgewühlt«, sagte er.

Ich warf einen Blick auf den Schwarzen. Von dort war keine Hilfe zu erwarten. Er war nicht empört und bereit, die Seiten zu wechseln. *Nigger* war nur ein Wort für ihn. Tatsache war, er machte einen gelangweilten Eindruck, als sei dies ein Job, den er oft verrichtete und der ihm so oder so egal war, solange die Bezahlung stimmte.

Ich warf einen Blick auf Pockengesicht. Er hatte einen Finger in der Nase und war auf der Jagd nach einem widerspenstigen Popel.

»Sie sollten nicht rumlaufen und Fragen stellen, wie Sie das tun«, sagte Big Man. »Es könnte 'n paar Leute schlecht aussehen lassen, wenn Sie verstehen, was ich damit sagen will.«

»King Arthur?«

»Sagen wir einfach, es könnte 'n paar Leute schlecht aussehen lassen.«

»Könnte ich mich nicht einfach entschuldigen?«, fragte ich.

»Das glaube ich nicht«, sagte Big Man. »Wissen Sie, was in der Eisbox ist?«

»Eis?«

»Genau. Aber kein Bier. Kein Mineralwasser. Keine Fische. Nur Eis. Hat man Ihnen schon mal die Eier in Eis gepackt, Collins?«

»Nein. Hört sich irgendwie irre an, aber ich würde lieber verzichten. Besonders, wenn Sie das übernehmen.«

Big Man wandte sich an den Schwarzen. »Bring die Box her, Booger.«

»Ich pack seine Eier nicht an«, sagte Booger. »Wenn du sie in Eis packen willst, mach's selbst.«

»Hol die Box, Arschgesicht«, sagte Big Man.

Arschgesicht machte keinen sonderlich glücklichen Eindruck, aber er holte die Eisbox und stellte sie neben den Stuhl. Er öffnete den Deckel. Ich schaute hinein. Zerstoßenes Eis.

Big Man sagte: »Es läuft folgendermaßen: Wir füllen Eis in eine Metallschüssel und lassen Ihnen die Hosen runter, und dann stellen wir die Schüssel auf den Stuhl, setzen Sie mit dem Arsch auf das Kissen da drüben und lassen Ihre Eier in die Schüssel hängen, und wissen Sie was?«

»Meine Eier werden kalt?«

»Echt kalt. Normalerweise würde das die Schmerzen sogar betäuben. Aber die Sache ist die, sie werden auch nass. Man braucht nur etwas elektrischen Strom und ihn durch die nassen Stellen zu leiten, und ich kann Ihnen eins versprechen – es lässt sich mit nichts vergleichen. Wissen Sie, wo ich diesen kleinen Trick gelernt hab?«

»Von Ihrer Mutter?«

Er grinste mich an. »Raten Sie.«

»Ich will nicht raten.«

»Ja, aber ich will, dass Sie raten«, sagte Big Man. »Es sei denn, ich soll anfangen.«

»In der Benimmschule? Sie haben das in der Benimmschule gelernt.«

Big Man schüttelte den Kopf. »Beim Profi-Catchen.«

»Ohne Scheiß?«

»Ohne Scheiß.«

»Hören Sie. Ich hab nichts gegen Sie. Ich kenne Sie nicht mal und die beiden anderen Herren auch nicht. Sie brauchen mich nicht mal nach Hause zu fahren. Lassen Sie mich einfach gehen.«

»Würde ich ja gern tun. Meine Arbeit gefällt mir nicht, aber es ist meine Arbeit, und ich bin gut darin, und vor langer Zeit hab ich mir geschworen, wenn ich einen Job anfange, bringe ich ihn auch zu Ende und tue das, was ich tue, so gut ich kann, auch wenn's mir nicht gefällt.«

»Soll das so was wie eine Warnung werden?«, fragte ich.

Big Man schüttelte den Kopf. »Nicht für Sie. Für den Nigger, ja. Hätten wir ihn zuerst erwischt, wäre es 'ne Warnung für Sie geworden. Verstehen Sie, was ich damit sagen will?«

»Vielleicht könnten Sie sich jemanden schnappen, den Leonard und ich nicht kennen, und daraus eine Warnung für uns beide machen?«

»Sehr komisch«, sagte Big Man. »Vielleicht diese Frau, die Sie bumsen.«

»Hurensohn.«

»Wollen Sie, dass wir sie gegen Sie austauschen?«

»Versuch dein Bestes, du Arschloch.«

»Oh, Sie haben keine Ahnung, was mein Bestes ist, Sie ritterlicher kleiner Mann. Lassen Sie mich Ihnen sagen, dass sie mich vom Profi-Catchen ausgeschlossen haben, weil ich nicht gerne verloren hab, auch dann nicht, wenn ich verlieren sollte. Ich hab Leuten gern dauerhafte Verletzungen verpasst. Verrenkter Hals. Ausgekugelter Ellbogen. Knie. Knochenbrüche. Kleine Andenken. Irgendwann wollte niemand mehr gegen Big Man Mountain catchen.«

»Wahrscheinlich lag's am Geruch.«

»Sie wollen mich provozieren, nicht? Sie glauben, vielleicht erledige ich Sie einfach. Falsch gedacht. Sie müssen über die volle Distanz gehen, wenn Sie mir nicht sagen, was ich wissen will. Als ich noch gecatcht hab, hatte ich so 'ne Art Markenzeichen. Ich nahm immer 'ne Batterie mit 'ner Kurbel mit in den Ring, verband die Batteriekabel mit meinen Ohren und tat so, als würde ich mich 'n bisschen aufladen. Sie wissen schon, ich kurbelte an der Batterie, während die Kabel mit meinen Ohren verbunden waren. Einmal hab ich's vermasselt. Die Batterie war aufgeladen, und ich hab's tatsächlich gemacht. Hat mich aus den Schuhen gehauen. Aber es hat mir irgendwie gefallen. So 'n kleiner Stromschlag macht einen hellwach, und man gewöhnt sich daran. Ist so ähnlich wie Schocktherapie. Die ich übrigens auch hinter mir habe.«

»Mach voran«, sagte Booger.

»Halt's Maul, Booger. Ich rede mit Mr. Collins. Wissen Sie, Collins, ich weiß 'ne Menge über Sie. Ich bin Ihnen gefolgt. Hab Sie verfolgen lassen. Ich weiß, wann Sie essen. Wann Sie scheißen. Wann Sie sich einen runterholen. Ich weiß, dass Sie diese kleine Krankenschwester vögeln. Ich denk mir, wenn wir hier fertig sind, sind Sie nur noch 'n fettiger Lumpen, und dann könnte ich ihr 'n Besuch abstatten.«

»Leonard wird Sie umbringen.«

»Der Nigger? Das glaube ich nicht, Collins. Ich glaube, ich bringe ihn um.«

»Wie auch immer«, sagte Booger.

»Mountain«, sagte Pockengesicht, »ich hab noch nichts gegessen. Können wir diesen Scheiß nicht endlich hinter uns bringen? Ich will noch 'n Burger einschieben.«

»Schnapp dir den Schläger«, sagte Big Man. »Wärm dich etwas auf.«

Pockengesicht holte sich den Baseballschläger und fing an, ihn zu schwingen. Er ließ ihn ein paarmal hart auf den Boden krachen und schlug einmal fest gegen die Wand. Währenddessen redete Big Man mit seiner bedächtigen, lieblichen Stimme weiter.

»Also, diese Schockgeschichte ... Wenn man dran gewöhnt ist, kann man schon 'n paar Volt verkraften. Wenn nicht, tut's weh. Ich schließe Ihre Eier an, geb 'n bisschen Saft drauf und stelle Ihnen dann 'n paar Fragen. Über Sachen, die Sie wissen, und was Sie deswegen unternommen haben. Ich will ehrlich zu Ihnen sein. Sie werden's nicht schaffen, Collins. Machen Sie sich in dieser Hinsicht nichts vor. Sie werden sterben. Die Jungens hier, die sind gut. Die können Sie verdammt lange leiden lassen. Die Schwuchtel, Raul, Sie wissen, was mit dem Burschen passiert ist. Er hat es sich wirklich schwergemacht. Hätte ich nicht für möglich gehalten, 'ne Tunte mit *Cojones*, aber er hatte sie. Buchstäblich. Waren ziemlich große Dinger, als wir sie in Eis einpackten.«

»Später waren sie nicht mehr so groß«, sagte Booger.

»Stimmt genau«, sagte Big Man. »Das Eis und die Elektrizität tun den *Cojones* nicht sehr gut, Collins. Aber sehen Sie, wenn Sie uns sagen, was wir wissen wollen, kein Strom. Nur ein ordentlicher Kracher mit dem Schläger an die Rübe. Sie sind sofort weggetreten, wenn es Sie nicht gleich umbringt. Noch ein paar Schläge mehr, und Sie sind endgültig hinüber. Sie spüren nur den ersten. Und davon auch nicht viel, weil Sie ziemlich fertig sein werden. Keine Sorgen mehr. Aber wenn Sie versuchen, den harten Mann zu markieren, und sich stur stellen, wird's ungemütlich für Sie. Hören Sie, was ich Ihnen zu sagen versuche, Collins? Antworten Sie mir, Mann.«

»Ich höre«, sagte ich.

»Gut. Hörprobleme gibt es also keine. Also, hier ist die erste Frage, und ich bitte Sie nachzudenken, bevor Sie antworten. Wo ist das Video?«

»Welches Video?«

Big Man ließ den Kopf hängen. »Na schön. Booger, zieh ihm die Hose runter.«

»Zieh du sie ihm runter«, sagte Booger.

Big Man, der gekniet hatte, kam plötzlich hoch und schlug Booger auf den Hinterkopf, während seine andere Hand Boogers Kehle packte.

»Du großer schwarzer Schwanz! Ich sagte, zieh ihm die Hose runter. Nun mach schon.«

Er stieß Booger auf den Boden. Booger öffnete meinen Gürtel, zerrte an meiner Hose und Unterhose und zog sie mir über die Knie. Pockengesicht gab ihm das Kissen. Booger hob mich an und schob es mir unter den Arsch. Er stellte die Schüssel neben mich und schaufelte eine Handvoll Eis hinein, dann schob er mir die Schüssel unter, sodass meine Hoden in der Schüssel hingen. Zuerst durchzuckte mich die Kälte wie ein Schlag, aber dann wurde ich praktisch sofort taub. Ich versuchte mich wegzudrehen, aber Booger hielt die Schüssel fest. Pockengesicht trat hinter mich, schlang ein Seil um mich und band mich fester an den Stuhl.

Big Man sagte: »Sie werden nicht glauben, was Ihnen für 'ne Reise bevorsteht. Ins Land der Schmerzen, Mann. Aber ich gebe Ihnen noch mal Gelegenheit, die Schläger-Autobahn zu nehmen. Das Letzte, was Sie hören werden, ist der Luftzug des Schlägers. Dann ist alles vorbei.«

»Ich schwinge ihn genau richtig«, sagte Pockengesicht. »Du wirst kaum was hören.«

»Da haben Sie's«, sagte Big Man. »Also, noch mal. Und ich will, dass Sie mir antworten, wenn ich Ihnen die Frage stelle. Wo ist das Video?«

»Sie wissen doch angeblich so verdammt viel über mich, warum wissen Sie dann nicht, wo das Video ist?«

»Okay. Vielleicht weiß ich nicht so viel, wie ich gesagt habe. Vielleicht weiß ich viel weniger, aber ich bin hier, um zu lernen, Collins. Wo ist es?«

»Fahr zur Hölle.«

»Kinney«, sagte Big Man zu Pockengesicht, »mach die Batterie fertig und bring sie her. Ein paar Stromstöße von Reddy Kilowatt und dieses Arschloch wird singen wie 'ne Nachtigall.«

Pockengesicht machte sich an die Arbeit.

»Die Schüssel halt ich jetzt aber nicht mehr fest«, sagte Booger.

»'türlich nicht, du Schwachkopf«, sagte Big Man. »Du hast das doch schon mal gemacht.«

»Nee, beim letzten Mal hatte ich den Schläger«, sagte Booger. »Der Schläger gefällt mir.«

»Der Schläger gefällt jedem«, sagte Big Man. »Natürlich nur dem Mann auf diesem Stuhl nicht. Auf diesem Stuhl haben schon 'n paar andere vor Ihnen gesessen, Collins, wissen Sie das?«

Ich wollte etwas Cleveres, Starkes sagen. Aber ich konnte nicht.

»Sie sehen etwas nervös aus, Collins. Wollen Sie irgendwas zu dem Video sagen?«

Mein Mund war so trocken, dass ich kaum sprechen konnte. »Nein.«

»Mann, warum das Theater? Ihnen kann das doch völlig egal sein. Sie sterben sowieso. Wenn wir's von Ihnen nicht erfahren, müssen wir uns den Nigger schnappen. Vielleicht die Krankenschwester.«

»Sie weiß nichts.«

»Das zu beurteilen müssen Sie schon mir überlassen, Collins. Ich halte Sie für einen ehrlichen Mann. Wirklich. Ich empfange solche Schwingungen von Ihnen, aber sehen Sie, ich bin Profi. Vielleicht muss ich sie hierherbringen. Aber ich verspreche Ihnen das eine, Collins. Wenn ich das tue, machen wir's ihr richtig nett hier. Und da sie keine Eier hat, die wir ins Eis hängen können, machen wir's ihr vielleicht ganz oft nett. So oft, dass es nicht mehr so nett ist. Und vielleicht ist es auch nicht jedes Mal nett für sie, aber wenn's nett für uns ist, müssen wir uns ranhalten, bis sie uns vielleicht irgendwas sagt.«

»Sie weiß nicht das Geringste.«

»Kommen Sie, Collins. Ersparen Sie ihr den Ärger. Retten Sie Ihrem Nigger die Eier. Erzählen Sie uns von dem Video.«

»Die Polizei hat es.«

Big Man schüttelte den Kopf. »Nein, hat sie nicht.«

»Doch, hat sie.«

»Nein.«

»Doch.«

»Nein. Die Polizei hat es nicht, Collins. Das weiß ich. Sie haben es oder wissen zumindest, wo es ist.«

Pockengesicht ließ zwei Kabel in die Schüssel fallen. Booger ließ die Schüssel rasch los. Pockengesicht packte die Kurbel des Generators.

Big Man kam mir sehr nah. »Ich kann Ihnen verraten, dass Sie sich höchstwahrscheinlich vollscheißen, wenn wir an der Kurbel drehen und Ihnen den Stromstoß verpassen. Wenn nicht bei diesem Stoß, dann beim nächsten. Ersparen Sie sich die Demütigung. Wählen Sie den Schläger. Danach säubern wir Sie ein wenig, ziehen Ihre Hose hoch und laden Sie bei Ihrem Nigger ab. Auf die Art vermodern Sie nicht irgendwo.«

»Ich glaube nicht, dass Sie das tun würden«, sagte ich.

»Den Schläger benutzen?«

»Mich säubern und irgendwo abladen, wo ich gefunden würde.«

»Da könnten Sie recht haben«, sagte Big Man, »aber Sie würden wenigstens ohne die Schmerzen abtreten. Also schön, Collins. Der Augenblick der Wahrheit. Ein letztes Mal, dann dreht Kinney an der Kurbel, und dann fangen wir auch an, Ihnen Knochen zu brechen. Wo ist das Video?«

»Welches Video?«

»Los, Kinney.«

Und Kinney drehte an der Kurbel, und die Welt wurde schwarz und dann weiß, und dann versprühte sie Farben, und ich spürte, dass mein Körper zuckte wie Froschschenkel auf einem Backblech, und dann hörte ich einen Schrei, einen lauten, grässlichen Schrei wie von einer Frau in Todesangst, aber der Schrei stammte von mir. Der Raum war blutrot, dann schwarz, und aus der Schwärze schwebte Big Mans Gesicht heran und blieb über mir hängen wie ein Mond aus brandigem Fleisch, der von Haaren und dem süßlichen Geruch eines Pfefferminzbonbons umgeben war.

»Wie war das?«, fragte Big Man.

Es dauerte eine Zeit lang, bis ich wieder zu Atem gekommen war. »Erfrischend«, sagte ich.

»Ach so? Es hat Ihnen gefallen, was?«

Wieder verstrich einige Zeit. Ich sagte: »Ich ziehe es als einmaliges Erlebnis vor.«

»Darauf möchte ich wetten. Wir müssen es wieder tun, Collins. Es sei denn, Sie erzählen mir, was ich wissen will. Ich muss Ihnen zugutehalten, Sie haben zwar 'nen Furz abgelassen wie der Urknall, aber Sie haben sich nicht vollgeschissen. Aber lassen Sie mich Ihnen eins verraten. Booger ist nicht so dämlich, sich hinter diesen Stuhl zu stellen. Die Scheiße hat die Angewohnheit, hinten rauszuspritzen. Die Flecken auf dem Kissen, wofür halten Sie die?«

»Olivenöl?«

»Scheiße. Etwas Blut.«

»Sie können mich ebensogut gleich erledigen. Sie werden nichts von mir erfahren, weil ich nichts weiß.«

»Vielleicht sagt er die Wahrheit«, sagte Booger.

»Ja«, sagte Big Man. »Vielleicht. Aber wir müssen trotzdem was aus ihm rausholen. Wie wär's, wenn wir ihm noch 'ne Ladung verpassen?«

Ich fühlte mich bereits, als würde ich jeden Augenblick das Bewusstsein verlieren. Ich mobilisierte all meine Reserven, die sich größtenteils unerlaubt entfernt hatten, und wappnete mich.

Es gab eine Explosion, und die Wände der Hütte vibrierten, der Boden unter mir bebte, die Glühbirne über mir schaukelte hin und her, und mir wurde klar, dass es nicht daran lag, dass meine Eier und mein Hirn Elektrizität zu verarbeiten hatten. Es war eine echte Explosion, draußen vor der Hütte.

Big Man bückte sich, riss einen Revolver aus einem Knöchelhalfter, raste zur Tür und riss sie auf. Die Nacht war grell orange und gelb mit roten Sprenkeln. Ich konnte den 64er Impala sehen. Er stand in Flammen und schickte den großen Motorgöttern Benzin und Öl in den Himmel hinauf.

Ein Geräusch hinter mir. Ein Krachen. Gefolgt von noch einem. Und noch einem. Booger sprang und bekam den Baseballschläger zu fassen. Und Pockengesicht fuhr von der Stelle zurück, wo er kniete. Die Drähte der Batterie sprangen aus der Schüssel, und die Schüssel kippte um, und das Eis zerlief unter meinem Arsch. Pockengesicht stieß meinen Stuhl um, und ich kippte zur Seite. Sein Kopf schlug gegen die Glühbirne, sodass sie hin und her schwang.

Dann geschah alles im abwechselnden Licht und Schatten der schwingenden Glühbirne.

Big Man gab einen Schuss aus seiner kleinen Knöchelkanone ab. Sie flammte in den Schatten hell auf. Die Glühbirne schwang zurück, und ein Schuss aus einer Schrotflinte ertönte.

Pockengesicht alias Kinney stolperte über meinen Stuhl und fiel neben mir auf den Boden. Etwas von dem dunklen Gelee, das jetzt sein Gesicht war, klatschte gegen mein Kinn und meine Wange. Das Blut war so heiß, dass es brannte.

Big Man brüllte irgendwas und sprang durch die offene Tür, während ein weiterer Schuss aus der Schrotflinte die Luft an der Stelle zerfetzte, wo er soeben noch gestanden hatte. Bruchstücke der Wand und des Türrahmens sprangen mir entgegen.

Schatten.

Ein hochgewachsener Mann, derjenige mit der Schrotflinte, stürmte an mir vorbei, und als die Glühbirne wieder zurückschwang und schließlich zur Ruhe kam, sah ich, wie der Schaft der Schrotflinte herumwirbelte und Booger mit einem Geräusch am Kopf traf, als öffne jemand den Vakuumverschluss eines Glases.

Booger steckte den Schlag mit einem Grunzen und einem Sprühregen von Zähnen ein. Er schwang den Schläger, aber der Mann mit der Schrotflinte parierte den Schlag mit seiner Waffe, riss den Lauf herum und stieß ihn Booger ins Gesicht. Booger machte einen Satz rückwärts, flog gegen den Tisch, warf ihn um und fiel darauf.

Der Mann mit der Schrotflinte verpasste Booger einen Tritt in die Eier. Booger schrie, und der Mann stieß Booger die Schrotflinte in den Mund. Er sagte: »Gute Nacht, Arschgesicht«, und schoss.

Boogers Kopf flog in alle Richtungen.

Ich lag sehr still. Der Mann mit der Schrotflinte ging vor mir in die Hocke und sah mich an. Er hatte ein hageres Gesicht und trug einen fleckigen weißen Cowboyhut, alte Stiefel, blaue Jeans und ein ausgeblichenes Westernhemd mit einem Muster aus kleinen grünen Blumen. Mir ging auf, dass das Gesicht dem Mann im gelben Pontiac gehörte.

»Ihr Arsch hängt in der Luft, mein Freund«, sagte er.

»Ich bin außerdem an einen Stuhl gefesselt.«

»Das sehe ich.«

»Haben Sie vor, mich auch zu erschießen?«

»Tja, wo Sie schon so daliegen wie auf dem Präsentierteller ... Aber nein.«

Der Cowboy zog ein großes Messer aus seiner Jeanstasche und durchschnitt die Fesseln an meinen Füßen und um meine Brust. Dann stellte er sich hinter mich, machte sich an dem Draht zu schaffen und löste ihn von meinen Händen.

Ich schwankte, als ich aufzustehen versuchte. Der Cowboy steckte das Messer mit einer raschen Bewegung ein, nahm meinen Arm und half mir. Ich zog meine Hose hoch und schloss sie. Ich sagte: »Mann, ich weiß gar nicht, was ich sagen soll! ... Mussten Sie sie umbringen?«

»Wie wär's mit Howdy? Und, ja, ich schätze, ich musste. Ich wollte gerade Auszeit rufen, kam dann aber zu dem Schluss, dass das keine gute Idee war. Ich bin Jim Bob Luke.«

»Hap Collins«, sagte ich.

»Ich weiß, wer Sie sind. Ich bin den Kerlen bis hierher gefolgt und dann weitergefahren, damit sie nichts von der Verfolgung mitkriegen, aber die Hurensöhne hatten mich 'ne Zeit lang abgehängt, sonst wäre ich schon eher hier gewesen.«

»Ich bin einfach nur froh, dass Sie überhaupt aufgekreuzt sind. Obwohl ich nicht verstehe, warum. Was ist mit Big Man?«

»Ach, da mach ich mir keine Sorgen. Ich beobachte die Türen.«

»Sie haben 'n ziemliches Selbstvertrauen, was?«

»Ich hab das gottverdammte Wort erfunden. Und jetzt könnten Sie Ihren Hemdsärmel benutzen und sich das Hirn vom Gesicht wischen, damit wir von hier abhauen können, bevor der Große zurückkommt.«

»Ich dachte, Sie hätten Selbstvertrauen.«

»Hab ich auch. Aber ich bin nicht dämlich.«

20

Jim Bob nahm den Hinterausgang, die Tür, die er eingetreten hatte. Wir gingen rasch in den Wald. Er bewegte sich gut im Wald, und so gingen wir eine Weile, bis wir eine Stelle fanden, wo wir durch das Laub schauen und die Hütte und den brennenden Impala sehen konnten. Von Big Man Mountain war nichts zu sehen.

»Ist mir ziemlich gegen den Strich gegangen, einen klassischen Oldtimer zu verbrennen. Ich wollte zuerst nur die Tür eintreten und mit rauchender Flinte reinstürmen, aber ich verschaff mir gerne einen kleinen Vorteil. Können Sie einigermaßen mit 'ner Kanone umgehen?«

»Ich mag sie nicht, aber ich kann mit ihnen umgehen.«

»Gut. Ich hab noch eine dabei, und das ist keine Erbsenpistole. Es ist 'ne Fünfundvierziger Automatik.«

Er gab sie mir. Wir standen da und sahen zu, wie der Wagen brannte. Das Feuer war jetzt nicht mehr so hoch, und es leckte rings um den Impala, als lecke die Zunge des Teufels die Knochen eines Tiers ab.

»Der Große ist irgendwo da draußen«, sagte Jim Bob. »Ich versuche gerade zu entscheiden, ob ich ihn verfolgen soll oder nicht.«

»Er hat eine Kanone.«

»Ich weiß. Er hat damit auf mich geschossen. Er ist 'n beschissener Schütze. Könnte nicht mal 'n Scheunentor auf drei Meter treffen. Aber hier draußen im Dunkeln, und wo er sich hier auskennt, sollte ich's vielleicht lieber lassen. Wie fühlen Sie sich?«

»Bisschen komisch in der Magengegend.«

»Kommen Sie klar?«

»Ja.«

»Dann kommen Sie.«

Wir gingen tiefer in den Wald, folgten dem Lauf eines schlammigen Bachs und erreichten schließlich eine Lichtung. Wir kletterten unter einem Stacheldrahtzaun hindurch zum Gras neben der Straße. Der gelbe Pontiac stand dort geparkt. Er hatte vier platte Reifen.

»Tja«, sagte Jim Bob, indem er sich umsah. »Sieht so aus, als wäre der Große vor uns hier gewesen.«

»Glauben Sie, er beobachtet uns?«

»Könnte sein.«

Jim Bob griff in seine Hüfttasche, holte eine dünne Stabtaschenlampe heraus und leuchtete umher. Er fand Spuren im weichen Straßenlehm. »Der Wichser hat vielleicht Quadratlatschen, was?«

»Das kann man wohl sagen.«

»Und sehen Sie mal hier.«

Jim Bob richtete die Taschenlampe auf die Seite des Wagens. Ein tiefer Kratzer lief über die gesamte Seite.

»Da konnte er sich wohl einfach nicht beherrschen, was?«, sagte Jim Bob. »Tja, der Kratzer im Lack hält mich nicht auf, und ich hab vier Ersatzreifen im Kofferraum, also zum Teufel mit ihm. Ich war mal 'n gottverdammter Pfadfinder. Ich bin vorbereitet.«

Ich hatte starke Schmerzen unten in der Sackabteilung, aber ich wechselte die Reifen, während Jim Bob mit der Schrotflinte Wache hielt. »Warum hat er nur die Reifen zerstochen? Warum hat er nicht mehr zerstört?«

»Ich glaube, wir haben ihn gestört«, sagte Jim Bob. »Und er wollte wohl keine nähere Bekanntschaft mit dieser Schrotflinte machen.«

Ich wechselte die Reifen, so schnell ich konnte, wobei ich ständig mit einem Schuss in den Rücken rechnete. Doch Big Man Mountain kam nicht mit flammender Knöchelpistole aus dem Wald gestürmt. Er bot mir nicht an, bei den Radmuttern zu helfen. Kein Bernhardiner brachte mir ein Fässchen.

Als alle vier Ersatzreifen montiert waren, verstaute Jim Bob die platten Reifen zusammen mit dem Wagenheber im Kofferraum und wir fuhren los. Ich konnte es nicht länger aushalten. Die Schmerzen waren zu viel. Die Arbeit mit den Reifen hatte sie noch verschlimmert. Ich dämmerte auf dem Wagensitz weg.

Als ich aufwachte, hielt Jim Bob mich an den Füßen und Leonard an den Armen. Ich schaute zu Leonard hoch. Er sagte: »Nimm's leicht, Bruder. Jetzt hast du's hinter dir.«

»Komisch. Ich hab nicht das Gefühl, als hätt ich's hinter mir.«

Ich schloss die Augen, und sie trugen mich weg und legten mich auf eine Wolke, und die Wolke war behaglich bis auf das Feuer, das zwischen meinen Beinen brannte, aber ich konnte mich nicht bewegen, um von dem Feuer wegzukommen. Wie sehr ich mich auch mühte, es folgte mir, und schließlich schlief ich ein, Feuer hin oder her, und in meinem Traum explodierten Köpfe, und zwei tollwütige Eichhörnchen, eines mit einem Pockengesicht, das andere schwarz mit kahlrasiertem Schädel, bissen mich ständig in die Eier, während ein anderes Eichhörnchen, sehr plump mit übergroßen Füßen, einem Bart und den Hörnern eines Teufels, die Kurbel einer funkensprühenden Batterie drehte.

21

Als ich erwachte, war es früher Morgen, immer noch dunkel. In der Dunkelheit draußen waren Lichtfasern zu erkennen. Aber die Fasern schienen unter der Nacht zu leiden, als hätte die Dunkelheit beschlossen, das Licht zurückzudrängen und zu unterdrücken, bis es zu atmen aufhörte.

Vielleicht kam es mir nur so vor, weil ich miterlebt hatte, wie zwei Männer getötet worden waren, und noch nicht gefrühstückt hatte und meine Eier sich anfühlten, als hätte sie sich jemand in der Nacht für ein Tischtennisturnier geborgt und sie verkehrt herum zurückgesteckt.

Ich ging in Leonards Küche und sah Jim Bob und Leonard am Tisch sitzen. Sie tranken Bier. Jim Bob hatte seinen Hut in den Nacken geschoben, und seine Beine lagen auf einem Stuhl.

»Das Frühstück der Weltmeister«, sagte ich.

»Können Sie auch haben«, sagte Jim Bob. »Schütten Sie das Bier hier über einen Teller Cornflakes, und Sie haben alle Vitamine für einen Tag.«

Ich holte mir ein Glas und den Milchkrug aus dem Kühlschrank und setzte mich an den Tisch. Ich goss Milch in mein Glas. Allein davon schmerzten meine Eier.

Leonard sagte: »Jim Bob hier hat mir von letzter Nacht erzählt. Fing gerade an, mir auch noch andere Sachen zu erzählen. Jetzt, wo ich drüber nachdenke, muss ich aber sagen, dass eigentlich ich ihm Sachen erzählt hab, und ich weiß nicht mal, warum.«

»Ich bin charmant«, sagte Jim Bob.

»Ja, und ich könnte 'nen Riesenfehler machen, so zu reden«, sagte Leonard. »Ich kenne Sie nicht mal.«

Jim Bob grinste. »Wie ich schon sagte. Ich bin charmant.«

»Sie haben meinem Kumpel hier das Leben gerettet. Damit haben Sie 'n paar Punkte gemacht. Aber das Spiel schenke ich Ihnen deswegen noch lange nicht. Verstehen Sie, was ich sagen will?«

»Ich glaube, ich kann mir das Wesentliche zusammenreimen«, sagte Jim Bob.

»So, wie ich das sehe«, sagte ich, »könnte ich haufenweise Erklärungen vertragen. Und lassen Sie mich noch einen Tipp einstreuen, Jim Bob. Versuchen Sie nicht, Leuten in einem gelben Pontiac zu folgen. Das ist zu auffällig.«

»Teufel. Das weiß ich. Es hat mich nicht beunruhigt, ob Sie mich sehen oder nicht. Jedenfalls nicht hinterher. Ich bin Ihnen oft gefolgt, und da haben Sie mich nicht gesehen, gelber Pontiac hin oder her. Eigentlich ist mein bevorzugtes Arbeitsgerät ein roter Cadillac aus den Fünfzigern, den ich Red Bitch nenne, aber der ist gerade in der Werkstatt. Genauer gesagt wird er von den Reifen angefangen restauriert. Ich hab dem Baby ziemlich übel mitgespielt. Hab ihn gegen eine Mauer gefahren, als ich so 'nen Hurensohn überfahren wollte, der versucht hat, mich umzulegen.«

»Sie ziehen die Leute ziemlich schnell aus dem Verkehr, was?«, sagte ich.

»Oooohhh«, machte Jim Bob. »Jetzt, wo er wieder lebendig und gesund zu Hause ist und seine Eier noch im Sack hat, gefallen ihm keine Toten mehr. Ich will Ihnen mal was sagen, Collins. Wäre ich nicht gewesen, hätten Sie jetzt zwei Stück Kohle anstelle Ihrer Eier. Glauben Sie, ich hätte letzte Nacht da reingehen können, und diese Burschen hätten mich nur zu 'nem Stein-Schere-Papier-Wettbewerb herausgefordert?«

»Der gute alte Hap hier«, sagte Leonard, »wenn er 'ne Fliege erschlägt, brütet er 'n paar Tage darüber und stellt dann vielleicht 'n gezuckerten Hundehaufen für die Verwandtschaft nach draußen.«

»Ich sage ja nur, dass zwei Menschen tot sind. Ich sage nicht, dass ich was dagegen habe, wenn Sie mir das Leben retten oder Ihr eigenes schützen. Es musste sein, aber ich bin nicht stolz darauf.«

»Teufel, ich bin stolz«, sagte Jim Bob. »Das Einzige, was ich bereue, ist, dass ich widerliche Scheißer wie diese Kerle nicht drei- oder viermal pro Nase umlegen kann.«

»Woher kennen Sie uns überhaupt?«, fragte ich.

»Er ist Privatdetektiv«, sagte Leonard. »Charlie kennt er auch.«

»Das hilft mit Sicherheit bei der Detektivarbeit, nicht?«, sagte ich.

»Das ist mal sicher«, sagte Jim Bob. »Aber ich habe Leonard schon einiges erzählt.«

»Wie wär's, wenn Sie's noch mal erzählen?«, sagte ich.

Jim Bob trank sein Bier aus. »Haben Sie noch mehr von dieser Pisse?«

»Im Kühlschrank«, sagte Leonard.

Jim Bob stand auf, holte sich ein Bier und setzte sich wieder. Er drehte den Verschluss ab und nahm einen tiefen Schluck. Es hörte sich an wie ein Schwein, das an einer Babyflasche nuckelte.

Als er ungefähr die halbe Flasche getrunken hatte, stellte er sie auf den Tisch, wischte sich den Mund mit dem Handrücken ab und sagte: »Ich schätze, ich kann Ihnen die kurze, vergnügliche Version erzählen.«

»Ich habe das Gefühl, nichts, was Sie sagen, ist kurz.«

Jim Bob grinste mich an. »Da ist was dran. Ich mache Ihnen nichts vor, ich hör mich gerne reden, weil ich so gottverdammt interessant bin.«

»Dann wecken Sie mein Interesse.«

»Puh, gottverdammich, Augenblick noch«, sagte Jim Bob. »Mit den besten Grüßen.«

Jim Bob hob die Hüfte und ließ einen Furz fahren.

»Den hab ich mir extra aufgehoben«, sagte er.

»Echt nett von Ihnen, ihn mit uns zu teilen«, sagte Leonard.

»Tja, nun, nehmen Sie ruhig 'ne Nasevoll, dann haben Sie 'n mexikanisches Essen aus zweiter Hand.«

»Sind Sie nicht langsam müde von der Anstrengung, sich volkstümlich zu geben?«

»Nee. Ich finde, es gibt mir 'nen Vorteil. Die Leute wissen nicht, was man in Wirklichkeit denkt. Sie glauben, man ist nur 'n harmloser, oberflächlicher Kerl.«

»Aber das sind Sie nicht?«

Jim Bob schenkte mir ein strahlendes Lächeln. »Nee, Collins, das bin ich nicht. Aber Sie können glauben, was Sie wollen.«

»Jim Bob ist wegen eines Jungen namens Custer Stevens hier«, sagte Leonard.

»Stimmt genau. Seine Eltern leben in Houston. Ich hab mein Büro drüben in Pasadena, Texas. Oder wenigstens nenne ich es Büro. Es ist 'ne kleine Schweinefarm, die mir gehört. Heutzutage muss man die Schurken erschießen und sein eigenes Fleisch züchten, weil die Bezahlung für Detektivarbeit zum Himmel stinkt.«

»Sie schweifen schon wieder ab.«

»Richtig. Also, dieser Stevens, sein Junge ist hergekommen, um hier auf die Uni zu gehen. Das Idiotische daran ist, dass sie ihn hergeschickt haben, damit er aus der Großstadt rauskommt. Sie dachten, hier wäre es nett und sicher. Keiner von beiden wusste, dass Custer gerne Schwänze lutscht. Jedenfalls hat Stevens hier unten einen Kumpel namens Richard Dane. Vor ein paar Jahren hab ich mal für den alten Dane gearbeitet, und Dane hat mich an Stevens weiterempfohlen.«

»Sie kommen ziemlich weit herum, nicht?«, sagte ich.

»Mit Sicherheit. Es gibt kaum eine Stadt in East Texas, in der ich nicht auf die eine oder andere Art gearbeitet habe. Es gibt überall Leute mit Problemen, und ich bin ein Problemlöser.«

»Sie haben ausgelassen, wofür dieser Dane Sie empfohlen hat«, sagte Leonard.

»Na ja, dieser Junge, Custer, ist hergekommen und hat sich mit Jungens eingelassen, die auf die kalte Küche stehen, und nach kurzer Zeit hing er im Park rum und machte sich auf Eiersuche. Er trifft einen Burschen und kommt ins Gespräch, und dieser Bursche führt ihn mitten in den Park, dann brechen plötzlich 'n paar andere Kerle aus dem Gebüsch, schlagen ihm die Zähne raus und zwingen ihn ungefähr fünfzehn Minuten lang, für alle Blaskapelle zu spielen.«

»Und sie haben alles auf Video aufgezeichnet«, sagte ich.

»Genau. Custer beschließt, seine Eltern anzurufen, und erzählt ihnen, dass er mehr auf Hinterausgänge steht und was ihm passiert ist. Sie kriegen Zustände wegen seiner sexuellen Neigungen, aber als sie herfahren, um ihn zu besuchen, sehen sie, welche Prügel er bezogen hat. Als sie von dem Video erfahren, vergessen sie den ganzen Scheiß und tun das Richtige. Sie gehen zur Polizei. Sie reden mit dem Chief. Er erzählt ihnen einen Haufen Müll, aber ihnen geht ziemlich schnell auf, dass Homos ihn einen Dreck interessieren, und haben den Eindruck, er glaubt, die ganze Sache geschieht dem Jungen ganz recht.

Der langen Rede kurzer Sinn, der Junge verlässt die Schule und geht nach Hause, und alle warten auf Gerechtigkeit. Und warten. Und warten. Der Chief unternimmt einen Scheiß. Er raschelt mit Papierkram. An dieser Stelle kommt Richard Dane ins Spiel. Er hat Kontakt mit den Stevens, und er hat ihnen überhaupt empfohlen, den Jungen hier aufs College zu schicken. Also fühlt Dane sich schuldig. Er erzählt Stevens, ich hätte mal für ihn gearbeitet und zufriedenstellende Resultate geliefert, und vielleicht sollte er mir den Auftrag geben, etwas rumzuschnüffeln. Stevens heuert mich an. Ich kenne Charlie durch einen kleinen Job vor einem Jahr. Ich rufe ihn an und fahre hierher. Charlie hilft mir, wo er kann, aber das ist nicht viel. Er erzählt mir von den anderen Prügeleien im Park. Alle sind vom Chief unter den Teppich gekehrt worden. Also fange ich an zu schnüffeln, und dabei stoße ich immer wieder auf diesen McNee.«

»Pferd«, sagte ich.

»Das ist der Bursche. Bin ich im Park, ist der Bursche auch da. Läuft irgendwas mit Schwulen, ist der Bursche auch da. Ihr würdet nicht glauben, wie viele warme Brüder mir in der Zeit Anträge gemacht haben.«

»Sie hören aber nicht, dass ich Ihnen Anträge mache«, sagte Leonard.

»Na ja, es waren auch nur die Gutaussehenden«, sagte Jim Bob. »Ich war geschmeichelt, aber ich bin nun mal nicht so herum. Aber Scheiß drauf, ich hab das Spiel mitgespielt. Da war sogar einer mit 'nem fetten Arsch und 'nem komischen Hut, von dem ich ein- oder zweimal geträumt habe.«

»Sparen Sie sich den Scheiß«, sagte Leonard. »Erzählen Sie weiter.«

»Ich mach das also 'ne Zeit lang, dann taucht dieser Raul auf. Er ist mit Pferd zusammen. Ich sehe ihn ab und zu im Park. Es hat nichts zu bedeuten, bis ich eines Abends in meinen Standard-Schwulenklamotten in den Park gehe ...«

»Was sind Standard-Schwulenklamotten?«, fragte Leonard. »Sehe ich aus, als hätte ich Standard-Schwulenklamotten an?«

»Tja, ich weiß nicht, was Sie drunter anhaben.«

»Sie fangen an, sich über mich lustig zu machen. Das gefällt mir nicht.«

»Ob's Ihnen gefällt oder nicht. Die meisten dieser Burschen haben so 'ne Art, sich zu kleiden. Ich will sie deswegen gar nicht runtermachen, aber sie kleiden sich eben auf 'ne ganz bestimmte Weise, besonders wenn sie versuchen, 'nen Hintern aufzureißen, wo sie ihren Schwanz reinstecken können. Ich hab mich so angezogen, wie ich das bei ihnen gesehen hab. Und es hat funktioniert. So sieht's aus.«

Leonard lehnte sich mit verschränkten Armen zurück. Er sah aus, als könne er Glassplitter essen und Hufnägel kauen.

»Ich versuche, an diese Scheißer ranzukommen, die Custer Stevens zusammengeschlagen haben. Also treibe ich mich Tag und Nacht im Park rum, und eines Abends kommt dieser Bursche, 'n ordentlich großer Bursche, zu mir und baggert mich an.

Ich denk mir, schön, wenn dieser Bursche nur spielen will und ich so tue als ob, komm ich mir bestimmt albern vor, wenn wir zu der Stelle kommen, wo ich mit meinem Schwanz wedeln soll. Aber ich spiele mit, und dieser Bursche führt mich zu einer bestimmten Stelle, und dann springen mich ein paar Kerle aus dem Gebüsch an.

Einigen von ihnen musste ich mit meinem Totschläger Benimm einbläuen.«

Jim Bob zog plötzlich einen Totschläger aus seiner Hüfttasche und schlug damit auf seine Handfläche. »Ein paar Kopfnüsse mit dem hier, und es heißt Licht aus und Kopfschmerzen am nächsten Morgen. Die Wichser sind abgehauen. Und da hab ich dann gesehen, dass sich noch jemand anders verpissen wollte, so 'n Arschloch im Gebüsch. Ich bin ihm nach. Er hatte 'ne Videokamera. Ich war dicht hinter ihm, als dieser Bursche – der Scheißer, der mich überhaupt erst in den Hinterhalt gelockt hatte – mich einholte und ansprang. Es war der Kerl, den ich letzte Nacht in die Hölle befördert habe. Der Weiße mit den Mondkratern. Ich schlug mich mit dem Scheißer durch den ganzen Park. Schließlich hatte ich ihn im Schwitzkasten und ließ ihn 'ne Zeit lang darin schmoren.«

Jim Bob verstaute den Totschläger wieder in seiner Tasche, trank mehr Bier und fuhr fort.

»Mittlerweile hatten seine Kumpel, diejenigen, die nicht bewusstlos waren, sich aufgerappelt. Einer von ihnen hatte 'ne Kanone, und ich hatte keine dabei. Da wusste ich, das ist mein Stichwort, um zu verschwinden. Also bin ich abgehauen, und sie ließen mich abhauen. Ich hab's zu meinem Wagen geschafft, und was seh ich, als ich abrausche? Den Burschen mit der Videokamera, und er steigt gerade auf den Sozius dieser Harley, und Pferd sitzt hinterm Lenker, und ihr dürft einmal raten, wer dieser Videomann war.«

»Raul«, sagte Leonard.

»Haargenau. Sie nahmen diese Scheiße nur so zum Vergnügen auf. Oder, um es präziser zu formulieren, für Geld.«

»Raul war der Kameramann?«, fragte ich.

»Worauf Sie sich verlassen können.«

Ich sah Leonards Gesicht eine ganze Reihe von Mienen durchlaufen, bevor es zur Ruhe kam.

Ich wandte mich wieder an Jim Bob. »Wussten Sie, dass diese Bänder unter der Hand an Videoläden verscherbelt werden?«

»Da ich schon mit ähnlichen Fällen zu tun hatte, hab ich's mir einigermaßen zusammengereimt. Und man brauchte kein Genie zu sein, um sich zu überlegen, dass die Burschen, mit denen ich mein kleines Techtelmechtel im Park hatte, dieselben waren, die den Stevens-Jungen zusammengeschlagen hatten, und dass Pferd und Raul damit zu tun hatten. Ich folgte ihnen. Und später folgte ich ihnen noch öfter. Manchmal einem von ihnen, manchmal auch beiden.«

»Ich schätze, die ganze Beobachterei hat Sie dann zu Hap und mir geführt.«

»Ja. Und ich fand heraus, dass Raul zu King Arthurs Haus ging, um ihm die Haare zu schneiden, und später dann in seine Fabrik. Und dann ging diese Scheiße los, während ich mir alles zusammenzureimen versuche, weil ich einen Fall für die Cops draus machen will, den ich den Cops übergeben kann, und etwas kürzer trete. Ich verliere die beiden aus den Augen, und als Nächstes wird Pferd der Kopf weggeblasen, und Raul verschwindet.«

»Und was hat unser unerschrockener Ermittler aus alledem gefolgert?«, fragte ich.

»Ich dachte, Leonard hätte sie beide umgelegt. Ich dachte mir, ich müsste das auch verfolgen, um ein ganzes Bild zu bekommen. Also komme ich her und sehe Sie aus dem Haus kommen, Hap. Seitdem bin ich Ihnen beiden immer mal wieder gefolgt. Sie haben einen guten Geschmack, was Krankenschwestern betrifft.«

»Lassen Sie sie aus dem Spiel.«

»Ich meine es, wie ich's sage, ohne Hintergedanken.«

»Weiß Charlie über all das Bescheid?«, fragte Leonard.

»Nein. Ich habe Charlie nicht auf dem Laufenden gehalten. Die ersten Informationen kamen von ihm, aber dann war ich auf mich allein gestellt. Ich wusste nicht mal, dass er Sie beide kennt, bis es Pferd erwischte. Da hab ich sie miteinander reden sehen. Und gestern hab ich mich etwas länger mit ihm unterhalten.«

»Wann sind Sie zu dem Schluss gekommen, dass ich nicht der Mörder bin?«, fragte Leonard.

»Als die Cops zu demselben Schluss kamen.«

»Aber Sie sind uns trotzdem noch gefolgt?«, sagte ich.

»Stimmt genau. Ich wusste nicht, warum, aber ich bin euch gefolgt. Ich bin auch anderen Spuren nachgegangen. Sie beide waren nicht die einzigen. Sie hatten Glück, dass ich Ihnen letzte Nacht gefolgt bin.«

»Und warum sind Sie mir gefolgt?«

»Ich dachte, es wäre an der Zeit, dass wir uns mal unterhalten. Mir war klar, dass wir hinter derselben Sache her sind – den Leuten, die hinter dieser ganzen Scheiße stecken. Ich dachte, ich rede erst mit Ihnen und dann mit Leonard. Ich war gerade auf dem Weg zu Ihnen, als Big Man Mountain in dem Impala an mir vorbeikam und ich Sie auf dem Rücksitz sah. Und Sie sahen nicht aus, als wären Sie unterwegs zur Rollschuhbahn. Ich hab gewendet und bin Ihnen gefolgt. Den Rest kennen Sie.«

»Und unterm Strich«, sagte Leonard. »Was kommt dabei raus? Worum geht es eigentlich bei der ganzen Sache?«

»Was denken Sie? Ich hab meine Karten auf den Tisch gelegt, jetzt zeigen Sie mal Ihre.«

Leonard sah mich an. Ich nickte. Leonard sagte: »Wir denken, King Arthur hat 'n paar Strolche auf seiner Lohnliste, die Fett stehlen, und Pferd hat sich als verdeckt arbeitender Cop bei ihnen eingeschlichen. Er hat heimlich 'n Video von King Arthurs Männern gedreht, wie sie Fett stehlen, und das wollen sie haben. Dann ist da noch dieses andere Video mit den Sachen drauf, die Ihrem Klienten im Park passiert sind. Ich vermute, Pferd und Raul kamen zufällig hinter dieses Geschäft und sind dann eingestiegen. Haben sogar dabei geholfen, diese Videos zu machen. Jesus! Ich dachte, ich kenne Raul.«

»Scheiße«, sagte ich, »die ganze Sache liegt doch auf der Hand, nicht? Pferd fing mit seinen Nachforschungen an und stolperte dann über ein besseres Geschäft. Fettdiebstahl gehörte zu den Sachen, die er anzeigen würde. Aber diese andere Sache, diese Videogeschichte, damit konnte er richtig Geld verdienen. Er ist in das Geschäft eingestiegen und hat für die Strolche gearbeitet. Falls sie irgendwas dagegen hätten, konnte er sie einfach anzeigen und sagen, er arbeitet verdeckt und tut nur so als ob. Er hatte sie in der Tasche.«

»Kurzum«, sagte Leonard, »am Ende standen wir mit ein paar Videobändern und einem Notizbuch voller verschlüsseltem Zeug da.«

»In Ordnung«, sagte Jim Bob. »Das ist interessant. Aber es bedeutet vielleicht nicht das, was Sie denken.«

»Warum nicht?«, fragte ich.

»Passen Sie mal auf: Man muss die Dinge von allen Seiten sehen. Nehmen wir zum Beispiel fliegende Untertassen.«

»Fliegende Untertassen?«, sagte Leonard.

»Zum Beispiel. Wenn ein Bursche nachts spazierengeht und irgendwas am Himmel sieht, das er nicht kennt, fängt er an, von UFOs zu faseln. Und er hat recht. Er hat ein unidentifiziertes Flugobjekt gesehen, aber mehr auch nicht. UFO meint nicht fliegende Untertasse oder Raumschiff. Es meint etwas Unidentifiziertes. Aber die meisten Leute erzählen sofort, sie hätten 'ne fliegende Untertasse gesehen, obwohl sie tatsächlich gar nicht wissen, was sie gesehen haben. Es könnte 'ne fliegende Untertasse sein, es könnte Gott sein, der uns seinen nackten Arsch zeigt, aber sie wissen es nicht. Sie ziehen voreilige Schlüsse.«

»Wollen Sie damit sagen, dass wir voreilige Schlüsse ziehen?«, sagte ich.

»Ich will damit sagen, dass das möglich ist. Oder vielmehr will ich damit sagen, dass Sie vielleicht erst einen Teil der Geschichte kennen. Wissen Sie, wie sich die Sache auch noch verhalten könnte?«

Leonard klang so ernst wie ein Pastor, der auf der Beerdigung seiner Mutter predigte. »Es könnte auch sein, dass Raul und Pferdepimmel beschlossen haben, King Arthur mit den Videos zu erpressen, die er machte. Mit denen, bei denen sie geholfen haben.«

»Bingo«, sagte Jim Bob.

»Ohne Scheiß!«, sagte ich.

»Ohne Scheiß«, sagte Jim Bob. »Pferd hatte immer den Trumpf in der Tasche, verdeckter Ermittler zu sein. King kann den Cops nichts flüstern, weil er dann selbst dran ist. Und er kann auch nichts Legales gegen Pferd unternehmen, weil Pferd behaupten kann, er hätte all das nur zur Tarnung und im Zuge seiner verdeckten Ermittlungen getan.«

Leonard sagte: »Ich denke mir, Raul und Pferd haben beschlossen, die Sachen an meine alte Adresse zu schicken. Sie dachten, sie wären sicher, solange sie die Sachen haben. Aber sie irrten sich. Ihr Opfer, wer immer es auch war, beschloss, sich von dem Druck zu befreien und die Erpresser aus dem Verkehr zu ziehen. Dann brauchte er nur noch das Belastungsmaterial zu finden.«

»Stimmt genau«, sagte Jim Bob. »Sie haben überall rumgeschnüffelt. Aber sie konnten nichts finden. Also dachten sie sich, Sie hätten vielleicht was damit zu tun, beschlossen, die Probe aufs Exempel zu machen, und karrten Hap für 'n paar Runden mit 'ner Batterie und 'nem Baseballschläger in den Wald.«

»Und sie haben immer noch nicht, was sie wollen«, sagte Leonard.

»Aber sie wollen es immer noch«, sagte ich.

Jim Bob nickte und trank sein Bier aus. »Darauf läuft es wohl hinaus.«

22

Ich schaffte es zu duschen, um mich etwas auf Vordermann zu bringen, und zog mich wieder an. Jim Bob fuhr mich nach Hause. Leonard fuhr mit uns. Er hatte sich mit einer kleinen Achtunddreißiger bewaffnet, die er in einem Hüfthalfter trug. Sein Hemd hing wie üblich aus der Hose, sodass die kleine Pistole nur zu sehen war, wenn man sehr genau hinsah.

Jim Bob öffnete die Vordertür und ging mit seiner Schrotflinte voran. Leonard nahm die Hintertür, und ich folgte Jim Bob.

Das Haus war leer. Die Hintertür war aufgebrochen worden, und die Tür war vollständig aus den Angeln gehoben. So waren sie ins Haus gekommen, nachdem sie den Impala hinten geparkt hatten.

In der Nacht war es mir nicht aufgefallen. Wahrscheinlich deshalb nicht, weil meine Konzentration in erster Linie Big Mans Knie in meinem Gesicht gegolten hatte. Das Haus war gründlich auf den Kopf gestellt worden.

»Vielleicht wissen sie auch von meinem alten Haus«, sagte Leonard. »Wir sollten mal hinfahren.«

Wir fuhren hin. Drinnen sah es genauso aus wie immer. Keine Fußabdrücke im Staub. Alles an seinem Platz. Leonard zog die Couch von der Wand, griff in den Riss und holte den Metallkasten heraus. Er öffnete ihn. Das Video und das King-Arthur-Chili-Notizbuch waren noch da. Er hatte das Video aus dem Laden in Houston mitgebracht, legte es in den Kasten und nahm ihn mit.

Wir fuhren wieder zu mir. Leonard und Jim Bob halfen mir dabei, meine Tür wieder einzuhängen. Wir fanden die herausgeschlagenen Haltestifte für die Angeln draußen im Hinterhof. Wir schoben sie wieder hinein. Die Tür hing ein wenig schief, und beim Schließen wölbte sie sich etwas am Schloss. Wenigstens ließ sie sich wieder schließen.

Ich ging ins Schlafzimmer und öffnete meine Nachttischschublade. Meine Achtunddreißiger war noch da, die Schachtel mit den Patronen ebenso. Ich zog ein sauberes Hemd und eine saubere Hose an, nahm den Revolver aus der Schublade und vergewisserte mich, dass keine Patrone unter dem Hammer war. Ich steckte die Achtunddreißiger in den Hosenbund, nahm ein paar Patronen und stopfte sie in meine Hosentasche. Es war ganz gut, dass mir die Granaten ausgegangen waren, weil ich nicht wusste, wo ich sie hätte tragen sollen.

Wir redeten ein wenig über dies und das, und Jim Bob gab uns die Nummer des Holiday Inn, in dem er abgestiegen war. Er fuhr weg, und Leonard nahm die Videos und das Notizbuch aus dem Kasten, stopfte sie in ein paar Plastiktüten und legte sie dann in den Metallkasten zurück. Er schnappte sich meinen Spaten und ging in den Wald, während ich das Haus aufräumte. Er wollte zum Robin-Hood-Baum gehen, um den Kasten zu vergraben. Gute Idee.

Etwa eine Stunde später kam er zurück und half mir dabei, das Wohnzimmer aufzuräumen. Während wir arbeiteten, sagte ich: »Wie ist es gelaufen?«

»Der Boden war ziemlich hart.«

Wir beendeten die Arbeit, und ich machte etwas Kaffee. Leonard und ich setzten uns mit unseren Tassen an den Küchentisch. »Was denkst du?«

Leonard schüttelte den Kopf. »Ich weiß nicht recht. Ich glaube, es ist so, wie Jim Bob es auch sieht. Raul und Pferdepimmel haben versucht, King Arthur zu erpressen, und dafür mit dem Leben bezahlt.«

»Erpressung. Das kommt mir ziemlich heftig vor. Ich dachte immer, Raul wäre, wie du sagst, ein wenig oberflächlich gewesen, aber Erpressung?«

»Im Nachhinein glaube ich, es könnte durchaus sein Stil gewesen sein. Aus der Nähe sieht man es im Grunde nicht oder will es nicht sehen, aber jetzt komme ich mir wie 'n Idiot vor. Das ist eines der am schwersten zu verstehenden Dinge im Leben. Vielleicht warst du es, der mir das gesagt hat: Da sind diese Menschen, die man kennenlernt und die intelligent zu sein scheinen, die gesunden Menschenverstand haben, aber wenn man genauer hinsieht, stellt man fest, dass ihnen wirklicher Tiefgang fehlt. Sie sind weniger als das, was man sieht. Das wurde mir langsam über Raul klar. Nicht, dass es viel genützt hat.«

»Verändert das deine Gefühle für ihn?«

»Die Dinge haben sich in dem Augenblick verändert, als er mit Pferdepimmel rumhing. Ich begriff Dinge an ihm, die mir nicht gefielen. Schlimmer noch, ich begriff ein paar Dinge an mir. Wie zum Beispiel, dass ich vielleicht nicht ganz der harte Bursche bin, für den ich mich immer gehalten habe. Ich liebe den Jungen immer noch, aber es ist eigentlich mehr ein Andenken. Er war 'ne ganze verdammte Ecke zäher, als ich mir je hätte träumen lassen. Das ist eine Seite von ihm, die ich nicht kannte.«

»Du meinst die Sache mit der Batterie? Den Baseballschläger?«

Leonard nickte. »Ja.«

»Könnte sein, dass er sich nur an sein Leben geklammert hat. Er wusste, sobald er verrät, wo das Zeug ist, ist alles vorbei. Menschen ertragen eine Menge Schmerzen, um so lange wie möglich zu leben. Das ist nicht notwendigerweise tapfer, sondern verzweifelt. Jemand wie Raul denkt vielleicht, egal wieviel Schmerz er erträgt, am Ende werden sie ihn laufenlassen. So ähnlich wie ein Kind auf dem Schulhof, das vom Schulrowdy verprügelt wird und weiß, dass er irgendwann ganz einfach aufhört.«

»Verdammt noch mal, Hap. Sagen wir einfach, er hatte Mumm.«

»In Ordnung«, sagte ich. »Er hatte Mumm. Aber nach allem, was du jetzt weißt, kannst du die Sache da ruhen lassen? Eigentlich ist das nicht unser Ding, diese Richter-und-Geschworenen-Scheiße.«

»Vergiss Henker nicht.«

»Den Teil wollte ich auslassen.«

»Selbst wenn man Raul aus der Gleichung rausnimmt, haben diese Scheißer immer noch mein Haus auf den Kopf gestellt, sie haben versucht, meinen besten Freund zu foltern und umzubringen …«

»Was heißt hier versucht? Du solltest mal meine Eier sehen.«

»Nein, danke. Du wolltest dir meine Zecke nicht ansehen, also sehe ich mir deine Verletzungen nicht an … Ich denke, weg mit ihnen. Das Gesetz igelt sich ein, also müssen wir's tun. Charlie sind die Hände gebunden. King Arthur ist 'n Mann mit Geld und Strolchen. Er macht, was er will, wenn wir ihn nicht absägen.«

»Zu viel für mich.«

»Nach allem, was sie dir angetan haben?«

»Ich will nicht so sein wie sie, Leonard. Das sage ich dir andauernd.«

»Vertrau mir. Du bist nicht wie sie.«

Ich trank einen Schluck Kaffee und betrachtete den Himmel durch das Küchenfenster.

»Was ist mit Jim Bob? Er ist ein Arschloch, aber ich vertraue ihm.«

»Er ist ein Freund von Charlie. Wenn Charlie was an ihm findet, sollten wir uns im Zweifelsfall für ihn entscheiden.«

»Aber er ist ziemlich von sich eingenommen.«

»Das ist wahr. Aber ich kann dir sagen, er übertreibt nicht. Du hättest ihn sehen sollen, wie er diese beiden Kerle erledigt hat, und Big Man wusste, mit dem Burschen ist nicht zu spaßen. Er hat sich sofort aus dem Staub gemacht. Wäre er nur etwas langsamer gewesen, hätte man Erdbeeren durch ihn seihen können. Und ich sag dir noch was, Big Man ist kein scheues Reh. Er hat mir erzählt, wie er sich beim Catchen immer mit einem Stromschlag aus einem Generator und einer Batterie auf Touren gebracht hat.«

»Glaub nicht alles, was du hörst. Catcher sind Schaumacher.«

»Hey, ich glaube ihm. Du hast diesem Kerl nicht von Angesicht zu Angesicht gegenübergesessen. Der Bursche ist mir echt unheimlich, Junge. Das versuche ich dir zu sagen. Ich meine, wir sollten die Videos und das Notizbuch Charlie übergeben. Er tut sein Bestes, und wir sind aus der Sache raus.«

»Ich weiß, was dabei rauskommt, wenn er sein Bestes tut.«

»Er ist ein guter Mann.«

»Ja, aber jetzt, wo er Hanson nicht mehr hat und der Chief seinen Schwanz in mehr Löchern stecken hat, als wir uns vorstellen können, wird die Sache todsicher begraben. Und ich will nicht, dass sie begraben wird.«

»Scheiße«, sagte ich. »Nicht zu glauben, wie bescheuert ich bin.«

»Was?«

»Ich sitze hier rum, als wär ich im Urlaub, und Big Man hat gedroht, sich Brett vorzunehmen. Komm mit, wir fahren zum Krankenhaus.«

Ich fuhr uns hin, und wir gingen hinein und nahmen den Fahrstuhl zu der Etage, auf der Brett arbeitete. Ich redete mit einem Burschen in einer weißen Jacke, der einen Essenswagen schob, aber er konnte Brett nicht von Eisenhower unterscheiden.

Wir gingen zum Schwesternzimmer, und ich fragte eine hübsche schwarze Schwester, ob sie Brett kannte, und das tat sie und zeigte auf den Korridor. Eine große, stämmige schwarze Schwester, die wohl die Oberschwester war, bekam den letzten Teil unserer Unterhaltung mit und warf mir einen gemeinen Blick zu. Ich versuchte es mit meinem charmanten Lächeln. Es schien ihr nicht besonders zu gefallen. Sie fasste sich an ihre Schwesternhaube, als habe diese eine scharfe Kante und als könne sie sich die Haube jeden Augenblick herunterreißen und nach mir werfen.

Ich wusste, es war nicht klug, mich auf diese Art in Bretts Arbeitsleben einzumischen, und es würde sie in Verlegenheit bringen. Aber ich musste mit ihr reden, ihr sagen, in was für eine üble Lage ich sie gebracht hatte. Wie üblich reichte bereits meine Bekanntschaft aus, um jemandem, an dem mir etwas lag, Kummer zu bereiten.

Ich schaute mich um, als wir den Korridor entlanggingen, nervös wie nur was, weil ich halb und halb damit rechnete, dass Big Man aus einem Krankenzimmer käme, Batterie und Generator unter dem einen Arm, einen Baseballschläger unter dem anderen.

Am Ende des Korridors sah ich Brett aus einem Zimmer kommen. Sie schaute in meine Richtung, stutzte, lächelte und ging uns entgegen.

»Ist sie das?«

»Ja«, sagte ich.

»Sieht aus, als wär sie ganz dein Typ.«

»Was soll das jetzt wieder heißen?«

Aber ihm blieb keine Zeit für eine Antwort. Brett stand bereits vor uns. Mir entging nicht, dass sie über meine Schulter hinweg in Richtung Schwesternzimmer schaute.

»Hap. Schön, dich zu sehen. Aber ich arbeite gerade.«

»Ich weiß. Das ist Leonard Pine.«

Sie lächelte Leonard an. »Ich hab schon viel von Ihnen gehört.«

»Freut mich, Sie kennenzulernen«, sagte Leonard.

»Wirklich«, sagte Brett. »Ich kann nicht plaudern. Old Lady Elmore führt ein strenges Regiment.«

»Ist das die fette Frau, die so aussieht, als täten ihr die Füße weh?«, fragte Leonard.

Brett grinste. »Das ist sie. Und wahrscheinlich tun ihr tatsächlich die Füße weh. Meine tun es jedenfalls.«

»Brett, ich will dich nicht belästigen. Aber das ist so 'ne Art Notfall.«

»Notfall?«

»Niemand ist verletzt. Na ja, nicht sehr. Aber es könnte sein, dass ich dich unabsichtlich in die Scheiße geritten habe.«

»Das verstehe ich nicht.«

»Kannst du dir freinehmen?«

»Ich … das weiß ich nicht … Wenn ich Patsy überreden kann, meine Schicht zu übernehmen. Aber es wird ihr nicht gefallen. Ich hatte gerade erst Urlaub.«

»Was ist mit Ella?«

»Im Moment würde ich sie lieber nicht fragen. Ich bin froh, dass wir wieder miteinander reden. Sie denkt endlich daran, diesen Scheißer Kevin zu verlassen.«

»Aber du musst dir freinehmen. Wirklich. Ich würde das nicht tun, wenn es nicht wichtig wäre.«

»Okay. Aber würdet ihr bitte nach unten in die Aufnahme gehen und dort warten?«

Wir saßen in Bretts Wohnzimmer, Brett und ich auf der Couch, Leonard auf einem Sessel. Ich erklärte, was alles passiert war, und erzählte ihr von Jim Bob und unseren Schlussfolgerungen.

»Mein Gott! Ich hab ein unglaubliches Händchen beim Aussuchen meiner Männer.«

»Es tut mir leid«, sagte ich. »Ich hätte nie gedacht, dass es zu so etwas kommen würde.«

»Dieser Catcher … Er hat mich bedroht?«

»Er weiß von dir. Er hat vielleicht nur so dahergeredet, aber nach allem, was Raul und mir passiert ist, mache ich mir Sorgen um dich.«

Brett war einen Augenblick still. Sie sah mich an. Sie sah Leonard an. Sie ging ins Schlafzimmer und schloss die Tür.

Leonard sagte: »Tut mir leid, Hap.«

»Ja.«

Die Schlafzimmertür öffnete sich. Brett kam mit einem Halfter heraus, das eine Achtunddreißiger enthielt – Achtunddreißiger waren offenbar ziemlich beliebt in meinen Kreisen.

»Soll er nur kommen«, sagte Brett. »Ich mag dich, Hap. Du hast ein paar Macken, aber die hab ich auch. Du kannst nichts dafür. Soll das Arschloch ruhig kommen. Ich schieße ihn so voller Löcher, dass er sich für ein Tennisnetz hält. Ich hab einem Arschloch den Kopf verbrannt, da kann ich ja wohl eine Kugel in den Schädel eines anderen jagen.«

Ich dachte, gottverdammich, wenn das nicht wahre Liebe ist, weiß ich es auch nicht.

23

»Sie sind etwas schwer von Begriff«, sagte ich, »und bei Gesprächen würde ich mich auf Sachen beschränken wie ›das Badezimmer ist da drüben‹, ›Coca-Cola ist im Kühlschrank‹ und ›wollt ihr das Hähnchen knusprig oder nach Originalrezept?‹.«

Wir waren in Bretts Wohnzimmer, sie und ich. Wir schauten aus dem Fenster auf Leonard, der gerade in meinem Wagen mit Leon und Clinton vorfuhr. Man konnte sie unter der hellen Straßenlaterne deutlich sehen.

Leon und Clinton waren schwarze Zwillinge Mitte Dreißig mit Köpfen wie Bowlingkugeln und Körpern wie die Säulen, die das Britische Museum für Naturgeschichte tragen.

Sie waren Freunde von Leonard. Er hatte sie kennengelernt, nachdem er ihnen den Arsch versohlt hatte. Sie hatten Raul in einem Supermarkt ziemlich zugesetzt, und Leonard, der wesentlich kleiner war, hörte davon, spürte sie auf und wischte mit ihnen den Boden auf. Dass sie von ihm so in die Mangel genommen worden waren, hatte nichts mit ihrer Zähigkeit zu tun. Sie waren zäh. Aber Leonard war zäher. Besser trainiert. Und cleverer. Aber natürlich war das Foto eines menschlichen Gehirns cleverer als sie, mochte Gott ihnen gnädig sein.

Seit dieser Zeit waren sie für Leonard da, wenn er sie brauchte. Er brauchte sie jetzt. Meinetwegen.

Sie stiegen aus und standen in Bretts Vorgarten herum. Leon, der auch unter dem Namen Triefauge bekannt war, weil er irgendeine Krankheit hatte, die sein Auge trübte, hob einen Stein auf, warf ihn und traf Clinton im Rücken. Clinton, stinksauer, sah sich nach einem Stein um, fand einen und warf ihn nach Leon.

Leon, der schneller war, als er aussah, duckte sich, und der Stein traf etwas, das wir nicht sehen konnten und Leonard, Clinton und Leon zusammenzucken ließ.

»Scheiße«, sagte ich.

»Jesus«, sagte Brett. »Sind diese Burschen stubenrein?«

»Gerade eben, aber sie sind in Ordnung. Wenn dir irgendjemand ans Leder will, nehmen sie ihn auseinander und setzen ihn dann wieder so zusammen, dass nichts mehr zusammenpasst.«

»Werden sie dafür bezahlt?«

»Wir stecken ihnen ein paar Scheine zu. Sie würden es auch umsonst machen, aber sie haben keinen Job. Die Aluminiumstuhlfabrik hat sie vor einiger Zeit entlassen, und seitdem haben sie nicht mehr gearbeitet. Alle Jobs als Gehirnchirurgen sind schon vergeben. Aber sie sind in Ordnung.«

»Sie sehen ein wenig unheimlich aus.«

»Da solltest du erst mal Big Man Mountain sehen.«

Brett warf mir einen grimmigen Blick zu.

»Tut mir leid«, sagte ich. »Aber das ist die Realität. Diese Burschen können auf sich aufpassen, und sie werden auch auf dich aufpassen.«

»Ich kann nicht mit diesen Burschen im Schlepptau zur Arbeit gehen«, sagte Brett.

»Ich weiß. Wir werden Folgendes machen: Wir postieren Clinton hier. Er wird im Haus bleiben, während du bei der Arbeit bist. Auf die Weise kann niemand einbrechen und auf dich warten. Wenn du nach Hause kommst und irgendwas brauchst, geht er mit dir, falls Leonard und ich nicht da sind. Okay?«

»Okay. Was ist auf der Arbeit?«

»Leon wird dort sein. Ich weiß nicht, ob er dir überallhin folgen muss. Er wird einfach nur in der Nähe sein. Im Wartezimmer sitzen, auf dem Parkplatz rumschlendern, aufpassen eben. Mehr können wir nicht machen, wenn du unbedingt arbeiten willst.«

»Der Vermieter lässt mich nicht für die Miete bumsen.«

»Tja, er ist ein Trottel. Hast du deine Pistole?«

»Pistolen-Mama«, sagte sie, griff nach unten und zog ihre Schwesterntracht hoch. Die Kanone steckte in einem Halfter, das sie sich um den Oberschenkel geschnallt hatte.

»Soll ich mal nachsehen, ob das Schenkelhalfter nicht zu stramm sitzt?«

»Das sitzt perfekt«, sagte sie, indem sie den Rocksaum wieder sinken ließ.

»Weißt du, wie man damit umgeht? Eine Kanone zu haben, ist eine Sache, sie zu benutzen, eine ganz andere.«

»Ich hab sogar einen Waffenschein dafür. Ich hab einen Kurs gemacht.«

Der Kurs war für das in Texas neu beschlossene Gesetz erforderlich, welches vorschrieb, dass man nur dann legal eine verborgene Handfeuerwaffe tragen durfte, nachdem man Unterweisung in den Gesetzen bekommen und Schießunterricht genommen hatte.

»Ich vermute«, sagte sie, »dass ich von uns allen die Einzige mit einem Waffenschein bin. Und ich konnte schon schießen, bevor ich den Waffenschein hatte. Und das kannst du so auslegen, wie du willst. Außerdem habe ich einen Hirschfänger in meiner Handtasche. Der ist illegal. Aber ich kann dir sagen, dieses kleine Schmuckstück, legal oder nicht, schneidet dir im Nu die verdammten Eier ab.«

»Ich würde im Augenblick lieber nicht über Verletzungen an den Eiern reden.«

»Tut mir leid … Wird diese Geschichte dich in deinen Aktivitäten einschränken?«

»Nicht mal dann, wenn ich sie in Gips legen müsste.«

Leonard und die Zwillinge kamen herein. Leonard stellte sie vor. Clinton, der meistens das Reden übernahm, sagte: »Wie geht's denn so?«

»Gut«, sagte Brett. »Na ja, eigentlich nicht. Es gibt jemanden, der mir vielleicht an den Kragen will.«

»Der geht niemand am Kragen«, sagte Clinton. »Wir machen dem Wichser 'n paar Knoten innen Bauch, das machen wir.«

»Und wenn ihm Knoten nicht gefallen, schießen wir ihm 'n paar Löcher innen Bauch«, sagte Leon, indem er unter sein Sweatshirt griff und eine große, fettige Fünfundvierziger zückte.

»Ja«, sagte Clinton, »bis uns die Kugeln ausgehn.«

»Dann laden wir nach«, sagte Leon.

»Gut«, sagte Brett. »Das wollte ich nur hören.«

»Wenn ihn das nicht aufhält«, sagte Clinton, »laden wir noch mal nach.«

»Wir verstehen, was ihr meint«, sagte ich.

Brett wandte sich an mich. »Was ist mit dir und Leonard?«

»Ich schätze, wir tun das, was die alten Südstaaten-Guerillakämpfer im Sezessionskrieg getan haben.«

»Und was war das?«, fragte Brett.

»Nigger verfluchen?«, sagte Leonard.

»Nein«, sagte ich.

»Nigger lynchen?«, sagte Leonard.

»Halt die Klappe, Leonard. Wir hören mit der Warterei auf. Wir tragen den Kampf zu ihnen.«

»Gottverdammich«, sagte Leonard. »Jetzt bin ich inspiriert.«

Brett ging mit Leon im Schlepptau wieder zur Arbeit. Wir ließen Clinton mit den Anweisungen im Haus zurück, Brett nicht um Haus und Hof zu essen, wenigstens zu versuchen, ein paar Möbel zu verschonen, und nur bei hochgeklapptem Deckel ins Klo zu pissen.

Ein paar Nachforschungen lieferten uns die Adresse von King Arthurs Haus, und am nächsten Morgen fuhren wir dorthin. Es befand sich auf einem ausgedehnten Grundstück, das größtenteils aus rotem Lehm bestand, weil eine Planierraupe Bäume umpflügte, als wir dort ankamen.

Wir parkten neben der Straße und sahen aus dem Wagen über einen Stacheldrahtzaun hinweg der Planierraupe bei der Arbeit zu. Sie glättete Erdhügel, die ich für Indianergräber hielt. Sie sahen wie Gräber aus, und in traditioneller East-Texas-Manier wurden sie für den Fortschritt plattgewalzt.

Scheiß auf die Indianer. Scheiß auf die Töpferwaren. Scheiß auf das kulturelle Erbe. Scheiß auf den Boden. Scheiß auf die Bäume. Lasst uns diese Scheiße plattwalzen, lehmrot und hässlich, und den extragroßen Wohnwagen herbringen.

Und genau das hatten sie getan.

Gleich mehrere davon.

Von unserem Standort hatten wir eine gute Aussicht, weil es keine Bäume gab, nur noch ein paar Stümpfe und die große Raupe, die diese lästigen Grabhügel plattwalzte. Das Grundstück bestand Hektar um Hektar aus rotem Lehm, abgesehen von einem Fleckchen Bermudagras in einer Ecke, einigen mit Hormonen gemästeten Kühen und einer großen roten Metallscheune sowie, ich schwöre, vier extragroßen Wohnwagen. Zwei lang, zwei breit, miteinander verbunden.

»Und, was machen wir jetzt, Bruder?«, fragte Leonard. »Reinstürmen und ihm die Scheiße aus dem Arsch prügeln?«

»Nein, das ist mehr dein Stil. Ich werde warten. Wir werden ihm folgen. Wir werden ihn isolieren. Und dann werden wir reden.«

Jim Bobs gelber Pontiac hielt hinter uns, er stieg aus und ging zu meinem Wagen, blieb auf meiner Seite stehen. Ich hatte das Fenster geöffnet, er nahm seinen Cowboyhut ab und steckte den Kopf herein.

»Ich hoffe, ihr Penner schleicht hier nicht rum«, sagte er, »weil ihr vom Schleichen nichts versteht.«

»Wir finden, wir machen uns ganz gut«, sagte ich.

»Ich bin echt überrascht, dass ihr Burschen so lange am Leben geblieben seid. Ihr habt einen Schutzengel, das glaube ich jedenfalls.«

»Die saubere Lebensart«, sagte Leonard.

»Daran muss es wohl liegen.«

»Woher wussten Sie, dass wir hier sind?«, fragte ich.

»Ich bin euch vom Haus der Krankenschwester gefolgt.«

»Warum schnüffeln Sie *immer noch* rum?«

»Aus Gewohnheit, schätze ich.«

»Wann, zum Teufel, schlafen Sie eigentlich?«, fragte ich.

»Wenn ich Zeit dazu habe. Was andere Dinge betrifft, wie zum Beispiel diesen King Arthur, da kann ich euch vielleicht helfen, weil ich das alles hier schon vor einiger Zeit abgeklappert hab. King Arthur verlässt sein Heim nicht vor Mittag. So etwa gegen Viertel nach eins, jeden Tag, Montag bis Freitag. Er fährt zur Fabrik und geht durch einen besonderen Hintereingang rein. Um fünf Uhr steigt er wieder in seinen Wagen und fährt nach Hause. Vielleicht sollte ich noch erwähnen, dass er auf dem Weg zur Fabrik und nach Hause immer in Begleitung einiger Kerle ist, die aussehen, als würden sie zur Unterhaltung Sittichen den Kopf abreißen und den Halsstumpf aussaugen.«

»Sie wissen wohl alles, was?«

»Fast alles. Wie sieht Ihr Plan aus?«

»Eigentlich haben wir einen ganz simplen Plan. Zwei Pläne. Ich will mit King Arthur reden, aber ich denke mir, dass wir wohl eher Leonards Plan folgen werden.«

»Und der wäre?«

»Wir schlagen den alten Furz zusammen, bis er mit einem Geständnis kommt.«

»Ja«, sagte Leonard. »Und seine Begleitung schlagen wir auch zusammen.«

»So alt ist King Arthur gar nicht«, sagte Jim Bob. »Er ist ungefähr in meinem Alter. Und für mich sieht er aus, als käme er ganz gut zurecht. Und was das Zusammenschlagen seiner Begleitung angeht, Leonard, da kann ich nur hoffen, dass Sie gut gefrühstückt haben.«

»Was würden Sie denn tun?«, fragte ich.

»Ich würde die Scheißer zusammenschlagen.«

Wir überließen die Planierraupe ihrer Arbeit und folgten Jim Bob ins Holiday Inn. Wir tranken einen Kaffee in der Cafeteria, und Jim Bob erzählte uns einiges über King Arthur.

»Wissen Sie, dass King Arthur mal ein Chili-Wettkochkönig war und das seinem Rezept sozusagen zu Rum und Ehren verholfen hat? Die Sache war nur die, man hat rausgefunden, dass der alte King die Preisrichter bestochen hat. Es spielte keine Rolle, ob es eine kleine lokale Veranstaltung oder ein Großereignis war. Für ihn war Gewinnen eine ernste Sache, bis hin zu Geld und jungen Muschis für die Preisrichter. Dann ging er dazu über, sich King Arthur zu nennen. Fing mit dem Chili-Geschäft an, und es boomte. Dabei schadete ihm auch nicht, dass er die Finger in jedem schmutzigen Geschäft in East Texas hatte. Angefangen bei den Huren, die er am Laufen hatte, bis hin zu Schutzgeldern, die ihm schwarze Ladenbesitzer zahlten. Wenn sie's nicht taten, hatten ihre Geschäfte die Eigenart, Brände anzuziehen.«

Jim Bob redete eine Weile über King Arthur, was mich ziemlich deprimierte. Dann kamen er und Leonard irgendwie auf Politik zu sprechen.

Während sie herausfanden, dass sie im Allgemeinen in allen Fragen übereinstimmten, ging ich in die Lobby und benutzte das Münztelefon, um bei Brett anzurufen.

Sie und Clinton hatten sich gerade eine Talkshow angesehen.

»Es war eine Wiederholung über Leute, die Sachen aus Geschäften geklaut und zu Hochzeiten verschenkt haben«, sagte Brett. »Die ganze Familie. Sie haben sie im Fernsehen darüber reden lassen, als wären sie irgendwelche Berühmtheiten.«

»Heutzutage sind sie das auch.«

»Sie sind ein Haufen Diebe, die ihre fünfzehn Minuten in der Glotze kriegen. Und was noch lustiger ist, oder auch trauriger, während sie in der Show waren, bekam der Gastgeber einen Anruf von dem Hotel, in dem diese Stinktiere abgestiegen sind, und was soll ich dir sagen: Sie haben die Handtücher und Bettlaken gestohlen und den Haartrockner von der Wand gerissen. Sie haben das ganze Zeug in ihrem Gepäck hinter der Bühne gefunden, und jetzt sind sie wieder in Schwierigkeiten. Ich kann tausend Sender empfangen, und das kommt dabei raus. Beängstigend.«

»Du hast es dir angesehen«, sagte ich.

»Clinton wollte unbedingt.«

»Ach was, Clinton mag Spielshows.«

»Na gut, du hast mich erwischt ... Wie geht es voran?«

»Im Augenblick gar nicht. Aber das kommt noch. Wir haben einen Plan.«

»Und welchen?«

»Wir werden King Arthur und seine Strolche zusammenschlagen.«

»Gut ausgedacht.«

»Vielleicht stehlen wir sogar sein Chili-Rezept.«

»Zwingt ihn dazu, das Zeug zu essen«, sagte sie.

»Wieso?«

»Hast du das Zeug mal probiert? Ich weiß nicht, ob es wirklich schlimmer wäre, sich Scheiße in den Mund zu stopfen.«

»Glaub mir, es wäre schlimmer.«

»Na gut, du hast recht. Aber es wäre nicht viel schlimmer. Du meinst das nicht ernst, dass ihr King zusammenschlagen wollt, oder? Nicht, dass es mich stören würde, aber ich weiß nicht, ob das so eine gute Idee ist.«

»Ich schätze, wir werden tun, was wir tun müssen, wenn es so weit ist.«

»Ist gut zu wissen, dass ihr Burschen einen komplizierten Plan ausheckt«, sagte Brett.

»Ja. Muss ziemlich tröstlich sein. Nimm's leicht, Baby.«

»Du auch, Schatz.«

Ich legte auf und ging wieder zu Jim Bob und Leonard. Sie redeten über die Mündungsgeschwindigkeit bei Gewehren.

Ich trank noch eine Tasse Kaffee und hörte zu, bis sie es leid waren, dann gingen wir auf Jim Bobs Zimmer.

Bis zum Mittag sahen wir fern und quatschten, dann fuhren wir zu King Arthur.

24

Jim Bob fuhr meinen Wagen, in den wir drei uns gequetscht hatten. Jim Bobs glänzende schwarze Pumpgun lag auf dem Boden, und ich konnte während der Fahrt das Waffenöl riechen. Ich presste immer wieder die Hand gegen mein Hemd, sodass ich die Achtunddreißiger im Hosenbund darunter spüren konnte. Leonard fummelte am Radio herum.

Ich hatte schon eine Menge Auseinandersetzungen hinter mir, mehr, als irgendjemand geglaubt hätte. Ich war in einer rauen Stadt aufgewachsen und hatte bis zum High-School-Abschluss Dutzende von Kämpfen ausgefochten. Die meisten davon waren einfache Prügeleien, bei denen es nicht um Leben und Tod gegangen war, aber ein paar davon waren ziemlich heftig gewesen. In den Sechzigern hatte ich mir die Haare lang wachsen lassen, und dagegen hatte es reichlich Opposition gegeben, sodass ich mich praktisch jeden Tag streiten oder prügeln musste.

Ich hatte eine ganze Reihe einfacher Jobs, und die Länge meiner Haare war immer ein Thema gewesen. Noch mehr die Prügeleien. Ich suchte den Kampf nicht und versuchte es zuerst mit Diplomatie, aber ich brachte meine Fäuste trotzdem zu schnell ins Spiel, und obwohl ich es nur ungern zugebe, hatte es eine Zeit gegeben, als es mir sogar gefiel. Ich verlor nicht leicht die Beherrschung, aber wenn, dann gründlich, und danach empfand ich immer eine merkwürdige Leere, die bewirkte, dass ich mich schmutzig und anderen Leuten in meiner Umgebung unterlegen fühlte.

Einmal, spät nachts, diskutierten Leonard und ich über unsere körperlichen Auseinandersetzungen. Nicht nur über diejenigen, welche wir gemeinsam bestritten hatten, sondern über Vorfälle, in die wir allein verwickelt gewesen waren. Es war ein sonderbarer Augenblick, eine Mischung aus Angabe, Tatsachen, Scham und Stolz, Reue und Euphorie.

Und jetzt war ich wieder auf dem Weg in eine Situation, die höchstwahrscheinlich zu einer Konfrontation und vielleicht zu mehr als nur ein paar Faustschlägen führen würde. Wir hatten unsere Kanonen nicht dabei, um auf Blechdosen zu schießen. Mein Magen hatte sich verkrampft. In meinem Kopf hämmerte es. Doch gleichzeitig fühlte ich mich auch losgelöst von meinem Körper, von einer Mischung aus Angst und Vorfreude erfasst.

Wir parkten hinter einem Schuppen nicht weit von King Arthurs Alptraum aus rotem Lehm entfernt, stiegen aus und setzten uns auf die Haube, sodass wir beobachten konnten, wenn er vorbeifuhr.

Jim Bob sagte, er kenne den Wagen, also waren seine Augen auf die Straße gerichtet. Während wir warteten, erzählte er uns ein paar lustige Geschichten und ein paar lausige Witze und sagte dann: »Also gut, steigt in den Wagen.«

Wir sahen einen großen silbernen Lincoln mit getönten Fenstern die Straße entlangrollen. Einen Augenblick später hingen wir hinter ihm und beschleunigten mit allem, was mein kleiner Pickup hergab.

»Hier biegt der Fahrer normalerweise ab«, sagte Jim Bob.

Jim Bob hatte recht. Der Wagen bog rechts ab auf eine asphaltierte Straße, die zur Old Pine Road und schließlich auf die Schnellstraße zu King Arthurs Chili-Fabrik führte.

Jim Bob gab Gas und scherte aus. Der Lincoln versuchte behilflich zu sein und fuhr scharf rechts, aber Jim Bob fuhr ebenfalls scharf nach rechts. Einen Augenblick später rammte mein Wagen die Seite des Lincoln. Funken sprühten. Lacksplitter sausten am Fenster vorbei.

»Hey«, sagte ich.

Jim Bob achtete nicht auf mich. Er rammte den Lincoln hart, der ins Schleudern geriet. Mir wurde klar, dass er der großen Eiche entgegenschleuderte, wo Pferdepimmels und Rauls Leichen gefunden worden waren.

Ironie des Schicksals oder Zufall? Ich durfte nicht vergessen, Jim Bob danach zu fragen, vorausgesetzt, ich endete nicht mit dem Armaturenbrett zwischen den Zähnen und dem Motor in der Brust.

Der Lincoln segelte auf das Gras neben der Straße. Der Fahrer kämpfte mit dem Lenkrad und verfehlte den Baum, schoss aber über die Kante des Abhangs hinaus und bergab. Er holperte und schepperte den Hang hinab und rutschte in die Ranken und weiter, seitlich auf die Bäume am Fuß des Abhangs zu. Der Lincoln traf die Bäume mit heftigem Knall und Knirschen, und das Sonnenlicht brach sich in den Scherben des Rücklichts, die durch die Luft flogen.

All das konnte ich sehen, weil Jim Bob ihnen mit dem Pickup folgte. Er hatte nicht etwa angehalten. Wir holperten und bockten, stießen uns den Kopf am Wagendach, rutschten dem Armaturenbrett entgegen und hielten schließlich seitwärts schleudernd an, kurz bevor der Hang wirklich steil wurde und zu den Bäumen hin abfiel, wo der andere Wagen mit einem Fleckchen Wildnis zusammengestoßen war.

Jim Bob riss die Tür auf, schnappte sich die Schrotflinte und rief: »Es geht rund!«

Leonard und ich stiegen rasch aus. Ich glitt im Gras aus, aber es gelang mir, auf den Beinen zu bleiben und meine Kanone zu ziehen, ohne mich zu erschießen. Wir rannten den Abhang hinunter zum Lincoln.

Der Fahrer, ein fetter Mann in einem schwarzen Anzug, und zwei andere Wasserbüffel in schwarzen Anzügen stolperten gerade aus dem Wagen. Einer von ihnen, der Bursche von der Rückbank, hatte seine Kanone gezogen, eine Neunmillimeter. Die Wagentür hinter ihm war geöffnet, und ich konnte King Arthur auf der Rückbank sitzen sehen, wenigstens nahm ich an, dass es King Arthur war. Ich hatte sein Bild auf Dosen seines Chilis gesehen. So, wie er dort saß, hätte man meinen können, er warte auf den Bus.

Der Mann, der seine Kanone gezogen hatte, hob sie, und Jim Bob schoss mit der Schrotflinte. Lehm spritzte vor dem Burschen auf.

Jim Bob sagte: »Meiner ist größer, also weg damit!«

Der Mann warf die Kanone weg.

Die anderen beiden – und einer von ihnen stand auf der anderen Seite des Wagens, da er auf der Beifahrerseite ausgestiegen war – hatten die Hände in ihren Jacken, und Leonard und ich richteten unsere Kanonen auf sie. Jim Bob sagte: »Ihr werft besser die Schießeisen weg, bevor sie euch in Schwierigkeiten bringen.«

Sie sahen einander an, dann holten sie behutsam ihre Waffen aus der Jacke und ließen sie fallen.

Jim Bob sagte: »Du da auf der anderen Seite, komm hier rüber, wo ich dich besser sehe, und sorg dafür, dass du keine Bazooka in der Socke hast.«

Der Mann war groß und die Haare waren so dünn und grau, dass er auf den ersten Blick kahl aussah. Er kam langsam um den Wagen herum. Seine Zähne waren feucht vom Speichel und glänzten im Sonnenlicht wie eingefettete Klaviertasten.

King Arthur, der einen weißen Stetson, einen grauen Cowboyanzug und graue, mit roten Chilischoten verzierte Stiefel trug, glitt auf unserer Seite aus dem Lincoln und sah uns an. Er war ungefähr eins achtzig groß und hatte ein faltiges, braunes Gesicht mit der Nase eines Ameisenbären. Er hatte ein Grübchen im Kinn, das tief genug war, um eine getrocknete Erbse darin zu verstecken, und verächtlich blickende Augen.

King griff in seine Jackentasche, holte langsam eine Schachtel Zigaretten heraus, zeigte sie uns, steckte sich eine zwischen die Lippen und die Schachtel zurück und nickte dann einem seiner Büffel zu.

Derjenige, der hinten bei King auf der Rückbank gesessen hatte, sah uns an, griff vorsichtig in seine Hosentasche, zückte ein Feuerzeug und zündete Kings Zigarette an.

»Noch in der Fahrschule, Jungens?«, sagte King Arthur.

»Sparen wir uns den Scheiß«, sagte Leonard. »Sie wissen, wer wir sind?«

»Ja, ich weiß, wer ihr seid«, sagte King Arthur, während er seine

Zigarette paffte. »Unruhestifter. Und seht mal, was ihr mit meinem Wagen angestellt habt.«

»Ich glaube nicht, dass Sie das anzeigen werden«, sagte Jim Bob. »Könnte Sie zu sehr ins Rampenlicht rücken.«

King Arthur lächelte. »Wenn Sie das dächten, wären Sie zur Polizei gegangen. Wieso haben Sie's nicht getan? Sie stecken Ihre beschissenen Nasen jetzt schon seit einiger Zeit in meine Angelegenheiten.«

»Also kennen Sie uns?«, sagte ich.

»Ich kenne alle möglichen Scheißer«, sagte King Arthur. »Sie haben alle mit diesen Schwulen zu tun, die umgelegt worden sind.«

»Es geht um Folgendes«, sagte ich. »Wir wollen nicht lange drum rumreden. Wir sind darauf aus, Ihnen Ärger zu machen. Aber im Augenblick ist es mehr persönlich. Drei Ihrer Schläger – falls Sie 'n paar vermissen, sollten Sie mal in einer ganz bestimmten Waldhütte nachsehen – sind in mein Haus eingebrochen, haben es verwüstet, mich zusammengeschlagen und entführt. Es war ein Bursche, der für Sie arbeitet, ein gewisser Big Man Mountain ...«

»Der Catcher?«, fragte King Arthur.

»Sie wissen, wer«, sagte ich. »Dieser Mountain hat ein Kabel mit Batterie und einem kleinen Generator mit Handkurbel an meine Eier geklemmt und mir ein paar Volt verpasst. Glücklicherweise bin ich dank einiger Hilfe noch da.«

»Erwähnen Sie das nicht«, sagte Jim Bob.

»Was ich Ihnen sagen will«, sagte ich, »ist ziemlich simpel. Wir könnten Sie auf der Stelle erschießen, und ich finde, dass das höchstwahrscheinlich eine gute Idee ist, aber das ist nicht mein Stil.«

»Aber es ist mein Stil«, sagte Jim Bob, »also vergessen Sie nicht, King, dass die Dinge sich von einem Augenblick zum anderen ändern können.«

Ich bedachte King Arthur mit einem Blick, der hart genug war, um einen Nagel damit einzuschlagen, und sagte: »Klare Sache, dass wir darauf aus sind, Sie festzunageln. Sie können sich drauf verlassen. Legal, wenn möglich. Aber lassen Sie mich eins klarstellen, und ich schlage vor, Sie sperren die Augen ganz weit auf, setzen Ihre Brille auf und benutzen ein Fernglas, damit Sie auch sehen, was, zum Teufel, ich klarstellen will. Wenn Sie mir, Jim Bob, meinem Bruder Leonard oder meiner Freundin – und Sie wissen, wer sie ist, weil Big Man Mountain sie kennt – irgendwie zu nahe treten, bringe ich Sie um.«

»Wenn ich es nicht zuerst tue«, sagte Leonard.

»Und vergessen Sie mich nicht«, sagte Jim Bob.

»Das ist Ihre letzte und einzige Warnung«, sagte ich.

»Ihr Jungens seht mich ganz falsch«, sagte King.

»Ja«, sagte ich. »Sie sind ein ganz unschuldiger Bursche. Deswegen haben Sie auch drei Leibwächter.«

King nickte. »Na schön. Ich bin nicht so unschuldig, aber die Leibwächter habe ich hauptsächlich, weil ich sie mir leisten kann. Mir gefällt, wie das aussieht. Und ab und zu kriege ich auch Ärger. Ich hab außerhalb des Chilis hier und da noch ein paar Geschäfte laufen, aber ich musste noch nie jemanden erschießen. Oder erschießen lassen. Natürlich könnte ich bei euch 'ne Ausnahme machen. Ich versteh das nicht. Das alles wegen irgendwelchem beschissenen Fett?« King Arthur ließ seine Zigarette ins Gras fallen und trat sie mit dem Absatz aus. »Wegen 'nem schwulen Cop, der 'n Video von meinem Fettbeschaffungsunternehmen gedreht hat? Wollt ihr Jungens da anfangen, wo er aufgehört hat? Darum geht's euch, was? Wie viel wollt ihr?«

»Wir wollen nur das, was ich gerade gesagt hab«, sagte ich zu ihm, wobei ich meine Kanone senkte.

»Sie glauben, ich hätte diese Schwulen umgelegt, nicht? Wegen dieser Fettgeschichte, die sie aufgenommen haben? Ich hab versucht, sie auszuzahlen, aber ich hab sie nicht umgelegt.«

»Erzählen Sie das einem Lügendetektor«, sagte ich.

»Jederzeit. Hören Sie mal zu, Sie drei. Sie halten sich für zäh, aber so zäh sind Sie gar nicht. Und Sie wissen einen Scheiß. Ich hätte diesen Jungens vielleicht zugesetzt, aber ich hätte sie nicht wegen Fett umgelegt. Das wäre eine Mordanklage nicht wert. Nicht zwei Schwule mit 'nem Video, wie meine Jungens Fett klauen.«

»Big Man war auf dem Video«, sagte ich. »Sie versuchen so zu tun, als kennen Sie ihn nicht? Und was das Nicht-Umlegen betrifft, letzte Nacht war er jedenfalls in Mordlaune.«

»Ich kenne ihn«, sagte King Arthur, indem er sich eine neue Zigarette zwischen die Lippen steckte. Er wandte sich an den Büffel neben sich. »Arschgesicht, gib mir Feuer.« Derselbe große Mann, der ihm vorher die Zigarette angezündet hatte, zückte wiederum sein Feuerzeug. King Arthur nahm einen tiefen Zug. »Aber er arbeitet nicht mehr für mich. Er hat sich selbstständig gemacht. Was diese anderen Burschen betrifft, von denen Sie sagten, dass sie tot sind, die kenn ich nicht. Und das kann euch in Schwierigkeiten bringen, Jungens, wenn die Behörden das rausfinden.«

»Nur zu, erzählen Sie's ihnen doch«, sagte Jim Bob.

King Arthur schüttelte den Kopf. »Nee. Ist mir scheißegal. Mit denen hab ich nichts zu tun. Ich will euch Schwachköpfen mal was sagen. Diese Fettgeschichte, na schön, ich bin also mit runtergelassener Hose und meinem Schwanz in einem Schweinearsch erwischt worden. Aber das spielt keine Rolle. Das Geschäft ist ziemlich einträglich. Selbst wenn ich geschnappt werd und Strafe zahlen muss, kann ich 'ne Woche später wieder damit anfangen. Ich war sogar bereit, die Schwuchteln zu bezahlen, auch wenn sie ziemlich gierig waren. Gefällt mir irgendwie immer, wenn ich seh, dass 'n Cop abrutscht. Das rechtfertigt meine Überzeugungen über die menschliche Natur, und dieser Pferd war 'n echter Verlierer. Die andere Schwuchtel, ich glaube, der war das Hirn des Unternehmens. Ich weiß es nicht. Ist mir auch scheißegal. Jetzt sind sie tot, und das tut mir nicht im Geringsten leid. Und, ja, ich weiß, wer ihr drei seid. Ich hab meine Kontakte. Ihr habt 'ne Menge rumgeschnüffelt. Ich weiß, dass der Nigger hier 'n Schwanzlutscher ist und auch noch 'n Perverser.«

»Vorsicht mit dem Nigger und dem Perversen«, sagte ich.

»Ja«, sagte Leonard. »Das gefällt mir nicht.«

»Ja«, sagte King Arthur, »schön, ich nehm's zurück. Aber ihr Schwanzlutscher bellt trotzdem den falschen Baum an. Wenn ihr das Video habt, zahl ich euch 'n hübsches Sümmchen, um es zu kriegen, wie ich's bei den beiden Schwuchteln machen wollte. Aber um die Wahrheit zu sagen, wenn ich's nicht kriege, ist es mir auch egal. Es interessiert mich einfach nicht. Um die Folgen kümmere ich mich, wenn's so weit ist. Und mehr hab ich dazu nicht zu sagen.«

»Die Sache ist nur die«, sagte Jim Bob, »wir reden hier nicht über das Fett.«

Zum ersten Mal, seit er aus dem Lincoln gestiegen war, sah ich einen Ausdruck der Verwirrung über Kings Gesicht huschen. Vielleicht war es auch Besorgnis oder ein Teller von seinem Chili, der ihm gerade hochkam.

»Um was, zum Teufel, geht es hier dann eigentlich?«, sagte King Arthur.

»Um ein anderes Video«, sagte Leonard.

»Worüber?«, sagte King Arthur. »Wenn ihr zwei Videos davon habt, wie meine Männer Fett klauen, macht das die Sache für mich auch nicht schlimmer. Passt mal auf, ich hab hier und da 'n paar illegale Geschäfte am Laufen, damit ich mir saubere Unterwäsche leisten kann, aber was soll's?«

»Was ist mit den Videos aus dem LaBorde Park?«, fragte ich.

»Noch mal, wie war das?«, fragte King Arthur.

»Was ist mit einem Notizbuch mit verschlüsselten Telefonnummern von Videoläden?«

King Arthur blinzelte. »Ich hab keine Ahnung, was ihr Jungens getrunken habt, aber das Zeug hat euch den letzten Rest Verstand geraubt. Ich weiß nichts über irgendwelche anderen Videos, Notizbücher und Videoläden. Bissinggame hat mir erzählt, ihr hättet ihm genau das erzählt. Ich dachte, er hätte euch missverstanden.«

»Was ist mit einem Notizbuch aus Ihrer Fabrik?«, fragte ich. »Mit einem King-Arthur-Notizbuch?«

»Die Dinger findet man überall. Hört mal, Jungens. Ich muss den Wagen aus dem Graben ziehen lassen.« King wandte sich an den Mann neben sich. »Hol mir das Telefon.«

Als der Mann sich in Bewegung setzen wollte, sagte Jim Bob: »Nicht so voreilig.«

Der Mann sah King an. King nickte und sagte: »Wenn Sie noch was zu sagen haben, dann raus damit, oder kommen Sie zum Ende. Erschießen Sie uns, oder lassen Sie mich den Wagen aus dem Graben ziehen. Ich hab 'nen ziemlich ausgefüllten Tag vor mir. Wie geht's also weiter?«

»Na schön«, sagte ich. »Holen Sie das Telefon. Aber bevor ich gehe, King, lassen Sie mich noch mal wiederholen, was ich Ihnen klarmachen wollte. Halten Sie sich von mir und meinen Freunden fern.«

»Mit Vergnügen.«

Der andere Mann holte das Telefon aus dem Wagen und gab es King. King fing an zu wählen, als seien wir gar nicht da.

Jim Bob sagte: »Ihr Jungens bleibt besser ganz ruhig, bis wir weg sind. Lasst eure Kanonen einfach auf dem Boden liegen.«

Wir gingen rückwärts den Hang hinauf, während wir unsere Kanonen auf sie gerichtet hielten. Jim Bob fuhr den Pickup vorsichtig wieder auf die Old Pine Road.

Als wir wieder auf Asphalt fuhren, sagte ich: »Tja, jedenfalls haben wir ihm richtig Angst eingejagt.«

»Ja«, sagte Jim Bob. »King war echt nervös. Mit 'nem Kissen in der Nähe hätte er vielleicht 'n kleines Nickerchen gemacht.«

25

Wir fuhren zu Leonard, riefen auf dem Revier an und verlangten Charlie. Er war nicht da, aber die Vermittlung versprach, ihm eine Nachricht zukommen zu lassen. Fünf Minuten später rief er zurück.

»Was liegt an?«, fragte er.

»Wir müssen dich sprechen«, sagte ich. »Leonard, Jim Bob und ich.«

»In Ordnung. Ich bin gleich da.«

»Du klingst nicht so fröhlich, wie du zu klingen versuchst.«

»Tatsächlich hat der Tag Gutes und Schlechtes gebracht. Aber am Telefon will ich nicht drüber reden. Obwohl ich dir den guten Teil erzähle, wenn ich bei euch bin.«

»Was ist mit dem schlechten?«

»Das weiß ich noch nicht«, sagte er. »Bis gleich.«

Wir saßen auf Leonards vorderer Veranda auf der Hollywoodschaukel, als Charlie vorfuhr. Es war ein ziemlich schwüler Tag. Die Sonne war so hell wie die Augen Gottes, und der Himmel hatte eine milchig blaue Farbe. Es roch nach gemähtem Rasen und Schweiß. Meinen Händen haftete immer noch der Geruch nach Waffenöl an.

Charlie stieg aus dem Wagen und latschte über den Gehsteig zur Veranda. Er sah nicht gut aus. Müde. Die Haare ungekämmt. Kein Filzhut. Seine Kleidung war zerknittert und sah speckig aus, als habe er sie seit Tagen nicht gewechselt. Er lächelte schwach und schüttelte uns allen die Hände. Er wechselte ein paar Begrüßungsworte mit Jim Bob.

Charlie setzte sich auf die Kante der Veranda, holte eine Zigarette heraus und zündete sie an. Er nahm einen tiefen Zug, der ein Viertel der Zigarette in Asche verwandelte. Er behielt den Rauch ein paar Augenblicke in der Lunge und ließ ihn dann langsam durch die Nase ausströmen, wobei er seufzte, als sei er gerade aus einem guten, langen Nickerchen erwacht.

»Was habt ihr Jungens für mich?«, fragte er.

»Wissen wir nicht so genau«, sagte Jim Bob. Dann erzählte er Charlie, was vorgefallen war, auch, dass wir King von der Straße gedrängt und mit der Waffe bedroht hatten. Big Man Mountain und die beiden Strolche, die er erschossen hatte, ließ er aus. Er beendete seinen Bericht mit: »Hat King Anzeige erstattet?«

»Nicht dass ich wüsste«, sagte Charlie. »Aber Leute von der Straße zu drängen, das ist nicht gut, Partner.«

»Ich habe auch nicht geglaubt, dass er Anzeige erstatten würde«, sagte Jim Bob.

»King könnte trotz allem unschuldig sein«, warf ich ein.

»Ich glaube, wir haben unseren Mann gefunden«, sagte Jim Bob. »Wie wahrscheinlich ist es, dass zwei Videos und ein King-Arthur-Chili-Notizbuch nichts miteinander zu tun haben?«

»Ich weiß nicht«, sagte ich. »King hat auf mich ziemlich selbstsicher gewirkt. Er hat sich keine Sorgen wegen der Fettgeschichte gemacht, und er sah sogar überrascht aus, als wir das andere Video und das Notizbuch zur Sprache brachten.«

»Ich hab schon einige gute Lügner gesehen«, sagte Leonard.

»Ich sehe fast nur Lügner«, sagte Charlie. »Es ist schon so weit gekommen, dass ich alle für Lügner halte. Wenn ich jemanden finde, der keiner ist, halte ich ihm die Stange. Wäre es anders, hätte ich euch alle drei längst eingebuchtet.«

»Irgendwelche Ideen zu dieser Geschichte?«, fragte ich Charlie.

»Ich weiß nicht recht. King hat schon ein paarmal in der Scheiße gesessen, obwohl das meiste einfach an ihm abgleitet, aber Mord … Ich halte es nicht für ausgeschlossen, aber bis jetzt hat er das vermieden. Er hat einen Haufen illegaler Geschäfte am Laufen, aber wenn er geschnappt wird, windet er sich normalerweise aus der Sache raus. Und er hat Geld. Und Rechtsanwälte. Und er hat den Chief, der – da bin ich mir sicher – ein ziemlich üppiges Taschengeld von King bezieht.« Charlie hielt inne und lächelte. »Jetzt, wo ich an den Chief denke, muss ich an Hanson denken. Und an meine gute Nachricht.«

»Du wirst doch jetzt nicht sagen, was ich glaube, oder?«, sagte Leonard.

Charlie nickte. »Doch. Er ist aus dem Koma erwacht.«

»Hol mich der Teufel«, sagte ich.

»Ich hab mit seiner Frau geredet«, sagte Charlie. »Sie sagte, die Ärzte meinen, er ist okay, nur etwas konfus. Er wird noch 'ne Weile liegen müssen, und dann kommt die Rehabilitation, aber es heißt, es geht ihm gut. Ist nur etwas verwirrt.«

»Das wäre ich auch«, sagte ich. »Das Letzte, woran er sich erinnert, ist ein Zusammenstoß mit einem Baum, dann erwacht er im Haus seiner Ex-Frau mit einem Haufen Schläuchen in sich. So was verwirrt. Hast du ihn schon besucht?«

»Noch nicht. Ich muss wohl noch eine Weile warten. Sie lassen nur den engsten Familienkreis zu ihm.«

»So, wie ich das sehe«, sagte Leonard, »gehörst du zum engsten Familienkreis.«

»Tja«, sagte Charlie, »der engste Familienkreis sieht das anders. Ich glaube, die Leute mögen Cops nicht besonders. Darum ging es bei dem ganzen Ärger zwischen ihm und seiner Frau. Wenn ich recht überlege, mag ich Cops auch nicht besonders.«

»Ich kenne Hanson nicht sonderlich gut«, sagte Jim Bob. »Ich hatte hier ein paarmal geschäftlich mit ihm zu tun, und ich habe von seinem Ruf gehört. Vor ein paar Jahren war er bei den Cops in Houston. Er hat den einen oder anderen größeren Fall da gelöst. Mehr weiß ich nicht, aber nach allem, was ich weiß, scheint er ein guter Mann zu sein.«

»Besser geht's nicht«, sagte Charlie.

»Und er kommt wieder in Ordnung?«, sagte ich. »Ich meine, richtig in Ordnung?«

»Du meinst, im Kopf?«, sagte Charlie.

»Genau.«

»Die Ärzte glauben es.«

»Hol mich der Teufel«, sagte ich. »Und ich dachte, er wäre so oder so hinüber.«

»Du darfst den Burschen nicht unterschätzen«, sagte Charlie. »Der kommt immer wieder auf die Beine. Und ist dann zäher als vorher. Also, was wollt ihr von mir?«

»Ich glaube, wir haben unsere Antwort bekommen, dass King keine Anzeige erstattet hat«, sagte Jim Bob.

»King will keinen Ärger wegen der Fettgeschichte und keine Aufmerksamkeit auf sich lenken, aber das heißt nicht, dass er in diesem Schwulen-Gewaltpornogeschäft ist«, sagte ich. »Er könnte die Wahrheit sagen.«

»King Arthur weiß gar nicht, was Wahrheit überhaupt bedeutet«, sagte Charlie. »Er war mal Gebrauchtwagenhändler.«

»Tja«, sagte Leonard, »das ist eindeutig ein Punkt gegen ihn.«

»Amen«, sagte Jim Bob.

»Und er war auch mal Bibelprediger«, sagte Charlie.

»Wenn ich mich recht erinnere«, sagte Jim Bob, »zählt Bibelpredigen automatisch zwei Punkte gegen einen.«

»Mit 'ner Zusatzstrafe«, sagte Leonard.

»Sieht so aus, als hätte ich dem nichts hinzuzufügen«, sagte Charlie. »Ich kann King zusetzen, wenn ihr mir das Video über den Fettdiebstahl gebt. Die Geschichte würde er möglicherweise sofort zugeben. Wir könnten ihn dann deswegen festnageln.«

»Mir gefällt die Vorstellung, ihm das Schlimmste anzuhängen«, sagte Leonard.

Jim Bob nickte. »Mir auch.«

Ich nickte ebenfalls. »Kannst du uns nicht noch etwas Spielraum lassen?«

»Verdammt noch mal«, sagte Charlie. »Ich lasse euch die ganze Zeit nichts anderes. Aber okay. Noch etwas. Habt ihr 'n Bier da?«

»Bist du nicht im Dienst?«, fragte ich.

»Bin ich«, sagte Charlie, »aber ich nehme mein Abzeichen ab und schließe die Augen, während ich trinke.«

»Könnte klappen«, sagte Leonard. »Lasst uns reingehen.«

Tatsächlich trank Charlie drei Bier und ging zwischendurch immer wieder auf die vordere Veranda, um eine Zigarette zu rauchen. Bei seinem letzten Ausflug dorthin schloss ich mich ihm an und sagte: »Erzähl mir das Schlechte.«

Er schaute zum Himmel, der sich verändert hatte. Die Sonne war hinter einigen dunklen Wolken verschwunden, und der Himmel hatte sein milchig blaues Aussehen verloren und sich verdunkelt. Es war totenstill.

»Tornadowetter«, sagte Charlie.

»Das Schlechte.«

Charlie nahm einen tiefen Zug von seiner Zigarette: »Also schön. Weißt du noch, dieser ganze Ärger zwischen Amy und mir wegen der Zigaretten? Und dem Sex?«

»Sicher.«

»Es liegt nicht an den Zigaretten.«

»Woran dann?«

»Sie will einfach nichts mehr von mir wissen. Sie macht mit anderen rum.«

»Hast du Beweise oder bist du nur paranoid?«

»Ich habe Beweise.«

»Das tut mir leid.«

»Ja. Mir auch.«

»Bist du absolut sicher?«

»Ja.«

»Was wirst du tun?«

»Das weiß ich noch nicht. Irgendwas.«

»Nichts Dummes, hoffe ich?«

»Wie zum Beispiel, sie zu erschießen, meinst du?«

»So was in der Art, ja.«

»Nee, das ist nicht mein Ding, Kumpel. Ich könnte ihr sogar verzeihen.«

»Hast du sie schon zur Rede gestellt?«

»Noch nicht … Hap, ich muss dir sagen, ich hab die Schnauze gestrichen voll vom Polizeidienst.«

»Das ist nur das Bier, das aus dir spricht.«

»Nee, das ist nicht das Bier. Das bin ich. Hör mal, ihr Jungens habt mir von King Arthur erzählt, aber ihr habt mir nicht alles erzählt. Das solltest du jetzt nachholen.«

Ich erzählte ihm die Kurzfassung von Big Man Mountain und dem Vorfall mit dem Eier-Stimulator.

»Willst du damit sagen, dass Jim Bob diese beiden Schweinehunde einfach umgelegt hat?«

»Ich fand, sie sahen ziemlich tot aus.«

»Ich schätze, ich muss irgendeinen Vorwand finden, um mir diese Hütte mal anzusehen.«

»Er hat nur versucht, mich zu beschützen, Charlie. Er ist da reingeplatzt, um zu verhindern, dass ich denselben Weg wie Raul gehe. Er hatte gar keine andere Wahl, als sie zu erschießen.«

»Er ist gekommen, um sie zu erschießen, Hap, das weißt du. Diese Elektrizität, hat dir der Schwanz davon gestanden?«

»Ich erzähl dir, dass mein Leben in Gefahr war und ich fast gestorben wäre, und du willst das wissen?«

»Na ja, doch.«

»Ich glaube, er ist geschrumpft. Aber ich hab eigentlich nicht so drauf geachtet, in welche Richtung er sich bewegt hat. Es hat zu weh getan. Was weißt du über Big Man?«

»Er hat ein paar Verhaftungen hinter sich. Hat vor 'ner Weile mit dem Catchen aufgehört – oder vielmehr haben sie ihn ausgeschlossen. Er war in einige ziemlich miese Sachen verwickelt. Eine Zeit lang hat er für King gearbeitet. Es heißt, sie hätten sich ziemlich schnell wieder getrennt. Big Man nahm Befehle nicht so gern an, wie King sie gab. Es war kein moralischer Konflikt oder so, es waren nur zwei Arschlöcher, die aufeinanderprallten und denen das nicht gefiel. Über Big Man heißt es, wenn er 'ne Sache anfängt, bringt er sie auch zu Ende. Aber nachdem er den letzten Job für King erledigt hatte, hat er keinen neuen mehr übernommen. Wer weiß, vielleicht hat er seine Meinung geändert. Oder er braucht Geld.«

»Also weißt du wirklich nicht, ob er für King arbeitet?«

»Nach allem, was ich zuletzt gehört hab, arbeitet er nicht für ihn«, sagte Charlie, während er sich eine Zigarette anzündete. »Aber Dinge ändern sich, Mann. Sieh dir bloß Hanson an. Und, Jesus, meine Ehe.«

»Kennst du den Kerl?«

»Ja, und ich sag's nicht gerne. Es ist so gottverdammt beleidigend. Es ist unser verfluchter Versicherungsmakler. Wer mit 'nem Versicherungsmakler vögelt, der muss es echt nötig haben. Der Hurensohn kauft nicht bei Kmart oder Wal-Mart ein. Die Anzüge, die er trägt, sind maßgeschneidert. Er hat 'nen Bürstenschnitt. Und weißt du was?«

259

»Was?«

»Der Hurensohn raucht. Er kriegt ihre Muschi, und er raucht. Beschissene Zigarren, nichts weniger. Also, ist das nicht die letzte Scheiße?«

Ich lächelte, und Charlie versuchte zu lächeln, aber es klappte nicht recht.

»Tornadowetter«, sagte Charlie.

»Das sagtest du bereits.«

»Die Warnungen sind rausgegangen. Schon den ganzen Tag. Die Dinger ängstigen mich zu Tode. Kann den Gedanken an sie nicht ertragen. Glaubst du, ich sollte Amy gehen lassen?«

»Du fragst mich was über Frauen? Du musst echt ziemlich verzweifelt sein.«

»Du hast recht. Ich vergaß, dass du in der Beziehung der Oberversager bist.«

»Im Moment sieht's etwas besser aus«, sagte ich. Ich erzählte ihm von Brett und dass Big Man sie bedroht hatte und welche Maßnahmen wir deswegen ergriffen hatten.

»Du könntest dir damit ziemliche Schwierigkeiten einhandeln«, sagte Charlie.

»Stellst du sie für mich vierundzwanzig Stunden am Tag unter Polizeischutz?«

»Du weißt, dass ich das nicht kann. Je mehr ich mich um euch Burschen kümmere, auch wenn ich nur zu helfen versuche, desto schlimmer wird es. Ihr seid früher schon ziemlich aufgefallen, also würde der Chief euch liebend gern den Hunden zum Fraß vorwerfen.«

»Brett hat nichts damit zu tun.«

»Ich weiß. Aber der Chief lässt nicht zu, dass ich irgendwen unter Polizeischutz stelle. Wenn ich so etwas tue, muss ich ihm sagen, warum. Dann muss ich ihm erzählen, dass Jim Bob zwei Burschen weggepustet hat und du und Leonard damit zu tun habt. Tatsache ist, ich müsste deswegen eigentlich sowieso was unternehmen, aber im Moment geht mir das alles ziemlich am Arsch vorbei. Es ist mir scheißegal. Der mit dem Pockengesicht, den kenn ich. Er hat schon alles gemacht, von Raub über Mord bis zu Kindesmissbrauch. Eines von diesen Kindern ist seine eigene elfjährige Tochter. Falls einen das zum Vater macht, wenn man eine Eizelle mit Sperma befruchtet. Schwer vorstellbar, dass mir der Tod dieses Hurensohns den Schlaf raubt, wenn er's ist. Wenn er's nicht ist, dann ist es einer, der genauso ist wie er. Den Schwarzen kenn ich nicht, aber ich schätze, er gehört zur selben Sorte. Ich hab etwas Urlaub vor der Nase. Dann kann ich dir dabei helfen, deine Freundin zu bewachen. Nächste Woche, die ganze nächste Woche.«

»Charlie, wenn ich du wäre, würde ich die Zeit nutzen, um mit meiner Frau zu reden. Ich weiß nicht viel über eure Beziehung, aber es kann sein, dass sie zu Hause nicht das kriegt, was sie haben will, und ich rede hier nicht von Sex.«

»Es könnten viele Dinge sein, Hap. Und ich weiß nicht, welche es sind. Ich denke, ich muss sie wohl zur Rede stellen. Wenn sie in diesen Burschen verliebt ist und nicht in mich, dann sollte sie auch weitermachen. Dann will ich sogar, dass sie weitermacht. Aber wenn's mit mir zu tun hat, wenn ich irgendwas falsch mache oder einfach nicht so, wie sie's haben will, dann können wir das vielleicht regeln.«

»Das hoffe ich.«

»Natürlich könnte sie auch einfach nur 'n ziemliches Arschloch sein.«

»Da ist was dran.«

Leonard kam auf die Veranda. »Was treibt ihr Burschen eigentlich? Kommt wieder rein. Trinkt 'n Bier.«

»Nein, danke«, sagte Charlie. »Ich muss gehen. Viel Glück für euch. Und seid vorsichtig, ich würde es wirklich hassen, wenn ich euch verhaften müsste.«

Als Charlie gefahren war, kam Jim Bob zu uns nach draußen auf die Veranda. Er hockte sich auf die Schaukel und setzte sie mit dem Fuß in Bewegung. Er sagte: »Wie ich die Sache sehe, Leute, sind wir an einem toten Punkt angelangt.«

»Warum das?«, fragte Leonard.

»Ich glaube, dass dieses Chili-Arschloch für die Prügel verantwortlich ist, die mein Klient bezogen hat. Das hat wiederum mit den beiden zu tun, die umgelegt worden sind, Pferd und Raul. Aber das ist im Grunde nicht meine Angelegenheit, obwohl ich gewillt bin, sie zu meiner Angelegenheit zu machen. Sie, Hap, sind nicht überzeugt davon, dass der Chili-Heini unser Mann ist. Und Sie, Leonard, glauben zwar, dass er's ist, aber Sie fallen langsam um.«

»Ich falle um?«

»Sie haben Ihre Zweifel. Oder vielmehr wissen Sie, dass Hap seine Zweifel hat, und Sie schließen sich ihm an.«

»Ich denke für mich selbst.«

»Das habe ich nie bezweifelt. Aber Sie bemühen sich, Haps Gedanken und Gefühle dabei zu berücksichtigen. Bei ihm ist es genauso mit Ihnen. Ich kann das respektieren. Es ist albern. Aber ich kann es respektieren.«

»Führt das irgendwohin?«, fragte Leonard.

»Ja, es führt dazu, dass ich zurück ins Hotel gehe, ein Bad nehme, mir einen runterhole, etwas fernsehe, mich 'ne Nacht ausschlafe und mich morgen wieder an die Arbeit mache. Ich bleibe unserem Chili-Mann auf den Fersen, bis ich kriege, wonach ich suche.«

»Und wenn er's nicht ist?«, fragte ich.

»Er ist es ganz bestimmt.« Jim Bob stand auf, stellte die Bierflasche auf die Umrandung der Veranda, ging zu seinem Wagen und fuhr ab.

26

Ich lag in einer Wanne mit warmem, seifigem Wasser, den Arm um Brett gelegt. Sie hatte den Kopf an meine Schulter gelehnt. Wir lagen schon eine ganze Weile so. Das Wasser wurde langsam kalt.

Draußen konnte ich den Regen auf das Dach prasseln hören. Ich wusste, dass Leonard, Clinton und Leon im Wohnzimmer saßen und fernsahen und wahrscheinlich daran dachten, was wir im Schlafzimmer machten, und sich alle möglichen wilden Sachen vorstellten, und natürlich hatten sie recht.

Wir hatten gebockt wie Pistolen, uns gewunden wie Schlangen, uns herumgewälzt wie Robben und einige billige, ekelhafte Dinge getan, die uns glücklich gemacht hatten.

Nach einer Weile war das Wasser abgekühlt und wir ebenfalls. Wir stiegen aus der Wanne, trockneten einander ab, legten uns aufs Bett, küssten und streichelten uns, und eins führte zum anderen, und schon waren wir wieder zugange. Danach lagen wir in den Armen des anderen und unterhielten uns. Ich sagte: »Ich fühle mich langsam schuldig. Wir zwei haben hier unseren Spaß, und die Jungens müssen fernsehen.«

»Scheiße«, sagte Brett. »Heute kommt diese Doku über giftige Krötenfrösche am Amazonas. Wie könnten sie uns beneiden, wo sie das noch vor sich haben?«

»Du hast recht.«

»Wenn sie damit fertig und wir immer noch beschäftigt sind, können sie umschalten und sich in *Biography* das Leben von diesem Arschloch O. J. Simpson ansehen. Für mich hört sich das nach einem ausgefüllten Abend an.«

»Du hast schon wieder recht.«

»Natürlich muss ich bald zur Arbeit, also spielt es keine große Rolle. Irgendwann müssen wir ohnehin mit dem Bumsen aufhören. Obwohl ich damit nicht sagen will, dass es gleich sein muss. Wollen wir mal sehen, ob der Kahlkopf noch mal in die Schlucht will?«

»Auf jeden Fall«, sagte ich.

Wir versuchten, uns noch einmal zu lieben, waren diesmal aber nicht so erfolgreich. Ja, ja, schon gut – ich war nicht so erfolgreich. Der Kahlkopf war total erledigt. Wir lachten darüber, küssten uns, zogen uns an und gingen ins Wohnzimmer.

Leon schlief auf der Couch. Clinton lag auf einer Decke und hatte sich ein paar Kissen unter den Kopf geschoben. Leonard saß auf einem Sessel und trank eine Coca-Cola. Sie sahen sich eine alte Krimiserie an.

»Fauler, verregneter Tag«, sagte ich.

»Mann, ihr müsst Monopoly gespielt haben«, sagte Leonard. »So lange, wie ihr da drinnen wart, kann's gar nicht anders sein.«

»Monopoly?«, sagte Clinton. »Das Spiel gefällt mir. Wir könnten's spielen, um uns die Zeit zu vertreiben.«

»Ich hab nur Spaß gemacht«, sagte Leonard.

»Ich habe tatsächlich ein Monopoly-Spiel«, sagte Brett. Sie ging zum Schrank und holte es heraus.

»Ich weiß nicht«, sagte ich. »Wenn ihr das spielt, seid ihr vielleicht zu abgelenkt.«

»Nee«, sagte Leonard. »Ist schon okay. So spannend ist das Spiel nicht.«

Ich ging zum Fenster, schob den Vorhang zurück und schaute hinaus. Es regnete, und es war dunkel, und obendrein neigte sich der Tag dem Ende zu. Ich sah Blitze vor weit entfernten Wolken aufzucken.

Bald würde Brett mit Leon und seiner Fünfundvierziger im Schlepptau zur Arbeit gehen. Ich musste noch zu einem späten Vorstellungsgespräch in die Geflügelverarbeitungsfabrik von LaBorde, wo ich mich als Nachtwächter beworben hatte. Meine Bewerbung in Gestalt einer Postkarte hatte Früchte getragen. Ich hatte angerufen, und ein Vorarbeiter der Nachtschicht namens George Waggoner hatte einen Gesprächstermin festgelegt.

Ich wandte mich an Leonard. »Was hast du für Pläne, Leonard?«

»Clinton und ich spielen etwas Monopoly. Dann hol ich mir irgendwas zu futtern. Vielleicht bleibe ich über Nacht, wenn Brett nichts dagegen hat.«

»Natürlich nicht«, sagte Brett. »Es beruhigt mich ungemein zu wissen, dass du da bist, wenn ich nach Hause komme.«

»Morgen früh soll ich mich bei mir zu Hause mit Jim Bob treffen. Du sollst auch kommen, Hap.«

»Weswegen?«

»Ich habe ihn vor 'ner Weile angerufen, weil ich mal hören wollte, ob sich irgendwas ergeben hat.«

»Und?«

»Er sagte, 'n paar Sachen würden sich langsam zusammenfügen, und morgen wüsste er mehr, also treffen wir uns morgen früh. Um neun Uhr bei mir.«

»Ich komme«, sagte ich.

»Glaubt ihr wirklich, dieser Catcher will mir was antun?«, fragte Brett.

»Ich glaub's nicht wirklich«, sagte ich. »Ich bin nur vorsichtig. Für eine Weile.«

»Wie lange?«

»Das weiß ich nicht.«

»Und du hast wirklich keine Ahnung, ob er mir was antun will oder nicht?«

»Nein.«

»Aber du kannst dich auf eins verlassen«, sagte Leonard. »Es wird nicht passieren. Er wird niemandem was antun.«

Brett lächelte ihn an. »Danke.«

Leonard nickte.

Brett sah mich an. »Du hast dieses Vorstellungsgespräch.«

»Ich weiß. Ich wollte gerade los … Hattest du nicht gesagt, ich soll dich erinnern, Ella anzurufen?«

»Stimmt. Ich dachte, ich erkundige mich mal, wie's ihr geht. Sie hat gestern angerufen. Sie hat sich entschlossen, diesen Schläger Kevin zu verlassen.«

»Das freut mich.«

»Mich auch«, sagte Brett. »Ich werde sie anrufen und versuchen, ihr moralische Unterstützung zu geben. Falls er da ist, wird das natürlich nicht leicht. Aber er schläft ziemlich viel.«

»Arbeitet er?«

»In irgendeinem Job, wo er ein paar Tage hintereinander Dienst hat und dann ein paar Tage frei. Im Moment hat er frei.«

Ich gab Brett einen Kuss, verabschiedete mich von allen und fuhr zu der Geflügelfabrik, um mich für den Job als Nachtwächter zu bewerben.

»Das ist ein wertvoller Laden«, sagte Waggoner.

»Ja, Sir«, sagte ich. »Ich verstehe.«

»Es gibt hier reichlich teure Geräte und Anlagen. Ab und zu haben wir es sogar mit Industriespionen zu tun. Mit Leuten, die sich hier einschleichen und unsere Geheimnisse stehlen wollen. Das wird wohl noch schlimmer werden, Collins.«

»Sie hatten tatsächlich schon Spione hier?«

»Ein paar Nigger, die von unserer Konkurrenz angeworben wurden, und ich werde dieser Firma nicht den Respekt erweisen, ihren Namen auszusprechen.«

»Was haben diese Spione gemacht?«

»Sie haben unsere Anlagen fotografiert.«

»Unglaublich.«

»Und unsere Hähnchen.«

»Sieht nicht ein Hähnchen wie das andere aus?«

»Nicht, wenn sie so aufgezogen werden, wie wir das tun. Wir sorgen dafür, dass sie schön saftig werden, Collins. Wir haben die größten, fettesten Hähnchen, die Sie je gesehen haben. Mit dicken, saftigen Schenkeln. Das kommt daher, dass sie nicht auf ihnen laufen. Sie können es nicht. Unsere Hähnchen können nicht laufen. Wir haben sie so gezüchtet.«

»Ich hoffe, Sie haben mir gerade nicht eins Ihrer Geheimnisse verraten.«

»Nein. Das ist kein Geheimnis mehr. Die verflixten Tierschützer haben deswegen kein gutes Haar an uns gelassen. Ich kann Ihnen sagen, Collins, wir werden von jeder Geflügelfabrik in East Texas beneidet. Wahrscheinlich auch von denen in Oklahoma und Louisiana. Sie können sogar noch Arkansas mit hinzunehmen, wenn Sie wollen.«

»Warum nicht«, sagte ich.

»Wie bitte?«

»Ich sagte, warum nicht Arkansas noch mit hinzunehmen.«

»Ist das irgendein Kommentar, Mr. Collins?«

»Sie sagten, wir könnten Arkansas mit hinzunehmen. Ich sage, dass es mir recht ist.«

Scheiße, dachte ich, tu dir das nicht an, Hap. Waggoner ist ein aufgeblasenes, fettes, engstirniges Arschloch in einem teuren Anzug mit einer Krawatte, die nicht dazu passt, aber reiß dich zusammen, Mann. Du brauchst die Arbeit.

Waggoner musterte mich, um festzustellen, ob ich humorig war. Mir war klar, dass dieser Bursche nichts für humorig übrig hatte. Wenn er Humoriges sah, würde er es erschießen, in den Arsch ficken und in der Hühnerscheiße in der Fabrik begraben. Das war seine Einstellung zu humorig.

»Wir brauchen einen Mann, der bereit ist, sein Leben aufs Spiel zu setzen, wenn's sein muss«, sagte Waggoner.

»Für Hähnchen?«

»Für das Geschäft, Mr. Collins. Und, ja, für Hähnchen. Wir nehmen dieses Geschäft sehr ernst, und ich brauche einen Mann, dem es ernst ist.«

»Ich glaube, es ist mir ernst.«

»Das hat nichts mit Glauben zu tun. Entweder es ist Ihnen ernst oder nicht.«

»Ich kann den Job ausfüllen, Mr. Waggoner. Ich kann Leute von der Anlage fernhalten. Ich kann meine Runden machen. Und ich glaube nicht, dass den Hähnchen oder Ihrem Geschäft so große Gefahr von Industriespionen droht, aber wenn ich einen von diesen Hurensöhnen sehe, komme ich über ihn wie Gestank über Scheiße.«

»Ich würde es vorziehen, wenn Sie sich einer anderen Ausdrucksweise befleißigten, Mr. Collins.«

»In Ordnung.«

»Ich gehe regelmäßig in die Kirche.«

»In welche Kirche?«

»Die methodistische.«

»Tanzende Baptisten.«

»Wie bitte?«

»So werden Methodisten genannt. Tanzende Baptisten. Sie wissen schon, Methodisten dürfen tanzen, Baptisten nicht. Manchmal nennt man Methodisten auch Baptisten, die lesen können.«

»Ich glaube, auf solche Dinge kann ich verzichten, Mr. Collins.«

»Es ist ein Scherz, Mr. Waggoner. Ich bin etwas nervös. Ich versuche uns aufzuwärmen.«

»So nicht, Mr. Collins. Ich lege bei Bewerbungsgesprächen keinen Wert auf Humor.«

»Sind Sie sicher, dass Sie kein Baptist sind?«

»Was?«

»Schon gut.«

»Wissen Sie, wir haben hier auch noch andere Jobs, die vielleicht besser für Sie wären. Die Hähnchen-Fortpflanzung, zum Beispiel.«

»Wie bitte?«

»Die Hähnchen-Fortpflanzung. Wir brauchen Leute, die uns dabei helfen, die Hühner zu melken.«

»Ich weiß nicht, ob mir das gefällt, wie sich das für mich anhört. Wie sollte ich ein Huhn melken?«

»Ich glaube, Sie versuchen wieder komisch zu sein, Mr. Collins.«

»Ich glaube nicht.«

»Offensichtlich müssten Sie die Hähne stimulieren und ihr Sperma konservieren.«

»Soll das ein Witz sein?«

»Nein.«

»Sie wollen damit sagen, ich soll einen Hahn dazu bringen, dass er in ein Reagenzglas spritzt?«

»So etwas in der Art.«

»Tun Sie das wirklich?«

»Haben Sie noch nie von solchen Dingen für Rinder gehört? Oder Pferde?«

»Na ja, schon. Das ist schon schlimm genug, aber Sie wollen mir einen Job anbieten, bei dem ich Hühnern einen runterholen muss? Sie müssen den Verstand verloren haben, Mann.«

»Es gibt Leute, die das tun.«

»Ich nicht. Ich wollte mich um einen Job als Nachtwächter bewerben.«

Waggoner nahm meine Bewerbung, öffnete eine Schublade und legte sie hinein. »Ich glaube, ich habe keine weiteren Fragen an Sie, Mr. Collins. Falls sich irgendwas ergibt und Sie die erforderlichen Qualifikationen mitbringen, rufe ich Sie an.«

»Sie werden mich nicht anrufen, oder?«

»Nein.«

»Das dachte ich mir. In diesem Fall will ich Ihnen mal was sagen. Ich glaube, Ihre verdammten Hähnchen sind das Allerletzte. Ich würde mir mit Ihren Hähnchen nicht mal den Arsch abwischen, geschweige denn einem von den Hurensöhnen einen runterholen.«

»Guten Abend, Mr. Collins.«

Ich fuhr nach Hause, setzte mich mit einem Glas Milch und einem Moon Pie in die Küche, mümmelte daran und fühlte mich deprimiert. Ich bekam nicht einmal einen Job als Nachtwächter in der gottverdammten Geflügelfabrik. Sie hatten lediglich eine Stellung für mich, bei denen ich Hähnen einen runterholte. Viel schlimmer ging es nicht.

Ich sah meine alten Plattenalben, meine Audiokassetten und die Handvoll CDs durch, die ich besaß. Natürlich besaß ich keinen CD-Player, also tat ich im Grunde nur so, als könne ich sie spielen, wenn ich wollte.

Schließlich fand ich eine Kassette, die Leonard mir geschenkt hatte. Es war Junior Brown. Junior Brown spielte ein Instrument, das er selbst konstruiert hatte, eine Mischung aus einer Gitarre und einer Steelgitarre. Er klang wie Ernest Tubb, der zu einer Musik sang, die von Chet Atkins, Jimi Hendrix und einem Betrunkenen in irgendeiner Spelunke gespielt wurde.

Ich hörte der Musik eine Weile zu. Ging unter die Dusche. Legte mich ins Bett. Starrte an die Decke. Wand mich unterm Laken. Lauschte dem Regen draußen. Ich sah immer wieder nach meiner Achtunddreißiger auf dem Nachttisch.

Ich versuchte mir zu überlegen, ob Jim Bob wohl recht hatte und King Arthur hinter all dem steckte. Er schien der logischste Kandidat zu sein, aber Big Man hatte ihn nicht einmal erwähnt. Er hatte nicht nach Videos gefragt. Er hatte nach *einem* Video und dem Notizbuch gefragt.

Ich ließ mir all das eine Zeit lang durch den Kopf gehen, schaltete den Ventilator ein und stellte einen Stuhl unter den Türknopf an der Hintertür, um sie zusätzlich zu sichern. Ich stellte einen Stuhl unter den Türknopf der Vordertür. Ich überprüfte alle Fenster, um mich zu vergewissern, dass sie verschlossen waren. Ich wollte sie eigentlich öffnen, um den kühlen, feuchten Wind einzulassen, aber ich hatte Angst. Ich stellte mir immer wieder Big Man Mountain vor, wie er durch eines der Fenster stieg, diese gottverdammte Batterie mit dem Handkurbelgenerator unter dem Arm.

Ich wünschte, ich hätte einen bösartigen Hund gehabt. Ich wünschte, ich wäre bei Brett zu Hause gewesen, bei ihr im Bett und sie ganz nah bei mir. Ich wünschte, ich würde in der Lotterie gewinnen. Ich wünschte in gewisser Weise, ich hätte den Job in der Geflügelfabrik bekommen, auch wenn ich Hähnen einen runterholen musste. Ich wünschte, ich wäre tausend Meilen weit entfernt.

Ich hatte das Gefühl, als hätte ich gerade die Augen geschlossen, da fiel morgendliches Licht auf mein Gesicht, und ich stand auf.

Es war noch früh. Brett arbeitete noch. Ich beschloss, mich anzuziehen, zum Krankenhaus zu fahren und sie abzufangen, um sie zu fragen, ob sie Lust hatte, mit mir irgendwo frühstücken zu gehen.

Es hatte aufgeklart, die Luft war fast prickelnd, und die Vögel waren in Massen unterwegs und sangen verschiedene Opern. Die Straßen glänzten vor Nässe und waren rutschig. Es waren nur wenige Autos unterwegs.

Als ich die Straße verließ und auf den Parkplatz fuhr, sah ich einen Streifenwagen. Krankenhauspersonal eilte geschäftig hin und her. Mir drehte sich der Magen um. Ich parkte und sprang aus dem Wagen. Ich ging sehr schnell in Richtung der Sirenen, dem Blaulicht und dem Tumult. Ein weiterer Streifenwagen fuhr auf den Parkplatz. Leute kamen aus dem Krankenhaus, über die Straße, aus Nachbarhäusern.

Ich ging noch schneller, aber mittlerweile hatte sich eine Zuschauermenge gebildet, die meisten davon Angehörige des Krankenhauspersonals. Ich packte einen Burschen am Ellbogen.

»Was ist passiert?«

»Keine Ahnung«, sagte er.

Ein anderer Mann, der neben ihm stand, sagte: »Irgendein Kerl hat ein paar Leute in einem Wagen erschossen. Ein großer Kerl. Mit 'ner Schrotflinte. Ich hab mit 'nem Burschen geredet, der alles gesehen hat. Die Cops haben sich den Burschen geschnappt, der alles gesehen hat, und quetschen ihn gerade aus.«

Ich drängte mich durch die Menge, erntete Flüche für meine Bemühungen und drängte weiter. Ich schaffte es bis ganz nach vorne. Ich konnte Bretts Wagen sehen. Die Windschutzscheibe war nicht mehr da. Überall lagen Glassplitter. Sie hoben gerade einen Mann auf eine Trage. Selbst aus dieser Entfernung konnte ich erkennen, dass es Leon war. Der große, böse Leon. Minus seine Schädeldecke.

O Jesus.

Sie deckten ihn rasch zu.

Auf der Fahrerseite des Wagens hoben sie gerade jemand anders heraus. Eine Frau in einer Schwesternuniform. Plötzlich stand ich direkt daneben. Und schaute auf die Leiche einer Frau. Ihr ganzes Gesicht war verschwunden. Teufel, ihr ganzer Kopf hatte sich praktisch aufgelöst.

Mit einer Schrotflinte erschossen.

Beide mit einer Schrotflinte erschossen.

Ich stützte mich auf einen Wagen und hielt mich so aufrecht. Ein Cop nahm meinen Ellbogen. »Hap«, sagte er.

Ich drehte mich um. Es war Jake, ein Cop, den ich flüchtig kannte. »Habt ihr den Kerl geschnappt, der das getan hat?«, fragte ich.

Jake schüttelte den Kopf. »Nein. Wir haben zwar 'ne ziemlich gute Beschreibung, aber wir haben ihn nicht erwischt. Aber das werden wir noch. Alles in Ordnung, Mann?«

»Ja.«

»Jesus, Hap. Kanntest du diese Leute?«

»Ja. Ich muss gehen.«

»Ist alles in Ordnung?«

Ich ignorierte ihn.

»Ich muss vielleicht mit dir reden«, rief er mir nach.

Ich schob mich durch die Menge und ging zu meinem Wagen zurück. Ich ließ ihn an. Ich fuhr los und hätte fast ein halbes Dutzend Leute überfahren. Ich fuhr zu Leonard. Er war nicht da. Er würde bei Brett sein und darauf warten, dass sie nach Hause kam. Und darauf, dass ich vorbeikam.

Ich schloss mit meinem Schlüssel auf. Ich ging zu Leonards Schrank und holte seine Schrotflinte heraus. Ich nahm die Patronenschachtel vom obersten Regal. Meine Hände zitterten, als ich die Kammer lud und eine Handvoll in die Hosentasche stopfte.

Ich hatte geschlafen, während Brett auf dem Krankenhausparkplatz ermordet worden war. Meine süße, wunderschöne, vorlaute Brett.

Brett und Leon.

Ich hatte geschlafen.

Ich war dumm gewesen.

Wie hatte ich nur denken können, eine Wache könne etwas ausrichten? Nicht einmal Leon konnte mit Big Man fertigwerden. Das wurde mir jetzt klar. Mountain hatte einfach gewartet, bis Brett Feierabend machte. Dann hatte er sie einfach erschossen, um mich zu bestrafen. Leon würde versucht haben, ihn daran zu hindern, aber das machte keinen Unterschied. Big Man hatte sie beide erschossen, so schnell, wie er seine Schrotflinte durchladen konnte.

Leonard und Jim Bob hatten recht gehabt. Ich hätte brutal sein müssen. Ich hätte durchgreifen müssen. Hätte ich das von Anfang an getan und Big Man Mountains Auftraggeber erledigt, würden Brett und Leon noch leben.

Ich stieg gerade mit der Schrotflinte in meinen Wagen, als Jim Bob vorfuhr. Natürlich. Leonard, er und ich wollten uns um neun Uhr treffen. Ich würde meine Teilnahme verschieben müssen, da ich verhindert war.

»Hey, Hap, wohin fährst du?«, rief Jim Bob.

Ich antwortete nicht. Ich setzte zurück, fuhr sehr schnell zur Hauptstraße, und als ich sie erreichte, fuhr ich noch schneller zu King Arthur.

27

Während ich fuhr, wurde die Welt kleiner und das Innere des Wagens nicht existent. Ich konnte mich nicht mehr an die Straße erinnern. Nur daran, dass die Welt immer kleiner wurde, bis sie nur noch aus der Fahrerkabine des Pickups bestand, dann aus meinem Sitz und schließlich nur noch aus meinen Gedanken. Ich fuhr mit einer Hand am Lenkrad, die andere auf dem Schaft der Schrotflinte, die ich so zärtlich berührte, wie ein einsamer Mann vielleicht im Dunkeln seine Geschlechtsteile berühren mochte.

Meine Gedanken überschlugen sich, und ich fragte mich ständig, wie kommt es, dass die furchtbaren Dinge immer mir und denjenigen zustoßen, die mir etwas bedeuten? Was habe ich nur verbrochen? Wer lässt die Würfel rollen?

Nun, dieses eine Mal würde ich die Würfel rollen lassen. Ich würde sie King Arthur direkt in den Hals stopfen.

Der Weg zu King Arthurs Wohnwagen war durch ein Metalltor versperrt. Ich stieg mit der Schrotflinte aus, kletterte über das Tor und ging zügig zu den Wohnwagen.

Als ich mich ihnen näherte, tauchte plötzlich ein großer Rottweiler auf. Er bellte mich einmal an und lief mir dann auf jene bedrohliche Art entgegen, die Hunde an sich haben. Ich hob die Schrotflinte und schoss ihm in den Kopf. Er überschlug sich in der Luft, klatschte auf den roten Lehm und blieb dann liegen, wobei ein Bein noch zuckte.

»Tut mir leid«, sagte ich. »Nichts Persönliches.«

Ich ging schneller und stand plötzlich vor der geschlossenen Tür des ersten Wohnwagens. Einer der Leibwächter, die in Kings Wagen gesessen hatten, riss die Tür auf, eine Neunmillimeter in der Hand. Ich war nah, sehr nah. Ich riss den Schaft der Schrotflinte hoch und traf sein Kinn. Er wurde ein paar Zentimeter größer, flog rückwärts und blieb auf dem Boden liegen, um dort den Eifer und die Begeisterung eines Bettvorlegers an den Tag zu legen. Ich stieg über ihn hinweg, hob die Neunmillimeter auf und warf sie durch die offene Tür hinter mir.

Ich bog mit schnellen Schritten in einen Korridor ein, und ein anderer Leibwächter zeigte sich. Ich hob die Schrotflinte. Er sprang zur Seite, als ich schoss, und die Ladung riss ein Stück aus der Rückwand des Wohnwagens. Ich hörte ihn irgendwo außer Sicht ein raschelndes, huschendes Geräusch verursachen. Dann hörte ich, wie die Hintertür geöffnet und zugeschlagen wurde, und da wusste ich, dass der große, böse Schläger gar nicht so böse war, dass er lief, was die Füße hergaben, und dass er, wenn ihm nichts dazwischenkam, um Mitternacht den Atlantischen Ozean erreichen würde.

»King!«, schrie ich. »King!«

Ich sah eine Tür zu meiner Linken und gab einen Schuss auf das Schloss ab. Die Tür flog auf, und ich war hindurch, und da war King. Er lag im Bett, Bissinggame neben sich. Sie setzten sich rasch auf. Beide waren nackt. Bissinggame hatte einen pfirsichfarbenen Freizeitanzug über eine Stuhllehne gehängt. Auf dem Stuhl lagen Jockey-Shorts, pfirsichfarbene Socken und weiße Schuhe.

King hatte seinen Hut auf den Nachtschrank neben dem Bett gelegt und die Hand in der Schublade des Nachtschranks, da er nach etwas griff.

»Ich dachte, Sie hassen Schwule«, sagte ich.

Ich schoss auf den Nachtschrank. Er explodierte. Eine Lampe ging zu Bruch. Eine Fünfundvierziger, die in der Schublade gelegen hatte, bevor diese sich in eine Handvoll Anmachholz verwandelte, fiel zu Boden. King zuckte zurück, die blutende Hand voller Holzsplitter.

»Gottverdammich«, sagte er.

»Ich war gerade im Krankenhaus«, sagte ich. »Meine Freundin. Und ein Freund von mir. Sie sind beide von Ihrem Mann erschossen worden, von Big Man Mountain.«

»Er ist nicht mein Mann«, sagte King, und er war so ruhig wie ein Mann, der gerade in einem Restaurant seine Bestellung aufgab.

»Jesus!«, sagte Bissinggame. »Ich bin nicht schwul. Ich gehe in die Kirche. Er zwingt mich dazu.«

»Big Man ist Ihr Mann. Er war die ganze Zeit Ihr Mann. Ich kann nicht glauben, dass ich Ihnen überhaupt zugehört hab. Ich will, dass Sie wissen, Sie erbärmliches schwanzlutschendes, arschleckendes Stück Scheiße, was ich tun werde. Ich werde Ihnen den Arsch wegblasen. Bissinggame, wenn Sie hier rauswollen, verschwinden Sie jetzt!«

Bissinggame glitt unter dem Laken hervor und griff nach seiner Unterwäsche auf dem Stuhl.

»Gehen Sie nackt oder sterben Sie nackt.«

»Ich bin schon weg«, sagte Bissinggame, und er ging um das Bett herum. Dann sah ich, wie seine Augen sich weiteten, und ich wusste, dass jemand hinter mir war, aber das war mir egal. Es interessierte mich nicht. Nichts interessierte mich, abgesehen davon, dass King sterben würde. Ich riss die Schrotflinte hoch und drückte ab.

Ich schoss einen Teil der Decke in Stücke, und die Stücke flatterten überall im Raum zu Boden. Ich wusste nicht genau, was passiert war, bis mir aufging, dass eine schwarze Hand auf dem Lauf der Schrotflinte lag. Ich fuhr herum, um zu kämpfen, aber die Hand gehörte Leonard, und er stieß mich vor die Brust, riss mir die Schrotflinte aus der Hand und warf sie in eine Ecke.

Leonard zog eine Automatik unter seinem Hemd hervor und hielt sie beiläufig in der Hand. »Das ist nicht dein Stil, Bruder. Du bist dafür nicht der Richtige. Teufel noch mal, das weißt du selbst. Ich weiß es. Außerdem würdest du es aus den falschen Gründen tun und dich morgen früh deswegen schlecht fühlen.«

»Aber jetzt würde ich mich gut fühlen.«

Im Korridor gab es einen Tumult. Ein Schrei war zu hören, dann ein Haufen Grunzer, dann ein Geräusch, als falle etwas zu Boden. Jim Bob kam mit seinem Totschläger in der Hand herein. Er sah mich an. »Wenn du 'n Haus einnehmen willst, musst du's auch sichern, Mann. Es war noch einer im Haus. Jetzt liegen zwei auf dem Boden. Der Wichser hat es mit Taekwondo probiert, aber er ist nicht so gut darin. Taekwondo ist auch nicht mehr so gut. Tatsache ist, es ist schon seit zwanzig Jahren kein Taekwondo mehr, sondern nur noch diese Turnier-Scheiße.«

»Der dritte ist draußen an uns vorbeigerannt«, sagte Leonard. »Ich nehme an, du hast ihm 'ne Fratze geschnitten, Hap.«

Ich antwortete nicht. Leonard richtete seine Aufmerksamkeit auf Bissinggame. »Gottverdammich, Bissinggame, nennen Sie das einen Schwanz? Ziehen Sie sich was über das Ding, bevor mir schlecht wird. Sieht aus wie 'ne Larve, an die zwei Pekannüsse gebunden sind. Gehen Sie zurück ins Bett, Mann.«

»Er zwingt mich dazu«, sagte Bissinggame. »Er zahlt mir einen Haufen Geld, also zwingt er mich dazu.«

»Maul halten«, sagte Leonard. »Sie haben Scheiße an Ihrem Schwanz. Gehen Sie wieder ins Bett.«

Bissinggame ging wieder ins Bett und zog sich das Laken über die Hüften. King saß hochaufgerichtet da. Er sah nicht anders aus als bei meiner Ankunft. Nackt mit einem Mann im Bett überrascht zu werden. Eine auf seinen Kopf gerichtete Schrotflinte. Von der Straße gedrängt zu werden. Ein Teller Chili. Für ihn war alles einerlei. Er beugte sich zur Seite und hob mit seiner von Holzsplittern durchbohrten Hand eine Schachtel Zigaretten und ein Feuerzeug auf. Er holte eine Zigarette heraus, zündete sie an und rauchte sie. Blut troff von seiner Hand auf seine Brust und auf das Laken. Er sagte: »Und was jetzt? Sie wissen also, dass ich 'n verlogener Hurensohn bin. Ich bumse Männer. Ich bumse Frauen. Ich würde meinen gottverdammten Köter bumsen, aber ich schätze, Sie haben ihn erschossen.«

»Das mit dem Hund bedaure ich«, sagte ich.

King grunzte. »Bissinggame hier, Scheiße, er ist 'n baptistischer Kirchendiakon. Hast du je 'n Diakon gevögelt, Nigger?«

»Kann ich nicht von mir behaupten, nein«, sagte Leonard.

»Tja, sie geben dem Ausdruck *die Arschbacken zukneifen* 'ne ganz neue Bedeutung«, sagte King und lachte.

»King hat Brett und Leon umbringen lassen«, sagte ich. »Gib mir die Schrotflinte zurück, Leonard. Ich will nur tun, was du und Jim Bob schon von Anfang an tun wolltet.«

Leonard sah mich an. »Geh nach draußen.« Er ging in die Ecke und hob die Schrotflinte auf, die dort an der Wand lag.

»Wenn du ihn an meiner statt erschießt, ist das nicht dasselbe«, sagte ich.

»Das ist nicht deine Art, und das weißt du auch. Geh nach draußen.«

»Du irrst dich. Ich kann ihn erschießen. Ich will ihn erschießen. Gib mir die Schrotflinte.«

Ich sprang Leonard an, um mir die Schrotflinte zu holen, aber Jim Bob griff ein und schlug mir mit dem Totschläger auf den Handrücken. Ich sank einen Augenblick auf die Knie und rappelte mich langsam wieder auf. Der Schmerz war schnell vergangen.

Jim Bob packte meinen Hemdkragen und sagte: »Komm mit, sonst landet der nächste über deinem Ohr.«

»Er wird ihn umbringen. Ich will es tun«, sagte ich.

Jim Bob riss mich herum, und ich verpasste ihm einen Schlag in die Rippen. Jim Bob krümmte sich. Leonards linke Hand zuckte vor und traf mich am Hinterkopf, und schon lag ich am Boden. Dann verdrehte Jim Bob mir das Handgelenk, benutzte das als Hebel und brachte mich nach draußen.

Hinter mir hörte ich King sagen: »Wenn du schießen willst,

Nigger, dann mach voran, sonst stehe ich auf, gehe unter die Dusche und lass ein wenig Alkohol über diese Hand laufen.«

Draußen vor den Wohnwagen sagte Jim Bob: »Du musst dich beruhigen, Hap. Du musst mir zuhören.«
Im Wohnwagen ertönte ein Schuss aus einer Schrotflinte.
»Jesus!«, sagte ich. »Zum Teufel mit dem Hurensohn!«
Einen Augenblick später tauchte Leonard mit Bissinggames Freizeitanzug in der Hand auf. Er ging langsam zu uns.
»Das hättest du nicht tun dürfen«, sagte ich.
»Keine Angst, ich hab nicht die Absicht, ihn anzuziehen.«
»Ich meine nicht den Freizeitanzug, du Idiot. Du hättest King nicht umlegen dürfen. Das kostet dich deinen Hals. Ich wollte ihn umlegen. Mir ist egal, was mit mir passiert. Ich wollte den Kopf dieses eingebildeten Hurensohns auseinanderfliegen sehen. Ich wollte dich in diese Scheiße nicht mit reinziehen.«
»Ich weiß. Aber ich habe niemanden erschossen. Ich habe nur ein zweites Loch in die Decke geschossen.«
Ich starrte ihn an. Leonard nahm einen meiner Arme, Jim Bob den anderen. »Um Gottes willen, du lässt ihn ungestraft davonkommen«, sagte ich.
»Er hat nichts getan«, sagte Jim Bob.
»Du hast gesagt, er ist es«, sagte ich. »Du hast gesagt, er steckt hinter allem.«
»Das habe ich auch wirklich geglaubt«, sagte Jim Bob. »Aber ich schätze, ich könnte mich geirrt haben. Und eins kann ich dir sagen, Hap. Dieses Sich-Irren – ich finde das ziemlich störend. So was bin ich absolut nicht gewöhnt.«

28

Jim Bob fuhr meinen Pickup, ich auf dem Beifahrersitz. Er parkte ihn hinter dem Schuppen, nicht weit von Kings Grundstück. Leonard holte uns in seinem Mietwagen ab und fuhr uns zu Jim Bobs Wagen.

Ich fuhr mit Leonard, während Jim Bob folgte. Wir fuhren nach Osten, ziemlich weit raus zu einem Rastplatz am Straßenrand. Jim Bob folgte uns auf den Rastplatz. Wir versammelten uns um einen Picknicktisch aus Beton. Ein kühler Wind blies, aber man konnte spüren, dass sich Wärme in die Brise schlich. In einer halben, spätestens in einer ganzen Stunde würde die Luft so klebrig sein wie Klettband.

»Ich bringe King trotzdem um«, sagte ich.

»Wenn du es tust«, sagte Jim Bob, »mach es nicht ganz so offensichtlich.«

»Ihr habt es mir jetzt viel schwerer gemacht. Er wird mich erwarten. Vielleicht ruft er sogar die Cops.«

Jim Bob schüttelte den Kopf. »Nee. Er mag auf cool machen, aber er ist nicht versessen darauf, dass sich rumspricht, dass er auf Ärsche steht. Das passt nicht zu seinem Image. Denn genau das ist King. Image. Aber eins muss man ihm lassen. Er ist nicht leicht erregbar.«

»Woher wusstet ihr überhaupt, wohin ich wollte?«

»Dazu kommen wir gleich«, sagte Leonard. »Und jetzt hör gut zu, Hap. Leon ist tot, aber Brett nicht.«

»Blödsinn!«, sagte ich. »Was, zum Teufel, wollen sie mit ihr machen? Ihr 'nen neuen Kopf verpassen, etwas Blut in ihr Herz pumpen und ihr 'nen Stock als Stütze geben? Glaub mir, du Arschloch, sie ist tot.«

»Nein«, sagte Leonard. »Leon und Ella sind tot.«

Ich saß einen Augenblick stumm da. Ich betrachtete den Grill aus Ziegeln. Jemand hatte ihn mit Müll vollgestopft. Eine Krähe landete darauf und pickte nach irgendwas zwischen den Ziegeln.

»Das verstehe ich nicht.«

»Wir versuchen schon die ganze Zeit, es dir zu sagen«, sagte Jim Bob. »Aber du willst einfach nicht die Klappe halten.«

»Mein Gott«, sagte ich. »Brett ist okay?«

»Gesund und munter wie der junge Tag«, sagte Jim Bob.

»Nachdem du Bretts Wohnung verlassen hattest«, sagte Leonard, »rief sie Ella an. Ella wollte diese Woche die Schicht mit ihr wechseln.«

»Oh Gott«, sagte ich. »Das hatte ich vollkommen vergessen.«

»Brett rief an, Ella nahm ab und sagte, sie würde zurückrufen. Das tat sie dann ungefähr zwanzig Minuten später. Sie war bei ihrer Mutter. Sie hatte den Wohnwagen verlassen, während Kevin schlief. War zu 'ner Tankstelle gegangen und hatte sich 'n Taxi gerufen. Sie rief Brett von ihrer Mutter aus an. Offenbar hatte Ella doch endlich beschlossen, ihren Mann zu verlassen, aber sie musste in ein paar Stunden zur Arbeit, und nach dem Taxi hatte sie kein Geld mehr. Leon fuhr mit Bretts Wagen hin, um Ella zur Arbeit zu fahren. Sie kamen zum Krankenhaus ...«

»Und da wartete Big Man und dachte, Ella ist Brett«, sagte ich.

»Falsch«, sagte Leonard. »Big Man hat niemanden erschossen. Es war Kevin. Er wollte nicht, dass sie ihn verlässt. Er hat auf Ella gewartet. Er hat Bretts Wagen erkannt und sah Ella hinterm Steuer. Er hatte seine Schrotflinte. Er ist rübergegangen und hat sie erschossen und dann Leon auch noch. Ich nehme an, er wollte sie beschützen.«

»Weißt du genau, dass es Kevin war?«

»Ja. Er ist zu Bretts Haus gefahren, hat sich mit seiner Schrotflinte und einer Pistole im Vorgarten aufgebaut und Obszönitäten gebrüllt und gesagt, er hätte das Miststück umgelegt et cetera. Irgendwie hat er Brett die Schuld gegeben. Wenigstens haben wir das aus seinem Geschwafel rausgehört. Bevor einer von uns irgendwas unternehmen konnte, was weiß ich, ihn erschießen, die Cops anrufen, hat er sich den Revolver ans Auge gehalten und sich verabschiedet.«

»Hol mich der Teufel.«

»Wenn du King umgelegt hättest«, sagte Jim Bob, »dann für etwas, das er gar nicht angeordnet hat.«

»Die Cops waren diesem Arschloch Kevin sofort auf der Spur«, sagte Leonard. »Jemand im Krankenhaus wusste, wer er war, hatte ihn bei der Tat gesehen und es den Cops erzählt. Sie hatten keine Schwierigkeiten, seinen Wagen ausfindig zu machen und ihm zu Bretts Haus zu folgen. Sie kamen dort an, bevor sich der Rauch aus Kevins Pistole verzogen hatte. Wir standen draußen im Garten, als sie vorfuhren. Einer von den Cops sagte, er hätte dich vor dem Krankenhaus gesehen. Und dass du von dort abgehauen wärst wie 'n geölter Blitz. Ich hatte 'ne ziemlich gute Vorstellung davon, wohin du unterwegs warst. Ich hab Clinton bei Brett gelassen und bin dir gefolgt.«

»Und ich«, sagte Jim Bob, »war gerade unterwegs zu Leonards Haus, um euch Jungens ein paar Neuigkeiten zu berichten. Dieser Ausdruck in deinen Augen und die Schrotflinte sagten mir, dass du nicht frühstücken gehen wolltest. Also bin ich dir nach. Leonard und ich haben uns bei King getroffen. Ein paar der Einzelheiten höre ich gerade zum ersten Mal.«

»Der arme Leon«, sagte ich. »Die arme, arme Ella.«

»Der arme Clinton«, sagte Leonard. »Tatsache ist, ich will ihn nicht lange bei Brett lassen. Im Moment ist er ziemlich fertig. Sollte irgendwas passieren, könnte es gut sein, dass er dem nicht gewachsen ist.«

»Leon war dem auch nicht gewachsen«, sagte ich.

»Sie sind keine Profis«, sagte Leonard. »Sie sind nur 'n paar Penner wie wir. Jim Bob ist hier der einzige Profi.«

Wir saßen ein paar Minuten lang da und betrachteten die Autos, die auf der Straße vorbeirauschten. Ich wandte mich an Jim Bob und sagte: »Du hast gesagt, dass du dich wegen King Arthur geirrt haben könntest?«

»Könnte sein«, sagte Jim Bob. »Ich hab mir überlegt, dass du vielleicht recht hast, dass ich allen Hinweisen folgen muss und keine voreiligen Schlüsse ziehen darf. Ich hab diesen anderen Burschen überprüft, den anderen Namen, den Pierre dir gegeben hat. Bill Cunningham.«

»Davon haben wir dir nichts erzählt«, sagte ich.

»Dazu komme ich noch. Cunningham ist Anwalt. An ihm ist anscheinend nichts faul. Tatsache ist, ich halte ihn für sauber.«

»Ich dachte, du hättest gesagt, er ist Anwalt«, sagte Leonard.

»Du hast recht«, sagte Jim Bob. »Ich hab den Kopf verloren.«

»Also weißt du jetzt auch nicht mehr als vorher?«, sagte ich.

»Weißt du, wie ich überhaupt erst auf King gekommen bin?«, fragte Jim Bob. »Ich bin in die Stadt gekommen, hab mich umgesehen und bin dann im Park über diesen Raul gestolpert und ihm gefolgt, auch zu diesem Friseurladen, Antone's. Nachdem Raul tot war, bin ich in diesen Laden gegangen, hab mich als Texas Ranger ausgegeben und rumgefragt. Pierre, ein Bursche mit der Stimme dieses Zeichentrick-Stinktiers, hat mir ein paar Namen genannt. Dieselben Namen, die du hast.«

»Und?«

»Ich hab mir also gedacht, was ist, wenn du recht hast und dieser Chili-Mann nur 'n Schmalspurganove ist und mit alledem hier nichts zu tun hat. Ich überprüfe diesen Bill Cunningham – und nichts. Ich denke mir, was könnte der Ursprung sein, die Quelle. Als ginge man dahin, wo der Fluss entspringt, anstatt einfach ins Wasser zu springen und zu schwimmen.«

»Ich kann dir nicht folgen«, sagte ich.

»Die Quelle für deine Information über King war Pierre. Die Quelle meiner Information über King war Pierre. Diese Tatsache hat an sich noch nichts zu bedeuten, aber warum Pierre nicht überprüfen? Also hab ich Antone's beobachtet. Und da ich nun mal 'n scharfsinniger Hurensohn bin, ist mir nicht entgangen, dass Biker von nebenan in den Laden spaziert sind. Aber keiner von ihnen ist mit 'ner neuen Frisur oder gefärbten Haaren rausgekommen.«

»Es gibt 'ne Verbindung zu den Bikern?«, fragte Leonard.

»Zuerst sind die Biker immer in die Spielhalle nebenan gegangen und haben da 'ne Weile rumgehangen. Auf dem Weg nach draußen haben sie dann 'nen kleinen Umweg übers Antone's gemacht, sind mit kleinen Päckchen wieder aufgetaucht, haben sich auf ihre Maschinen geschwungen und sind losgefahren. Interessant, nicht?«

»Sehr«, sagte Leonard.

»Das ist Nummer eins«, sagte Jim Bob. »Nummer zwei ist, ich hab einen befreundeten Cop in Houston angerufen. Jemand, der mir die Informationen geben, sich aber aus der Sache raushalten kann. Dieser Pierre, es hat 'ne Zeit lang gedauert, bis der Computer was über ihn ausgespuckt hat, aber sein richtiger Name ist Terry

Wesley, und wisst ihr was? Sein Vorstrafenregister ist länger als die Gewänder des Papstes. Die meisten hat er dafür bekommen, dass er sich als Zuhälter für junge Burschen betätigt hat. In Houston trieb er sich immer am Busbahnhof rum und griff sich Jungens, die von zu Hause abgehauen sind. Er hat sich mit ihnen angefreundet und sie dann für sein Geschäft eingespannt. Ließ sie in der Nähe des gottverdammten Busbahnhofs anschaffen. Jedenfalls ist Pierre schon mehr als nur 'n paarmal wegen Zuhälterei verknackt worden. Es hieß, er hätte sich darauf spezialisiert, die brutaleren Sachen zu liefern. Ihr wisst schon, ein Bursche kommt und will 'nen Arschfick mit 'nem Jungen, aber er will ihn dabei auch noch 'n bisschen schlagen. Auf die Art kommt der Wichser zum Schuss und kommt sich dabei auch noch wie 'n harter Bursche vor. Ihr wärt überrascht, wie viel von dieser Scheiße abläuft.«

»Das Traurige ist«, sagte Leonard, »mich kann kaum noch was überraschen.«

»Bleibt noch eins«, sagte Jim Bob. »Ich bin einem der Biker gefolgt, der mit 'nem Päckchen aus diesem Friseurladen gekommen ist. Er hat 'nen kleinen Ausflug nach Dallas gemacht. Ich bin ihm nachgefahren. Er hat das Päckchen in einem Videoladen in Dallas abgeliefert. Und hat 'n anderes Päckchen dafür gekriegt. Ich tippe auf ein Video für den Ladenbesitzer, Geld für Pierre und einen hübschen Anteil für den Biker. Pierre lässt diese Biker in ganz East Texas rumdüsen. Es ist eine einfache und billige Methode, den Scheiß abzuliefern. Und was noch hinzukommt, sie können bis in alle Ewigkeit Kopien von diesem Mist ziehen.«

»Und es gibt immer neue Filme«, sagte Leonard.

»Stimmt genau. Schließlich brauchen sie keinen Francis Ford Coppola hinter der Kamera.«

»Könnten King und Pierre in dieser Sache zusammenarbeiten?«, fragte ich.

»Daran hab ich auch gedacht«, sagte Jim Bob. »Es wäre möglich. Aber ich glaub's nicht. Ich glaube, Pierre hat uns Kings Namen freiwillig genannt. Wären sie Partner, hätte er ihn verschwiegen.«

»Was mich dabei echt umhaut, ist, dass Schwule das Schwulen antun«, sagte ich.

»Willkommen in der wirklichen Welt. Wieder mal«, sagte Leonard.

»Ich schlage vor, wir unterhalten uns mal mit Pierre«, sagte Jim Bob. »Wir können so tun, als hätten wir Rauls und Pferds Geschäft als Erpresser übernommen, um ihn zum Handeln zu zwingen. Dann überreichen wir ihn den Cops auf 'nem Silbertablett.«

Wir fuhren in Jim Bobs Wagen zum Antone's. Pierre war nicht da.

»Und wo ist er?«, fragte ich die verantwortliche Dame.

Sie war eine stark gebaute Blondine, deren Haare so aussahen, als seien sie schon Gegenstand vieler Experimente gewesen, deren letztes ein Rattenschnitt war, der stellenweise rosa Kopfhaut enthüllte. Sie war schlecht geschminkt: Puder und Lippenstift waren zu dick aufgetragen, und die falschen Wimpern waren so lang und dicht, dass ein Transportflugzeug darauf hätte landen können. Sie war mitteilsam und gesprächig wie nur was und quatschte wie ein Wasserfall. Am Telefon hatte sie wahrscheinlich schon viele Anrufer zu Tode gequasselt.

Sie sagte: »Tja, ich weiß eigentlich nicht, wo der kleine Franzmann steckt. Er kommt und geht, wissen Sie. Meistens schmeiße ich hier den Laden. Ich heiße übrigens Delores. Pierre hat andere Sachen laufen, über die ich nicht viel weiß. Ganz der kleine Unternehmer. Manchmal ist er die ganze Woche hier, manchmal sieht man ihn 'ne ganze Woche nicht. Ich hab ihn jetzt seit ein paar Tagen nicht mehr gesehen. Ich mach den Laden auf, frisiere Kunden, zeige ein paar Schülern, wie man frisiert, und geh dann nach Hause. Wenn man den ganzen Tag die Färbemittel gerochen hat, kann man's gar nicht erwarten, hier rauszukommen. Ich gehe nach Hause und trinke reichlich Ziegenmilch. Das soll einem dabei helfen, die ganzen Gifte aus dem Körper zu ziehen, jedenfalls sagt das mein Medizinmann. Das ist dieser Mex, der auf der anderen Seite der Bahnschienen wohnt. Ich hab ihn sagen hören, es gäbe nicht eine gottverdammte Sache auf der ganzen Welt, die Ziegenmilch nicht heilen kann. Für vier Dollar die Gallone müsste einen das Zeug jünger machen, den Hintern straffen und einem die Jungfräulichkeit wiedergeben. Wollt ihr Jungens 'ne Nachricht hinterlassen?«

»Wenn er kommt«, sagte Jim Bob, »sagen Sie Pierre einfach, drei Burschen wären vorbeigekommen, die Geld aus ihm rauspressen wollen, aber keine Sorge, wir kommen wieder.«

»Das ist mal 'ne interessante Nachricht«, sagte sie.

»Nicht wahr?«, sagte Leonard.

»Hat er auch 'ne Privatadresse?«, fragte Jim Bob.

»Ich kann nachschauen«, sagte Delores. »Wissen Sie, ich arbeite jetzt schon ein ganzes Jahr für diesen kleinen Franzmann, und er hat bisher weder mich noch sonst jemanden aus dem Geschäft zu sich nach Hause eingeladen.«

»Vielleicht hängt er seine Unterwäsche über die Türen«, sagte Leonard.

»Der Gedanke ist mir noch gar nicht gekommen«, sagte Delores. »Wenn ich auf eins verzichten kann, dann, mir Bremsspuren in Unterhosen anzusehen. Mein Mann war furchtbar in der Beziehung. Ich schätze, er hat sich nicht richtig den Hintern abgewischt oder seine Hose ist immer in die Ritze geklemmt worden. Aber so, wie ich das sehe, musste der Leichenbestatter ihn wohl mit Gartenschlauch und Spachtelmesser säubern, als er gestorben ist.«

»Seelenverwandte, was?«, sagte Jim Bob.

»Ach, verdammt, das Einzige, wozu der Dreckskerl 'ne seelische Beziehung hatte, waren Bowlingübertragungen im Fernsehen und dazu Bier und Taco-Chips, was ihn meiner Ansicht nach auch umgebracht hat. Hätte ich das eher gewusst, wär immer viel mehr von dem Zeug im Haus gewesen.«

Wir folgten ihr in Pierres Büro. Sie holte das Telefonbuch heraus, schlug es auf und suchte seinen Namen. »Da haben wir ihn ja«, sagte sie.

Als wir draußen auf dem Parkplatz waren, sagte ich: »Jesses, Jim Bob, einfach so im Telefonbuch. Du bist mir 'n schöner Detektiv.«

»Ach, fick dich doch selbst«, sagte Jim Bob.

29

Pierres Haus war leicht zu finden. Wir fuhren hin, parkten am Randstein und blieben einen Augenblick im Wagen sitzen.

»Warten wir, dass Pierre zu uns rauskommt?«, fragte Leonard.

»Nein«, sagte Jim Bob. »Wir gehen zu ihm und schüchtern ihn ein.«

»Einschüchtern ist gut«, sagte Leonard.

»Wir brechen nichts übers Knie«, sagte Jim Bob. »Wir treten nicht seine Tür ein. Wir erschrecken ihn bloß. Wir bringen ihn in eine Lage, in der er uns tot sehen will.«

»Er will uns doch schon tot sehen«, sagte Leonard.

»Wir werden ihn wissen lassen, dass wir ihm auf die Schliche gekommen sind«, sagte Jim Bob. »Wir machen ihn nervös. Dann verschwinden wir wieder. Lassen ihn eine Weile nachdenken und warten ab, bis er sich rührt.«

»Und wenn er sich nicht rührt?«, fragte Leonard.

»Suchen wir ihn in ein paar Tagen wieder heim wie ein Ausschlag am Arsch. Das machen wir so lange, bis er sich kratzen muss.«

Wir gingen die Einfahrt entlang. Es war eine hübsche Einfahrt. Der Rasen war ordentlich gemäht. Ein Gartensprenger war in Betrieb, was mir wegen des starken Regens in den letzten Tagen ziemlich wie Verschwendung vorkam. Die Garage war abgeschlossen. Die Nachbarhäuser rechts und links waren nett und ordentlich hergerichtet. Vorstadt, USA.

Wir gingen zur Tür. Jim Bob klingelte.

Wir warteten.

Jim Bob klingelte noch einmal.

»Vielleicht funktioniert die Klingel nicht«, sagte Leonard, und er klopfte.

Wir warteten noch etwas.

»Ihr Jungens bleibt hier«, sagte Jim Bob und huschte um die Hausecke.

Leonard sagte: »Hast du gesehen, wie dieser Hurensohn sich bewegt? Er ist wie ein Geist.«

»Wenn du glaubst, er bewegt sich gut, wenn er um ein Haus schleicht, solltest du ihn erst mal sehen, wenn er einen Wagen hochgehen lässt, eine Tür eintritt, zwei Strolche erschießt und Big Man Mountain in die Wälder jagt. Und mich dann durch die Hintertür mit nach draußen nimmt. Vielleicht hat er dabei sogar noch zu Abend gegessen.«

Ein paar Sekunden später kam Jim Bob zurück. Er sagte: »Die Hintertür ist offen. Aufgebrochen.«

»Au-ha«, sagte ich.

»Ja«, sagte Jim Bob. »Au-ha.«

»Was jetzt?«, fragte Leonard.

»Tja«, sagte Jim Bob, »es scheint gerade niemand hinzusehen, und da wir keinen Durchsuchungsbefehl brauchen ...«

Die Hintertür hatte jenes charakteristische Big-Man-Mountain-Aussehen. Es schien so, als sei ein Stemmeisen angelegt und das Schloss dann mit einem Ruck aufgebrochen worden. Selbst mit einem Stemmeisen bedurfte es dazu einiger Muskelkraft.

Jim Bob trat die Tür mit der Stiefelspitze auf. Sie schwang nach innen, und wir glitten hinein. Die Klimaanlage summte nett vor sich hin. Es war angenehm. Sonnenlicht fiel durch den Spalt zwischen den Wohnzimmervorhängen. Die Bude sah wie ein Foto aus einem Hochglanzmagazin aus. Teure Möbel, Teppiche und Gemälde.

Jim Bob kniete nieder und zog seine Hosenbeine hoch. Er griff in einen Stiefel und holte ein kleines Lederetui mit Reißverschluss heraus. Er öffnete den Reißverschluss. In diesem Etui war alles, mit Ausnahme von frischer Kleidung zum Wechseln.

Jim Bob nahm ein kleines Bündel Plastik heraus. Er schloss das Etui, schob es wieder in den Stiefel und entfaltete das Plastikbündel. Es waren mehrere papierdünne Handschuhe. Er gab uns jeweils ein Paar. Wir streiften sie über. Er sagte: »Sehen wir uns mal um.«

Ich übernahm die Küche. Auf dem Tisch stand Geschirr mit Resten von chinesischem Essen, aber ganz sicher war ich nicht. Die Überreste waren längst verdorben und schwarz geworden und voller Fliegen, die durch die aufgebrochene Hintertür gekommen waren. Auf dem Tisch standen zwei verschmierte Teller, zwei Weingläser und eine halbe Flasche Rotwein. Fliegen huschten über die fettigen Teller und ließen sich auf dem Rand des Flaschenhalses nieder, wo sie vermutlich Konversation machten.

Jim Bob öffnete die Schlafzimmertür und lugte hinein. »Das ist hübsch.«

Leonard und ich warfen einen Blick hinein. Die Einrichtung hatte von *Schöner Wohnen* zu Elvis auf Drogen gewechselt. Es war ein großes Schlafzimmer mit einem runden Bett und einer verspiegelten Decke. Die Laken, roter Knautschsamt, waren verknäult. Es gab einen großen Fernseher und einen Videorekorder. Einen gläsernen Nachttisch mit Büchern darauf. Die Bücher waren Bildbände mit Fotos nackter Männer. An den Wänden hingen Bilder nackter Männer in eindeutigen Stellungen und Posen.

Wir schlüpften in das Zimmer, und Jim Bob ging um das Bett, blieb plötzlich stehen und sagte: »Das hingegen ist nicht mehr so hübsch.«

Irgendein Bursche, den ich noch nie zuvor gesehen hatte, lag da, die tigergestreifte Unterwäsche bis zu den Knien herabgezogen. Seine Arme waren angewinkelt, und die Hände zeigten mit der Innenseite nach oben, als sei er bei dem Versuch gestorben, jemanden abzuwehren.

Er war groß und hager und vermutlich Mitte Dreißig. Er roch schlecht, und sein Bauch war geschwollen. Die Klimaanlage hatte ihn in einigermaßen gutem Zustand erhalten, und der Gestank war überraschend dezent. In seiner Stirn war ein kleines, aber sehr ausgeprägtes Loch. Keine Designer-Aktion, dieses Loch. Es passte weder zu seinem goldenen Ohrring noch zu dem Toupet, das ihm von der Birne an die Wand geflogen war wie ein Katzenjunges, das man aus einem fahrenden Wagen geworfen hatte. Unter seinem Kopf hatte sich eine Blutlache gesammelt. Wenn man ihn umdrehte, würde man wahrscheinlich ein Austrittsloch ungefähr von der Größe der Staatsverschuldung finden.

»Ich glaube, wir können diesen Burschen, wer er auch sein mag, guten Gewissens für tot erklären«, sagte Jim Bob.

»Irgendeine Ahnung, wer er ist?«, fragte ich.

»Einer von Pierres Freunden«, sagte Leonard.

Die Badezimmertür stand halb offen. Ich ging hin und versetzte ihr einen Stoß. »Ach du Scheiße«, sagte ich.

Fliegen erhoben sich wütend, summten umher und ließen sich dann wieder nieder. Anders als bei der Leiche im Schlafzimmer hatte dieser Job eine Weile gedauert. Pierre – wegen der allgemeinen Statur und der fettigen Haare ging ich davon aus, dass es Pierre sein musste – war nackt, die Knie auf dem Boden in einem Pudding aus getrocknetem Blut. Er kauerte vornübergebeugt über dem Badewannenrand. Die Hände waren mit blutverschmierter zebragestreifter Unterwäsche auf den Rücken gefesselt.

Etwas Langes, Dünnes und Dunkles steckte in seinem Arsch, und was einmal sein Gesicht gewesen war, war jetzt eine dunkle Ruine mit einem Schwarm glücklicher Fliegen darauf. Sein Kopf hing herunter, als verneige er sich ehrerbietig vor der Wanne. An der Wand, in der Wanne und rings um die Leiche war überall Blut. In dem Blut waren Fußspuren zu erkennen, und auf dem Boden lag ein Handtuch, wo der Mann, von dem die Fußabdrücke stammten, sich das Blut von den Schuhen gewischt hatte.

Wer immer ihm was immer in den Arsch geschoben hatte, mochte auf der Waschkommode gesessen haben, um sein Werk zu vollbringen. Nett und gemütlich, mit bequemem Zugang zu Pierres

Arschloch. An der Wand hinter der Kommode war eine Schmuckplatte mit der Inschrift LESEZIMMER befestigt.

Auf dem Boden neben der Kommode lagen ein Fleischklopfer, ein goldenes Feuerzeug, ein Teppichmesser und eine Blechschere.

Ich tastete mich ein wenig näher heran. Jim Bob und Leonard sahen mir über die Schulter. Der Gestank war hier durchdringender als im Schlafzimmer. Ich hielt mir eine Hand vor den Mund und atmete ganz flach. Ich warf einen Blick in die Wanne. Darin lagen ziemlich eklige Sachen. Ich glaubte, einen Schwanz und ein Paar Eier zu erkennen, aber wie sollte ich das mit Bestimmtheit sagen, wo sie doch mit verkrustetem Blut verschmiert waren und ein paar Tage Verwesung hinter sich hatten? Nach allem, was ich erkennen konnte, mochte es sich ebensogut auch um eine schwarz gewordene, verschrumpelte Banane mit zwei getrockneten Weintrauben handeln. In der Wanne lagen auch ein paar Zähne, an denen noch Zahnfleisch und Kieferknochen hingen. Außerdem war ein Loch in der Wanne, wo die Kugel, die in Pierres Hinterkopf eingedrungen und vorne wieder ausgetreten war, in das Porzellan eingeschlagen war.

»Ich schätze, Einschüchterung fällt flach, was?«, sagte Jim Bob.

»Ja«, sagte Leonard. »Ich glaube nicht, dass wir das überbieten können.«

Jim Bob schob sich an mir vorbei, hob Pierres Kopf an den Haaren hoch, ging in die Hocke und betrachtete sein Gesicht. »Es ist Pierre«, sagte er und bestätigte damit, was wir längst wussten. »Er hat 'ne Zahnbehandlung und 'ne Tätowierung bei sich machen lassen.«

Wir beugten uns vor, um einen Blick darauf zu werfen. Mit dem Teppichmesser war das Wort ABZOCKER in seine Stirn geritzt.

Darunter fehlte seine Nasenspitze, und was einmal ein Mund gewesen war, war jetzt nur noch ein klaffendes Loch.

»Was ist das da in seinem Arsch?«, fragte Leonard.

»Stacheldraht«, sagte Jim Bob. »Und ihr könnt sicher sein, dass es kein Unfall beim Zäuneflicken war. Ich wette, wer ihm den reingesteckt hat, hat ihn vorher nicht eingefettet.«

»Weißt du, wer ihn da reingesteckt hat?«, fragte ich. »Siehst du die Fußabdrücke? Und wie die Hintertür aufgebrochen wurde?«

»Ja«, sagte Jim Bob. »Big Man Mountain.«

»Also hast du dich wahrscheinlich schon wieder geirrt«, sagte Leonard. »Sieht so aus, als hätten Big Man und Pierre doch keine gemeinsame Sache gemacht.«

»Ich glaube, das Wort *Abzocker* auf Pierres Stirn erklärt ein paar Dinge«, sagte Jim Bob.

»Erklär uns die woanders«, sagte ich. »Ich hab von alledem hier die Schnauze gestrichen voll.«

Wir kehrten ins Wohnzimmer zurück. Die Luft war wesentlich besser. Jim Bob sagte: »Ich glaube, Pierre hatte eine finanzielle Vereinbarung mit Big Man getroffen, und dann hat Pierre nicht geliefert, und Big Man hat es persönlich genommen. Ich schätze, Pierre war hier und hatte gerade die Faust im Arsch von diesem Burschen, und dann ist Big Man gekommen und hat für sie 'ne Überraschungsparty geschmissen. Eine blaue Bohne für den Liebhaber, und ein ganzer Sack voll Spielchen für Pierre persönlich. Am Ende hatte es nichts mehr mit Geld zu tun. Big Man hatte eine Mission zu erfüllen, und die endete damit, dass Pierre langsam und grauenhaft starb. Und genauso ist es auch gelaufen. Sehen wir uns den Rest der Wohnung an.«

Wir nahmen uns ein anderes Schlafzimmer vor. Es war voller Regale, und auf den Regalen standen Reihen um Reihen von Videobändern. Jim Bob nahm sich ein paar heraus und ging damit in das andere Schlafzimmer mit der Leiche und dem Videorekorder. Wir folgten ihm widerstrebend. Jim Bob spielte jedes Video kurz an.

»Jesus«, sagte Leonard. »Diese Scheiße ist ja noch schlimmer als die, die wir haben.«

»Jüngere Sachen, würde ich meinen«, sagte Jim Bob. »Wichser wie Pierre fangen mit etwas gröberen Sachen an und werden dann immer brutaler. Nach kurzer Zeit ist es mit Beißen und Kneifen und etwas Auspeitschen nicht mehr getan. Es geht in Folter über. Diese Videos sind nicht mehr im Park gedreht worden. Mehr Abgeschiedenheit. Mehr Zeit, die Art Videos zu drehen, die Pierre verkaufen wollte.«

Jim Bob stellte die Videos wieder in die Regale. Wir beendeten unseren kleinen Ausflug mit einem Blick in die Garage. Kein Wagen, aber ein Motorrad. Es sah so aus, als habe Big Man mit Pierre getauscht und ihm sein Motorrad für dessen Wagen dagelassen.

Wir gingen zum Auto und fuhren los. Mittlerweile war es ein heißer Tag, und die Klimaanlage des Wagens war nicht eingeschaltet. Mich fröstelte trotzdem.

Wir hielten an einer Tankstelle mit Selbstbedienung und warfen die Handschuhe weg. Ich rief bei der Polizei an und gab ihnen einen kleinen Tipp über ein gewisses Haus mit zwei Leichen darin. Bevor sie Fragen stellen konnten, legte ich auf.

Ich ging zum Wagen. Jim Bob hatte seinen Hut weit in den Nacken geschoben und tankte, während Leonard Bissinggames Freizeitanzug dazu benutzte, die Windschutzscheibe von Insekten zu säubern.

Ich lehnte mich an die Tür. Ich hörte immer noch die verdammten Fliegen und roch den Gestank, sah das Gesicht vor mir, das keines mehr war. Das arme Schwein. Schlimmer noch, er hatte nicht einmal so viel Geschmack gehabt, anständige Jockey-Shorts zu tragen. Wer, zum Teufel, stellte diese zebragestreiften Tangas überhaupt her? Dagegen hätte es eigentlich ein Gesetz geben müssen. Dagegen und gegen Freizeitanzüge.

Leonard warf den Anzug in den Abfall, kam zu mir und lehnte sich neben mir an den Wagen. »Wenn man den Stoff anfeuchtet, eignet er sich ziemlich gut als Wischlappen.«

»Nett.«

»Wie geht's dir, Mann?«

»Ich weiß nicht recht.«

»Ja, ich auch nicht. Hat sich in kurzer Zeit ziemlich viel verändert. Ich weiß nicht, was ich davon halten soll. Der arme alte Leon.«

»Ja.«

»Clinton wird ziemlich fertig sein.«

»Ja. Und die arme Ella.«

»Genau. Die arme Ella. Weißt du, was ich glaube?«

»Was?«

»Ich glaube, das Schlimmste ist vorbei.«

»Du redest hier von unserem Leben. Kommt mir so vor, als wärst du idiotisch optimistisch. Jedes Mal, wenn wir uns umdrehen, öffnen wir 'ne Büchse mit Würmern.«

Leonard schlug mir auf die Schulter. »Ist schon in Ordnung, Mann. Wir rappeln uns schon wieder auf. Big Man hatte 'n Hühnchen mit Pierre zu rupfen und hat es auch getan, also ist Pierre kein Problem mehr. Big Man wird jetzt kein Interesse mehr an uns haben. Es ist nur 'ne Frage der Zeit, bis die Cops ihn schnappen. Ein

Bursche, der so aussieht, kann sich nicht ewig verstecken. Was King betrifft, tja, ich würde sagen, wir übergeben Charlie die Bänder und lassen ihn die Sache regeln. Wir haben alles getan, was wir tun können.«

»Wird wohl so sein.«

»Heute war es anders als sonst.«

»Das ist eine Untertreibung.«

»Nein, ich meine, ich war's, der dich davon abgehalten hat auszurasten. Normalerweise läuft es immer andersrum.«

»Das ist es ja gerade. Ich war kurz davor, einen Mann zu erschießen, und zwar aus Wut und Misstrauen. Hätte ich ihn getroffen, wäre ich nicht besser als Big Man, Pierre und die anderen.«

»An deinem schlimmsten Tag bist du noch besser als sie alle zusammen. Wenn du King umgelegt hättest, hätte das nicht meine Gefühle verletzt.«

»Leonard, manchmal jagst du mir Angst ein.«

Jim Bob ging hinein, um zu bezahlen.

Ich sagte: »Er macht keinen sonderlich verstörten Eindruck, findest du nicht auch?«

»Ich hab so das Gefühl, dass dieser verdrehte kleine Scheißer schon mehr Leichen und abartigen Scheiß gesehen hat als wir, Hap.«

»Ich habe das Gefühl, als wäre mein Leben vergiftet worden. Ich komme von einem beschissenen Job nach Hause, werde von einem tollwütigen Eichhörnchen gebissen, meine Krankenversicherung ist für den Arsch, und mein bester Freund wird des Mordes beschuldigt.«

Leonard nickte. »Gestern lebe ich noch mit diesem Burschen zuammen, den ich liebe, und dann brennt er mit 'nem Schmierlappen durch. Dann wird Raul umgebracht, und ich finde heraus, dass er selbst 'n Schmierlappen war. Das bringt einen ziemlich aus der Fassung. Ich dachte, ich könnte mir meine Kerle besser aussuchen.«

»In Anbetracht meiner Katastrophen mit Frauen kann ich dazu nicht viel sagen.«

»Du hast recht. Das kannst du nicht.«

»Mit Brett könnte es anders laufen. Ich möchte gern glauben, dass sie anders ist. Ich will glauben, dass ich anders bin. Dass ich mich verändert habe. Dass ich nicht mehr ganz so dämlich bin.«

»Tja, ich hab den Eindruck, dass Brett 'ne Wahnsinnsfrau ist. Was dich angeht, wie wär's, wenn wir uns nicht allzu große Hoffnungen machten?«

30

Ein paar Tage später rief ich zusätzlich noch Charlie an und erzählte das meiste, was ich wusste, wobei ich nur sehr wenig zurückhielt. Die Cops waren bereits in Pierres Wohnung gewesen und hatten die Videos gefunden. Es gab auch Videos ohne Gesichtsbalken, sodass die meisten der an dieser traurigen Geschichte beteiligten Leute identifiziert werden konnten.

»Ich wollte dir und Leonard noch für den Kram danken, den ihr in meinen Briefkasten geworfen habt, Hap.«

»Welchen Kram?«

Charlie lachte. »In Ordnung. Wenn du es so haben willst. Aber irgendein hilfsbereiter Hurensohn hat da zwei Videos und ein Notizbuch mit verschlüsselten Telefonnummern deponiert. Auf dem einen Video geht es um Fett, auf dem anderen um Sex und Gewalt.«

»Nützen sie was?«

»Sie haben auf keinen Fall geschadet. Wir haben hier einen der seltenen Fälle, in denen ein ganzer Ring von Arschlöchern ausgehoben wird. Ein paar von den beteiligten Bikern werden wohl ungeschoren davonkommen, weil wir nicht genug gegen sie in der Hand haben. Im Augenblick gibt es einen ganzen Haufen von Videoladenbesitzern mit dem Arsch auf Grundeis. Es geht mir ziemlich gegen den Strich, euch überhaupt irgendwas als Verdienst anzurechnen, aber in dieser Geschichte könnt ihr wirklich stolz auf euch sein.«

»Ja, aber um welchen Preis?«

»Um den Preis, der bezahlt werden musste. Ihr hättet es besser machen können. Ihr hättet das Gesetz hinzuziehen müssen, aber in diesem Fall war das Gesetz einen Dreck wert. Ihr habt alles richtig gemacht, Hap. Du und Leonard und Jim Bob. Wenn es überhaupt jemanden gibt, der sich schlecht fühlen sollte, dann das Gesetz.«

»Wenn du dich schlecht fühlst«, sagte ich. »Dir waren schließlich die Hände gebunden.«

»Ich hätte sie mir nicht binden lassen dürfen. Ich weiß nicht, ob ich so klar gedacht habe, wie ich es eigentlich tun sollte.«

»Kannst du mich und Leonard aus dieser Geschichte raushalten?«

»Ja. Wir können uns an Jim Bob halten. Ihm macht es nichts aus, und ihm wird es auch nicht so schaden wie Leonard und dir. Er ist schließlich beauftragt worden, einen Job zu erledigen.

Auch wenn er Privatdetektiv ist, macht das nicht unbedingt alles legal, was er getan hat.«

»Vielleicht könntet ihr die beiden Burschen in der Hütte unter den Tisch fallen lassen.«

»Wir haben die Kerle gefunden. Den einen, von dem ich dachte, ich kenne ihn, kannte ich tatsächlich. Der andere hat ein Vorstrafenregister, das genauso lang ist. Abschaum, beide. Wir schieben es auf Pierre. Auf die Weise wird Jim Bob nicht in Verlegenheit gebracht und du auch nicht.«

»Pierre gehörte nicht zu der Sorte, die sich selbst die Hände schmutzig macht.«

»Das kann schon sein, aber wir werden es so aussehen lassen als ob.«

»Das ist aber nicht sehr nett.«

»Nein. Und es ist nicht mal legal.«

»Was ist mit Jim Bob? Ich hab ihn nicht mehr gesehen, seit wir Pierre mit einem Stück Zaun im Arsch gefunden haben. Er hat nicht ›Auf Wiedersehen‹ oder ›Leckt mich am Arsch‹ oder irgendwas gesagt, er hat uns abgesetzt und ist verschwunden.«

»Das ist seine Art. Hat als Kind zu viele Lone-Ranger-Filme gesehen. Er ist wieder nach Pasadena gefahren. Sein Job war erledigt. Er kann seinem Klienten sagen, dass der Vergewaltigungsvideoring zerschlagen wurde, und sich wieder seinen Schweinen widmen und auf den nächsten Job warten.«

»Was ist mit Hanson?«

»Ich hab ihn besucht, Hap. Es geht ihm wirklich gut. Erstaunlich gut. Wenn es ihm besser geht, erzähle ich ihm den ganzen Scheiß. Er wird es wissen wollen.«

»Was ist mit Big Man Mountain?«

»Ist immer noch nicht aufgetaucht. Hat sich in Pierres rotem Mercedes aus dem Staub gemacht.«

»Der müsste doch irgendwo auftauchen.«

»Ich gehe davon aus, dass er ihn sofort irgendwo abgestellt und einen Bus irgendwohin genommen hat, wo es heiß und trocken ist.«

»Im Moment ist es in Texas heiß und trocken.«

»Noch trockener. Mexiko.«

»Ich weiß nicht, ob ich danach fragen kann, aber was macht deine Frau?«

»Zwischen uns ist es aus. Ich glaube, es würde nicht funktionieren, wenn du weißt, was ich damit sagen will.«

»Ja.«

»Sie trifft sich regelmäßig mit diesem verdammten Versicherungsheini. Hab ich dir schon erzählt, dass er raucht?«

»Ja.«

»Hurensohn«, sagte Charlie.

Ella wurde am nächsten Tag beerdigt. Ich ging mit Brett zum Begräbnis. Am Tag danach kam Leon unter die Erde. Leonard und ich schmissen zusammen, um seine Beerdigung zu bezahlen. Danach war ich zwar ziemlich abgebrannt, aber das spielte keine Rolle.

Es war ein heißer Tag mit einem heißen Wind, und das gestreifte Beerdigungszelt raschelte, während der Prediger selbst eine Menge heiße Luft produzierte. In Anbetracht der Tatsache, dass der Geistliche, der die Predigt hielt, Leon nicht von Mais in Sahnesoße unterscheiden konnte, war Leons Verabschiedung so gut, wie die Startparty für Leichen nur sein kann.

Später, als Leonard, Brett und ich mit Clinton zu dessen Wagen gingen, sagte er: »Nichts von dem stimmt, was der Prediger über Leon gesagt hat.«

»So wird es eben immer gemacht«, sagte Brett.

»Ja«, sagte Clinton, »tja, dann sollten sie's anders machen. Sie haben aus Leon so 'n Pinkel-Typ mit Anzug gemacht. Scheiße, mein Bruder wird mir fehlen.«

»Es tut mir leid, Clinton«, sagte ich. »Auf eine Art ist das alles meine Schuld.«

»Eher meine, weil ich dich gefragt hab, ob du und Leon mir helfen könnt«, sagte Leonard.

»Und meine«, sagte Brett. »Schließlich hat er mir geholfen.«

»Nein, von euch hat keiner Schuld, überhaupt keine«, sagte Clinton. »Es ist ganz allein die Schuld von diesem Hurensohn, der ihn umgebracht hat. Wir wussten, was auf uns zukam. Haltet die Ohren steif, Leute.«

Clinton, der den Kopf hochzuhalten und die Fassung zu wahren versuchte, stieg in seinen Wagen und fuhr los.

»Als ich die beiden zum ersten Mal gesehen hab, dachte ich, sie wären nur zwei ungebildete Strolche. Jetzt glaube ich, dass sie besser sind als die meisten gebildeten Leute, die ich kenne.«

»Leon und Clinton«, sagte Leonard, »die zwei haben den Mumm erfunden. Das alte Triefauge wird mir echt fehlen. Er war 'n wilder Typ.«

Brett hakte sich bei uns beiden ein. »Das seid ihr zwei auch.« Untergehakt gingen wir zu meinem Pickup und fuhren weg von dem heißen Wind, dem gestreiften Beerdigungszelt und den Grabsteinen, die sich traurig, weiß und grau erhoben.

Die nächsten paar Tage waren nicht so schlecht. Die Dinge regelten sich langsam. Ich bekam einen Job in einem Club als Rausschmeißer. Die Bezahlung war nicht besonders, aber ich dachte mir, dass ich den Job ein oder zwei Wochen machen konnte, bis ich etwas anderes fand. Allerdings würde es noch ein paar Tage dauern, bis ich anfing, und ich war völlig pleite.

Brett half mir darüber hinweg. Sie schaffte es, sich hier und da freizunehmen, obwohl es ihr gar nicht zustand. Wir verbrachten viel Zeit zusammen, bei ihr und bei mir, und lernten einander besser kennen. Mir gefiel mit Sicherheit, was sich erschloss.

Mein Haus wurde durch Bretts Anwesenheit völlig verändert. Sie konnte es nicht ertragen, wie ich die Dinge handhabte, also handhabte sie sie auf ihre Weise, und mir gefiel ihre Weise besser. Das Geschirr war sauberer und aufgeräumter, und das Haus roch besser. Die Turnhallen-Umkleide verschwand aus dem Badezimmer, und auf dem Duschvorhang war kein Schimmel mehr.

Natürlich ließ Brett mich die Arbeit machen, um die Bude auf Vordermann zu bringen, und sie war ein verdammt harter Feldwebel. Ich sah mich schon kleine Holztafeln mit Sprüchen darauf über der Spüle und dem Klo aufhängen.

An einem heißen Sonntagmorgen, zwei Wochen nachdem die Hölle über uns hereingebrochen war, verdunkelte sich der Himmel und drohte Regen an. Bis um elf Uhr war die Hitze angenehm kühler Luft gewichen. Ich stand auf und öffnete alle Fenster. In den dunklen Wolken in der Ferne zuckten Blitze.

Brett und ich hatten einen Großteil des Morgens im Bett verbracht und uns geliebt, und jetzt waren wir in der Küche. Brett trug eines meiner T-Shirts. Es stand ihr besser als mir, besonders deshalb, weil das alles war, was sie trug. Es machte mir Freude, sie dabei zu beobachten, wie sie sich bewegte, sich über die Spüle beugte, mit Töpfen und Pfannen hantierte und den Schrank nach etwas durchsuchte, woraus sich ein akzeptables Mittagessen herrichten ließ.

Ich trug Segeltuchschuhe, zerrissene Jeans und ein schwarzes T-Shirt, das so ausgewaschen war, dass es die Farbe uralter Zigarettenasche angenommen hatte. Ich wusch mir die Hände und begutachtete den Inhalt des Kühlschranks. Es war so verlassen darin wie Custer am Little Big Horn.

»Hap«, sagte Brett, »selbst ich kann aus diesem Zeug kein Essen zaubern. Das erfordert einschneidende Maßnahmen. Ich fahre in die Stadt und gehe einkaufen.«

»Ich würde dir ja Geld geben, aber ich habe keins.«

»Zum Teufel damit, das weiß ich doch.«

»Ich zahle es dir zurück, wenn ich meinen ersten Lohn habe.«

»Du kannst mir ein Essen ausgeben.«

Brett eilte ins Schlafzimmer, zog sich Kleid und Schuhe an und verließ das Haus mit meinen Wagenschlüsseln. Ich stand auf der Veranda und winkte. Sie war noch keine dreißig Sekunden weg, als mir der Himmel auffiel. Er hatte sich verändert. Die Luft war weder kühl noch heiß. Ich hatte das Gefühl, mich mitten in einer Schüssel zu befinden, während sich der Himmel, der sich grün verfärbt hatte, langsam auf mich herabsenkte. Ich kannte die Vorzeichen. Tornado.

Ich wünschte, es wäre mir aufgefallen, bevor Brett losgefahren war. Jetzt konnte ich nur noch in der unheimlichen Stille herumstehen und mich fragen, ob alles gutgehen, ob sie heil zurückkommen würde. Ein Wagen auf der Straße ist kein guter Aufenthaltsort während eines Tornados.

Ich suchte den Himmel ab, um festzustellen, ob sich ein Trichter bildete. Die Wolken waren nervös, aber nicht so nervös wie ich. Sie wogten und wallten, und manchmal bildete ich mir ein, ich könnte sie herabtauchen sehen wie den unteren Teil einer geschwärzten Eiswaffel aus Schnee, aber im nächsten Augenblick sahen sie wieder aus wie schwarze Wolken.

Ich beschloss, mir eine Tasse Kaffee einzugießen, mich auf die vordere Veranda zu setzen und die Dinge im Auge zu behalten.

Wenn das Wetter sich verschlechterte und mir der Himmel auf den Kopf fiel, würde ich ins Badezimmer und in meine Wanne fliehen, angeblich einer der sichersten Orte während eines Tornados. Wenn auch nur deshalb, weil die Wasserleitungen tief im Boden verankert sind. Aber natürlich gibt es während eines Tornados keinen sicheren Ort, nur dort, wo der Tornado nicht ist.

Ich saß kaum auf der vorderen Veranda, als der Regen kam, sintflutartig, und dann hagelte es derart heftig, dass ich nicht auf der Veranda bleiben konnte. Dort zu sitzen war, als werde man das Opfer einer biblischen Steinigung.

Ich eilte ins Haus, schüttelte den Regen ab und lauschte, wie er auf die Schräge unter der Veranda und gegen die Hauswand prasselte. Ein Hagelkorn, das buchstäblich die Größe eines Baseballs hatte, durchschlug das Fenster hinter der Couch, flog darüber hinweg, fiel auf den Boden und prallte ab, traf einen Stuhl in der Küche, prallte zurück ins Wohnzimmer und rollte in die Mitte des Raums.

Ich drehte mich zu dem gesprungenen Fenster um. Regen und kleinere Hagelkörner prasselten jetzt dagegen, und ich hörte, wie im Schlafzimmer noch eine Scheibe zu Bruch ging. Es war unheimlich, wie der Wind den Hagel direkt vor sich her trieb. Wenn das kein Tornado war, machte er seine Sache verdammt gut, bis der richtige kam.

Ich dachte daran, mir noch eine Tasse Kaffee einzugießen und mich mit einem Buch und einer Taschenlampe in die Badewanne zu setzen, während ich mit einem Ohr auf den Wind lauschen würde. Irgendetwas tun, um mich gedanklich davon abzulenken, dass Brett da draußen war. Aber das tat ich nicht. Ich nehme an, es sind Leute wie ich, die bis zum letzten Augenblick warten und dann vom Sturm mitgerissen werden. Stattdessen ging ich zum Seitenfenster meines Wohnzimmers und schaute hinaus. Bäume bogen sich viel zu stark. Ich sah einen Blitz aus dem Himmel herabzucken und in einen Baum einschlagen. Pinienrinde und Nadeln flogen in alle Richtungen.

Als ich mich umdrehte, flog die Hintertür mit dem Krachen des aufgesprengten Schlosses aus der Wand, und ich dachte, gottverdammich, der Tornado hat mich erwischt. Dann sah ich, dass es ein menschlicher Tornado war.

Big Man Mountain. Er kam rasch ins Zimmer. Er trug Jeans, ein schmutziges weißes T-Shirt und seine klobigen Stiefel. Der Regen hatte ihn völlig durchnässt. Wasser lief in großen Rinnsalen an ihm herunter und sammelte sich auf dem Boden in kleinen Pfützen. Er sah furchtbar aus. Er war so bleich wie Casper der Geist.

Ich dachte an meine Kanone im Schlafzimmer in der Schublade des Nachtschränkchens, und ich wandte mich dorthin. Aber Big Man flog förmlich durch die Küche und ins Wohnzimmer. Ich wappnete mich für den Kampf. Er sprang hoch, drehte sich, trat mit beiden Füßen aus und traf mich so heftig, dass ich durch das Zimmer geschleudert wurde und mit einem Geräusch gegen die Vordertür prallte, als habe jemand einen toten Barsch gegen die Hafenmauer geklatscht. Es tat unglaublich weh. Ich versuchte aufzustehen, hatte aber keine Kraft mehr. Big Man packte mich, hob mich hoch über den Kopf, als sei ich ein Mehlsack, und warf mich wieder auf den Boden. Ich versuchte mich zusammenzukrümmen, das Kinn einzuziehen und mich abzurollen, aber es schmerzte trotzdem wie verrückt.

Als Nächstes wurde ich gewahr, dass Big Man mich am Kopf festhielt, mich herumriss und auf das Sofa schleuderte. Ich landete in sitzender Haltung, trat mit dem Fuß zu, als er wieder auf mich losging, und landete einen guten Treffer unter dem Kinn. Er stolperte rückwärts. Ich sprang auf, er schlug zu, und ich tauchte darunter hinweg und stieß mit dem Knie gegen seinen Oberschenkel, und zwar genau auf die Stelle, bei der man sich wünscht, es möge das Bein von jemand anders sein – und sei es das der eigenen Mutter. Ich verpasste ihm einen harten Haken in die Nieren, glitt hinter ihn und versuchte, ihn in einen Würgegriff zu nehmen. Aber das war nicht sehr schlau. Das war sein Spiel.

Big Man packte meinen Arm, beugte sich nach vorn, und plötzlich segelte ich durch die Luft. Ich landete wieder auf der Couch, diesmal mit dem Gesicht nach unten. Ich wollte mich aufrappeln, aber ich bekam einen Tritt in den Arsch, direkt auf den Ansatz der Wirbelsäule. Ich verlor das Bewusstsein, und als ich wieder zu mir kam, war ich in der Hölle.

Ich saß auf der Couch. Meine Füße waren mit einem verbogenen Kleiderbügel aus Draht gefesselt, die Hände desgleichen auf dem Rücken. Hinter mir wirbelten Wind und Hagelkörner durch die gesplitterte Glasscheibe und peitschten Hinterkopf, Nacken und Schultern. Die Couch war von kaltem Regen durchnässt.

Big Man hatte einen Stuhl vor die Couch gerückt und sah mich an. Zu seiner Rechten stand ein weiterer Stuhl. Auf dem Stuhl lag ein Sortiment von Gegenständen aus meinen Schränken und Schubladen. Geradegebogene Kleiderbügel, ein Fleischermesser, ein Korkenzieher, eine Zange und ein Eispickel. Außerdem sah ich ein Glas Wasser und eine Flasche mit Aspirintabletten.

Big Man hatte sein T-Shirt ausgezogen. Er war ein gewaltiger Brocken mit einem dicken, aber festen Bauch, einer behaarten Brust und Armen, die wie verknotete Schiffstaue aussahen. An seinem rechten Unterarm war eine große vereiterte Wunde. Sein Gesicht glänzte ölig und war mit Schweißperlen von der Größe seiner Fingerknöchel bedeckt, die wesentlich größer waren als die Radmuttern eines Lasters. Er hatte Schwierigkeiten, den Kopf hochzuhalten. Sein Atem roch schlecht. Seine Gesichtsfarbe war nicht mehr blass, sondern bläulich, aber nicht so blau wie seine Lippen. Seine Augen trieften an den Rändern, und das Weiße war rot. In der linken Hand hielt er ein Schweizer Armee-Taschenmesser, bei dem er den Löffel ausgeklappt hatte.

»Ich dachte an deine Augen«, sagte er. »Ich dachte, sie wären 'n guter Anfang. Aber ich hab meine Zweifel. Ich finde, ich sollte dich bis zum allerletzten Augenblick mitansehen lassen, was es zu sehen gibt.«

»Es gibt keinen Grund, das hier zu tun, Big Man«, sagte ich. »Es ist alles vorbei. Du hast Pierre erledigt. Was hat das für einen Sinn?«

Big Man lächelte mich an. Seine Zähne schienen seit Ewigkeiten nicht mehr geputzt. Sie waren gelb und hatten braune Flecken, die vermutlich von Kautabak stammten.

»Der Sinn ist *Vollendung*. Niemand glaubt mehr an Vollendung. Ich schon. Ich bringe zu Ende, was ich anfange. Ich bin bezahlt worden, dich zu erledigen und ein Buch und ein Video zu beschaffen, und jetzt bin ich hier, um genau das zu tun. Ich hätte mir auch den Nigger vornehmen können, aber bei dir war es leichter. Ich hab mich im Wald versteckt. Von da aus bist du leichter zu erreichen. Du, der Nigger, die Fotze, es spielt keine Rolle, solange ich kriege, was ich haben will. Das Buch. Das Video.«

»Es ist vorbei, Big Man.«

Big Man schüttelte den Kopf. »Nein. Die letzte Nacht dieser Art ist unvollendet geblieben, Mr. Collins, aber wie du siehst, haben wir uns wiedergetroffen.«

»Du hast deinen Job erledigt, Mann. Pierre ist nicht mehr da, um dich zu bezahlen. Du hast keinerlei Verpflichtung.«

»Er hat mich angeworben. Er hat mich nicht bezahlt. Dafür musste ich mich ein wenig schadlos halten. Ich habe ihm etwas Geld abgenommen und ein paar Sachen, die ich verkaufen konnte. Nichts, was die Summe, die er mir für meine bis dahin geleistete Arbeit schuldig war, drastisch überstiegen hätte. Er wollte mich nicht bezahlen, weil ich das Buch und das Video nicht rangeschafft hatte. Er gab mir nicht genug Zeit. Jesus, ich fühl mich wie Scheiße.«

»Big Man. Hör mir zu. Das Notizbuch und die Videos. Die Cops haben sie.«

»Das hast du schon mal gesagt.«

»Und da hab ich gelogen, aber diesmal ist es die Wahrheit. Es ist alles vorbei. Ich hab nicht versucht, irgendwen zu erpressen. Das war nicht meine Absicht.«

»Halt's Maul. Ich hab Kopfschmerzen. Ich übernehme das Reden.«

»Das sieht wie ein Biss aus«, sagte ich mit einem Kopfnicken in Richtung seiner Armwunde.

»Ein Fuchs. Ich hab draußen im Wald in Pierres Mercedes gehaust. Bin ausgestiegen, um zu pissen. Der Fuchs ist auf mich los. Hat mich angesprungen. Mich gebissen. Ich hab ihn erwürgt. Ich hab noch nie 'n Fuchs gesehen, der sich so verhalten hat.«

»Er war tollwütig, Big Man. Du bist von einem tollwütigen Fuchs gebissen worden.«

»Nein.«

»Doch. Ich bin von einem tollwütigen Eichhörnchen gebissen worden, also sollte ich's wissen!«

Big Man brach in Gelächter aus. »Ein tollwütiges Eichhörnchen! Was hast du vor, Collins?«

»Big Man, ich hab weder das Video noch das Notizbuch. Dein Job ist beendet.«

»Er ist beendet, wenn ich sage, dass er beendet ist. Und wenn du das Video und das Notizbuch nicht hast, tja, ich werd's mit Sicherheit wissen, nachdem wir ein paar von diesen Instrumenten hier ausprobiert haben. Wir können den Korkenzieher in dein Knie drehen, direkt über dem Kniegelenk. Du würdest nicht glauben ...«

»Doch, würde ich.«

»Oh nein. Erfahrung ist der einzige Weg. Ich hab's an mir ausprobiert. Es tut wirklich weh. Natürlich hab ich nicht so tief in mein Knie gebohrt, wie ich in deins bohren werde. Ich werde ihn in dein Bein und durch Muskeln und Nerven direkt in den Knochen drehen. Dann nehme ich mir deine Trizeps-Sehnen vor. *Das* sind Schmerzen, Mann.«

Das Haus erbebte. Der Regen prasselte immer heftiger.

Big Man nahm die Aspirinflasche, schraubte sie auf und schüttete sich mehrere Tabletten in den Mund. Er nahm das Glas Wasser und versuchte zu trinken. Er warf es durchs Zimmer und spie die Tabletten auf meinen Schoß.

»Ich kann nicht schlucken«, sagte er. »'ne ganz schwere Erkältung.«

»Es ist das Wasser. Hydrophobie. Du hast Tollwut, Big Man. Du brauchst einen Arzt. Vielleicht ist es noch nicht zu spät.«

Big Man sprang abrupt auf. Der Stuhl, auf dem er gesessen hatte, fiel nach hinten um. »Ich hab keine Tollwut. Ich hab einen Fuchs erschreckt, das ist alles. Du kannst mir keine Angst einjagen.«

»Ich bin von 'nem Eichhörnchen gebissen worden, und der Arzt hat mir 'ne Geschichte über einen Jungen erzählt, der auch gebissen wurde und schreiend und zähnefletschend im Bett gestorben ist. Sein Vater hat ihn schließlich mit einem Kissen erstickt. Was du mir auch antust, es wird nicht mal halb so schlimm wie das, was dir bevorsteht. Ruf einen Arzt, Big Man. Hol Hilfe. Diese Tollwut hat dich schon halb um den Verstand gebracht. Vielleicht mehr.«

»Du hältst dich wohl für ganz schlau. Aber das bist du nicht. Ich fange mit dem Kleiderbügel an.« Big Man klappte das Schweizer Taschenmesser zusammen und schob es in seine Hosentasche. Er nahm den geradegebogenen Kleiderbügel vom Stuhl. »Wir machen Folgendes, Collins: Ich ziehe dir die Hosen runter, dann werde ich dir das Ding hier ganz langsam ins Arschloch schieben und rumdrehen. Dann wirst du reden wie 'n Wasserfall. Du wirst ...«

Plötzlich öffnete sich die Vordertür, und im Eingang stand Brett, bis auf die Haut durchnässt. Wasser lief ihr aus den Haaren in die Augen, und sie sah verängstigt aus und redete bereits, kaum dass die Tür offen war. »Der Wagen ist im Graben gelandet. Ich ...«

Dann sah sie Big Man.

»Komm schon rein, Süße«, sagte Big Man. »Du kommst gerade richtig, um mitanzusehen, wie ich deinem Geliebten das Ding hier in den Arsch schiebe.«

Bretts Züge erschlafften und ihre rechte Hand strich über ihren Oberschenkel, glitt tiefer und nahm den Saum ihres Kleides. Sie hob ihn hoch, und ich konnte ihren Slip sehen, der ganz nass war und wie Spinnweben an ihr klebte, und ich konnte ihre wunderschönen Beine sehen. Um eines dieser Beine war ein Gürtel mit einem Halfter geschnallt, und in dem Halfter steckte eine Achtunddreißiger. Die hatte ich ganz vergessen. Sie verließ das Haus nicht mehr ohne Waffe.

Die Achtunddreißiger kam hoch, und sie schoss dreimal, so gottverdammt schnell, dass es fast wie ein Schuss klang.

Big Man schaute auf seine Brust. Drei kleine rote Punkte tauchten auf seinem schmutzigen T-Shirt auf. Er sah Brett an und sagte: »Du zuerst, gespaltener Arsch. Und dann direkt in die Fotze.«

Er machte einen Schritt auf sie zu, und der Kleiderbügel in seinen Händen zitterte wie der Fühler eines Rieseninsekts. Brett schoss noch zweimal.

Big Man blieb stehen, als sei er spazieren gegangen und habe beschlossen, doch nicht an einer bestimmten Ampel über die Straße zu gehen, sondern die andere Richtung einzuschlagen. Er wich einen Schritt zurück, drehte sich um und ging zur Hintertür. Er stolperte, griff nach der Theke, die das Wohnzimmer von der Küche trennte, und richtete sich daran wieder auf. Brett schoss noch einmal, und Big Man griff hinter sich und schlug nach seiner Wirbelsäule, als wolle er eine Wespe verscheuchen.

Er blieb auf den Beinen und ging durch die Hintertür – raschen Schrittes, aber ohne zu rennen.

»Brett«, sagte ich. »Alles in Ordnung?«

»Ich denke schon.« Brett trat durch den Eingang ins Haus.

»Auf dem Stuhl hier liegt 'ne Zange. Nimm sie und mach damit diese verdammten Kleiderbügel los.«

Brett nahm die Zange und befreite meine Füße und Hände aus dem Drahtgeflecht.

»Das muss Big Man gewesen sein.«

»Leibhaftig.« Als ich frei war, lief ich ins Schlafzimmer und kam mit meiner Schrotflinte, einer Taschenlampe und meiner Achtunddreißiger zurück. Ich gab Brett die Schrotflinte. »Wenn er zurückkommt, erledige ihn damit.«

»Worauf du dich verlassen kannst.« Ich küsste sie. Ihre Lippen zitterten und meine ebenfalls.

Ich nahm meine Achtunddreißiger und trat durch die Hintertür in den Regen, in die Dunkelheit und in den Wind, der so stark war, dass er Jesus vom Kreuz geweht hätte.

Im peitschenden Regen gab es keine Spur, der ich folgen konnte, aber ich nahm den leichtesten Weg in den Wald. Diesen Weg würde Big Man, angeschlagen, wie er war, auch genommen haben. Ich fand einen Tierpfad und folgte ihm. Einmal sah ich im Schein meiner Taschenlampe Blut auf dem belaubten Boden, bevor es vom Regen weggespült wurde. So heftig, wie der Regen herunterkam, konnte Big Man nicht sehr weit vor mir sein.

Ich hörte Äste unter der Wucht des Sturms brechen, und die Baumwipfel neigten sich und peitschten über mir wie heulende wahnsinnige Frauen. Ich ging weiter, bis die Bäume zurückwichen und ich eine Lichtung erreichte, wo ein kleiner Waldbrand gewütet hatte. Von der Lichtung ging ein Weg ab, eigentlich mehr ein Trampelpfad, und auf der Lichtung stand Pierres roter Mercedes. Er war von Ästen und Zweigen gepeitscht worden und mit Schlamm bespritzt, der so festgetrocknet war, dass selbst der Regen ihn nicht ablösen konnte. Die Windschutzscheibe war an mehreren Stellen gesprungen. Ich stellte mir vor, wie Big Man den Wagen als Rammbock benutzt hatte und über die kleinen bewaldeten Nebenstraßen, Wege und Pfade gefahren war, um den Cops zu entgehen. Auf der Suche nach mir in dem Bestreben, eine verrückte Mission zu erfüllen, die der Biss eines tollwütigen Tiers noch verrückter gemacht hatte.

Ich schaute mich um und konnte Big Man nirgendwo sehen. Ich ging vorsichtig um den Mercedes herum. Auf der anderen Seite stand die hintere Tür offen. Ich konnte Big Mans Füße sehen, die aus der Tür ragten.

Ich schlich hin und schaute hinein. Big Man lag auf dem Rücken, die Augen weit aufgerissen. Er hatte das Schweizer Armeemesser in der Hand, und die kleine Messerklinge war aufgeklappt. Die Klinge war in seiner Halsschlagader begraben. Es war ihm gelungen, in der Mitte seiner Kehle anzusetzen und die Klinge tatsächlich ganz durch die Arterie zu ziehen.

Irgendwo im Hinterstübchen seines verwirrten Verstandes hatte er vielleicht geglaubt, was ich über Tollwut erzählt hatte. Oder die Kugeln der Achtunddreißiger waren zu viel für ihn gewesen. Oder er war einfach müde gewesen. Es war schwer zu sagen, und es spielte keine Rolle. Er war tot. Blut lief ihm über Hals und Brust, sammelte sich unter seinem Kopf auf dem Ledersitz und tropfte von dort auf den Wagenboden, wo seine Jacke und Dutzende leerer Mineralwasserdosen und Einwickelpapiere von Schokoriegeln lagen.

Ich steckte die Achtunddreißiger in meinen Hosenbund. Ich packte seine Füße, beugte seine Beine, schob ihn ganz in den Wagen und schloss die Tür.

Ich machte mich auf den Rückweg zum Haus und zu Brett, bereit, sofort zu rufen, wenn ich aus dem Wald kam, damit sie mich nicht mit der Schrotflinte erschoss.

Doch der Sturm wurde immer heftiger, und Bäume brachen und fielen. Überall rings um mich fielen sie, und ich versuchte, die Taschenlampe festzuhalten, verlor sie jedoch. Ich wurde zu Boden gerissen, dann hörte der Regen auf, der Wind hörte auf und der Himmel wurde heller, aber als ich unter einem Gewirr kleinerer Äste hervorkroch und durch die Bäume nach oben schaute, war der Himmel grün.

Dann war da plötzlich ein Heulen. Ich hatte es schon zuvor gehört, und mir gefror das Blut in den Adern.

Tornado.

Ich warf mich in einer kleinen Senke zu Boden, und die Bäume fingen an zu peitschen, und gleich rechts von mir sah ich, wie eine Eiche entwurzelt wurde. Ich presste das Gesicht in das nasse Laub auf dem Boden und versuchte, eins zu werden mit der Erde. Überall war das Heulen und der peitschende Regen, und ich spürte ein Zerren an mir, als würde ich vom Boden hochgerissen, wie ein Bauer eine Rübe aus der Erde reißt. Aber ich war tief genug und flach genug und klammerte mich an die Erde wie eine gottverdammte Eidechse, und ich hielt mich fest.

Und der Sturm tobte und wütete ringsumher und mischte den Wald auf, füllte meine Nasenlöcher mit Laub und Erde und tobte immer noch, und ich klammerte mich immer noch fest, und nach einer sprichwörtlichen Ewigkeit ließ der Sturm nach, bis nur noch eine sanfte Brise wehte und ein leichter Regen niederging. In der Luft lag der Geruch nach feuchter Erde und Piniensaft von gesplitterten Bäumen.

Ich erhob mich langsam. Die Hose hing mir auf den Knöcheln, und meine Schuhe waren verschwunden und desgleichen eine Socke. Ein großer Teil des Waldes war ausgelöscht worden. Ich stand inmitten verdrehter Stümpfe und zerschmetterter Stämme. Mein T-Shirt sackte nach vorn, und mir wurde klar, dass der Tornado mir das verdammte Ding vom Rücken gerissen hatte. Ich versuchte, meine Hose hochzuziehen, aber die Rückseite der Beine war ebenso verschwunden wie die Sitzfläche.

Ich zog das T-Shirt aus, warf es auf den Boden und trat aus den Überresten meiner Hose. Nur mit Unterhose und einer Socke bekleidet, machte ich mich auf den Weg zum Haus. Nach wenigen Schritten stellte ich fest, dass ich jetzt ziemlich weit sehen konnte, weil der Sturm die natürliche Barriere zwischen mir und meinem Haus beseitigt hatte. Wo es hätte stehen müssen, waren jetzt nur noch eine Badewanne und ein paar Trümmer. Ein ganzes Stück weiter, auf der anderen Seite der kleinen Straße, jenseits des Stacheldrahtzauns und auf der Weide dahinter, konnte ich sehen, was von meinem Haus noch übrig war. Es lag auf der Dachspitze, die Wände heruntergeklappt und zerschmettert wie die Dauben eines Fasses.

Ich versuchte zu rennen, konnte es aber nicht. Überall waren Stämme und Stümpfe, und ich war barfuß. Ich hinkte und stolperte auf die Lichtung, die mein Hinterhof gewesen war, und ging auf Zehenspitzen durch die Kletten, die ziemlich gewachsen waren, weil ich das Gras lange nicht gemäht hatte. Ich rief nach Brett.

Mein Magen verwandelte sich in Säure. Das war mein Leben. Mord und Stürme und Zerstörung, der Verlust geliebter Personen. Ich fing an zu weinen. Ich stolperte zu der Stelle, wo mein Haus einmal gestanden hatte, und rief nach Brett, als könne ich sie vom Himmel herunterschreien, in den sie gesogen worden war, oder unter dem widerlich hohen Holzstapel hervorbrüllen.

Dann hörte ich: »Hap.«

Ich drehte mich um. Aus der Badewanne, die von den tief vergrabenen Rohren am Boden gehalten worden war, erhob sich Brett. Sie hielt die Schrotflinte, und ihre Haare waren unter einer Schicht aus Mörtel und Splittern verborgen.

Ich wankte zu ihr. Sie legte die Schrotflinte neben die Wanne, erhob sich und drückte mich an sich. Wir fingen beide an zu weinen. Ich hielt sie und hielt sie, dann war ich in der Wanne, und wir klammerten uns aneinander, als seien wir zwei Teile eines Ganzen.

So hielten wir uns Stunde um Stunde, während wir weinten und uns küssten und eigentlich nicht miteinander redeten, und schließlich hörte der sanfte Regen auf, und wir lagen klatschnass in der kühlen Wanne und sahen zu, wie der Himmel langsam an Licht verlor und die Nacht hereinbrach. Die Sterne durchstachen die samtene Schwärze wie Nadelspitzen dunklen Stoff. Der Mond ging auf, viertelvoll und schwach, aber trotzdem wunderschön.

Und dort in der Nässe, mit der Wanne als Bett und der Nacht als Dach und von einem seltsamen Gefühl des Friedens überwältigt, während wir uns immer noch gegenseitig hielten, schliefen wir schließlich ein.